Children's Hours

아이들의 시간

국립중앙도서관 출판시도서목록(CIP)

아이들의 시간 : 세계 유명작가 27인의 어린 시절 이야기 / 지은이: 리처드 지믈러 외 ;옮긴이: 정영은. — 용
인 : 생각과 사람들, 2015
    p. ;   cm

원표제: Children's hours : stories of childhood
원저자명: Richard Zimler
영어 원작을 한국어로 번역
ISBN 978-89-98739-35-5 03840 : ₩14000

단편[短篇]
단편선[短篇選]

843-KDC6
823.01-DDC23   CIP2015028467

아이들의 시간

세계 유명작가 27인의 어린 시절 이야기

THE CHILDREN'S HOURS

리차드 지믈러 외 26인 공저

데이비드 알몬드 David Almond
마거릿 애트우드 Margaret Atwood
안드레 브링크 André Brink
도로시 브라이언트 Dorothy Bryant
멜빈 버지스 Melvin Burgess
제인 들린 Jane DeLynn
주노 디아스 Junot Diaz
나딘 고디머 Nadine Godimer

도/생각과 사람들

CONTENTS

서문과 감사의 말

_리처드 지믈러

2003년, 나는 베오그라드에 사는 저널리스트 겸 번역가이자 아동권리운동가로부터 아주 친절하고 지적인 이메일 한 통을 받았다. 라샤 세쿨로비치라는 이름의 이 저널리스트는 세르비아어로 번역된 내 소설 중 한 권을 읽었다고 했다.

몇 년간 서로 만나지는 못하고 연락만 주고받은 끝에, 마침내 2005년 여름, 비슷한 시기에 둘 다 뉴욕에 가야 할 일이 생겼다. 볼일을 마친 라샤는 기차를 타고 내가 머물던 롱아일랜드에 위치한 우리 어머니의 집으로 와 주었고, 그때 우리는 비로소 서로 만날 수 있었다. 우리는 어머니와 함께 점심을 먹고, 몇 시간 동안 식탁에 둘러앉아 책이며 정치 얘기를 했다. 라샤는 우리에게 세르비아 생활에 대한 이야기를 들려주었다.

그날 오후 늦게 나는 라샤와 함께 근처에 있는 식민지 시대 마을을 방문했다. 라샤에게 그 마을과 저택을 구경시켜 주던 중, 그가 나에게 숙제를 하나 냈다. 자신의 열정 대상인 문학과 아동 권리, 이 두 가지를 조합해 프로젝트를 하나 기획해 보라는 것이었다.

집에 오는 차 안에서 좋은 생각이 떠올랐다. 아동기와 청소년기에 대한 단편소설을 모아 책을 내고, 작가들의 인세는 모두 당시 라샤가 일하고 있던 자선단체인 세이브더칠드런에 기부하자는 것이었다. 라샤는 이 생각을 무척 마음에 들어 했다. 나는 당시 거주 중이던 포르투갈로 돌아가자마자 런던 아카디아북스에서 일하는 오랜 친구들인 게리 펄시퍼와 다니엘라 드 그루트에게 제안서를 보냈다. 기쁘게도 게리와 다니엘라는 곧 축복과 함께 이 프로젝트의 진행을 허가해 주었다.

사실 여기저기서 들어오는 갖은 부탁에 시달릴 게 뻔한 유명 작가들에게 참여를 요청하는 게 어렵지는 않을까 하는 걱정도 했다. 하지만 단편소설을 보내 달라는 우리의 요청에 대한 반응은 처음부터 긍정적이었다. 나는 우선 알고 지내는 작가 친구들인 데이비드 알몬드, 알리 스미스, 멜빈 버지스, 니콜라스 셰익스피어 등에게 이메일을 보냈다. 이들이 참여를 결정한 후에는 다른 사람들을 설득하는 것이 더 수월해졌다. 라샤는 자신이 번역한 책의 작가나 세르비아 매체에 소개하기 위해 인터뷰했던 작가 여남은 명에게 연락을 했고, 그중 몇 명이 작품을 제공해 주기로 했다. 안드레 브링크, 카리나 막달레나 슈츄렉, 나딘 고디머를 비롯한 작가들이 이 프로젝트에 대해 보여 준 특별한 열정과 격려의 말은 나에게 많은 힘이 되었고, 그 덕에 가끔 나타난 걸림돌도 잘 극복할 수 있었다.

〈아이들의 시간(The Children's Hours)〉에 등장하는 스물여섯 편의 단편 중 거의 대부분은 새 작품이며, 다른 작품은 절판된 작품집 혹은 소규모 문학잡지 과월호에서만 찾아볼 수 있다. 첫 아이디어를 충실히 이행하기 위해 모든 작가의 인세는 세이브더칠드런에 직접 기부될 예정이며, 라샤와 나도 이번 작업에 대해 그 어떤 보수도 받지 않았다.

우선 이 책을 함께 엮은 파트너, 라샤에게 감사의 마음을 전하고자 한다. 최근 태국에서 새로운 아동 권리 옹호 프로젝트를 시작한 그에게 행복과 성공을 빌어 주고 싶다. 출판 작업을 훌륭하게 진행해 준 게리와 다니엘라를 비롯한 아카디아 북스 식구들과 영어권 국가의 도서 배급 담당자들에게도 감사하다.

이 프로젝트를 위해 재능과 시간을 흔쾌히 제공해 준 모든 작가에게도 감사의 마음을 전하고 싶다. 특히 내가 좋아하는 작가들이 이 작업에 함께 참여해 주어서 무척 흥겨웠다.

마땅히 연락할 만한 주소를 몰랐던 작가들과 접촉할 수 있도록 도와준 호주의 저널리스트인 벤 나파르스텍, 서점을 운영 중인 오딜 엘리어(파리 빌리지 보이스 서점), 프리랜서 편집인 조앤 그루버, 그리고 저작권 대리인 애나 자로타에게도 감사의 말을 전한다.

개인적으로, 알렉스와 우리 어머니에게도 감사의 마음을 표하고 싶다.

내가 이 책에 수록된 작품들을 읽고 느꼈던 그 감동, 불편함, 놀라움, 신비함을 독자들 또한 고스란히 느낄 수 있기를 바란다. 그리고 모두 함께 아동의 건강과 교육, 보호를 위한 기금을 많이 마련할 수 있기를 기원한다.

연약하고도 소중한 아이들의 시간

_라샤 세쿨로비치

어린 시절을 일종의 동화 속 이야기처럼 우리 생에서 가장 행복하고 또 근심과 걱정이 없는 시기로 보려는 생각은 전 세계에 걸쳐 수 세기 동안 존재해 왔다. 그러나 현실은 암담하고 우려스럽다. 지금까지 알려진 공식적인 통계를 토대로 예측해 보면, 앞으로 1년간 백만 명의 어린이가 국제 인신매매의 희생자가 될 것이다. 물론 실제로는 더 많은 아이가 위험에 노출될 가능성이 높다. 이들 중 많은 아이가 매춘, 채굴을 비롯한 다양한 형태의 위험한 노동에 강제로 내몰릴 것이다. 거리의 아이들은 상파울루, 뭄바이, 라고스 등 국제화된 대도시의 대로변 또는 뒷골목에서 매일매일 살기 위해 싸운다. 아이들은 범죄자들에게 착취당하고 경찰들에게 쫓기기도 한다. 학생 열 명 중 한 명이 학교 폭력을 경험하며, 그 중 또 많은 아이가 집에서 체벌과 모욕적인 처벌에 노출된다. 자살을 유일한 탈출구로 여길 만큼 심각한 상처를 받는 아이들도 많다.

잉글랜드에서 2007년 한 해 동안 학대로 인해 아동보호명부에 등록된 아이들의 수는 27,900명이다. 미국에서는 매년 80만 명에 이르는 아이들이 실종된다.

아이들은 세계 곳곳에서 어른들이 만들어 낸 전쟁, 쿠데타, 무력 침공, 인종 청소 등과 같은 갈등의 한가운데 놓인다. 이런 갈등을 일으키는 어른들도 분명 어린 시절 비슷한 갈등의 희생자였을 텐데, 이상하고도 불가사의한 망각의 터널을 거치며 그 사실을 잊은 모양이다. 분명 이들도 인생의 어느 순간, 세상의 부당함과 기회의 부족으로 구석에 몰린 것 같은 기분을 느낀 적이 있을 텐데 말이다.

어린이를 개인적 권리와 보편적 권리를 가진 하나의 온전한 인간으로 보는 인식이 거의 보편적으로 받아들여지고 있지만, 여전히 많은 아이가 학대와 모멸에 노출되어 있다. 이러한 학대와 모멸은 아이들의 성장 가능성을 파괴하고, 결코 용납해서는 안 될 것들을 용납하는 사회를 만들어 낸다. 바로 아이들이 맞아도, 굶주려도, 모욕을 당해도, 비웃음거리가 되어도, 고문을 당해도 괜찮다고 생각하는 사회 말이다.

폭력은 여러 얼굴을 감추고 있다. 또한 집, 거리, 학교, 거주 복지시설 등 아이들이 시간을 보내는 모든 장소에서 나타날 수 있다. 그러나 학대의 종류와 장소에 상관없이 그 근본적인 원인은 비슷한 경우가 많다. 빈곤, 소외, 차별 같은 것들 말이다.

그럼에도 불구하고 아동 폭력이라는 분야는 지금까지 정확한 연구나 조사가 많이 이루어지지 않은 분야다. 이론과 실제 사이에 상당한 간극이 존재하기도 한다.

이러한 상황을 바로잡기 위해 2006년 10월, 유엔에서는 어린이들이 학교, 집, 일터, 기관 그리고 지역사회라는 다섯 개의 환경에서 직면하고 있는 상황을 구체적으로 파악한 아동폭력보고서를 발표했다. 다양한 분야의 여러 전문가뿐 아니라 아이들도 이 보고서 작성에 참여했다. 유엔은 이 보고서를 통해 무엇이 잘못되었는지, 또 그 잘못을 바로잡을 방법은 무엇인지 밝히고자 애썼다.

유엔의 이 획기적인 보고서와 세이브더칠드런을 비롯한 아동 권리 단체들의 노력은 아동 학대를 둘러싼 침묵을 깨기 위해 행동에 나서야 한다는 긴박한 요구이자 무언가를 할 기회라고 볼 수 있다.

이는 아동복지에 관심이 있는 사람들의 뜻을 모으고 또 이들에게 동기를 부여할 수 있는 기회이자, 어린이들의 삶을 바꿀 수 있는 정치적 의제를 확립할 기회이며, 이를 통해 아동 폭력을 행한 사람이 반드시 처벌을 받음은 물론 아동 폭력이 설 곳이 없는 세상을 만들 수 있는 기회.

작가들은 아동 폭력 근절을 위해 중요한 역할을 해낼 수 있다. 바로 그들이 가지고 있는 가장 강력한 무기인 '글'을 통해서 말이다. 작가들은 아동 폭력과 관련된 이슈를 재고하고, 개인과 대중의 행동을 이끌어 낼 수 있다. 그들이 들려주는 이야기는 어린이들의 삶이, 또 그 삶을 이루는 매 시간이 얼마나 소중하면서도 연약한지 다시 한 번 일깨워 줄 수 있다.

독 만들기(Making Poison)

_마거릿 애트우드

　내가 다섯 살 때, 오빠와 나는 독을 만들었다. 당시 우리는 도시에 살고 있었는데, 아마 어디에 살았어도 비슷한 짓을 하고 놀았을 것이다. 우리는 남의 집 근처에 빈 페인트 통을 가져다 놓고, 떠올릴 수 있는 온갖 지독한 것들을 집어넣었다. 독버섯, 죽은 쥐, 독이 있게 생겼지만 아마 그렇지는 않았을 마가목 열매를 넣고 참았던 오줌도 싸서 섞었다. 깡통이 다 찼을 무렵, 내용물은 아주 유독해 보였다.

　문제는 독을 다 만들고 난 후였다. 그냥 거기에 둘 수는 없었다. 우리가 만든 독으로 뭐든 해야 했다. 그렇다고 누군가의 음식에 넣을 생각은 없었지만, 우리의 행동을 완성하려면 대상이 필요했다. 그런데 우리에게는 그렇게까지 싫은 사람이 없었다. 그게 문제였다.

　결국 그 독을 어떻게 했는지는 기억이 나지 않는다. 그 황갈색 목조 주택 근처에 그냥 두었던가? 별 죄도 없는 어떤 아이한테 던졌던가? 감히 어른한테 던지지는 못했을 것이다. 눈물과 빨간 마가목 열매로 범벅이 된 작은 얼굴, 우리가 만든 독에 진짜 독이 있었다는 것을 진작 깨달았던 기억은 내 상상일까, 진짜 있었던 일일까? 아니면 그냥 갖다 버렸던가? 도랑을 따라 배수로로 둥둥 떠내려가던 빨간 열매의 모습이 기억나는 것 같기도 하고……. 그렇다면 나는 아무 짓도 하지 않은 걸까?

　애초에 우리가 독을 만든 이유는 무엇이었을까? 재료를 넣고 저으며 느꼈던 기쁨, 그 마법 같은 느낌과 성취감을 기억한다. 독을 만드는 것은 케이크를 만드는 것만큼이나 재미있다. 사람들은 독 만드는 것을 좋아한다. 이걸 이해하지 못하는 사람은 결코 무엇도 이해하지 못할 것이다.

겨울 (Invierno)

_주노 디아스

동네 중심가인 웨스트민스터 대로 꼭대기에 오르면 동쪽 수평선으로 부서지는 은빛 바다를 볼 수 있었다. 아빠 회사에서는 직원을 새로 데려올 때면 늘 그곳으로 가서 바다를 보여 줬다고 한다. 하지만 아빠는 우리를 태우고 JFK 공항에서 집으로 가는 길에 굳이 차를 세워 구경시켜 주지는 않았다. 볼 만한 게 얼마나 있을지는 모를 일이지만, 그래도 바다를 보면 기분이 좀 좋아졌을지도 모를 일이다.

런던테라스라는 이름의 아파트 단지는 한마디로 엉망이었다. 건물 절반은 배선도 안 된 데다, 저녁 불빛 속에 사방으로 뻗은 거대한 건물은 마치 육지에 좌초한 벽돌 함선 같은 모습이었다. 굴러다니는 자갈은 진흙투성이였고, 늦가을에 심은 잔디는 뭉텅뭉텅 뽑힌 채 눈 위에 뒹굴고 있었다.

"건물마다 세탁실이 있어."

아빠가 말했다. 엄마는 꽁꽁 여민 파카 모자 사이로 눈만 내놓은 채 애매하게 고개를 끄덕이며 "좋네요."라고 말했다. 나는 휘몰아치는 눈발을 바라보았고, 라파 형은 옆에서 손마디를 뚝뚝 꺾었다. 미국에서의 첫날이었다. 온 세상이 얼어붙은 것 같았다.

집은 상당히 넓게 느껴졌다. 라파 형과 내가 쓸 방도 따로 있었고, 냉장고에 레인지까지 갖춰진 주방도 있었다. 주방만 해도 거의 서머웰스가에 있던 우리 집 크기였다. 아빠가 집 안 온도를 26도까지 올리고 나서야 덜덜 떨리던 몸이 멈췄다. 창문에는 마치 벌이 달라붙듯

습기가 방울방울 맺혀서 밖을 내다보려면 말끔히 닦아내야 했다. 라파 형과 나는 새 옷을 멋지게 차려입고 있었다. 그대로 밖에 나가 놀고 싶었지만, 아빠는 우리에게 부츠와 파카를 벗으라고 했다. 우리를 TV 앞에 앉힌 아빠의 야윈 팔은 반팔 셔츠 소매가 시작되는 곳까지 털이 무성했다. 아무튼 아빠는 엄마와 우리에게 화장실 물 내리는 법, 싱크대 사용법, 샤워기 사용법을 알려 주고는 입을 열었다.

"여긴 빈민가랑은 달라."

그러고는 다시 말했다.

"모든 걸 다 조심스럽게 다뤄야 한다는 말이다. 바닥이나 길에 쓰레기를 막 버려도 안 되고, 아무 덤불에 들어가서 볼일을 봐도 안 돼."

라파 형이 나를 쿡 찔렀다. 산토도밍고에 살 때는 아무 데나 소변을 보고 다녔다. 내가 길모퉁이에서 오줌을 갈기다 처음 걸린 날, 아빠는 집에 들어서기가 무섭게 대체 무슨 짓이냐며 나를 혼냈었다.

"이곳 사람들은 다들 점잖아. 우리도 그렇게 해야 해. 너희도 이제 미국인이야."

아빠는 무릎 위에 시바스 리갈 병을 올려놓은 채 말했다.

나는 아빠가 한 말을 다 잘 알아들었다는 것을 보여 주기 위해 잠시 잠자코 있다가 물었다.

"이제 나가 놀아도 돼요?"

"짐 푸는 것 좀 도와주지 그러니?"

엄마가 말했다. 평소에는 종이든 소매든 만지작거리며 늘 부산스럽던 엄마의 손이 웬일로 가만히 있었다.

"잠깐만 놀다 올게."

나는 그렇게 말하며 자리에서 일어나 부츠를 신었다. 아빠 성격을 알았더라면 그런 무모한 짓은 절대 하지 않았을 텐데…… 사실 난 아빠를 잘 알지 못했다. 그도 그럴 것이, 아빠는 지난 5년간 일을 하느라 미국에서 생활했고, 우리는 아빠가 부르기만을 기다리며 산토도밍고에서 살았기 때문이다. 아빠는 내 귀를 잡아끌고 나를 다시 소파에 데려다 앉혔다. 아빠는 화가 난 표정이었다.

"내가 괜찮다고 할 때까지 나갈 생각은 하지도 마라. 잘 알지도 못하면서 나갔다가는 길 잃기 십상이니까."

나는 라파 형을 흘끔 바라보았다. 형은 TV 앞에 얌전히 앉아 있었다. 도미니카공화국에서 살 때는 우리끼리 구아구아(guagua, 버스를 뜻하는 스페인어_역자)를 타고 산토도밍고 여기저기를 돌아다닌 적도 많았는데⋯⋯. 나는 다시 아빠를 바라보았다. 좁다란 얼굴이 여전히 낯설게 느껴졌다.

"어디서 아빠를 똑바로 쳐다봐."

아빠가 말했다.

그때 엄마가 자리에서 일어났다.

"너희들, 엄마 좀 도와줘."

나는 움직이지 않았다. TV에서는 뉴스 프로 진행자들이 작고 단조로운 소리를 내며 서로 뭔가 말하고 있었다.

밖에 나가는 것은 금지였기 때문에(너무 추워서 아빠가 안 된다고 했다.) 미국에 도착한 초기에는 거의 TV 앞에 앉아 있거나 창밖의 눈을 바라보며 시간을 보냈다. 엄마는 집 안 구석구석을 열 번은 쓸고 닦았고, 우리에게 공들인 점심 식사를 차려 주었다.

엄마는 얼마 지나지 않아 우리에게 TV 시청이 유익하다는 결론을 내렸다.

"영어를 배울 수 있잖아."

우리는 아직 어렸던 터라, 머리가 햇빛이 필요한 해바라기랑 비슷하다고 생각했기 때문에 엄마는 우리에게 햇빛을 많이 받게 하기 위해 되도록 TV 가까이 앉게 했다. 우리는 뉴스와 시트콤은 물론 타잔, 제국의 종말, 조니 퀘스트, 잔다 같은 만화나 세서미 스트리트 같은 프로그램을 하루에 여덟아홉 시간씩 봤다. 그중 제일 도움이 된 것은 세서미 스트리트였다. 형과 나는 새로운 단어를 배울 때마다 서로 반복적으로 말하며 연습했다. 그러다 나중에 엄마가 와서 어떻게 발음하는 거냐고 물어보면 우리는 고개를 저으며 "엄마는 몰라도 돼."라고 말하고는 했다.

"그래도 가르쳐 줘."

엄마가 그렇게 말하면 우리는 입술로 큰 비눗방울을 만들어 내듯 천천히 발음을 해줬지만, 엄마는 결코 제대로 따라 하지 못했다. 무척 간단한 발음도 엄마의 입술에만 닿으면 망가지는 것 같았다.

"진짜 이상해."

내가 말했다.

"넌 영어를 하면 얼마나 한다고 그래?"

엄마가 말했다.

엄마는 그렇게 배운 영어를 저녁 식사 자리에서 시험 삼아 아빠한테 한두 마디씩 해봤지만, 아빠는 그저 페르닐(돼지 넓적다리 요리_역자)을 이리저리 쿡쿡 찌를 뿐이었다. 사실 엄마가 만든 페르닐은 그리 맛있지는 않았다.

"대체 뭐라는 건지 하나도 못 알아듣겠네."

어느 날 저녁, 아빠가 말했다. 그날 엄마는 오징어를 넣은 쌀 요리를 만들었다.

"영어가 필요한 일은 내가 할 테니 당신은 신경 꺼."

"그럼 난 어떻게 배워요?"

"배울 필요 없어."

아빠가 말했다.

"어차피 보통 여자는 영어 못 배워."

"뭐라고요?"

"배우기 힘든 언어란 말이야."

아빠는 처음에는 스페인어로, 그 다음에는 영어로 다시 말했다.

엄마는 아무 말도 하지 않았다.

아침에 아빠가 아파트를 나가면 엄마는 바로 TV를 켜고 우리를 그 앞에 앉도록 했다. 아침에는 집 안이 추워서 침대를 빠져나온다는 것은 그야말로 고역이었다.

"너무 이른 시간이잖아."

우리가 말했다.

"학교라고 생각하면 되잖아."

엄마가 말했다.

"학교랑 달라."

우리가 답했다. 산토도밍고에서는 정오쯤 학교에 가는 했다.

"너흰 왜 그렇게 불만이 많니?"

엄마는 그렇게 말하고는 우리 뒤에 서 있었다. 뒤를 돌아보면 엄마는 우리가 배우는 단어를 소리 없이 입 모양만으로 따라하며 무슨 말인지 이해해 보려고 애쓰고 있었다.

이른 아침에 아빠가 집 안에서 내는 소리들조차 내게는 낯설었다. 침대에 누워 있으면 아빠가 술에 취하기라도 한 듯 욕실에서 이리저리 부딪히고 다니는 소리가 들렸다. 아빠가 레이놀즈 알루미늄에서 무슨 일을 하는지는 알 수 없었지만, 옷장에 있는 여러 벌의 유니폼은 하나같이 기계기름으로 얼룩져 있었다.

다시 만난 아빠는 내가 기대했던 아빠와 달랐다. 내가 바라던 아빠는 키가 2미터 정도 되고, 이 바리오('구역'을 뜻하는 스페인어_역자)를 통째로 사들일 만큼 부자인 아빠였다. 그런데 다시 만난 아빠는 평범한 키에 평범한 얼굴이었다. 우리가 산토도밍고에 살 때 아빠는 다 찌그러진 택시를 타고 우리를 찾아왔고, 가져오는 거라고는 장난감 총이니 팽이니 하는 자질구레한 선물뿐이었다. 우리는 그런 물건을 가지고 놀기에는 너무 커 버려서 받자마자 거의 부수기 일쑤였다. 아빠는 우리를 안아 주고 말레콘(Malecón)에 데려가 저녁도 사줬지만(그때는 실로 몇 년 만에 먹는 고기였다.) 난 아빠를 어떻게 생각해야 할지 잘 알 수가 없었다. 아빠라는 존재는 알아가기가 참 어렵다는 것을 느꼈다.

우리가 미국에 온 첫 몇 주간, 아빠는 거의 아래층에서 책을 읽거나, TV 앞에 앉아 시간을 보냈다. 뭐라고 혼낼 때 빼고는 거의 우리에게 말을 하지 않았다. 사실 이 부분은 우리가 본 다른 아빠들과 다를 바 없었기 때문에 별로 놀라지는 않았다.

아빠가 주로 신발 끈 때문에 내게 잔소리를 제일 많이 한다. 아빠가 신발 끈에 집착하는 모습이 참으로 이상했다. 나는 신발 끈을 제대로 맬 줄 몰랐기 때문에 아무리 세게 묶어도 아빠가 몸을 구부려 한 번만 잡아당기면 스르르 풀려 버렸다.

"나중에 마술사 하면 탈출 마술은 잘하겠네."

라파 형이 놀리며 말했지만, 상황은 심각했다. 형이 묶는 법을 알려 주면 나는 "알겠어." 하고 말한 뒤 별 문제없이 해냈지만, 이상하게도 아빠가 허리춤에 손을 얹고 지켜보고 있으면 잘 되지가 않았다. 아빠 앞에서 신발 끈을 묶어야 할 때면, 나는 전류가 흐르는 전선 두 개를 접촉하라는 말을 들은 사람처럼 불안한 눈으로 아빠를 바라보았다.

"과르디아에서 멍청한 놈들을 여럿 보았지. 근데 그놈들도 염병할 신발 끈은 맬 줄 알았어."

아빠는 그렇게 말하고는 엄마를 바라보며 물었다.

"근데 이놈은 왜 못하는 거야?"

원래 이런 질문에는 마땅한 답이 없게 마련이다. 엄마는 고개를 숙이고 손등의 핏줄만 물끄러미 바라보았다. 그 순간 내 눈이 거북의 눈을 닮은 아빠의 축축한 눈과 잠깐 마주쳤다.

"뭘 쳐다봐."

아빠가 말했다.

가끔 어찌어찌하다 반쯤 떨어진 모양으로 신발 끈을 성공적으로 묶는 날도 있었지만, 그런 날에는 또 머리카락 때문에 잔소리를 들었다. 라파 형은 카리브 지역 사람이라면 누구라도 손주를 삼고 싶어 할 정도로 훌륭한 머리칼의 소유자였다. 형의 곧게 뻗은 어두운 머리칼은 머리빗 사이로 스르르 미끄러졌다. 반면 내 머리칼은 아직 아프리카계의 특징이 진하게 남아 있어서 빗질을 끊임없이 해야 했고, 머리를 자르면 도무지 이 세상 것이라고는 보기 힘든 기상천외한 머리 모양이 나오고는 했다. 산토도밍고에 살 때 엄마는 한 달에 한 번씩 우리의 머리를 깎아 주었다. 그런데 어느 날, 여느 때처럼 머리를 잘라 주려고 엄마가 나를 의자에 앉히자 아빠가 "걘 됐어." 하고 말했다.

"그 머린 방법이 하나뿐이야. 유니오르, 가서 옷 입고 와."

아빠가 말했다.

라파 형은 방으로 따라 들어와 내가 셔츠 단추를 채우는 모습을 바라보았다. 입은 꾹 다문 채였다. 나는 걱정이 되었다.

"뭐야?"

내가 물었다.

"아냐."

형은 그렇게 말하고는 눈을 돌렸다. 신발을 신으러 가자 형이 따라와 끈을 묶어 주었다. 문 앞에 서자 아빠가 내 신발을 내려다보더니 말했다.

"좀 나아졌군."

아빠가 밴을 세워둔 곳이 어딘지는 알았지만, 주변을 보고 싶어서 일부러 반대 방향으로 갔다. 아빠는 내가 길모퉁이를 돌 때쯤 되어서야 그것을 알아차렸다. 아빠가 으르렁거리듯 내 이름을 부르는 것을 듣고는 황급히 돌아갔지만, 이미 내 눈은 저 앞의 공터와 눈 위에서 뛰노는 아이들을 본 후였다.

나는 조수석에 앉았다. 아빠는 카스테레오에 조니 벤추라 테이프를 밀어 넣고 부드럽게 9번 도로로 진입했다. 길가에는 눈이 지저분하게 쌓여 있었다.

"세상에 쌓인 눈보다 지독한 것도 없지. 내릴 때야 예쁘지만, 일단 땅에 닿고 나면 골치만 아파."

아빠가 말했다.

"사고도 나요?"

"내가 운전하면 안 그래."

라리탄 강가에는 모래색의 뻣뻣한 부들개지가 자라고 있었다.

"아빠 직장은 이 옆 동네다."

강을 건너며 아빠가 말했다.

우리는 펠로 말로(심한 곱슬머리를 뜻하는 스페인어_역자) 전문가로 불리는 루비오라는 이름의 푸에르토리코인 이발사를 찾아 퍼스앰보이에 갔다. 루비오는 헤어 제품 두세 개를 내 머리에 바르더니, 거품이 인 상태로 잠시 가만히 앉아 있으라고 했다. 잠시 후 루비오의 아내가 머리를 감겨 주었고, 루비오는 거울에 비친 내 머리 모양을 유심히 살폈다. 머리카락을 이리저리 잡아당겨 보기도 하고 헤어오일을 발라 보기도 하던 그는 결국 한숨을 내쉬었다.

"그냥 다 밀어 버리는 게 나을 것 같은데?"

아빠가 말했다.

"아직 시도해 볼 수 있는 방법이 몇 개 더 있긴 한데요."

루비오의 말에 아빠는 시계를 보았다. 그리고 말했다.

"밀어요."

"그러죠."

루비오가 답했다. 나는 이발 가위가 내 머리칼을 헤집고 다니는 모습을, 연약하고 무방비해 보이는 내 두피가 드러나는 광경을 보고 말았다. 대기실에 있던 노인들 중 한 명은 코를 킁킁거리는 소리를 내며 신문을 더 높이 들었다. 작업을 끝낸 루비오는 면도 후 바르는 활석 가루를 내 목덜미에 문질러 주었다.

"아주 구아포('잘생긴'을 뜻하는 스페인어_역자)하구나."

루비오가 그렇게 말하고는 내게 껌 한 개를 건넸다. 라파 형한테 곧 빼앗길 게 뻔했지만…….

"맘에 드냐?"

아빠가 물었다. 난 고개를 끄덕였다. 밖으로 나오자마자 차가운 진흙덩이처럼 한기가 내 머리를 감싸는 게 느껴졌다.

우리는 말없이 차를 몰아 집으로 향했다. 라리탄 항구로 유조선 한 대가 들어오고 있는 게 보였다. 나는 유조선에 몰래 숨어들어 어디론가 사라져 버리는 것도 그리 어렵지 않겠다는 생각을 했다.

"흑인 여자애들 좋아하냐?"

아빠가 물었다.

나는 고개를 돌려 우리가 막 지나친 여자들을 바라보았다. 다시 고개를 앞으로 돌린 나는 아빠가 대답을 기다리고 있다는 것을 깨달았다. 나는 '여잔 다 싫어.' 하고 내뱉고 싶었지만, 그냥 "네." 하고 답했다. 아빠는 미소를 지었다.

"예쁘긴 하지."

아빠는 그렇게 말하며 담배에 불을 붙였다.

"게다가 남자를 얼마나 알뜰하게 보살피는데……."

라파 형은 내 모습을 보고 낄낄대며 웃었다.

"거대한 엄지손가락 같은 꼴인데?"

"디오스 미오.('하나님 맙소사'라는 의미의 스페인어_역자)"

엄마는 나를 이리저리 돌려 보며 그렇게 외쳤다.

"괜찮은데, 뭐."

아빠가 말했다.

"추워서 감기 들기 딱이잖아요."

아빠는 내 머리에 차가운 손바닥을 올리며 말했다.

"됐어. 얘도 맘에 든댔어."

아빠는 일주일에 50시간씩을 일했고, 휴일에는 집에서 조용히 쉬고 싶어 했다. 하지만 형과 나는 조용히 있기에는 에너지가 넘쳤다. 오전 9시부터 소파를 트램펄린 삼아 뛰어다니는 일은 아무것도 아니었다. 사실 예전에 살던 바리오에서는 사람들이 24시간 내내 길거리에서 메렝게 음악을 쿵쿵 울리게 틀어 대는 게 일상이었다. 우리 윗집 사람들은 자기들도 무슨 일만 있으면 싸우느라 난리를 치면서, 우리가 조금만 떠들면 시끄럽다며 발을 쿵쿵 구르고는 문을 열고 "너희 둘 조용히 좀 해!" 하고 외치고는 했다.

이 소리를 들은 아빠는 반바지 단추도 제대로 채우지 않은 채 방에서 나와서는 "내가 뭐라고 했어? 조용히 하라고 몇 번을 말해?!" 하며 역정을 냈다. 아빠가 우리에게 매를 아낌없이 퍼붓는 날이면, 우리는 오후 내내 '형벌실(그러니까 우리 방)' 안의 침대에 꼼짝 않고 누워 있어야만 했다. 아빠가 불시에 들어왔는데 창밖의 아름다운 눈이라도 구경하고 있다가 걸리는 날에는 꼼짝없이 귀를 잡혀 끌려가서 얻어맞고는 구석에서 몇 시간 동안 무릎을 꿇고 있어야 했다. 농담 따먹기를 하거나 요령을 피우며 제대로 앉아 있지 않으면 코코넛 강판의 뾰족한 면 위에 무릎을 꿇게 했다. 아빠는 우리가 무릎에서 피를 흘리며 훌쩍일 때나 되어야 일어나게 해주었다.

"이제 좀 조용히 하겠지."

아빠는 만족스런 목소리로 말했다.

우리는 요오드 소독약을 발라 따끔거리는 무릎을 부여잡고 침대에 누워 아빠가 얼른 다시 출근하기만을 기다렸다. 그래야 차가운 유리창에 손을 대고 밖을 내다볼 수 있으니 말이다.

우리는 동네 아이들이 눈사람이나 이글루를 만들고 눈싸움하는 모습을 바라보았다. 지난번에 본 큰 공터 얘기를 형에게 했지만, 형은 그저 어깨를 으쓱할 뿐이었다.

우리 아파트 건너편 4동에는 한 남매가 살았는데, 우리는 걔들이 밖에 나오면 손을 흔들었다. 남매도 우리에게 손을 흔들며 나와서 같이 놀자는 몸짓을 했지만, 우리는 "못 나가." 하고 말하듯 고개를 저었다.

남매 중 오빠는 어깨를 으쓱하고는 다른 아이들이 놀고 있는 곳으로 여동생을 끌고 갔다. 아이들은 눈이 덕지덕지 붙은 긴 목도리를 두르고 손에는 눈삽을 들고 있었다. 여자아이는 라파 형이 마음에 들었는지 그쪽으로 걸어가며 손을 흔들었지만, 형은 손을 흔들어 주지 않았다.

"북미 여자애들은 예쁘다던데……."

형이 말했다.

"본 적 있어?"

"방금 봤잖아."

형은 그렇게 말하며 휴지를 집어 들고는 코를 두 바가지는 풀었다.

우리는 모두 감기와 두통, 기침에 시달리고 있었다. 난방을 아무리 세게 돌려도 겨울은 우리에게 너무나 가혹했다. 나는 빡빡 밀어 버린 머리가 시려서 집 안에서도 산타 모자를 쓰고 돌아다녀야 했다. 꼭 불행한 열대의 크리스마스 꼬마 요정 같은 모습이었다.

나는 코를 훔쳤다.

"이게 미국이야? 이런 거면 소포로라도 집에 보내 줘."

"너무 걱정 마."

엄마가 말했다.

"아마 집에 가긴 갈 거니까."

엄마는 왜 그렇게 생각했을까?

사실 엄마랑 아빠는 그 문제로 얘기를 한 적이 있었고, 엄마는 우리가 돌아가는 게 나을 것 같다고 생각했다. 라파 형은 시무룩한 표정을 지으며 손가락을 창에 대고 문질렀다. 형은 집에 가기 싫어했다. 형은 TV와 새 화장실을 좋아했고, 4동의 그 여자애도 이미 점찍어 둔 상태였다.

"글쎄, 그럴까?"

내가 말했다.

"아빠는 별로 갈 생각이 없어 보이던데?"

"네가 뭘 알아? 쪼끄만 모혼(똥을 의미하는 스페인 속어_역자) 같은 게."

"엄마보단 잘 알아."

아빠는 단 한 번도 그 섬(섬나라인 도미니카공화국을 의미_역자)에 돌아가는 것에 대해 언급한 적이 없었다. 한 번은 아빠가 애보트와 코스텔로(미국의 유명한 코미디 듀오_역자)를 보고 기분이 좋아진 틈을 타서 혹시 조만간 집으로 돌아갈 생각이 있는지 물은 적이 있었다.

"왜 돌아가?"

"그냥 한 번 다녀오고 싶어요."

"글쎄, 그럴지도 모르지."

아빠는 내뱉듯이 말했다.

"그래도 기대는 않는 게 좋아."

미국에 온 지 3주차에 접어들었을 즈음, 이대로 가다가는 큰일 나겠다는 걱정이 들기 시작했다. 도미니카에서는 우리의 지주였던 엄마가 점점 약해지고 있었다. 엄마는 먹을 것을 만들어 주고 난 후에는 우리가 식사를 마칠 때까지 그냥 멍하니 앉아 있다가 설거지를 했다. 엄마에게는 친구도, 찾아갈 수 있는 이웃도 없었다.

"엄마랑 얘기 좀 해."

엄마가 그렇게 말하면 우리는 아빠가 집에 올 때까지 기다리라고만 했다.

"아빠랑 하면 되잖아."

나는 그렇게 말했다.

그 무렵, 안 그래도 좋지 않았던 라파 형의 성미가 더 나빠졌다. 우리는 예전부터 서로 머리카락을 잡아당기며 자주 장난을 했는데, 미국에 온 후 라파 형은 이런 장난에도 바로 폭발했다. 엄마는 지겹게 싸우고 또 싸워 대는 우리를 멀리 떨어트려 놓았다. 예전 같으면 금방 화해했을 법도 한데, 우리는 방 양쪽 구석에 앉아 서로 째려보며 상대를 파멸시킬 방법을 구상했다.

"산 채로 태워 죽여 버릴 거야."

형이 그렇게 말하면 나도 지지 않고 받아쳤다.

"팔다리에 숫자라도 써 놔, 카브론.(겁쟁이를 뜻하는 스페인어_역자) 그래야 장례식 때 시체라도 제대로 맞추지."

우리는 마치 파충류처럼 서로 독기 어린 눈빛을 찍찍 쏘아 댔다.

지루함은 모든 것을 악화시켰다.

어느 날 4동에 사는 남매가 놀러 갈 채비를 하는 모습이 보였다. 나는 창밖으로 손을 흔드는 대신 파카를 주워 입었다. 라파 형은 소파에 앉아 중국 요리 프로그램과 어린이 야구 올스타전을 번갈아 보고 있었다.

"나 나갈 거야."

내가 형에게 말했다.

"그러셔."

시큰둥하게 답한 형은 내가 현관문을 열자 "야!" 하고 외쳤다.

바깥 공기는 정말 차가웠고, 나는 하마터면 계단에서 넘어질 뻔했다. 이웃들이 딱히 눈을 치우는 타입은 아니었나 보다. 나는 목도리를 입까지 두르고는 울퉁불퉁한 눈길 위를 비틀거리며 걸어갔다. 곧 우리 아파트 건물 옆에서 그 남매를 따라잡았다.

"잠깐만! 나도 같이 놀자!"

내가 외친 말을 하나도 알아듣지 못한 남자애는 긴장해서 양팔을 몸에 딱 붙이고는 애매하게 웃으며 나를 바라보았다. 그 애의 머리칼은 무시무시할 정도로 색깔이 없었다. 여자애의 눈은 내가 본 것 중에서 가장 녹색이었는데, 분홍색 털이 달린 후드 안으로 주근깨가 난 얼굴이 보였다.

우리는 투가이즈라는 상점에서 산 똑같은 상표의 싸구려 장갑을 끼고 있었다. 나는 걸음을 멈추고 그 아이들과 마주 보았다. 하얀 입김이 서로 닿을 듯 가까운 거리였다. 세상은 얼음에 덮여 있었고, 그 얼음은 햇빛에 반사되어 빛났다. 남매와의 만남은 미국인과의 실질적인 첫 조우였고, 나는 얼음의 평원 위에서 무슨 말이든 할 수 있을 것 같은 자신감을 느꼈다.

나는 장갑 낀 손으로 손짓을 하며 미소를 지어 보였다. 그러자 여자애가 자기 오빠를 보며 웃었다. 남자애가 뭐라고 말하자 여자애는 다른 애들이 놀고 있는 곳으로 뛰어갔다. 등을 돌려 달려가는 여자애의 어깨 너머로 따뜻한 입김과도 같은 웃음소리의 여운이 남았다.

"나도 밖에 나오고 싶었어."

내가 말했다.

"근데 아빠가 못 나가게 하지 뭐야. 너무 어리다나? 근데, 우리 형제가 형네 남매보다 나이가 더 많아 보이거든."

남자애는 자기를 손가락으로 가리키며 말했다.

"에릭."

"내 이름은 호아킨이야."

"후안?"

"아니, 호아킨. 여기선 말하는 법도 제대로 안 배우나 보지?"

내가 다시 말했다.

계속 애매한 미소를 지으며 서 있던 남자애는 몸을 돌리더니 이쪽으로 다가오고 있던 아이들 무리 쪽으로 걸어갔다. 분명 라파 형이 창문으로 내려다보고 있을 것이다. 형에게 손을 흔들어 보이고 싶은 마음이 굴뚝같았지만 꾹 참았다. 외국인 애들은 거리를 두고 서서 나를 쳐다보더니 다시 멀어져 갔다.

"기다려!"

그 순간 건물 주차장으로 타이어에 진흙과 눈이 잔뜩 엉겨 붙은 아빠의 올즈모빌 자동차가 들어오는 것이 보였다. 나는 아이들을 쫓아갈 수 없었다. 그때, 아까 그 남매 중 여동생이 한 번 뒤를 돌아봤다. 머리칼 몇 가닥이 후드 밖으로 삐져나와 있었다. 나는 아이들이 모두 사라진 후 발이 시릴 때까지 눈 위에 서 있었다. 더 멀리 갔다가는 엉덩이를 맞을까 두려웠다.

"재밌었냐?"

라파 형은 TV 앞에 너부러져 있었다.

"빌어먹을!"

나는 작게 읊조리며 자리에 앉았다.

"꽁꽁 얼었는데?"

형의 물음에도 대답하지 않았다. 이후 함께 TV를 보고 있는데, 베란다 유리문에 누군가 눈뭉치를 던졌다. 우리는 둘 다 깜짝 놀랐다.

"이게 무슨 소리니?"

방 안에 있던 엄마가 물었다.

눈덩이가 두 방 더 날아와 명중했다. 커튼 뒤에 숨어 밖을 보니 그 남매가 눈 덮인 닷지 자동차 뒤에 숨어 있는 모습이 보였다.

"별거 아니에요, 엄마. 그냥 눈 소리예요."

라파 형이 말했다.

"눈이 밖에서 춤 연습이라도 한다니?"

"그냥 눈 내리는 소리예요."

형이 다시 말했다.

그리고 형과 나는 커튼 뒤에 숨어서 남자애가 마치 투수처럼 빠르고 세게 눈덩이를 던지는 모습을 바라보았다.

우리 동네로는 매일 쓰레기를 실은 트럭이 들어왔다. 매립지는 3킬로미터쯤 떨어진 곳에 있었지만, 그 소리와 냄새는 차가운 겨울 공기를 타고 고스란히 동네에 전해졌다. 창문을 열면 매립지 위로 불도저들이 돌아다니며 악취가 진동하는 쓰레기 더미를 평평하게 펴는 소리가 들려왔다. 쓰레기 더미 위로는 수천 마리 갈매기 떼가 선회하는 모습이 보였다.

"애들이 저기서도 놀까?"

나는 라파 형에게 물었다. 우리는 대담하게도 베란다에 서 있었다.

아빠가 언제든 주차장으로 들어오며 우리를 볼 수도 있는 상황이었
는데도 말이다.

"당연하지. 너라면 안 놀겠냐?"

나는 입술을 핥았다.

"저기서 재밌는 것도 엄청 많이 줍겠지?"

"엄청."

라파 형이 말했다.

그날 밤 꿈에는 도미니카 집이 나왔다. 미국에 오지 않고 도미니카
에 그대로 있는 꿈이었다. 잠에서 깼는데 목이 아프고 열이 났다. 나
는 세면대에서 세수를 하고 우리 방 창가에 앉아 자동차와 길거리가
눈에 덮여 얼어 가는 모습을 바라보았다. 그때 형이 코 고는 소리가
들렸다. 나이가 들수록 낯선 곳에서 잠자기가 힘들어진다는 얘기가
있지만, 나는 어릴 때부터 낯선 곳에서 쉽게 잠들지 못했다. 지금 집
은 이제야 좀 편하게 느껴지고 있었다. 막 박아 넣은 못에서 느껴지
던 이상한 긴장감도 이제 좀 풀어진 것 같았다. 그때 거실에서 누가
걸어 다니는 소리가 났다. 나가 보니 엄마가 베란다 문 앞에 서 있었
다.

"잠이 안 오니?"

엄마가 물었다. 할로겐 불빛에 비친 엄마의 얼굴은 매끈하고 완벽
해 보였다.

나는 고개를 끄덕였다.

"그런 건 꼭 날 닮았더라. 살면서 도움이 되지도 않는데……."

엄마가 말했다.

나는 엄마의 허리를 안았다. 창가에 서서 밖을 보니, 그날 아침에
만 이사 트럭 세 대가 들어왔다.

"도미니카인들이면 좋을 텐데……."

엄마가 유리문에 얼굴을 기대고 말했다. 하지만 아마 푸에르토리코인들이겠지.

깨어났을 때 라파 형의 옆에서 자고 있었던 내 모습을 보면 아마 잠든 나를 엄마가 침대에 눕힌 것 같았다. 형은 코를 골고 있었다. 옆방에서 아빠가 코 고는 소리도 들려왔다. 아마 나도 조용하게 자는 유형은 아닐 것 같다는 생각이 들었다.

월말이 되자 불도저들은 매립지에 평편하게 편 쓰레기 층을 부드러운 느낌이 드는 옅은 색 흙으로 덮었다. 갈 곳 잃은 갈매기들은 매립지에 새 쓰레기 더미가 들어올 때까지 단지 위를 정신 사납게 날아다니며 똥을 싸댔다.

형은 말을 잘 듣는 아들이 되려고 애쓰고 있었다. 엄마의 말에는 별로 신경도 안 쓰면서 아빠가 하는 말만큼은 끝내주게 잘 들었다. 아빠가 집 안에 있으라고 하면, 형은 집 안에만 있었다. 나는 형만큼 고분고분하지는 않았다. 잠깐씩 밖에 나가서 눈 속에서 놀고는 했다. 하지만 아파트가 보이지 않는 곳까지 가지는 않았다.

"너 그러다 걸린다."

형이 예언하듯 말했다.

그때 나는 아빠를 거역하는 내 배짱이 형을 비참하게 만들고 있다는 것을 느낄 수 있었다. 형은 우리 방 창문에서 내가 쌓인 눈에 몸을 날리거나 눈을 뭉치고 노는 것을 지켜보았다. 나는 외국인 애들 근처에는 가지 않았다.

그러던 어느 날, 4동에 사는 남매가 보였다. 나는 놀던 것을 멈추고 혹시 모를 기습 공격에 대비했다. 에릭과 그 여동생이 내게 손을 흔들었지만, 나는 마주 흔들어 주지 않았다. 한 번은 에릭이 내게 다가와 방금 주운 것 같은 야구공을 보여 주며 "로베르토 클레멘테." 하고 말했다. 하지만 나는 별 반응을 보이지 않은 채 눈으로 짓고 있던 요새에만 집중했다. 그러자 여자애가 얼굴을 확 붉히더니 큰 소리로 욕 비슷한 말을 내뱉었고, 에릭은 한숨을 쉬었다. 둘 다 딱히 곱게 자란 애들은 아니었던 것 같다.

하루는 여자애가 혼자 나왔다는 것을 확인하고는 공터까지 뒤따라갔다. 눈 쌓인 공터에는 커다란 콘크리트파이프가 여기저기 놓여 있었다. 여자애가 머리를 숙이고 파이프 안으로 들어갔다. 나도 따라서 기어 들어가자, 책상다리를 하고 앉아 씩 웃고 있던 여자애가 장갑을 벗고는 손을 비볐다. 바람이 불지 않는 파이프 안에서 나도 걔가 하는 대로 따라 했다. 그러자 여자애가 손가락으로 나를 가리켰다.
"호아킨."
내가 말했다.
"근데 친구들은 다 유니오르라고 불러."
"호아킨 유니오르."
여자애가 내 이름을 따라 하더니 자기 이름을 알려 주었다.
"일레인. 일레인 피트."
"일레인."
"호아킨."
"정말 춥다."
내가 이를 딱딱 부딪치며 말했다.
그러자 여자애가 뭐라고 말하며 내 손가락 끝을 만져 보았다.
"차가워(cold)."
그 애가 말했다.
나도 알고 있는 영어 단어였다. 나는 고개를 끄덕이며 말했다.
"프리오(Frio. 춥다 혹은 차갑다는 뜻의 스페인어_역자)."

내 말을 알아들은 건지 여자애는 손가락 끝을 겨드랑이에 넣었다.

"따뜻해."

그 애가 말했다.

"응, 정말 따뜻해."

내가 말했다.

밤이면 엄마와 아빠가 대화를 했다. 아빠가 식탁 의자에 앉으면 엄마는 건너편에 앉아 몸을 앞으로 내밀며 아빠에게 따졌다.

"애들을 밖에 데리고 나가긴 할 거예요? 집에 이렇게 가둬 둘 수만은 없잖아요. 살아 있는 아이들이라고요."

"어차피 곧 학교에 다닐 텐데, 뭐."

아빠는 파이프를 빨며 말했다.

"날이 좀 풀리고 나면 바다도 보여 줄 거야. 여기서도 보이기는 하지만 가까이서 보는 게 더 멋지니까."

"대체 이놈의 겨울은 언제 끝나는데요?"

"곧 끝나."

아빠가 말했다.

"두고 봐. 이제 몇 달만 지나면 당신도, 애들도 지금 일은 기억도 못 할 거야. 나도 일이 좀 덜 바빠질 테고……. 봄이 되면 여행도 가고 여기저기 구경할 수도 있을 거야."

"그랬으면 좋겠네요."

엄마가 말했다.

사실 엄마는 어디서든 쉽게 주눅이 드는 타입은 아니었다. 하지만 미국에서는 아빠 말에 무조건 따랐다. 아빠가 이틀 연속 근무라고 하면, 엄마는 그저 군말 없이 이틀분의 모로(쌀과 콩을 섞은 도미니카 요리_역자)를 만들어서 들려 보냈다. 엄마는 슬픔과 우울함에 빠져 있었고, 외할아버지와 친구들을 보고 싶어 했다. 미국은 악마라도 엉덩이를 걷어차일 만큼 만만치 않은 곳이라는 말에 엄마도 각오를 단단히 하고 오기는 했지만, 눈 때문에 아이들과 집 안에 갇힌 채 아무 데도 가지 못할 거라는 생각은 미처 못했을 것이다. 엄마는 고향에 있는 이모들에게 편지를 보낼 때마다, 친구가 필요하다며 놀러 오라는 말을 적었다.

"이 동네는 텅 빈 데다 친구도 없어."

급기야 엄마는 아빠에게 친구들을 집으로 좀 초대하라고 졸랐다. 엄마에게는 시답잖은 수다라도 떨 사람이 필요했다. 자기를 '여보'나 '엄마'라고 부르지 않는 갈색 얼굴의 다른 존재가 필요했던 것이다.

"손님한테 어디 떳떳하게 내보일 만한 게 있어야지."

아빠가 말했다.

"집구석을 좀 봐. 애들을 좀 보라고. 저렇게 구부정하게 어슬렁거리는 모습을 보여 줄 생각을 하면 얼굴이 다 화끈거려."

"집이 어디가 어때서요. 내가 얼마나 열심히 치우는데요."

"애들은?"

엄마는 아빠의 말에 나와 라파 형을 번갈아 바라보았다. 나는 한쪽 발을 다른 쪽 발에 올려 신발 끈을 가렸다. 이 일이 있은 후, 엄마는 형에게 늘 내 신발 끈을 살피도록 했다. 주차장에 아빠의 밴이 도착하는 소리가 들리면 엄마는 우리를 불러 재빨리 여기저기 점검했다. 머리, 이, 손, 발……. 어디 한 군데라도 잘못된 데가 있으면 해결될 때까지 아빠 눈에 띄지 않게 화장실에 꽁꽁 숨겨 놓았다. 저녁 식사 준비에도 점점 더 공을 들였고, 아빠가 TV 채널을 돌려 달라고 해도 장가노(zángano, 게으름뱅이)라고 부르지 않았다.

"알았어."

마침내 아빠가 말했다.

"이 정도면 손님을 데려와도 좋을 것 같군."

"고마워요. 그냥 조촐한 모임 정도라도 좋아요."

아빠는 2주 연속으로 금요일에 친구를 데려왔다. 엄마는 가지고 있는 옷 중에 제일 좋은 폴리에스테르 점프 슈트를 입었고, 우리에게는 자줏빛이 도는 파란색 참스 셔츠에 두꺼운 흰색 벨트, 빨간 바지를 말쑥하게 차려입도록 했다. 이토록 엄마의 흥겨운 모습을 보니, 우리가 사는 세상도 곧 바뀔 것이라는 희망이 생겼지만, 결과적으로 저녁 식사 자리는 어색하고 불편하기 짝이 없는 자리가 되었다.

아빠가 데려온 친구들은 모두 미혼이었는데, 아빠랑 얘기를 하면서도 반쯤은 엄마 엉덩이를 흘끔거리느라 바빴다. 아빠는 친구들과 나름 즐거운 시간을 보내는 것 같았지만 엄마는 계속 식탁에 음식을 나르고, 맥주를 따고, TV 채널을 바꾸느라 분주하게 돌아다녔다.

저녁 식사를 시작할 즈음에는 자연스럽고 편안하게 웃기도 하고 찡그리기도 하던 엄마는, 시간이 흘러 남자들이 벨트를 느슨하게 풀고 신발을 벗어 던질 때쯤이 되면 멍해졌다. 얼굴의 표정도 점점 어둡게 변하더니 결국에는 입을 꼭 다문 방어적인 미소만이 남았다. 형과 나의 존재는 거의 무시당했다. 처음에 왔던 미구엘이라는 남자가 우리에게 이런 질문을 했을 때만이 유일하게 관심을 받은 순간이었다.

"너희 둘도 아빠만큼 권투 잘하니?"

"둘 다 싸움을 곧잘 하지."

아빠가 말했다.

"너희 아빠는 정말 빠르단다. 손이 아주 날래지."

미구엘은 고개를 절레절레 저으며 웃었다.

"한 번은 너희 아빠가 어떤 녀석 하나를 끝장내는 걸 봤단다. 아주 혼쭐을 내줬지."

"아, 그 일……. 아주 재미있었지."

아빠가 말했다. 그날 미구엘이 가져온 버뮤다 럼을 마시고, 아빠와 그는 취해 있었다.

"너흰 이제 방으로 가."

엄마가 내 어깨에 손을 얹으며 말했다.

"왜요?"

나는 그렇게 묻고 바로 말대꾸를 했다.

"어차피 방에 가봤자 그냥 앉아 있기만 할 텐데……."

"나도 집에 가면 딱 그러지."

미구엘이 말했다.

엄마는 사람을 반 토막 내고도 남을 것 같은 날카로운 눈빛으로 나를 노려보았다. 그러다가 우리를 방 쪽으로 밀며 말했다.

"잔말 말고 들어가."

우리는 예상대로 자리에 앉아 바깥 얘기를 들었다.

우리 집에 초대받은 남자 둘은 모두 양껏 먹은 후 엄마에게는 요리에 대한, 아빠에게는 우리들에 대한 칭찬을 건네고는 예의상 한 시간 정도 있다가 집으로 돌아갔다. 그 한 시간 동안 그들은 담배를 피우며 도미노 게임을 하고, 각종 소문을 나눈 후에 다음 날 출근하려면 이제 슬슬 일어나야겠다는 얘기를 했다.

"일 때문에 어쩔 수가 없네, 이해하지?"

"그럼, 당연하지. 우리 도미니카인들한테 일 말고 또 뭐가 있겠나."

손님이 돌아가고 나면 엄마는 주방에서 눌어붙은 돼지고기를 조용히 긁어내며 프라이팬을 닦았다. 아빠는 반팔을 입은 채 앞쪽 베란다에 앉아 있었다. 아마 5년간 미국에서 살며 추위에 적응하게 된 것 같았다.

그런데 두 번째 손님이 다녀간 날, 아빠가 안으로 들어오더니 샤워를 하고 오버롤 작업복을 걸쳤다.

"오늘은 야간작업이야."

그 말에 엄마는 프라이팬을 긁던 숟가락을 멈췄다.

"근무시간이 좀 규칙적인 일을 찾아봐요."

아빠는 미소를 지었다.

"한번 생각해 볼게."

엄마는 아빠가 나가자마자 전축에서 흘러나오던 펠릭스 델 로사리오의 음악을 꺼버렸다. 잠시 후 엄마가 옷장에서 코트를 꺼내 입고 부츠를 챙겨 신는 소리가 들렸다.

"엄마가 혹시 우릴 두고 떠나려는 걸까?"

내가 물었다.

라파 형은 눈살을 찌푸렸다.

"그럴 가능성도 있지. 네가 엄마라면 어떻게 할 것 같아?"

형이 물었다.

"나라면 벌써 산토도밍고로 돌아갔을 거야."

현관문 열리는 소리를 듣고 우리는 방 밖으로 나갔다. 집은 텅 비어 있었다.

"따라가야 하는 거 아니야?"

조급해 하며 나가려던 나와 달리 라파 형은 문 앞에 멈춰 섰다.

"아니야. 시간을 좀 드리자."

"무슨 소리야? 벌써 눈 때문에 고꾸라졌을지도 모르는데……."

"2분만 기다리자."

형이 말했다.

"내가 시간 잴까?"

"까불지 말고……."

"1분!"

큰 소리로 외친 나를 힐끔 보며 형은 베란다의 유리문에 얼굴을 기댔다. 잠시 뒤, 우리가 막 현관을 나서려던 찰나에 엄마가 돌아왔다. 거친 숨을 몰아쉬는 엄마에게서는 바깥의 차가운 기운이 느껴졌다.

"어디 갔다 온 거야?"

내가 물었다.

"산책 좀 했어."

엄마는 문 옆에 코트를 내려놓고는 추위에 빨갛게 언 얼굴로 깊은 숨을 몰아쉬었다. 마지막 서른 계단을 달려 올라온 것 같았다.

"어디서?"

"그냥 이 근처."

"왜?"

엄마는 울기 시작했다. 라파 형이 엄마의 허리에 손을 얹자 엄마는 탁 하고 쳐냈다. 우리는 다시 방으로 돌아갔다.

"엄마가 좀 이상해진 것 같아."

"그냥 외로워서 그러는 거야."

내가 걱정스럽게 말하자, 형이 대수롭지 않게 말했다.

눈보라가 치기 전날 밤, 창밖으로 바람 소리가 들렸다. 다음 날 아침이 되어 눈을 떴을 때는 너무 추웠다. 엄마가 온도 조절기를 이리저리 만져 봤지만, 파이프로 물이 쫄쫄 흐르는 소리만 들릴 뿐 집은 별로 따뜻해지지 않았다.

"그냥 가서 놀아. 그럼 추운 것도 까먹을 거야."

"고장 난 거야?"

"나도 몰라."

엄마는 이상하다는 듯 스위치를 바라보며 말했다.

"그냥 오늘 아침만 좀 느린가 보지."

밖에 나와 놀고 있는 외국 애들은 없었다. 우리는 창가에 앉아 애들을 기다렸다.

오후에 아빠가 직장에서 전화를 했다. 전화기 너머로 지게차 소리가 들렸다.

"라파냐?"

"아뇨, 저예요."

"엄마 바꿔라."

"아빠 괜찮아요? 거긴 어때요?"

"엄마 바꿔."

"큰 눈보라가 오는 중인가 봐."

아빠가 전화로 엄마에게 말하는 소리가 내게까지 들렸다.

"집에는 못 갈 것 같아. 눈보라가 꽤 지독할 거라고 하더라고. 아마 내일은 갈 수 있을 거야."

"어떻게 해야 해요?"

"그냥 집 안에 있어. 욕조에 물 가득 받아 놓고……."

"오늘은 어디서 자고 와요?"

엄마가 물었다.

"친구네서……."

아빠의 대답에 엄마는 얼굴을 돌렸다.

"알았어요."

엄마는 전화를 끊고 TV 앞에 앉았다. 엄마는 내가 아빠에 대해 이것저것 묻자, "그냥 TV나 봐." 하고 말했다.

라디오 WADO(스페인어로 진행하는 미국 라디오 방송국_역자)에서는 여분의 담요와 물, 손전등과 식량을 준비하라고 말하고 있었다. 다 우리에게 없는 것들이었다.

"눈에 묻혀 버리면 어떡해?"

내가 물었다.

"그럼 우린 죽는 거야? 아니면 사람들이 배를 타고 구하러 오는 거야?"

"나도 몰라. 눈에 대해서는 아무것도 몰라."

라파 형이 말했다. 사실 형에게 겁을 주려고 물은 거였다. 형은 창가로 가서 밖을 내다보았다.

"괜찮을 거야. 따뜻하게만 하고 있으면 돼."

엄마가 그렇게 말하며 다시 조절기로 다가가 온도를 높였다.

"그래도 혹시 묻혀 버리면 어떡해?"

"눈이 그렇게까지 많이 오진 않아."

"어떻게 알아?"

"눈이 30센티 온다고 사람이 묻히진 않아. 너같이 성가신 꼬맹이 하나도 말이지."

나는 베란다로 가서 곱게 빻은 재 같은 눈송이가 내리기 시작하는 모습을 보았다.

"우리가 죽으면 아빠도 속은 상하겠지?"

내가 물었다.

"그런 식으로 말하지 마."

형이 욱하며 말하자 엄마는 고개를 돌리고 웃었다.

눈은 한 시간에 10센티나 쌓였다. 그 후로도 계속 내렸다.

엄마는 우리가 침대에 누울 때까지 기다렸다. 나는 문소리를 듣고 형을 깨웠다.

"엄마 또 그런다."

"밖에 나갔다고?"

"형도 알잖아."

형은 진지한 표정으로 부츠를 신었다. 그리고 문 앞에 잠시 멈춰 서서는 텅 빈 집 안을 바라보았다.

"가자."

형이 말했다.

엄마는 주차장 앞에서 웨스트민스터 대로를 건너려고 했다. 아파트 가로등 불빛이 꽁꽁 언 바닥에 반사되어 빛났고, 밤공기 속에서 우리의 입김은 하얘졌다. 눈이 몰아치고 있었다.

"집으로 돌아가."

엄마가 말했다.

우리는 움직이지 않았다.

"현관문은 잠그고 온 거야?"

이내 엄마가 던진 물음에 라파 형이 고개를 저었다.

"어차피 추워서 돌아다니는 도둑도 없을 거야."

내 말에 엄마는 미소를 짓다가 보도에서 미끄러질 뻔했다.

"이런 길 위를 걷는 건 역시 익숙하지가 않아."

"난 잘 걸어. 그러니까 날 잡고 걸어."

우리는 웨스트민스터 대로를 건넜다. 차들은 아주 천천히 움직이고 있었고, 눈을 가득 머금은 바람 소리가 요란했다.

"뭐, 눈보라도 별거 아니네. 이 사람들이 허리케인을 한 번 봐야 하는데……."

"어디로 가지?"

라파 형이 물었다. 형은 휘몰아치는 눈 때문에 눈을 계속 깜빡이고 있었다.

"앞으로 똑바로 가자. 그러면 길을 잃진 않을 거야."

엄마가 말했다.

"얼음에 표시라도 해 놓을까?"

엄마는 팔을 뻗어 우리 둘의 어깨를 감쌌다.

"그냥 앞으로만 가는 게 제일 나을 것 같아."

우리는 아파트 단지의 가장자리까지 걸어가서 라리탄 강 근처의 매립지를 바라보았다. 기괴한 모양의 쓰레기 더미가 멀리 어슴푸레하게 보였다. 쓰레기 태우는 불이 여기저기 치솟는 모습을 보니 마치 피부 위에 일어난 발진 같았다. 덤프트럭과 불도저는 제자리에서 조용하고 엄숙하게 잠에 빠져 있었다. 축축하게 부풀어 오른 쓰레기 더미에서는 강바닥이 토해 놓은 것 같은 냄새가 났다.

걷다 보니 농구장과 물 빠진 수영장 그리고 사람도 많이 살고 아이들도 북적이는 이웃 동네인 파크 리지가 나왔다. 우리는 웨스트민스터 대로 꼭대기에서 굽어진 긴 칼날 같은 모양의 바다도 보았다. 엄마는 울고 있었지만, 형과 나는 못 본 척하며 차에 눈덩이를 던졌다. 이내 나는 차갑고 딱딱한 두피 위로 내리는 눈송이를 느껴 보려고 모자를 벗었다.

마이애미 돌고래(The Miami Dolphines)

_패트리샤 볼크

"코퍼튼 광고판이 나오면 바로 좌회전이야. 놓칠 뻔했잖아!"

엄마가 외쳤다.

아무튼 좌회전을 하자 갑자기 덜컹거리는 흙길이 나타났다. 우리는 차에 탄 채로 두 시간째 내 생일 선물을 찾아 헤매고 있었다.

"여기서 우회전."

다시 엄마의 말에 따라 방향을 꺾자 길 한쪽으로 무성한 나무들이 줄지어 있고 다른 한쪽으로는 영화「프랑켄스타인의 신부」에나 나올 법한 철조망 울타리를 친 전기 시설이 있었다. 아빠는 끼익 하는 소리를 내며 '베티의 돌고래 집'이라는 곳으로 들어섰다.

"글라스만 가족이신가요?"

빛바랜 비키니를 입은 여자가 허리를 굽히며 차창을 통해 안을 살폈다.

"대체 어디 갔다 이제 오신 거예요?"

나는 주위를 둘러보았다. 남성용과 여성용으로 나뉜 간이 화장실과 문 위에 손으로 '사무실'이라고 쓴 표지를 붙인 청회색 간이 건물이 보였다. 바다로 이어진 물속에는 양어장에 가면 볼 수 있는 콘크리트 수조가 설치되어 있었는데, 일반 양어장의 것보다 컸다.

"우리 여긴 왜 온 거예요?"

내가 물었다.

그러자 앞좌석에 앉아 있던 엄마 아빠가 뒤를 돌아보며 생일 축하 노래를 시작했다. 부모님은 노래를 하며 콘크리트 수조를 손가락으로 가리키고는 "마이애미 돌고래야." 하고 말했다.

"마이애미 돌고래랑 같이 수영을 할 수 있다고!"

나는 차에서 내려 물 쪽으로 걸어갔다. 물속을 들여다봤지만 아무것도 없었다. 물은 거의 검은색이었다.

"전 베티라고 해요."

여자가 자기 가슴을 톡톡 치며 말했다.

"하마터면 오리엔테이션을 놓치실 뻔했어요."

베티의 머리카락은 햇빛에 바랬고, 피부는 가죽같이 질겨 보였다. 나이는 오십대쯤 되어 보였지만, 서른 혹은 일흔이라고 해도 이상하지 않을 것 같은 외모였다.

베티는 피크닉 테이블을 가리키며 우리에게 가서 앉으라고 했다. 테이블에는 노년의 부부와 비쩍 마른 남자애 그리고 통통한 여자애가 앉아 있었다. 어린 여자애는 옆구리 쪽에 구멍이 뚫린 수영복을 입고 있었는데, 구멍 사이로 살이 삐져나와 있었다. 남자애는 마드라스 천으로 만든 버뮤다팬츠에 멜빵을 하고, 레이밴 선글라스를 끼고 멋을 부린 모습이었다. 여자애는 겁에 질려 보였고, 남자애는 화가 나 보였다. 할아버지는 벌레가 없는데도 벌레를 잡듯 손바닥으로 계속 다리를 찰싹찰싹 쳐 대는 모습이 짜증 난 것 같아 보였고, 할머니는 뭐든 메모할 준비가 된 것 같아 보였다. 몸을 살짝 앞으로 내밀고 있는 모습이 학교 다닐 때 공부깨나 했을 것 같은 타입이다.

"돌고래와 수영을 하면서 치료 효과를 높일 수 있습니다."

베티가 설명을 시작했다.

"이곳에 수영을 하러 오는 사람들 중에는 자폐아들도 있죠. 심리학자들도 환자를 늘 이곳 '베티의 돌고래 집'에 보내곤 합니다."

"아, 그렇군요. 왜 그런 거죠?"

할머니가 물었다.

"자폐아의 경우, 감정적 반응을 이끌어 내기 위해서입니다. 단체 수영을 하며 같은 경험을 공유하고, 그 경험에 대한 반응을 비교하기 위한 목적이 크죠."

베티는 우리를 쭉 보며 추가적인 질문이 있는지 살폈다.

"고래목에는 고래나 돌고래, 상괭이 등의 동물이 포함됩니다."

할머니가 손을 들고 질문했다.

"여기 있는 돌고래는 TV 시리즈 「플리퍼」에 나오는 것과 같은 종류인가요?"

베티는 고개를 끄덕이며, 학명은 터시옵스 트룬카투스(Tursiops truncatus)고, 대서양 병코돌고래라고도 부른다고 알려 주었다.

나는 쓸 만한 펜을 찾으려고 테이블 위에 놓인 펜들을 살펴보았다.

"여보."

그때 할머니가 할아버지의 손을 톡톡 치며 물었다.

"우리 어제저녁에 돌고래 고기 먹지 않았어요?"

"그건 돌고래를 닮은 물고기고, 포유류는 아닙니다."

대답은 베티로부터 나왔다. 그녀는 곧이어 돌고래는 이마로 쏜 초음파를 아래턱으로 수신하는 방식으로 음파 탐지를 한다고 설명했다.

"선물 맘에 들어요. 고마워요."

나는 그 설명 도중에 줄곧 내 반응을 살피던 부모님께 입 모양으로 말했다.

동시에 마음속으로 그때까지 부모님이 내게 준 생일 선물들을 간략히 떠올려 보았다. 알고 보니 거의 주먹 마사지나 다름없었던 안마 이용권, 전국 수공예협회 1년 회원권, 인공 암벽등반 수강권, 직업 상담 1시간 이용권, 유동식 한 달분……

"돌고래들은 심박 조절기를 단 사람을 알아볼 수 있답니다."

베티가 말했다.

"고혈압인지 저혈압인지 또는 임신 여부도 알 수 있죠. 심지어 똥이 마려운지까지도 말이에요."

'똥'이라는 말에 엄마를 흘끔 보니 아니나 다를까, 얼굴을 찡그리고 있었다.

"한마디로 우리의 몸을 읽어 낼 수 있다는 겁니다."

베티가 말을 이었다.

"태아의 심장박동 소리까지 느낄 수 있죠. 장파와 단파를 사용해 대상의 크기나 밀도를 알아볼 수 있고, 지형을 파악할 수도 있어요. 먹이를 찾는 데도 사용하죠. 돌고래에겐 후각은 없지만 미각은 있습니다. 또, 돌고래들은 하루에 한 번 교미를 하죠. 인간 외에 유일하게 쾌락을 위해 교미를 하는 동물입니다."

그 말을 들은 엄마가 손을 들고 물었다.

"백조도 그렇지 않나요?"

베티는 별다른 대답을 하지 않고 피크닉 의자에 앉아 좌우로 몸을 움직이고 있는 남자애를 쳐다보았다. 남자애는 폭발하기 일보 직전의 모습이었다.

"돌고래한테 이런 노동을 시키는 건 옳지 않아요. 난 절대 안 가요."

"그게 무슨 소리니? 가서 타."

남자애의 할머니가 말했다.

베티는 스노클과 물안경 그리고 오리발을 나눠 주기 시작했다.

"동물 학대예요!"

남자애가 외쳤다.

"돌고래는 인간 따위를 태우고 싶어 하지 않는다고요. 강제로 시키는 거잖아요."

"아니에요. 돌고래들은 원한다면 언제든 떠날 수 있습니다."

그들이 말다툼을 하든 말든 신경도 쓰지 않던 베티가 수조에서 대서양으로 이어지는 수로를 가리키며 말했다.

"수조에 따로 문이 달려 있거나 하지 않기 때문에, 언제든 떠나 버릴 수 있죠. 하지만 돌고래들은 언제나 돌아옵니다. 여기가 싫다면 떠나지 않았을까요?"

"먹이를 주니까 돌아오는 거 아닌가요?"

남자애는 레이밴 선글라스 너머로 베티를 쏘아보며 말했다.

"물론 먹이는 주고 있습니다. 하지만 사람을 태우지 않는 돌고래에게도 똑같이 주고 있죠."

"재레드! 꼭 그렇게 모든 사람을 언짢게 해야 직성이 풀리겠니?"

참다못한 할머니가 외쳤다.

"어쨌든 이미 네 몫의 돈도 냈으니 타야 해."

할머니에 이어 할아버지까지 강하게 나갔다.

"됐어요! 내가 안 탄다면 어쩔 건데?"

남자애가 팔꿈치를 피크닉 테이블 위에 올리며 삐딱하게 말하자, 베티가 한마디 던졌다.

"환불은 곤란해요. 이미 한 자리를 비어 두었으니 말이죠."

"여기서 환불 안해 주면 제가 할아버지한테 드리면 될 거 아니에요."

남자애가 발끈하며 말했다.

"그럼 당신이 타는 건 어때요, 칼? 당신 수영도 좋아하잖아요."

어떻게든 사태를 진정시켜 보려고 할머니가 할아버지를 보며 말했다. 여자애도 할아버지에게 달려들었다.

"할아버지, 같이 타요. 저 무서워요. 혼자는 못 타겠어요."

"여기 이분이 같이 갈 거야, 티파니."

손녀의 모습을 본 할머니가 나에게 책임을 떠넘기려 하자 엄마가 단언했다.

"제 딸이 그 앨 법적으로 책임질 수 없다는 건 알고 계시죠? 법적 책임은 곤란해요."

"나 안 타!"

티파니는 할머니와 엄마를 번갈아 보더니 팔짱을 끼며 그렇게 말했다.

결국 할아버지가 "이런 망할!" 하고 말하며, 샌들을 벗더니 양말을 벗기 시작했다. 베티는 모여 있는 사람들을 바라보며 혹시 반지를 끼고 있다면 빼 달라고 말했다.

"돌고래의 피부는 아주 연약하거든요. 반지에 긁히면 극도의 고통을 느끼게 됩니다."

베티는 그렇게 말하며 지느러미 잡는 방법을 시범적으로 보여 주었다. 그녀는 손바닥을 편 채 팔을 쭉 뻗고 "평영을 한다고 생각하세요." 하고 말했다.

"엄지손가락을 내리고 잡으면 됩니다."

나는 평영 자세를 취하며 엄지손가락을 내리고 잡는 시늉을 했다. 엄마가 아빠를 팔꿈치로 쿡 찌르자 아빠가 사진을 찍었다.

"우선 돌고래를 두 번씩 타고 물속에서 잠시 자유 시간을 가진 후, 마지막에 한 번 더 탈 겁니다. 모두 돌고래와 즐거운 시간을 보낼 수 있게 하기 위해서예요. 가끔은 어떤 사람을 특히 더 좋아하거나 싫어하기도 하는데, 이유는 모릅니다. 어떤 사람은 아예 무시하는가 하면, 어떤 사람은 가만히 두지를 않죠."

할머니가 손을 들고 질문을 했다.

"돌고래가 상어를 죽일 수 있다는 게 사실인가요?"

티파니가 물안경 쓰는 것을 돕던 베티가 고개를 끄덕였다.

"맞아요. 단단한 코끝으로 상어의 아가미를 세게 쳐서 공격하죠."

"그럼 돌고래의 천적은 뭔가요?"

할머니가 다시 물었다.

"인간이죠. 참치 잡이 어부가 돌고래의 천적이에요. 참치 그물에 걸려서 질식해 죽는 경우가 많거든요. 참치는 흔히 '바다의 닭고기'라고 불리지만, 잡는 과정을 보면 마음이 아파서 차마 먹지 못할 사람들도 많을 거예요."

베티가 말했다.

"선물은 맘에 드니?"

그때 엄마가 물었다.

"지금까지 받은 생일 선물 중 최고예요."

"그것 봐요. 맘에 들어 할 거라고 내가 그랬잖아요."

내 대답에 엄마가 고개를 끄덕이며 아빠에게 말했다.

아빠는 베티가 물속에서의 행동 요령을 설명하기 시작하는 모습을 보고 엄마에게 "쉿. 조용." 하고 말했다.

"물에 들어가면 돌고래가 '딱딱' 거리는 소리를 낼 거예요. 돌고래가 사람들을 살펴보는 소리죠. 돌고래는 인간의 무릎을 좋아합니다. 무릎을 뒤에서 본 모양이 돌고래의 생식기 모양과 비슷하거든요. 가끔은 무릎을 입으로 툭툭 건드리기도 하는데, 혹시 그게 싫으면 그냥 헤엄쳐서 딴 곳으로 가시면 됩니다. 혹시 뭔가가 다리를 감아올리는 느낌이 들어도 너무 놀라지 마세요. 수컷 돌고래가 호감을 보이는 것뿐이니까요. 여기서는 그걸 '바다 뱀'이라고 부른답니다."

"맙소사."

"절대 못하게 해, 알았지?"

아빠는 낮게 탄식을 했고, 엄마는 내게 신신당부를 했다.

나는 티파니 그리고 할아버지와 함께 물속에 설치된 작은 발판 위에 섰다. 오리발을 차고 물안경과 스노클을 착용한 우리 셋의 모습은 마치 크기별 스노클링 장비를 홍보하는 카탈로그 사진의 한 장면 같았다.

"웃어!"

아빠가 물속에 있는 내게 외치며 사진을 찍었다.

땅 위에 선 베티가 코로 휘파람 비슷한 소리를 내자, 갑자기 물이 움직이며 물결 세 개가 우리가 서 있는 발판으로 다가오기 시작했다. 세 물결은 점점 커지며 또 서로 가까워졌고, 마침내 발판에 도착하자 물결을 가르며 돌고래들이 나타나 꼬리로 선 모습을 드러냈다. 마치 크롬처럼 매끈한 돌고래들은 입을 열더니 꽥꽥거리는 소리를 내기 시작했다. 높낮이를 알 수 없는 단조롭고 큰 소리였다. 두 마리는 크고, 한 마리는 작았다.

"스파키, 해피, 마이크입니다."

베티가 돌고래들을 소개했다. 돌고래들은 다시 꽥꽥 소리를 내더니 물속으로 사라졌다.

"아무리 생각해도 난 못 타겠어."

티파니의 투정에 할아버지가 달래듯 말했다.

"아니야, 괜찮을 거야. 같이 타자."

곧이어 베티가 돌고래들은 기분이 좋든 나쁘든 언제나 웃는 표정이라고 설명하며 경고하듯 말했다.

"절대 먼저 쓰다듬지 마세요. 인간이 쓰다듬어 주기를 원하면 돌고래들이 알려 줄 겁니다. 여러분도 낯선 사람이 갑자기 다가와서 쓰다듬으면 불쾌하죠? 돌고래들도 마찬가지랍니다."

그리고 우리에게 수조로 들어가 반대편까지 헤엄쳐 가라고 말했다. 거기가 돌고래들이 인간을 태우는 곳이라며 말이다. 베티는 티파니에게 먼저 들어가라고 했다. 티파니는 물에 들어가는 것까지는 잘하는 듯하더니, 머리가 물에 젖자 기침을 하며 몸부림을 치기 시작했다.

"못 하겠어요! 못 하겠다고요!"

티파니의 외침에 베티는 발판에 무릎을 꿇고 앉아 조금 전에 알려 준 요령을 티파니에게 다시 한 번 일러 주었다.

"그냥 스노클 끝을 입에 물고 평소같이 편안하게 숨을 쉬면 돼."

베티는 티파니의 스노클을 바로잡아 주며 말했다. 베티에게서는 조련사다운 침착한 모습이 엿보였다. 같은 행동을 수없이 반복하며 가장 단순한 형태로 만들어 나가는 것에 익숙한 모습이었다. 그녀는 티파니에게 물안경에 침을 뱉어 닦아 내면 안에 습기가 차는 것을 막을 수 있다고 알려 주었다.

"못 하겠어요."

티파니는 지치고 약한 목소리로 다시 말했다.

"할 수 있어."

베티가 그렇게 말하자 티파니는 결심이 섰는지 저쪽으로 헤엄쳐 갔다.

다음은 내 차례였다. 나는 마음속으로 별일 없을 거라고 되뇌었다. 돌고래가 사람을 죽였다는 얘기는 들어 본 적이 없었다. 지금은 2008년이다. 엘리베이터도 정기 점검을 하고, 사업장을 운영하려면 허가를 받아야 하는 세상이다. 여차하면 변호사도 넘쳐 나는 세상이기도 하다.

물은 따뜻했다.

"찍었다!"

내가 티파니 쪽으로 헤엄쳐 가는 모습을 찍은 아빠가 카메라 뒤에서 외쳤다.

다음은 할아버지가 등부터 닿도록 물에 뛰어들었다. 「씨 헌트」(해군 잠수부를 주인공으로 한 미국의 유명 TV 드라마_역자)를 너무 많이 본 것 같았다. 스노클링 장비를 착용했을 때는 등부터 입수하면 안 된다. 그건 나도 아는 사실인데……. 할아버지는 물안경을 턱에 걸친 채 수면으로 올라와서는 티파니와 내가 나란히 있는 곳으로 헤엄쳐 왔다.

"이리로 오세요. 티파니 옆으로 오시는 게 좋겠죠?"

나는 할아버지에게 손짓하며 말했다.

"손 흔들어 봐!"

아빠가 외치는 소리에 나는 손을 흔들어 주고는 얼굴을 물속에 담갔다. 돌고래는 보이지 않았다. 녹색 물에는 온통 노란 먼지 같은 입자가 떠다녔다. 다시 수면으로 올라오니 제일 작은 돌고래인 스파키가 티파니를 끌고 가는 모습이 보였다. 티파니는 머리를 물속에 넣고 있었다. 처음에는 별 무리 없이 잘하는 것 같더니, 다음 순간 물안경에 물이 찬 채로 수면으로 나와 울면서 캑캑거렸다.

베티는 몸을 숙여 티파니의 물안경을 고쳐 씌워 주고 뭐라고 말하며 다독였다.

할아버지가 나를 보며 "다음은 나구먼. 잘해야 할 텐데." 하고 말했다.

나는 얼굴을 물속에 넣고 할아버지에게 다가오는 돌고래가 없는지 살폈다. 잠시 수조 바닥에서 훌라춤을 추듯 움직이는 말미잘에 정신이 팔렸다가 뒤를 돌아보니, 티파니와 할아버지가 내 쪽으로 헤엄쳐 오는 모습이 눈에 들어왔다.

무슨 일이 일어나고 있는지도, 뭘 기대해야 할지도 몰랐다. 빠르게 쿵쾅거리는 심장박동을 돌고래들이 어떻게 받아들일지 알 수 없었다. 혹시 나를 적으로 생각하지는 않을까? 깨어 있는 채 렘수면(수면 단계 중 눈동자가 빨리 움직이는 단계를 의미함. 주로 이 단계에서 꿈을 꾼다고 알려져 있으며, 근육의 힘이 빠져 신체가 거의 마비 상태가 된다고 함._역자)에 빠진 것 같은 상태가 찾아왔다. 의식은 있지만 꿈을 꾸는 것 같았고, 앞을 볼 수 있었으나 아무것도 보이지 않는 것 같았다. 분명 귀도 멀쩡했지만 아무것도 들리지 않았다. 순간 내 옆에서 물이 갈라지며 회색 덩어리 하나가 나타났다. 따뜻하고 축축한 회색이었다. 살아 숨 쉬는 것 중 이렇게 완벽한 존재가 있다는 사실을 믿기 힘들었다. 그 덩어리가 내 쪽으로 방향을 틀었다. 자세히 보니 돌고래의 머리였다. 돌고래는 소보다 훨씬 크고 훨씬 총명해 보이는 눈망울로 나를 쳐다보았다.

"웃어! 찍었다!"

아빠가 외쳤다.

그 외침에 돌고래의 눈을 똑바로 들여다보고 있자니, 셜리 맥클레인(Shirley MacLaine, 미국의 전설적인 여배우_역자)이 어째서 인간은 모두 한때 동물이었고, 동물도 모두 한때 인간이었다고 생각하는지 알 것 같았다. 돌고래가 왠지 인간처럼 느껴졌다. 내 마음을 읽을 수 있는 것처럼, 나조차 모르는 나의 비밀을 알고 있을 것처럼 느껴졌다. 돌고래가 내 마음을 읽을지도 모른다는 생각에 나는 돌고래에 대한 좋은 생각을 했다.

'돌고래는 참 예쁘고 똑똑해. 바다에서 제일 멋져. 돌고래는 바다의 왕이야.' 하고 생각하던 나는 문득 참치랑 비슷한 비유를 쓴 것 같아서 돌고래에게 양해를 구했다. 나는 그 돌고래가 나를 좋아하기를 바랐다. 돌고래와 친구가 되고 싶었다. 나는 돌고래를 보며 '억지로 타지 않을게. 네가 원하는 대로 하면 돼. 네 마음대로야. 근데 너 몸무게는 얼마나 나가니?' 하고 마음속으로 말을 걸었다. 그 순간 돌고래가 물속으로 사라졌다가 다시 수면으로 떠오르더니 내 오른팔에 닿을 듯 가까운 곳에서 지느러미를 흔들었다.

"타기를 기다리는 거예요."

베티가 양손을 모아 메가폰처럼 만들고는 내게 외쳤다.

나는 평영을 떠올리며 엄지손가락을 아래로 뻗어 지느러미를 잡았다. 그러자 돌고래는 무서운 기세로 출발했다. 우리는 바로 물살을 가르며 움직였다. 물속에서 그렇게나 빨리 움직이는 건 처음이었다. 내가 평소 헤엄치는 속도와는 비교도 안 되게 빨랐다. 우리가 지나간 자리에는 항적(航跡)이 남았다. 나는 돌고래 덕에 바다의 일부가 되는 것을 느꼈다. 물살을 가르며 돌고래처럼 헤엄치고 있는 것이다. 나 역시 돌고래로 변한 듯했다. 내 인생 최고의 순간이었고, 그 순간을 평생 기억하고 싶었다. 그 20초 동안, 나는 돌고래였다. 이후 돌고래는 나를 발판에 내려 주더니 다시 사라져 버렸다.

우리 셋은 다시 똑같은 순서로 줄을 선 채 철로 된 울타리를 잡고 물속에서 선헤엄을 쳤다. 다시 티파니, 할아버지 그리고 내 순서로 돌고래를 탔다. 두 번째로 탈 때는 좀 더 돌고래처럼 해보려고 머리를 물속으로 넣고 스노클링 장비로 숨을 쉬었는데, 막상 그렇게 해보니 처음 탔을 때보다는 흥분이 덜했다. 기대를 너무 많이 한 탓인 것 같았다. 기대란 그런 법이다. 두 번째로 돌고래와 한 수영도 좋고 괜찮았지만, 그냥 그게 다였다.

"이제 자유 시간입니다."

베티가 외치는 소리에 우리는 모두 수조 가운데로 헤엄쳐 갔다. 돌고래들은 이미 사라지고 없었다. 아마 바다로 나갔을지도 모르겠다.

"아주 멋졌어!"

엄마가 외치는 소리에 내가 카메라를 향해 손을 흔들자 아빠가 말했다.

"다 찍어 놨어!"

그 순간, 돌고래 세 마리가 한꺼번에 나타나더니 코로 티파니를 살

살 건드렸다. 아이는 스노클링 장비를 입에 문 채 비명을 지르다가 장비를 재빨리 벗었다.

베티가 발판에 선 채 외쳤다.

"친해지려고 그러는 거야. 돌고래들이 널 좋아해서 그래. 태워 주고 싶다는 표현이니까, 그냥 한 마리 고르면 돼!"

세 마리 모두 지느러미를 씰룩거렸고, 티파니는 스파키를 잡았다. 스파키가 출발하자, 나머지 두 마리는 마치 스파키와 티파니를 호위하듯 뒤따랐다. 티파니는 기침을 하며 수면을 오르락내리락하면서도 지느러미를 놓지 않았다.

옆으로 지나가는 돌고래의 지느러미를 잡으려다 실패하자 할아버지는 스노클링 장비를 낀 채 "이런 젠장." 하고 외쳤다. 사람들 모두 돌고래들이 티파니에게 구애하는 모습을 바라보았다.

나는 베티가 있는 쪽으로 다가가 "어떻게 된 거죠?" 하고 물었다.

"돌고래들이 티파니를 정말 좋아해서 그래요. 몸집이 가장 작은 사람을 제일 좋아하는 경향이 있더라고요."

베티가 설명했다.

그때 우리가 있는 쪽으로 다가온 할아버지가 툴툴댔다.

"돈을 냈으면 돌고래를 제대로 타게 해줘야지!"

이 말을 들은 베티가 말했다.

"방법을 한 가지 알려드릴까요? 물속에서 재밌는 행동을 해보세요. 광대처럼 말이에요. 돌고래들은 우스꽝스러운 것들을 좋아하거든요. 재미를 느끼면 돌고래들이 다가올 거예요."

나는 그 말을 듣고 표면 잠수로 물속에 들어가 손가락을 튕겼다. 배를 두드리며 스노클을 낀 입으로 트림을 해보기도 했다. 다시 수면으로 올라와 주위를 둘러보니, 스파키는 여전히 티파니를 태우고 빙빙 돌고 있었고 나머지 두 마리도 그 뒤를 따르고 있었다. 티파니는 울고불고하면서도 지느러미를 놓지 않은 채 버티고 있었다.

나는 물속에서 허밍으로 노래를 흥얼거려 보기로 했다. 영화 「언더워터」에 나오는 '분홍 체리, 하얀 사과꽃(It's Cherry Pink and Apple Blossom White)' 이라는 노래였다. 희미하게 딸깍거리는 돌고래 소리 흉내를 내 보기도 했다. 하지만 무슨 짓을 해도 돌고래는 오지 않았다. 물속에서 뭔가 움직이는 게 보여 내려가 보니, 할아버지가 수조 바닥에서 찰스턴 춤을 추며 자기 머리를 때리고 있었다. 다시 수면으로 올라오자, 티파니가 "못 하겠어요!" 하고 외치는 소리가 들렸다. 아이는 여전히 스파키의 지느러미에서 손을 놓지 않고 있었다. 베티는 "스파키는 네가 정말 맘에 드나 봐!" 하고 외쳤다.

나는 돌고래들이 왜 나를 싫어하는지, 그 이유를 찾으려고 애썼다. 혹시 아침에 먹은 소시지 때문일까? 대체 돌고래들은 왜 나를 원하지 않는 걸까? 살을 좀 빼야 하나? 최근 불안에 시달린 일이 있어서 그런가? 아니면 혹시 배란기라서? 광대라면 어떻게 상대를 웃길까, 하는 생각을 하다가 나는 다시 잠수를 해 벽에 부딪쳐 보기로 했다. 수조 벽을 짚고 일어나는데, 갑자기 다리에 뭔가 감기는 느낌이 들었다. 나는 깜짝 놀라 얼른 다리를 빼고 재빨리 돌아보았지만 뒤에는 아무것도 없었다.

"자유 시간은 여기까지입니다!"

베티가 외치는 소리에 우리는 다시 줄을 서서 돌고래를 한 번씩 더 타고 마무리했다.

"좋은 사진 많이 건졌어."

아빠는 수건을 건네며 만족스러워 했지만 엄마는 투덜대듯 말했다.

"환불을 받아야 할 것 같아. 딱 봐도 돌고래들이 어른은 별로 안 좋아하잖아."

그 말에 나는 "아니에요. 정말 최고의 생일 선물이었어요. 진짜 너무 재밌었어요." 하고 말했다.

하지만 내가 뭐라고 말하든 부모님은 실망할 게 뻔했다. 아마 내가 실망했다고 생각해서 실망했겠지. 솔직히 말하면, 조금 실망스러운 건 사실이었다. 돌고래를 더 타지 못한 게 아쉬웠고, 돌고래가 나를 별로 좋아하지 않은 것도 아쉬웠다.

부모님과 함께 차로 향하는데, 밖에 있던 마른 남자애가 자기 동생에게 "너 내가 동물학대방지협회에 신고할 거야." 하고 말하는 소리가 들렸다.

우리는 차를 타고 오며 저녁으로 뭘 먹을지 고민하기 시작했다. 선택지는 '크랩즈 아 어스(Crabs R Us)' 라는 게 요리를 하는 집과 '플린즈 딕시 립스(Flynn's Dixie Ribs)' 라는 바비큐 립 가게, 그리고 뭐든 구워 준다는 '그릴드 애니싱(Grilled Anything)' 이라고 하는 그릴 요리를 하는 곳이었다. 나는 '그릴드 애니싱' 에 한 표를 던졌다. 뭐든 구워 버린다니, 대체 어떤 것을 그릴에 구워 줄지 무척이나 궁금했다.

앞좌석에 앉은 엄마와 아빠는 아무 말도 하지 않았다. 나는 선물이 정말 마음에 들었다고 계속 말했지만, 부모님께는 별 위안이 되지 않은 것 같았다. 돌고래에게 선택받지 못하는 딸을 보고, 그 이유가 대체 뭘까 생각하고 있는 듯했다. '우리 딸에게 무슨 문제라도 있나? 뭘 잘못한 건가?'

그때 문득 이런 생각이 떠올랐다. 부모님은 이제 은퇴해서 플로리다 주에 있는 보카레이턴에서 이전과 전혀 다른 삶을 살고 있었지만 두 분 모두 달라진 점은 없었다. 그건 내게 어떤 일이 생겨도, 내가 뭘 해도 부모님이 나로 인해 느끼는 기쁨은 예전만 못할 거라는 의미였다. 부모님이 내게서 최고의 기쁨을 느꼈던 그 순간은 이미 지나가 버렸다. 무슨 짓을 해도 그 순간을 되살릴 수는 없었다. 캐츠킬 산맥의 크롭닉 코지 캐빈이라는 휴양지에서 장기자랑에 나가 재롱을 떨던 일곱 살 딸로, 산을 등지고 젤리병 속 촛불을 조명 삼아 무대에서 「그녀는 내게 너무 뚱뚱해(She's Too Fat For Me)」를 부르던 귀염둥이 꼬마 숙녀로 돌아갈 수는 없는 것이다. 이제 처음 보는 사람이 부모님의 옆구리를 쿡 찌르며 "대체 누구 딸인데 저렇게 예뻐요? 정말 깨물어 주고 싶네요." 하고 말할 일도 없는 것이다.

"믿든 안 믿든 전 정말 재밌었다니까요."

내 말에 아빠는 아랑곳하지 않고 엄마에게 "거 봐, 내가 싫어할 거라고 했잖아." 하고 핀잔을 주었다. 그러자 엄마가 고개를 저으며 말했다.

"즐겁게 해주려고 했는데……."

"괜히 안 하던 짓을 했다가 망한 것 같아."

아빠의 말을 다시 엄마가 이어받았다.

"정말 마음이 아프네요, 여보."

쓰다(Writ)

_알리 스미스

나는 열네 살의 나 자신과 대화를 해보려고 거실 테이블에 앉았다.

그녀는 어느 날 갑자기 우리 집에 나타났다. 그리고 줄곧 내 존재를 무시했다. 내 머리 위 한 지점을 반항적으로 응시하거나, 혹시라도 눈이 마주치면 세상에서 제일 따분한 사람을 보듯 버릇없는 태도로 바로 눈을 돌릴 때만이 나를 무시하지 않는 순간이었다.

퇴근하고 돌아오니 아이가 또 집에 있었다. 나는 그 애에게 왜 나타났는지, 어디에 갔다 왔는지 묻지 않았다. 대신 TV 소리를 줄이라고 한 뒤 와서 앉으라고 했다.

그녀는 한숨을 푹 쉬더니 마침내 시키는 대로 했다. 테이블로 다가온 그녀는 뭉그적거리며 천천히 의자를 뺐다. 일부러 그러는 게 보였다. 그녀는 자리에 앉아 다시 한 번 소리 내어 한숨을 쉬었다.

소녀가 나타난 것은 지난주부터였다. 그러고 보니 지난주에 번화가를 걷는데 잘 모르는 어떤 소녀, 아니 여자가 내게 다가왔다. 그런데 소녀는 언제 여자가 되는 걸까? 정확히 언제부터 소녀가 아닌 여자로 봐야 하는 걸까? 그녀는 대낮에 한 줄로 죽 늘어선 오래된 상점들의 공사장 벽으로 나를 능숙하게 몰아세우고는 내게 키스를 했다. 나는 그 난데없는 키스에 깜짝 놀랐다.

그리고 그날 밤 집에 오니 열네 살의 나 자신이 돌아다니고 있었다. 멍한 눈을 하고 여기저기 부딪히며 돌아다니는 그녀의 모습은 코끝이 뭉툭한 당나귀 한 마리가 집 안을 돌아다니는 모습만큼이나 부자연스러웠다.

30여 년이 흐른 후 자신의 십대 때 모습을 다시 본다는 것은 꽤나 충격적인 일이다. 게다가 그 십대 소녀가 내 일거수일투족을 지켜보며 마치 세상에서 제일 따분하다는 눈빛을 하면 정말 당황스러운 기분이 든다.

"집은 어때? 맘에 들어?"

내가 물었다.

그녀는 거의 둘러보지도 않고 대충 어깨를 으쓱했다. 그녀는 이 집에 전혀 관심이 없었다.

"커피 좀 마실래?"

내가 다시 물었다.

그녀는 익숙한 그 버릇없는 태도로 나를 흘끗 보고 이내 눈길을 돌렸다. 저 정도면 버릇없음도 거의 예술의 경지다. 그 버릇없는 모습이 어찌나 당당하던지, 순간 뿌듯한 마음마저 들었다.

잠시 후 내가 커피 잔을 테이블 위에 놓자, 그녀가 잔을 집어 들었다.

"테이블에 그냥 놓지 말고, 거기 컵받침 써."

그녀는 커피가 마음에 안 드는지 탐탁지 않은 표정으로 내용물을 들여다보았다.

"왜, 커피가 별로야?"

"아니, 그게 아니고, 혹시 우유 없어요?"

아직 아무것도 섞이지 않은 내 고향의 억양 그대로다. 그래서인지 그녀가 네 마디 이상 말하는 것을 들으면 이상하게 안타까운 마음이 든다.

"없는데……. 맞다, 넌 우유 넣어서 마셨었지."

"커피가 너무 진해요. 저한텐 너무 쓴 것 같아요."

그녀는 조금 미안한 듯 말했다.

"이거밖에 없는데……."

"전 인스턴트커피가 좋아요. 다른 건 다 너무 써요."

"그렇긴 하지만, 인스턴트는 합성 첨가물투성이야. 그게 신경에
도 얼마나 안 좋은 영향을……."

내가 합성 첨가물이라는 단어를 뱉은 순간부터 그 애는 다시 내게
관심을 잃었다. 그녀는 잔을 저만치 밀어 내더니 양손으로 머리를 감
쌌다. 나는 갑자기 쓸쓸함을 느꼈다. 나는 그녀에게 뭔가를 말하고
싶었다.

"이 집을 좀 봐. 내가 이런 집을 샀다는 게 대단하지 않아? 꽤 괜
찮잖아. 좋아 보이지 않느냐고! 집에 책도 많은데, 마음에 들지
않아? 너도 책 좋아하잖아. 내 앞에선 솔직해도 괜찮아. 네가 똑
똑한 아이란 걸 난 알고 있으니까. 내가 너만 했을 땐 책이 가득
찬 집을 상상만 해도 좋았거든."

하지만 아무 말도 할 수 없었다. '내가 너만 했을 땐'이라니…….
그런 구역질 나는 말을 내 입으로 할 수는 없다.

그래도 몇 가지 미리 알려 주고 싶은 것들이 있었다. 예를 들면, 우
리 엄마 얘기……. 나는 그녀에게 "걱정하지 마, 엄만 괜찮을 거야.
지금은 좀 편찮으시지만 곧 괜찮아지셔. 엄마는 네가 지금 나이의 두
배는 되었을 때쯤 돌아가셔." 하고 말해 주고 싶었다.

하지만 왠지 그런 말은 하면 안 될 것 같았다.

해주고 싶은 얘기는 또 있었다.

"대입 시험은 잘 볼 거니까 너무 걱정하지 마. 대학에서도 그럭
저럭 잘 해낼 거고……. 대학 생활은 정말 즐거울 거야. 입학 첫
주에 크롬비 기숙사 바닥에 깔린 리놀륨 같은 냄새가 나는 남자
애를 만날 텐데, 걔랑 잘 안 된다고 상심하지 마. 입학 첫 주부터

꼭 남잘 사귀어야 하는 건 아니니까. 그런 건 중요한 게 아니야."

누구를 믿고 또 누구를 조심해야 할지도 알려 주고 싶었다. 누가 진짜 친구고 또 누가 나중에 뒤통수를 치는지, 누구랑 자고 또 누구랑 절대 자지 말아야 할지도⋯⋯.

"그 사람이랑은 꼭 자야 해. 인생 최고의 경험이 될 거야. 혹시 여자에게 호감이 가도 놀라지 마, 괜찮으니까. 다 괜찮아. 나중엔 결국 다 잘 풀려. 그러니까 눈곱만큼도 신경 쓰지 마. 반나절도, 반나절 중 단 한 시간도 그런 걸 고민하기엔 아까워. 아 참, 그리고 1997년 선거에선 절대 노동당 찍지 마. 보수당 놈들이랑 똑같더라고. 정말이야. 또 스물두 살 때 에든버러 시내에 시트로엥 차를 몰고 무슨 영업직 면접을 보러 갈 일이 있을 거거든? 충견 보비 동상이 있는 도로에서 후진할 때 조심해. 클러치는 살살 밟고⋯⋯. 너무 당황하지 마. 왜냐고? 근처에 있는 술집 벽에 차 뒷바퀴에 있는 흙받기까지 박아 버릴 거거든. 게다가 가 보면 알겠지만, 어차피 별로 갈 필요도 없는 면접이었어. 청바지에 편안한 복장으로 들어가 보니 다들 무섭게 쫙 빼입고 앉아 있는 그런 분위기 있잖아. 넌 어차피 그런 직장이랑은 안 맞아. 그러니까 그냥 내가 하고 싶은 말은, 자신을 좀 더 잘 알라는 거야."

하지만 맞은편에 앉아 있는 마르고, 건방지고, 완벽한 그녀를 보자 아무 말도 해줄 수가 없었다. 아무리 나중에 뒤통수를 칠지언정 아직 만나지도 않았을 친구 얘기를 할 수도 없고, 좌파 성향인 줄 알았던 정부가 알고 보니 아니더라는 얘기를 해주는 것도 이상했다. 1984년 어느 오후 차 흙받기까지 벽에 박는다는 얘기를 하는 것도 이상하고, 대학에 가게 된다는 얘기를 해주는 것조차 왠지 부적절하게 느껴졌다.

나는 그 모든 말 대신 "좀 잘 챙겨 먹어." 하고 말했다.

그녀는 머리카락 끝을 입에 물었다. 그리고 다시 입에서 꺼내 손에 잡고 쭉 펼치더니, 젖은 머리끝을 잠시 바라보았다.

"윽, 더럽게 뭐하는 거야?"

내가 그렇게 말하자, 그녀는 눈을 굴렸다.

자세히 보니 입가와 코 주변에 여드름이 있었다. 당연히 그럴 테지. 그녀는 나중에야 알게 될 표현이겠지만 복합성 피부니까. 그런 피부는 어떻게 다뤄야 할지 정도는 알려 줄 수도 있다. 가운데 가르마를 탄 탓에 머리가 밋밋하고 인상이 주눅 들어 보인다. 이마에도 여드름이 드문드문 나 있다. 어떻게 해야 더 나은지 알려 줄 수 있긴 한데…….

나는 창가로 다가가 밖을 내다봤다. 공사장에서의 키스가 갑자기 머릿속을 가득 채웠다. 마치 누군가 갑자기 내 머리 꼭대기를 열고 따뜻한 물과 식물 영양제를 넣어 잘 섞은 후, 나를 꽃병 삼아 수선화 같은 봄꽃으로 꽃꽂이를 해놓은 것 같은 기분이었다. 밖은 어두워지고 있었다. 2월의 이른 땅거미 아래로 군데군데 눈이 쌓인 공원이 보였다.

집을 살 때는 몰랐지만, 공원은 사실 예전에 공동묘지였다고 한다. 몇 세기 전 전염병이 돌았을 때 죽은 수천 명이 묻힌 곳이었다. 개를 산책시키러 나온 사람과 슈퍼마켓에 다녀오는 사람의 발아래에, 공원의 풀밭에서 녹는 눈 아래에, 모든 길이 교차하는 작은 언덕 아래에, 그때 묻힌 사람들의 마지막 모습과 함께 그 유골이 남아 있었다. 그들 위로는 어두워지는 공원이, 그리고 그 공원 위로는 완전히 어두워지기 전 짙은 푸른빛을 띠는 하늘이 있었다. 맑은 밤이었다. 나중에 별이 뜨면 아름다울 것이다. 겨울에서 봄으로 넘어가는 시기에 보이는 별자리들이 공원 위 하늘에 뜬 모습은 정말 아름답겠지.

머릿속에 갑자기 아트 가펑클의 노래가 떠올랐다.

'오늘 밤은 별이 떴나요? 난 날이 흐린지 맑은지도 모르죠. 내 눈엔 당신만 보이니까요.'

그러자 갑자기 그녀에게 물어보고 싶은 게 생겼다.

"요즘에 인기 있는 노래는 뭐야? 톱20 같은 거 있잖아."

"브라더후드 오브 맨의 피가로. 별로예요."

"맞아. 별로지."

"너무 유치해요. 애들 노래도 아니고……."

"안젤로란 노래는 또 어떻고."

"그 노래 진짜 싫어요. 밥맛이야."

"아바 노래 베낀 거잖아. 페르난도랑 똑같아. 잘 들어 보면 바로 티 난다니까."

"진짜 그래요. 완전 베꼈어. 아바 노래를 훔쳐다가 그런 형편없는 노래나 만들다니……."

이 집에 나타난 후 처음으로 그녀의 목소리에서 관심 비슷한 게 느껴졌다. 나는 뒤돌아보지 않은 채 그녀가 좋아할 만한 것을 기억해 내려 머릿속을 뒤졌다. 그러다 문득 떠오르는 노래가 있어 흥얼거렸다

'거기 예쁜 아가씨. 인간세계에 온 걸 환영해요.'

"그 노래 피아노에서 전자 목소리 나는 부분 진짜 좋아요. 만약에 하늘에 목소리가 있다면 꼭 그런 소릴 것 같아. 게다가 밴드 이름도 진짜 잘 지은 것 같아요. 일렉트릭 라이트 오케스트라라고 하니까 가벼운 오케스트라(light orchestra) 느낌이 나기도 하고, 일렉트릭 라이트라고 하면 전기 등(electric light) 느낌도 나잖아요. 스위치 하나로 켜고 끌 수 있는 그런 거요. 그 두 개를 합치다니……. 천재 같아."

"맞아, 꼭 오케스트라를 켜고 끌 수 있는 것 같은 느낌이지."

"큰 오케스트라가 전구 하나에 들어 있는 것 같은 느낌이에요.

단어 몇 개로 이런 느낌을 주는 건 진짜 대단한 것 같아요. 단어 몇 개로 모든 걸 자연스럽게 연상하게 되잖아요. 정말 좋아요. 혹시 '물로 쓴(written water)' 이라는 표현 들어 본 적 있어요?"

"아니."

"오늘 애버딘 선생님 시간에 배운 시인 존 키츠에 대한 얘기예요."

"선생님이 '낭만주의 시대의 불운한 팝스타' 라고 설명했겠네?"

"그랬어요. 아무튼, 그 키츠라는 시인이 죽기 직전에 어떤 사람한테, 자기가 죽으면 묘비에 '여기 물로 이름을 쓴 시인이 누워 있노라(here lies a poet whose name is written water).' 라고 적어 달라고 했대요. 그 묘비에는 정말 물로 쓴 것처럼 이름이 없대요. 정말 아름다운 표현 같아요. 물로 이름을 쓴 시인이라니……."

열네 살의 내가 말했다.

"우선 묘비에 적힌 단어는 '시인' 이 아니라 '사람' 이야. 물로 이름을 쓴 사람 말이야."

"그게 그거지, 뭐."

"그리고 'written water' 가 아니라 'writ in water' 야. 두 단어가 아니고 세 단어라는 말이야."

"아니에요, 'written' 이 맞아요."

"아니야, 'writ' 다음에 'in' 그리고 그 다음에 'water' 가 맞아."

"세상에 'writ' 라는 단어가 어디 있어요?"

"있어."

"꼭 쓰다 만 것 같구먼, 뭐. 의미가 없잖아요."

"아냐, 있는 단어야. 사전에도 있어. 시간이 지나며 의미가 바뀌긴 했지만, 예전 의미도 남아 있어. 요즘에는 똑같은 형태나 용법으로 쓰지 않는 것뿐이야." ('writ' 는 원래 'written' 과 같은 의미

와 용법으로 사용했으나, 최근 공식적인 문서나 영장 등의 의미로 사용_역자)

탁자 아래 발돋움을 발로 차는 소리가 들린다.

"하지 마."

내가 말하자 그녀는 발을 멈추고 다시 조용해졌다. 나는 창밖으로 어두워지는 풀밭을 바라보았다. 굳이 뒤돌아보지 않아도 그녀가 뭘 하고 있는지 알 수 있었다. 아마 탁자 아래의 발돋움을 요령껏 피해 가며 여전히 다리를 앞뒤로 흔들고 있을 것이다.

"어쨌든 굉장히 젊은 나이에 죽은 시인이지."

내가 말했다.

"아니에요. 스물다섯인가에 죽었잖아요."

"아름다움은 영원한 기쁨. 그 사랑스러움은 오로지 증가할 뿐."(존 키츠의 시 '엔디미온'의 첫 구절_역자)

다음 구절이 기억나지 않았다. 이럴 수가, 예전에는 전부 다 외웠었는데……

"키츠의 시도 배웠어요."

"어떤 거?"

"무슨 옛날 책을 보는 내용이었는데……. 아, 맞다! 그리고 오늘 아침에 학교에 갔는데, 진짜 짜증 났어요. 미술 선생님이 글쎄, 애들 앞에서 옷을 벗으라는 거예요."

그녀의 말에 나는 뒤돌아보며 물었다.

"그 남자가 뭘 어쨌다고?"

"남자 아니에요. 여자 선생님인데, 진짜 밥맛이에요. 맥킨토시 선생이라고……."

"무슨 말이야, 얼마나 좋은 분인데. 그런 식으로 부르지 마."

"됐어요. 밥맛 나라에서 온 밥맛 선생."

"아니라니까."

"내가 흠뻑 젖은 옷을 입고 앉아 있으니까 당장 벗어서 라디에이터에 말리라고 하면서, 글쎄 옷을 말리는 동안 자기 코트를 입고 있으라는 거예요. 두 시간 이어서 하는 수업이었는데, 결국 미술 시간 내내 그 코트를 입고 있었다고요. 게다가 손이 시려서 주머니에 손도 몇 번 넣었어요. 학교 근처 언덕에서 내려오는 길에 돌에 걸려서 스타킹이 찢어졌는데, 3B반의 로라 와이즈가 자긴 안 춥다고 나한테 자기 걸 신으라고 줬어요. 로라가 그러는데, 그 여자 완전 사이코래요."

"잠깐, 우선 그 단어는 쓰지 마. 그리고 대체 무슨 얘긴지 정리를 좀 해봐. 돌은 무슨 얘기고, 옷은 또 왜 젖은 건데?"

"존 맥린톡이 언덕에서 밀었어요."

학교 근처에 있던 언덕은 나도 기억했다. 친구들과 자주 찾아가서 시간을 보냈던 곳이다. 하지만 그녀가 지금 얘기하는 사건은 전혀 기억에 없었다. 우리는 등하굣길에 매일 그 언덕 옆을 지났다. 두 개의 주택단지 뒤쪽에 있는 풀이 무성한 경사지였다. 아마 무슨 건축 규제가 있어서 부지를 다 주택으로 개발하지 못하고 남겨 둔 곳인 것 같았다. 그곳에는 집을 짓는 대신 원래 있던 나무를 뽑고 새로 지은 주차장까지 잔디를 깔아 낮은 나무 덤불을 심어 놓았다. 내 기억이 맞는다면, 경사가 꽤 가파른 언덕이었다.

"거기서 어떤 남자애가 사람들을 밀었다고?"

"아니, 저만요. 나만 밀었어요, 딴 사람은 안 밀고……. 여러 명 있었는데……."

"근데 언덕 꼭대기엔 왜 올라간 거야?"

"첫눈이 와서요."

"잠깐, 확실히 좀 얘기해 봐. 그러니까 그 남자애가 밀어서⋯⋯."

"아니, 막 심하게 밀지는 않았는데⋯⋯. 미끄러워서 더 심하게 넘어졌어요."

그녀는 두 손으로 얼굴을 가렸다. 앞에는 식은 커피를 놓고, 탁자 밑의 발돋움을 피해 다리를 앞뒤로 구르며 얼굴을 가린 손 아래로 미소를 짓고 있었다. 왜 웃는지 알 수가 없었다. 남자애가 언덕에서 밀어서? 언덕 아래에서 친구가 도와줘서? 미술 선생님이 옷을 벗으라고 해서? 내 기억이 맞는다면 그녀는 분명 맥킨토시 선생님을 짝사랑했다.

그러다 나는 문득 그 세 가지 이유가 다 맞는다는 것을 깨달았다. 어른용 코트의 주머니에 손을 넣었을 때 느꼈던 그 따스함에 대한 기억이 갑자기 돌아왔다. 나는 내 앞의 이 열네 살 소녀를 걱정할 필요가 없다는 사실을 깨달았다. 그녀는 괜찮을 것이다. 내가 그녀였고, 그녀는 커서 내가 될 것이다.

여기까지 생각이 미치자 나는 가슴이 뭉클해졌다. 내 얼굴에서 감정을 읽은 그녀가 다시 짜증을 냈다. 그녀는 얼굴에서 미소를 지우고 다시 나를 노려보며 말했다.

"'writ' 보다 'written' 이 훨씬 나아요."

"낫고 말고의 문제가 아니라, 실제로 'writ' 라고 적혀 있다니까."

"밥맛이야."

"버릇없게 굴지 말고!"

"밥맛 나라에서 왔겠지."

그녀가 들릴락 말락하게 덧붙였다.

그리고 나를 흘긋 보다가 또다시 완벽한 타이밍에 눈을 돌렸다. 저녁 6시밖에 안 됐는데 밖은 완전히 밤이 되었다.

가로등에 모두 불이 들어왔다. 집으로 돌아가는, 혹은 집을 나서는 차들이 내는 소음이 들렸다. 집 근처의 불 꺼진 공원, 곧 서리가 내릴 게 틀림없는 하늘 아래서 보이지 않는 누군가 덜컹거리는 소리로 자전거를 타고 돌아다니며 "사랑해." 하고 외치고 있었다. 남자인지 여자인지는 모르겠다. 그 누군가는 어둠 속을 헤집으며, 오래전에 수천 명이 죽어 묻힌 공원 위에서 별이 가득한 하늘에 대고 상대의 이름을 외쳤다. 그리고 다시 사랑한다는 말을, 그 다음에는 또 이름을 외쳤다.

열네 살의 나와 지금의 나는 함께 창문을 바라보았다. 그리고 동시에 말했다.

"저 소리 들려?"

돼지 부수기(Breaking the Pig)

_에트가르 케레트

Translated from the Hebrew by Miriam Shlesinger

히브리어 원작을 미리암 슐레징거가 영어로 번역

아빠는 바트 심슨 인형을 사 주려고 하지 않았다. 엄마는 정말 사 주고 싶어 했는데, 아빠는 내 버릇이 나빠진다는 이유로 극구 반대했다. "왜 사 줘야 해? 대체 왜 우리가 사 줘야 하지? 당신은 애한테 너무 오냐오냐해서 문제야."

그러면서 내가 돈의 가치를 존중할 줄 모른다며, 그런 건 어릴 때부터 배워야 한다고도 했다.

"원하는 걸 사 달라고 조르기만 하면 바로 손에 넣는 애들은 나중에 자라서 편의점이나 털고 다니는 불량배가 되기 십상이야. 왜냐고? 자기가 원하면 뭐든 가질 수 있다고 생각하게 되거든."

그런 연유로 아빠는 내게 바트 심슨 인형이 아닌, 등에 동전 구멍이 있는 못생긴 도자기 돼지 저금통을 사 주었다. 인형이 아닌 저금통을 사 주었으니 내가 불량배가 아닌 올바른 어른으로 자랄 거라는 생각을 했을 것이다.

저금통을 채우기 위해 나는 매일 아침 코코아 한 잔을 억지로 마셔야 했다. 아빠는 만든 지 좀 돼서 위에 막이 생긴 코코아를 마시면 1셰켈(이스라엘 통화 단위_역자)을 주고, 그냥 멀쩡한 코코아를 마실 경우에는 반 셰켈을 주기로 했다. 물론 먹자마자 토하면 한 푼도 없었다. 나는 그렇게 받은 동전을 동전 구멍으로 밀어 넣었다. 저금통을 흔들면 짤랑거리는 소리가 들렸다. 아빠는 돼지 저금통이 동전으로 가득 차서 흔들어도 짤랑거리는 소리가 들리지 않을 때쯤이면 스케이트보드를 탄 바트 심슨 인형을 살 수 있을 거라고 말했다. 그게 교육적이라면서 말이다.

도자기 저금통은 꽤 귀여웠다. 코를 만지면 시원했고, 1세켈짜리 동전을 넣으면 아니 반 세켈만 넣어도 방긋 웃어 주었다. 사실 제일 좋은 건 아무것도 넣지 않아도 늘 웃어 준다는 점이었다.

나는 돼지 저금통에 마골리스라는 이름도 지어 주었다. 마골리스는 사실 우리 집 우체통에 스티커로 붙어 있는 이름이었다. 예전 주인의 이름인 것 같은데, 아빠가 아무리 애써도 잘 떨어지지 않았다. 마골리스는 내 다른 장난감들과 달랐다. 전구나 스프링, 건전지 같은 것도 필요 없어서 훨씬 다루기 쉬웠다. 그저 탁자에서 떨어지지 않도록 잘 살피기만 하면 되는 것이었다.

"마골리스, 조심해. 넌 도자기잖아!"

나는 마골리스가 탁자 끝에 서서 바닥을 내려다보는 모습에 놀라 외쳤다. 마골리스는 나를 보고 웃더니, 참을성 있게 그 자리에 서서 내가 안아 내려 주기를 기다렸다. 나는 마골리스의 미소가 무척 좋았다. 마골리스의 등에 있는 구멍에 1세켈짜리 동전을 넣고, 그 변함없는 미소를 보기 위해 매일 아침 코코아를 마셨다.

"사랑해, 마골리스. 솔직히 말하면 난 엄마 아빠보다도 네가 더 좋아. 난 앞으로도 널 쭉 사랑할 거야. 네가 불량배가 된다고 해도 변함없이 사랑할 테야. 그러니까 절대로 탁자에서 뛰어내리면 안 돼!"

어제는 아빠가 들어오더니 탁자 위에 있던 마골리스를 거꾸로 집어 들고는 사정없이 흔들기 시작했다.

"아빠, 좀 조심해요. 그렇게 흔들면 마골리스의 배가 아프잖아요."

내가 말했지만 아빠는 멈추지 않았다.

"아무 소리도 안 나네. 그게 어떤 의미인지는 너도 알겠지, 데비? 바트 심슨 인형을 바로 내일 살 수 있다는 의미다."

"알았어요, 아빠. 신나긴 한데, 그만 좀 흔들어요. 마골리스가 어지럽잖아요."

아빠는 마골리스를 내려놓고 엄마를 부르러 갔다. 그러더니 잠시 후 한 손에는 엄마의 손을, 다른 한 손에는 망치를 들고 나타났다.

"거봐, 내 말이 맞지? 직접 돈을 모아서 사게 하면 물건 귀한 줄을 알게 된다고……. 그렇지, 데비?"

"네, 아빠. 근데 망치는 왜 가지고 왔어요?"

"너 쓰라고."

아빠는 내 손에 망치를 쥐여 주며 말했다.

"다치지 않게 조심해라."

"네, 그럴게요."

그렇게 대답은 했지만, 나는 뭘 어떻게 하라는 건지 몰라 한참이나 머뭇거렸다. 망치를 들고 어쩔 줄 몰라 가만히 서 있는 나를 보고 마침내 아빠는 인내심을 잃었다.

"뭐하는 거야? 저금통이나 빨리 깨라고!"

"네? 마골리스를 이걸로 치라고요?"

"그래, 마골리스를 말이다. 빨리! 고생해서 모은 돈이잖아. 네가 번 돈이라고……."

도자기로 만든 돼지 저금통인 마골리스는 최후의 순간이 다가온 걸 아는지 나에게 슬픈 미소를 보냈다. 바트 심슨 인형 따위가 대체 뭐라고! 인형 하나 사자고 친구를 망치로 내리치라고?

"인형 안 사도 돼요."

나는 아빠에게 망치를 돌려주었다.

"전 마골리스만 있으면 돼요."

"그게 무슨 말이냐?"

아빠가 물었다.

"괜찮아. 이렇게 직접 돈을 모으니 교육적으로도 얼마나 좋니? 자, 내가 깨 주마."

내가 됐다는데도 아빠는 망치를 쳐들었다. 나는 도움을 청하듯 엄마의 얼굴을 바라보았다. 하지만 엄마는 만사가 다 귀찮은 듯 피곤한 표정이었고, 마골리스는 체념한 듯 슬픈 미소를 짓고 있었다. 모든 건 내 손에 달려 있었다. 내가 어떻게든 하지 않으면 마골리스는 죽는 것이다.

"아빠!"

나는 아빠의 다리를 잡으며 외쳤다.

"왜 그러니, 데비?"

아빠는 망치를 치켜든 채 내게 물었다.

"1셰켈만 더 주시면 안 돼요? 내일 아침에 코코아 마실 테니 딱 1셰켈만 더 주세요. 그러면 마골리스 등에 넣고 내일 제가 부술게요, 진짜예요."

"1셰켈만 더?"

아빠는 웃으며 망치를 탁자에 내려놓고는 엄마에게 말했다.

"봤지? 이제 경제관념이 좀 생겼잖아."

"맞아요, 경제관념이 생겼어요."

나는 그렇게 말하고는 목멘 소리로 덧붙였다.

"내일 부술게요."

엄마 아빠가 방을 나간 후 나는 마골리스를 평소보다도 더 꼭 끌어안으며 참았던 눈물을 쏟았다. 마골리스는 말없이 내 손안에서 가볍게 떨고 있을 뿐이었다.

"걱정 마. 내가 구해 줄게."

나는 마골리스의 귀에 대고 속삭였다.

그날 밤, 나는 아빠가 거실에서 TV를 다 보고 침실로 들어갈 때까지 기다렸다. 그리고 마골리스를 안고 발코니를 통해 조용히 밖으로 빠져나왔다. 우리는 어둠 속에서 가시나무 덤불이 있는 들판까지 꽤 긴 거리를 함께 걸었다.

"돼지들은 들판을 좋아하잖아."

나는 마골리스를 들판에 내려놓으며 말했다.

"특히 가시나무 덤불을 좋아한다고 들었어. 너도 여기가 맘에 들 거야."

나는 대답을 기다렸지만, 마골리스는 아무 말도 하지 않았다. 하지만 작별 인사로 코를 쓰다듬자 슬픈 표정으로 나를 보았다. 마골리스도 우리가 영영 만나지 못하리라는 사실을 알고 있는 것 같았다.

호사스러운 광대들(Clowns in Clover)

_나딘 고디머

여자들은 대부분 부부 싸움에서 전세를 단숨에 역전시킬 무기 하나 쯤은 가지고 있다. 남편이 과거에 많이 잘못했던 사건을 끄집어내서 무자비하게 그리고 무차별적으로 상대를 구석으로 모는 것이다. 그 말 한마디면 남자는 더 이상 반격을 못하고 싸움은 종료된다.

우리 엄마의 무기는 바로 쿠키 삼촌의 이야기였다. 엄마가 아무리 잘못해서 싸움이 나더라도 쿠키 삼촌 이야기만 꺼내면 전세는 바로 역전됐다. 사실 엄마는 매일매일 우리 세 남매(바바라, 버나드, 케이티)에게 자신의 말과 행동은 절대적으로 옳다는 생각을 주입하고 있었다. 그래서 우리는 엄마가 잘못할 수도 있다는 것 자체를 상상하지 못했다.

"불쌍한 내 동생이 그렇게 고생을 하는데 그렇게 잘나신 양반이 십 년이 다 되도록 돈 한 푼 보낼 생각을 안 해요?"

엄마의 말 자체는 사실이었다. 아빠는 돈을 보낸 적이 없었다. 그렇기 때문에 싸움의 주제가 뭐가 됐든 아빠는 이 말에 반박할 수 없었고, 과거의 무심함으로 두고두고 아빠는 잘못한 사람, 엄마는 상처받은 사람이 되었다.

싸움이 끝난 후의 정적은 마치 여름 소나기가 퍼부은 후 거리 위에 피어오르는 수증기처럼 허공에 걸려 있었다. 역시 쿠키 삼촌 얘기는 한결같이 효과적이었다.

엄마에게는 남동생이 두 명 있다. 엄마는 분명 그냥 '내 동생'이라

고만 말했지만, 우리는 엄마가 말한 동생이 쿠키 삼촌이라는 것을 알고 있었다. 쿠키 삼촌의 이름은 우리 오빠와 같은 버나드였다. '쿠키'라는 아이 같은 별명은 아무래도 어릴 때 붙이고 나서 그대로 굳어진 것 같았다. 마흔쯤 됐었다고 기억하는 것으로 봐서, 아마 우리가 쿠키 삼촌을 처음 봤을 때 삼촌의 나이가 그 정도였을 것 같다. 우리는 삼촌의 젊은 모습을 본 적도 없었고, 그때는 원래 이름도 잘 몰랐다. 그래서인지 회색 머리의 키 큰 삼촌의 모습과 '쿠키 삼촌'이라는 호칭이 안 어울린다는 생각은 한 번도 해보지 않았다.

삼촌은 세찬 비에 속절없이 꺾인 길쭉한 접시꽃처럼 어깨가 늘 구부정했고, 긴 손가락으로 눈에 띄는 모든 것을 만지작거렸다. 우리가 인사를 하면 삼촌은 불안한 듯 자기 손을 만지작거리고는 했다. 삼촌의 손에서는 여자 손에서 나는 비누 냄새가 났다. 늘 담배나 신문 잉크, 기름 냄새로 절어 있는 우리 아빠의 손과는 달랐다. 삼촌은 큰 눈에 회색 눈동자를 하고 있었는데, 우리가 '슬픈 눈'이라고 부르고는 했던 엄마나 내 눈과 비슷했다. 눈 주위는 움푹 들어가 있었다. 하지만 엄마와 삼촌이 닮은 건 눈뿐이었다. 삼촌이 키가 크고 비실비실한 체형인 데다 늘 조용했다면, 엄마는 작고 다부진 체형인 데다 높고 낭랑한 목소리로 쉴 새 없이 말하고는 했다.

삼촌을 보면 마치 엄마의 그림자를 보는 것 같았다. 삼촌은 조용히 엄마가 보는 것을 보고, 엄마가 앉았던 곳에 앉고, 엄마를 따라 이 방저 방으로 돌아다녔다.

삼촌은 1년에 한 번 2주 정도씩 우리 집에 머물렀는데, 그 외에는 거의 볼 일이 없었다. 엄마만이 한 달에 한 번 삼촌을 찾아갔다. 엄마는 삼촌 집에 가기 전날 밤이면 케이크를 구워 놓고, 아침에 일찍 나가기 위해 미리 채비를 해두었다. 필요한 것들을 다 챙긴 후에는 가정부를 부르거나 이모에게 전화를 걸어 "내일은 우리 불쌍한 쿠키한테 좀 가 보려고. 사실 좀 귀찮기도 하지만, 그래도 내가 좀 들여다봐야지." 하고 말하고는 했다.

다음 날 아침이면 엄마는 우리가 등교하기 전에 집을 나섰다. 쿠키 삼촌이 사는 북부 트란스발까지 가는 새벽 기차를 타기 위해서였다. 전에 엄마가 누군가에게 이렇게 얘기하는 걸 우연히 들은 적이 있다.

"당연히 자기 방은 따로 있지. 방에 자기 소지품이랑 차 데워 마실 스토브 같은 것들도 있어. 옆방 사람은 예전에 학교 선생이었다고 하더라고. 좋은 사람인 듯 보이던데, 참 안됐지. 케이크를 가져가면 옆방과 나눠 먹는데, 거기도 먹을 거 있으면 같이 나눠 먹는다고 하더라고."

그런 것으로 보아 쿠키 삼촌은 아마 넉넉하지는 않아도 그럭저럭 지낼 만하게 살고 있는 것 같았다.

우리 남매는 매년 돌아오는 쿠키 삼촌의 방문을 기다렸지만, 막상 삼촌이 와도 평소와 크게 달라지는 건 없었다. 삼촌의 방문은 매년 돌아오는 생일, 크리스마스, 개학, 방학처럼 일종의 연례행사일 뿐이었다. 어린 시절에는 아무런 구분 없이 시간이 쭉 이어진 것처럼 느껴졌다. 하지만 이렇게 매년 규칙적으로 돌아오는 각종 행사들을 치르다 보면 어느덧 시간을 더 명확하게 의식하는 어른이 되는 것 같다.

쿠키 삼촌은 거의 존재감이 없었다. 구부정한 어깨 탓에 늘 허리춤의 상의가 삐져나와 있던 삼촌은 창가에 서서 뭔가 바라보는 것을 좋아했다. 삼촌은 우리가 무슨 게임이라도 하며 주변을 빠르게 지나가면 잠시 우리를 봤다가도, 곧 다시 구름이나 잔디밭 위의 새를 봤다. 경직된 손길로 고양이 등을 쓰다듬기도 했다. 식사 자리에서는 거의 말이 없었다. 엄마는 삼촌이 와 있는 동안에는 다른 약속을 잡지 않았다.

"지금 쿠키가 와 있어서 어디 가기가 좀 힘들어요. 이해하시죠?"

엄마는 전화로 그렇게 사과하고는 했다. 그리고 삼촌이 서 있는 방으로 들어가 아픈 사람에게 뭘 먹고 싶은지 물을 때처럼 고개를 한쪽으로 갸웃하고는 삼촌에게 이렇게 말했다.

"점심거리로 가자미 좋은 거 한두 마리 정도 구해서 살만 발라 오라고 해야겠다. 기름에 튀길까? 아니면 화이트소스를 곁들이는 게 나으려나?"

엄마가 물으면 삼촌은 한숨을 쉬며 뭔가 불안하고 상처받은 표정으로 엄마를 바라보았다. 누가 말을 걸면 삼촌의 얼굴에는 늘 그런 표정이 떠올랐다. 마치 대화라는 것이 견딜 수 없을 정도로 부담이 된다는 듯한 표정이었다.

"아무래도 괜찮아, 누나. 튀긴 거면 충분해. 레몬만 곁들여서……. 어쨌든 아무거나 괜찮아. 튀겨도 되고 삶아도 돼. 난 정말 상관없어."

엄마와 삼촌은 그런 대화를 주고받은 후 잠시 근심 어린 눈으로 서로 바라보며 서 있고는 했다. 크고 어두운 눈으로 매료된 듯 서로 응시하는 모습을 가만히 보고 있자면, 둘이 곧 천천히 몸을 좌우로 흔들며 춤이라도 출 것 같다는 생각이 들었다. 그러다 엄마가 문득 정신을 차리고는 "어, 그래. 응, 알았어." 하고 무거운 목소리로 말하며 주방으로 향했다.

쿠키 삼촌이 우리 집에 머무는 동안 존재감을 드러내는 것은 노래할 때뿐이었다. 지금은 잘 기억도 나지 않지만, 당시에는 우리 엄마도 꽤나 젊었다. 엄마는 젊은 여성의 취향에 맞게 당시 '싱코페이션'이라고 불렸던 신나는 당김음이 주가 되는 피아노 주법을 익혔다. 그 덕에 버나드 오빠와 내가 '엘리제를 위하여'를 연습하던 반짝반짝 닦인 피아노 위에는 당시 유행하던 노래의 악보가 어수선하게 놓여 있었다. 30년대에 유행하던 화려한 할리우드 뮤지컬 주제가에서부터 런던이나 브로드웨이에서 히트한 뮤지컬 음악 모음집도 있었다.

우리는 저녁을 먹은 후 엄마 주위에 둘러서서 경쾌한 엇박자에 맞춰 노래하는 것을 좋아했다. 당시 케이티 언니는 열다섯 살이었는데, 낮은음에서는 노래를 꽤 했지만 높은음에만 가면 목소리가 점점 작아지며 거의 사라지고 말았다. 인간의 청력으로는 들을 수 없는, 개의 귀에나 겨우 들릴 법한 작은 소리였다.

삼촌은 저녁에 열리는 피아노 모임을 마음에 들어 했다. 우리가 모여서 노래하고 있으면 삼촌은 어느새 자기도 모르게 뭔가에 이끌려 온 것처럼 다가와 있었다. 분명 조금 전까지만 해도 의자에 앉아 있었는데, 잠시 후 코트 소매 스치는 소리가 나고 세탁물에서 나는 깨끗한 비누향이 나서 돌아보면 삼촌이 뒤에 있었다.

삼촌이 노래를 시작하면 우리는 천천히 멈췄다. 쿠키 삼촌은 약간 허스키하면서도 부드러운 목소리로 혼자서 노래를 했다. 한 곡이 끝나면 바로 다음 곡이 이어졌다. 엄마는 아무 말도 하지 않고, 고개도 돌리지 않은 채 조용히 악보 페이지를 넘겨 가며 이 곡에서 저 곡으로 연주를 이어 갔다. 마치 마법에라도 걸린 것 같았다.

우리는 문자 그대로 뒤로 빠졌다. 노래를 멈추고 뒤로 빠져나와 의자 팔걸이에 걸터앉거나 털이 숭숭 빠지는 마루 위 가죽 깔개 위에 누워 삼촌의 노래를 들었다. 원래 쿠키 삼촌은 다른 사람들의 대화 소리에 자기 목소리를 감출 수 있을 때만 말을 하는 사람이었다. 자기 목소리가 조금이라도 크게 들린다는 생각이 들면 말을 하던 중에도 갑자기 입을 닫아 버리는 사람이었다. 하지만 노래할 때만큼은 달랐다. 삼촌은 사방이 조용한 방 안에서 모든 이의 절대적인 주목을 받으며 30분 동안이나 혼자 노래를 했다. 또, 삼촌은 원래 버스표부터 포크에 이르기까지 위협을 느끼듯 주변의 모든 사물을 겁에 질린 눈으로 바라보고는 했는데, 노래할 때 다음 음이나 가사를 확인하려고 가끔 악보를 보는 모습만큼은 달랐다. 삼촌은 악보를 두려워하지 않고 다른 사람들과 똑같이 단순한 종이로 보았다. 아주 자연스러운 모습이었다. 삼촌은 우리의 주목을 받으며 노래했고, 심지어 우리와 눈을 맞추기도 했다.

특히 기억에 남는 노래가 한 곡 있다. 「호사스러운 광대들(Clowns in Clover)」이라는 옛날 영국 레뷔(뮤지컬의 전 단계 형태로 노래, 연주, 낭송, 만평 등으로 구성된 가벼운 풍자극_역자)에 나온 노래였다. 삼촌은 우리가 다른 노래를 하고 있을 때는 피아노 곁에 안 올 때도 있었지만, 이 노래를 부를 순서가 되면 어디선가 금세 나타났다. 우리 남매는 뮤지컬 코러스 곡들과 각종 신곡들 그리고 탱고 곡 비슷한 노래를 했다. 그리고 그 노래의 첫 음이 울리는 순간, 바로 삼촌의 목소리가 들렸다.

그 소년이 그립네
내 마음은 그 소년을 향하지
그는 나를 잊었겠지만

지금 와서 생각해 보면 사실 쿠키 삼촌이 부르기에는 뭔가 많이 안 어울리는 노래였던 것 같다. 아무리 생각해도 삼촌보다는 거트루드 로렌스(영국 태생의 영화배우이자 뮤지컬배우_역자)나 메리 마틴(미국 태생의 가수이자 브로드웨이 스타_역자)이 불러야 어울릴 만한 노래다. 하지만 당시 우리 남매에게는 삼촌과 그 노래의 조합이 전혀 부자연스럽게 느껴지지 않았다. 왜일까? 아마 실제로 전혀 이상하지 않았기 때문일 것이다. 삼촌이 그 노래를 하는 모습을 가지고 오히려 누가 이상하게 생각했다면 우리는 아마 깜짝 놀랐을지도 모른다. 이런 느낌에 대해서는 애들이 정확한 편이다. 물론 어른이 된 지금 생각하기에는 좀 역설적으로 느껴지기는 한다. 하지만 당시 열두 살이었던 내가 그런 걸 느낄 수 있었을 리가 만무하다.

어느 날 한 집 건너 이웃에 살던 맥케크니 가족이 이사를 가면서 그 일이 일어났다. 우리 남매는 밖에 나와 새 이웃이 이사 오는 것을 구경했다. 새로 이사 온 남자애 두 명은 버나드 오빠와 나이가 비슷해 보였고, 두 귀가 마치 물주전자에 달린 손잡이같이 툭 튀어나와 있었다. 어딘가 이상하게 생긴 여자애도 한 명 있었는데, 나보다는 어려 보였다. 그 애는 목이 두껍고 머리에는 아기들이나 달 만한 리본을 달고 있었다. 여자애가 나를 부르며 뭐라고 말을 했는데, 전혀 알아들을 수가 없었다.

버나드 오빠는 사람들과 빨리 친해지는 편이라, 그날 오후부터 그 집 남자애들과 놀다 들어왔다.

"근데 그 집 여자애는 왜 그래? 아까 나한테 뭐라고 알아듣지도 못할 말을 하더니 문을 쾅 닫더라고……."

"미쳤대."

버나드 오빠가 재미있다는 듯이 말했다. 그러더니 눈을 굴리며 앞머리를 움켜쥐고 혀를 쭉 내밀었다.

"그런 말하면 안 되는 거 알잖아."

케이티 언니는 늘 그렇듯, 넌더리가 난다는 눈빛으로 버나드 오빠를 쏘아봤다.

"걔 오빠들이 그랬어, 미친 거 맞다고……."

버나드 오빠가 분하다는 듯 말했다.

"전에 살던 집에서는 전화번호부를 다 찢어서 변기에 버리는 바람에 변기가 다 막혔었대. 게다가 얼마나 끔찍한 소리를 내는데! 꼭 늙은 고양이 소리 같다고."

버나드 오빠는 케이티 언니가 하지 말라는데도 가볍게 무시하고 이상한 소리를 내기 시작했다.

"난 미쳤어, 웩. 나도 어쩔 수가 없어. 난 미쳤다니까."

버나드 오빠와 나는 꺅꺅 비명을 질러 대며 뒤엉켜 넘어졌다. 나는 누운 채 계속해서 웃었고, 오빠는 미친 사람 흉내가 재미있었는지 계속 언니를 향해 혀를 쭉 내밀고 있었다.

"이러는 거 엄마가 보면 어떡해. 걔를 이렇게 놀려 대는 걸 보면 어떡하냐고!"

언니가 빽, 하고 소리쳤다. 한참 혀를 내밀고 미친 사람 흉내를 내던 버나드 오빠는 혀에 침이 다 말라서 이상하다고 말하며 자기 혀에 손을 대보라고 하더니, 다시 혀를 축이고 "걔 좀 더 크고 나면 정신 병원에 보낸대." 하고 말했다.

"버나드!"

언니가 외쳤다.

"엄마가 무서워요. 엄마가 뭐라고 할까!"

오빠가 언니 흉내를 내며 놀려 댔다.

케이티 언니는 등 뒤에 비밀을 감춘 것 같은 표정을 지었다.

"무서워서 그러는 거 아니야. 엄마가 상처받으실까 봐 그러는 거라고……."

언니는 자리에 앉아 우리를 바라보며 말했다.

"왜?"

나는 언니의 갑작스러운 말에 멋쩍게 물었다.

"왜냐면……."

"다른 애들을 놀리는 건 나쁜 일이니까?"

내가 끼어들며 물었지만, 언니는 고개를 저었다. 언니의 엄지손톱 밑에 있던 거스러미가 비단 원피스에 걸렸고, 언니는 손을 들더니 그

것을 이로 물어뜯었다.

"왜냐면 말이지, 쿠키 삼촌 때문이야. 쿠키 삼촌이 정신병원에 있단 말이야."

"아니거든!"

버나드 오빠는 아연실색하며 말도 안 되는 소리 하지도 말라는 표정으로 언니를 쏘아봤다.

"맞거든."

언니가 가볍게 말했다.

"내 말이 맞아. 정신병원이 아니면 어디 있는 거겠어. 우리가 삼촌 집에 한 번도 가지 못한 건 이유가 있는 거라고."

"근데 쿠키 삼촌은 안 미쳤잖아."

나는 케이티 언니와 버나드 오빠를 차례로 보며 말했다. 오빠는 다시 조금 전과 마찬가지로 눈을 굴리며 혀를 내밀고 있었다.

"삼촌이 안 미쳤다고?"

언니는 그렇게 말하고는 어깨를 으쓱했다. 언니는 거스러미를 뜯어 내 쓰라린 부분을 따뜻한 목에 갖다 댔다. 깜짝 놀란 우리의 모습에 만족하면서도 묘한 부끄러움을 느끼는 것 같았다.

나는 언니 말이 사실인지 알아내려고 정말 오랫동안 많은 시도를 했다. 알아내기 위해 내가 할 수 있는 일은 뭐든 다했다. 다만, 엄마에게 직접 물어보지는 못했다. 그건 불가능한 일이었다. 언니의 말에 나만큼이나 어리둥절해 하는 버나드 오빠도, 이미 삼촌이 정신병원에 있다는 말을 사실로 받아들이고 아무렇지 않게 잘살고 있는 케이티 언니도 별 도움이 되지 않았다. 물론 엄마가 '정신병자'라는 말을 쓰지 못하게 하는 것은 사실이었다. 하지만 엄마가 금지한 건 꼭 그 단어뿐만이 아니었다. 흑인을 '깜둥이'라고 부르는 것도, 사시가 있는 사람을 '사팔뜨기'라고 놀리는 것도 똑같이 금지였다. 그렇다 보니 진실을 알아내는 게 여간해선 쉽지 않은 일이었다.

나는 여러 번 이웃집에 앞에 찾아가 그 목이 두꺼운 여자애가 먼지 자욱한 정원을 헤매고 다니는 모습을 넋을 놓고 바라보고는 했다. 그 집 사람들은 그녀가 해로운 동물이라도 되는 듯 집 안에 들이지를 않았다. 나는 그 집 형제들이 버나드 오빠를 찾아 우리 집에 놀러 올 때면 혹시 단서가 될 만할 게 있을까 해서 늘 유심히 살폈다. 주방에서 반죽을 두드리는 소리와 섞여 들려오는 엄마와 원주민 가정부의 수다에도 귀를 쫑긋 세웠다.

그러던 어느 날 나는 케이티 언니와 함께 쓰던 방으로 들어가 거울 속의 내 눈을 바라보았다. 우리 엄마의 눈 그리고 삼촌의 눈······.

저녁 시간이 되어 피아노 주위에 모여 다른 사람들이 노래하기 시작하면('내 마음은 그 소년을 향하지. 그는 나를 잊었겠지만') 나는 살그머니 그 떠들썩함에서 빠져나와 내 방으로 가 침대에 누워 어둠 속에서 눈을 뜬 채 그 노래를 들었다.

어느 날 오후, 나는 피아노 연습을 마친 후 쌓여 있던 악보 더미에서 '호사스러운 광대들'의 악보를 찾아내 아무도 찾지 못하게 아빠의 기술서적 상자 안에 숨겨 버렸다.

결국은 삼촌이 정말 정신병원에 있는 것인지, 직접 알아내지 못했다. 하지만 시간이 지나자 엄마는 이제 내가 알아도 될 나이가 됐다고 생각했는지 먼저 그 얘기를 꺼냈다. 아마 케이티 언니한테 처음 얘기했던 그 나이쯤 됐을 때였을 것이다.

엄마는 케이티 언니가 그랬던 것처럼 당연히 나도 그냥 좀 안타깝지만 어쩔 수 없는 얘기로 자연스럽게 받아들일 거라고 생각했다. 엄마는 그동안 쿠키 삼촌 얘기를 할 때마다 내가 보였던 차가운 태도를 한 번도 눈치채지 못했다. 내가 삼촌에게, 엄마에게 그리고 나 자신에게 느꼈던 적개심도 눈치채지 못했다. 나는 나를 현실과 상상이 뒤섞인 두려움과 혼란의 세계에 빠지게 만든 삼촌이 미웠다. 그리고 그때까지는 모든 고통으로부터 나를 지켜 주었던 엄마가 하필이면 쿠키 삼촌을 동생으로 둬서 나를 힘들게 한 게 원망스러웠다. 조용하고 친절한 삼촌이었지만, 그 피가 내 혈관에 흐른다는 사실도 싫었다.

우리 남매가 자라면서 삼촌은 더 이상 우리 집에 정기적으로 오지 않았다. 시간이 흐르며 혼란스러운 바깥세상보다는 안전한 감옥을 더 좋아하게 되는 죄수들처럼 삼촌이 병원을 더 선호하게 되어서일 수도 있고, 성인이 된 케이티 언니의 구혼자들이 드나들며 삼촌의 존재가 껄끄러웠기 때문일 수도 있다. 하지만 삼촌의 마지막 방문은 기억한다. 내가 삼촌을 본 것도 그때가 마지막이었다.

그때 나는 삼촌이 2주 정도 와 있을 거라는 얘기를 듣자마자 별로 싫은 티는 내지 않고 자연스럽게 그 기간에는 평소에 자주 왕래하는 친구 집에 가기로 했다. 실제로 친구들과 유별난 우정을 나누던 시기였다. 그러나 불행하게도 삼촌은 예상보다 일찍 도착했고, 결국 우리는 마주치고 말았다. 나는 여행 가방과 이름 약자가 새겨진 천 가방에 넣은 테니스 라켓을 들고 막 집을 나서려고 계단 꼭대기에서 내려오고 있었다.

삼촌에 대해서는 정말 자주 떠올렸지만, 실제로 보는 것은 너무 오랜만이었다. 악몽 속에서 부풀려지고 뒤틀린 장면을 보다가 갑자기 눈을 떠 해가 드는 평범한 방을 볼 때처럼, 삼촌의 모습은 김이 빠질 만큼 평범했다. 나는 계단 꼭대기에 서 있었고, 삼촌은 몇 단 아래에 서 낡았지만 깔끔한 여행 가방과 우산을 들고 서 있었다. 여행 가방은 왠지 삼촌의 구부정한 상체를 더 도드라져 보이게 했다. 우리는 마주 보고 서서 마치 상대의 냄새를 파악하지 못한 겁먹은 동물들처럼 망설이며 서로 상대가 비키기를 기다렸다.

삼촌은 언제나처럼 두려워하고 있었다. 아마 삼촌은 그날의 조우를 통해 자신이 아닌 타인도 두려움을 느낀다는, 언제나 알고 있었던 사실을 확인했을지도 모른다. 두려움은 삼촌의 영역이었다. 머리가 세어 가는, 늙지도 그렇다고 젊지도 않은 삼촌의 모습을 보니 죄책감이 온 핏줄을 채우는 것 같았다. 하지만 곧 아드레날린과 함께 분노가 다시 나를 채웠다. 분노가 부끄러운 마음을 가리며, 죄책감은 적개심과 혐오로 바뀌어 버렸다. 나는 말 한마디 건네지 않고 삼촌 곁을 쌩지나쳐 계단을 내려갔다.

그 후 15년 동안 그때 못한 인사를 할 기회도, 그때 못 건넨 미소를 건넬 기회도 찾아오지 않았다. 그리고 몇 년 전 어느 날, 삼촌은 살아온 것과 마찬가지로 우리의 눈에 띄지 않는 어딘가에서 생을 마감했다.

며칠 전, 라디오를 켰더니 '호사스러운 광대들'에 나왔던 그 노래가 흘러나왔다. 놀랍게도 어릴 때 들은, 약간은 허스키하고 부드러운 목소리를 간직한 쿠키 삼촌의 목소리가 기분 좋게 떠올랐다.

그것으로 삼촌과 나는 다시 괜찮아진 것일 수도 있겠다. 이 세상과 저 세상 사이에, 삼촌과 나 사이에 그런 게 가능한지는 모르겠지만 말이다.

잠수함(The Submarine)

_우리 오를레브

Translated from the Hebrew by Leanne Raday

히브리어 원작을 린 라다이가 영어로 번역

"형, 자?"

카직이 물었다.

"아니."

옆 침대에 있던 형 유렉이 몸을 옆으로 뒤집으며 답했다.

아직 달이 뜨기 전이었다. 두 아이는 달이 매일매일 더 늦게 뜬다는 것을 경험으로 알고 있었다. 방은 어둠에 휩싸여 있었다. 방 양쪽 벽에 나란히 붙은 두 침대 사이에는 네모난 탁자가 놓여 있었다. 창턱까지 오는 높이의 탁자는 창문 바로 아래에 있었다. 탁자 위에는 불 꺼진 오일 램프와 성냥 한 갑이 있었다. 성냥갑은 어둠에 가려 눈에 보이지 않았지만 두 아이는 성냥갑이 어디 있는지 정확히 알고 있었다. 바깥도 어둡긴 마찬가지였으나, 그래도 방보다는 밝아서 오일 램프는 창밖의 어둠을 배경으로 눈에 잘 보였다.

갑자기 사이렌이 울렸다. 두 아이는 침대에 일어나 앉아 귀를 기울였다. 8층짜리 건물 여기저기서 문 열리는 소리가 나며, 주민들이 계단을 내려가는 소리가 들렸다.

"대피소에 가는 건가 봐."

유렉이 말했다.

사람들이 삐걱거리는 나무 계단을 내려가며 내는 수선스런 소리에 멀리서 웅웅거리는 전투기 소리와 기관총 소리가 겹쳤다. 유렉은 침대를 빠져나와 탁자 위에 앉아서 하늘을 올려다보았다.

"빨리 와서 봐. 조명등이 들어왔다고!"

밤하늘에 길게 쏘아 올리는 빛의 띠가 나타났다. 러시아 전투기를 찾으려고 독일군이 하늘에 비추는 조명이었다.

동생도 일어나서 탁자 위에 앉았다. 침대 사이에 놓인 탁자는 사실 두 형제의 비밀 잠수함이었다. 동생이 앉은 곳은 탁자 위가 아니라 잠수함의 갑판이었다. 바닥에 담요를 깔고 탁자 아래로 들어가 오일 램프를 작게 켜면 탁자는 멋진 잠수함이 되었다. 형제는 잠수함을 타고 심해로 들어갔다가 가끔 수면으로 올라와 창밖으로 펼쳐진 바르샤바의 지붕 물결을 살펴보고는 했다.

"러시아군은 왜 우릴 폭격하는 거야?"

동생이 물었다.

"독일군들이 있으니까."

형이 설명했다.

"근데 폭격할 때 우리 편인지 상대편인지 어떻게 알아? 구분이 되나?"

"아니, 모를 걸. 아니다, 알려나? 무슨 표시 같은 게 있을 수도 있지."

유렉은 누군가 계단을 뛰어 올라오는 소리를 듣고 말을 멈췄다.

"크리스티나 아줌만가 보다! 우리 데려가려고 오셨나 봐. 빨리 옷 입자!"

"밖에는 나가면 안 돼. 바로 붙잡힐 거야."

유렉이 단호하게 말했다.

크리스티나는 잠긴 문고리를 세 번씩 세 번 돌렸다. 아이들과 늘 쓰는 암호였다. 동생과 함께 문에 바짝 붙어 기다리던 유렉이 재빨리 문을 열었다.

"얘들아, 옷 입고 빨리 나가자."

크리스티나는 방으로 들어서며 말했다.

"여기 다락에 있으면 안 돼. 대피소로 가자."

"아줌마, 저흰 못 가요. 동네 사람들에게 들킬 거예요."

"괜찮아, 그냥 길에서 웬 애들이 돌아다니기에 데려왔다고 둘러 대면 돼."

"안 돼요. 저희는 안 내려가요."

유렉이 단호하게 말했다.

"그래도……."

크리스티나가 망설이며 말했다. 점점 가까워지는 전투기 소리와 함께 폭탄 떨어지는 소리와 폭발음도 다가오고 있었다.

크리스티나는 성호를 긋고는 두 아이에게 키스했다.

"성모마리아께서 돌보시길……."

크리스티나가 떠나자 유렉은 다시 문을 잠갔다. 형제는 크리스티나가 계단을 뛰어 내려가 정원을 가로질러 가는 소리를 들었다. 이어 다시 잠수함 갑판으로 돌아가 창밖으로 보이는 빛의 향연을 구경했다. 폭발음은 여전히 가까워지고 있었고, 기관차가 철컹거리는 소리와 독일 방위대의 대포 소리도 들려왔다. 독일군은 대포로 러시아 전투기를 격추시키려 애쓰고 있었다.

"제발, 하나님. 더 이상 다치는 사람이 없게 해주세요."

유렉이 기도했다.

갑자기 두 소년은 자리에 쪼그리고 앉더니 잠수함 갑판에서 뛰어내려 탁자 밑으로 들어갔다. 아주 가까운 곳에서 폭탄이 터졌는지, 충격과 진동이 작은 방에 퍼졌다. 회칠한 천장의 부스러기와 함께 벽에 걸려 있던 성인들의 그림이 바닥으로 떨어졌다.

"엄마가 우릴 지켜보고 계실 거야."

카직이 말했다.

천천히 아주 천천히 도시는 다시 고요해졌다. 마침내 경보 해제 사이렌이 울렸다. 선장 유렉은 잠수함을 수면으로 부상시켰고, 형제는 다시 갑판으로 올라가 앉았다. 밖에서는 이웃들이 느릿느릿 계단을 올라 집으로 돌아가는 소리가 들렸다. 누군가 가까이 떨어진 폭탄이 옆 건물에 맞았다는 얘기를 했다. 러시아군 얘기를 하는 사람도 있었다.

"러시아군이 독일군을 무찌르고 우릴 구해 줄지도 모르지."

그러다가 게토에서 유대인들이 일으킨 시위 얘기로 대화가 이어졌다.

"러시아군이 들어오기 전에 독일군들이 유대인 놈들 문제를 잘 처리해야 할 텐데……."

누군가 말했다.

"맞아. 어디선 그 버러지 같은 놈들을 다 태워 버린다고 하더군."

"그래도 애들은 불쌍하잖아요."

한 여자가 말했다.

"어차피 자라면 다 똑같은 유대인 놈들이야."

한 남자가 답했다.

그러자 여자가 화난 듯 말했다.

"하나님을 믿는다는 사람이 어떻게 그런 말을 해요?"

대화는 거기서 멈췄다. 문이 닫히는 소리가 나고 다시 정적이 찾아왔다.

두 아이는 잠수함 갑판에서 내려와 다시 침대로 돌아가서는 이불을 덮고 누웠다. 잠시 시간이 흐른 후, 유렉이 말했다.

"카직, 얘기하고 놀래?"

"아직 안 자도 돼?"

"응. 잠깐만 얘기하고 놀자. 상상게임 할까?"

"그래, 오늘은 내가 먼저 할 거야."

"알았어. 그럼 지금 어디서 뭐하고 있는지 얘기해 봐."

"나? 침대에 누워 있는데?"

"바보냐? 누워 있는 건 나도 알지. 지금 여기 말고, 상상 속에서 뭐하고 있냐고……. 군대랑 장군들이랑은 다 뭐하고 있어?"

답이 없었다.

"너 안 하려면 나 시작할래."

"아니야! 나 할게."

동생이 황급히 말했다.

"작은 집이 하나 있어."

"어디에?"

"눈이 쌓인 곳이야."

어둠 속에서 동생이 우물쭈물하며 답했다.

"맨날 그놈의 눈!"

"우린 탁자에 둘러앉아 레지스탕스 운동을 계획하고 있어."

카직이 짐짓 명예로운 목소리로 말했다.

"전기는 들어오는 집이야?"

"아니, 촛불뿐이야."

"나랑 내 장군들은 어디 있는데?"

유렉이 물었다.

"아직 우리가 동맹을 맺기 전이야."

"그럼 난 뭐로 나오는데?"

"나도 몰라. 아직 모르는 관계라니까!"

"이거 봐. 역시 별 얘기 준비 안 했을 줄 알았어."

유렉이 그럴 줄 알았다는 듯 의기양양하게 말했다.

"근사한 얘기를 시작할 것처럼 잔뜩 기대하게 해놓고 늘 이렇다 니까. 이야기를 이어가지 못하잖아. 이제 내 차례야."

잠시 정적이 찾아왔다. 카직은 아무 말도 없었다. 유렉은 갑자기 동생이 상상게임에 질린 건 아닌지 걱정했다.

"자?"

유렉이 걱정스러운 목소리로 물었다.

"아니, 안 자. 이제 형 얘기해. 대신 오늘은 무서운 얘기하면 안 돼."

"알았어."

유렉은 침대를 빠져나와 하얀 침대보를 둘둘 감고 춤을 추기 시작했다. 마룻바닥이 삐걱거리는 소리가 났다. 카직은 어둠 속에서 이상할 정도로 하얀 물체가 커졌다 작아졌다 하는 모습만 간신히 알아볼 수 있었다.

"뭐하는 거야?"

카직이 물었다.

"나는 유렉 님의 부하인 무시무시한 원숭이다."

"원숭인데 왜 자꾸 넘어져?"

"바보같이! 꼭 이상한 것만 따져서 게임을 망친다니까. 내가 원숭이라고 하면 원숭이한테 말하는 것처럼 해야지!"

카직은 아무 대답이 없었다.

"형, 다시 누웠어?"

"그래, 너랑은 제대로 놀 수가 없어."

카직은 잠시 후 마음을 바꾸기로 하고 유렉을 불렀다.

"형."

"왜?"

"이제 안 그럴게. 놀자."

"알았어, 그럼 잘 들어."

유렉은 손으로 더듬어 성냥갑을 찾아 손에 들고 일정한 간격으로 흔들기 시작했다.

"카직, 이 소리 들려? 내 군대가 오는 소리야. 지금 내 침대로 행군하고 있어. 내 이불이 불룩하게 부풀어 오른 거 보이지?"

"탱크도 있어?"

"응, 원래는 있는데 기지에 두고 왔어."

"말은?"

"말도 기지에 있어."

"말은 기지에 사는 거야?"

"응, 그러다가 내가 부르면 오는 거야."

카직은 잠시 생각하더니 다시 물었다.

"그럼, 왜 지금은 독일군한테서 우릴 구하러 안 와?"

"또 그런다!"

유렉이 화난 목소리로 외쳤다.

"아니야. 그냥 물어본 거잖아. 아마 아빠라면 우릴 구할 수 있을 거야. 아빤 칼도 있잖아."

"엄마도 구해 줄 수 있을 거야. 엄만 똑똑하잖아."

"그래도 아빠는 장교잖아. 군인들이 데리고 있던 하얀 말도 다 낫게 해줄 수 있었을 텐데……."

"아빠는 사람만 치료해."

"말도 고칠 수 있어!"

"아니야, 못해!"

"한다니까!"

"못해!"

"해!"

"못해!"

"못해!"

카직이 실수로 형을 따라 외쳤다. 유렉은 웃음을 터뜨렸다.

"한다고 했어야지. 멍청하긴!"

"아냐, 형이 더 멍청이야!"

상상게임은 끝이 났다. 둘은 침대에 조용히 누워 안뜰에서 들려오는 소리에 귀를 기울였다. 아파트의 모든 창문은 도시의 모든 집 창문과 마찬가지로 불이 꺼져 있었다. 독일군과 러시아군 사이의 전투 때문이었다. 불은 꺼졌지만 열려 있는 창문들이 많아서 대화나 웃음소리, 아기 울음소리나 고함 같은 게 가끔 들려왔다. 형제는 방 안에서 이런 소리를 듣는 데 익숙해져 있었다. 독일군이 폴란드인 지구에 통행금지령을 내려서 거리가 텅 비어 버리는 밤이면 더욱 그랬다.

"형, 자?"

카직이 갑자기 불안한 목소리로 물었다.

"아니, 왜?"

"나 마녀가 나타날까 봐 무서워."

카직이 속삭였다.

"마녀 같은 건 없어. 전에도 얘기했잖아."

유렉은 일단 동생을 달래려고 그렇게 말했지만, 사실 정말 없는 것인지는 확신이 들지 않았다.

"아니야, 있어. 마녀는……. 마녀는……."

"뭐라고 하는지 안 들려. 좀 크게 말해 봐."

"그러다 밖에서 들으면 어떡해. 우릴 보면 신고할 거야."

"걱정하지 마."

유렉이 자신만만하게 말했다.

"나 오줌 싸고 싶은데 요강을 못 찾겠어."

"잘 찾아봤어?"

"응. 형이 찾아 줘."

"싫어."

"무서워서 그래? 이 세상엔 스파이나 마녀는 없다며?"

카직이 속삭였다.

"그런 거 아냐. 침대 밑을 다시 잘 더듬어 봐."

카직은 온갖 용기를 끌어모아 침대 밑에 손을 넣었다. 손을 쑥 넣으니 다행히 법랑 요강이 손에 닿았다.

"찾았다!"

유렉은 카직이 자랑스럽게 외치는 소리를 듣다가 말했다.

"나도 오줌 싸야 해. 이쪽으로 밀어 줘."

"무서워서 손을 멀리 못 뻗겠어."

"요강 밀어 주면 내일 라스트 모히칸 장군 줄게."

"진짜? 알았어. 약속 꼭 지켜야 해. 내일 딴말하기 없기야!"

카직은 눈을 꼭 감고 침대 밖으로 손을 쭉 내밀어 요강을 유렉의 침대 가까운 곳까지 최대한 밀었다.

"여기. 라스트 모히칸 장군 주기로 한 거 잊지 마."

"알았어, 알았다고!"

그렇게 답하면서도 동생과의 약속이 벌써 후회스러웠다.

소변을 본 후 유렉은 요강을 침대 밑으로 밀어 넣고 다시 이불을 덮고 누웠다. 그리고 동생이 잠들었는지 보려고 숨소리를 유심히 살폈다. 그런데 갑자기 방 안에서 이상하게 삐걱거리는 소리가 들렸다.

"카직, 혹시 마루에서 삐걱거리는 소리 내는 거 너야?"

유렉이 속삭이는 소리로 물었다.

"아니."

카직도 깜짝 놀라 답했다.

"그럼 이게 무슨 소리지? 누가 들어왔나?"

그 순간 삐걱거리는 소리가 멈추더니, 다음 순간 조금 떨어진 곳에서 다시 들려왔다.

"아마 생쥐일 거야. 쥐 맞겠지?"

카직이 겁먹은 목소리로 물었다.

"내 침대로 와서 자."

유렉이 속삭였다.

"가고 싶은데, 그쪽으로 건너가는 게 무서워."

"이쪽으로 오면 네모 선장도 줄게."

"그럼 성냥불 켜 줘."

동생의 말에 유렉은 탁자 위를 더듬어 성냥을 찾았다. 불을 켜자 작은 불꽃이 어둠 속에서 희미하게 빛났다. 카직은 유렉의 침대로 한 번에 건너뛰어 갔다. 유렉은 옆으로 조금 움직여 동생이 누울 자리를 만들어 주고 이불을 나눠 덮었다.

그리고 둘은 잠이 들었다.

낮에는 모든 것이 달라 보였다. 방 안에는 햇살이 가득했다. 바깥에는 봄이 와 있었고 하늘은 파랬다. 크리스티나는 아침 일찍, 형제의 식사거리로 신선한 빵과 우유를 갖다 주었다. 물론 이웃의 눈에 띄지 않게 젖은 빨래를 넣는 빨래 바구니에 숨겨서 말이다. 그녀는 아침 식사와 함께 꽃이 피어난 라일락 가지를 꽃병에 꽂아서 가져왔다. 형제는 탁자를 가운데 두고 침대를 의자 삼아 걸터앉아 아침을 먹었다.

그동안 크리스티나는 젖은 빨래를 널러 옥상으로 올라갔고, 아이들이 식사를 마칠 무렵 빨래를 다 널고 빈 그릇을 가지러 돌아왔다. 그녀는 빨래 바구니에 그릇을 담고 그 위를 수건으로 가렸다.

"저희 책 다 읽었어요. 혹시 새로 갖다 주실 수 있어요?"

유렉이 물었다.

"정말 빨리 읽네. 근데 오늘은 안 될 것 같아."

크리스티나가 말했다.

"아, 도서관에서 그리스신화 책 반납하라던데, 다 봤니?"

"아니요. 동생한테 매일 조금씩 읽어 주고 있어요."

"착하기도 하지."

크리스티나가 도서관에서 새 책을 빌려오는 날은 그야말로 잔칫날이었다. 아이들은 새 책을 받으면 우선 양 손바닥으로 표지를 쓰다듬고는 천천히 책을 펼쳐 냄새를 맡았다. 제목을 반쯤 가리고 뭔지 맞혀 보거나, 그림이 있는지, 몇 페이지인지 살펴보기도 했다.

문제가 하나 있다면 유렉에 비해 카직의 책 읽는 속도가 너무 느리다는 점이었다. 유렉은 자기가 읽던 책을 다 읽으면 얼른 동생이 읽던 책을 보고 싶어서 빨리 읽으라고 들들 볶았고, 어쩔 수 없이 기다려야 할 때는 짜증을 냈다. 형제는 독서의 즐거움 때문에 단순히 책을 좋아하지는 않았다. 카직과 유렉은 책에 나오는 등장인물들을 각자가 꾸미는 상상의 군대에 자기편 영웅으로 넣고는 했다.

카직과 유렉은 상상 속에서 각자의 군대와 정부, 영웅과 장군을 가진 두 나라였다. 둘은 납으로 된 장난감 병정이나 크리스티나가 갖다 준 크레용으로 병사 모형을 그리고 오린 후 풀로 붙여 전쟁놀이를 했다. 그런 것도 없을 때는 바닥에 세울 수 있고, '동전 대포'로 쓰러뜨릴 수 있는 거라면 뭐든 괜찮았다. 형제는 각자 자기 역할을 정하고, 장군이나 영웅으로 쓸 모형을 골랐다.

유렉이 정한 자기 역할은 '세상의 사령관 타잔'이었다. 카직에게는 평시에는 형제 역할을, 전시에는 적군 역할을 시켰다. 아무래도 유렉이 책을 더 많이 읽다 보니 유렉이 거느린 영웅과 장군이 더 많았다. 유렉의 군대에는 나폴레옹 장군, 넬슨 장군, 스탈린 장군, 고든 장군, 네모 선장 장군, 그리고 소크라테스 장군이 있었다. 유렉은 심지어 할머니가 잡혀가기 전에 들려준 이야기에 등장하는 모세까지 자기 장군이라고 우겼다. 이에 질세라 카직은 게토 지역에 살던 시절, 엄마가 죽기 전에 들려준 이야기에서 안 로빈 후드를 자기편 장군으로 정했다. 유렉이 미처 생각하기도 전에 카직이 갑자기 벌떡 일어나며 찜한 것이다. 유렉은 로빈 후드를 자기편에 넣지 못한 게 못내 아쉬운지 틈만 나면 팔라거나 다른 장군과 바꾸자고 했다. 물론 카직은 꿈쩍도 하지 않았다. 카직은 크리스티나가 빌려다 준 그리스 신화 책에 나오는 신들도 장군으로 넣고 싶어 했지만, 유렉이 말도 안 된다고 난리를 치는 통에 그냥 포기했다.

크리스티나는 방을 나서기 전, 선반 위에 올려 두었던 라일락 꽃병을 내려 아이들 얼굴 가까이 대 주었다.

"맡아 봐. 바깥의 봄기운이 느껴질 거야."

둘은 얌전히 앉아 라일락 향기를 맡았다.

"향기 좋다!"

카직이 말했다.

"향기 좋다!"

유렉도 똑같이 말했다.

크리스티나는 꽃병을 다시 선반 위에 올려 두었다.

"오늘은 타덱 아저씨가 시내에 나가야 하니까 빨리 씻자."

타덱은 크리스티나의 남동생인데, 매일 아침마다 양동이를 들고 다락으로 올라와 형제가 씻은 물을 갖다 버렸다. 그는 마른 빨래를 걷어 가는 척하며 양동이를 빨래로 가렸다. 크리스티나와 타덱 그리고 그들의 어머니는 건물 지하에서 세탁소를 운영했다.

유렉이 방 한구석에 커튼으로 가려 놓은 공간으로 먼저 씻으러 갔다. 의자 위에는 대야가 놓여 있었고, 그 옆에는 물이 가득 찬 단지가 있었다. 유렉은 대야에 물을 따르고 재빨리 얼굴과 손을 씻었다.

귀찮아서 양치질은 하지 않고 물로 헹궈 내기만 했다. 대야를 바닥에 내려놓고 가만히 생각하니 몸을 씻을 기분도 들지 않았다.

"벌써 다했어?"

카직이 의아한 듯 물었다.

"너 씻는 동안 내가 전쟁놀이 준비해 놓을게."

"속이기 없기야. 똑같이 나눠야 해!"

"걱정 마."

유렉은 동생에게 안심하라는 듯 말했지만, 사실 카직이 괜한 의심을 하는 게 아니었다.

"다 씻으면 대야랑 요강에 있는 거 다 양동이에 담아 놔. 아저씨 오시기 전에 미리 준비해 둬야 화 안 내셔."

유렉이 동생에게 말했다.

"왜 맨날 내가 하는데? 형이 해!"

카직이 짜증을 냈다.

"네가 나중에 씻으니까 그렇지."

"알았어. 내일은 내가 먼저 씻을 거야. 그리고 어젯밤에 장군 두 개 나 주기로 한 거 까먹지 마."

유렉은 카직의 말에 답하지 않고, 바닥에 무릎을 꿇고 앉아 게임을 준비했다.

우선 병사들을 양쪽에 정렬하고, 주변을 도미노와 블록으로 둘러쌌다. 그리고 방을 반으로 나눠 양쪽에 각각 깡통, 빈 상자, 뒤집은 컵으로 요새를 만들었다. 빈 병은 망루가 됐고, 빗은 병사들이 숨는 울창한 수풀이 되었다. 마지막으로 작은 비누 조각들은 집이 되었다.

문고리가 세 번씩 세 번 돌아가는 소리에 유렉이 잠긴 문을 열자 타덱이 방으로 들어섰다. 그는 전쟁놀이를 위해 준비해 놓은 것을 보고는 형제를 향해 미소를 지으며 "너무 떠들면 안 돼, 알겠지?" 하고 말했다.

둘은 동시에 "네!" 하고 대답했다.

타덱이 양동이를 들고 방을 나가자 유렉은 문을 잠갔다. 드디어 전쟁놀이가 시작됐다.

규칙은 이렇다. 각자 군대는 가운데 연필이 놓인 곳까지만 움직일 수 있고, 자기 차례가 되면 큰 동전으로 쏘는 '동전 대포'와 작은 동전으로 쏘는 '동전 총'을 세 번씩 발사해 상대를 공격할 수 있다. 동전은 엄지손가락과 나머지 손가락으로 튕겨서 쐈다.

유렉은 바닥에 책 한 권을 받치고 가장 무거운 동전을 골라 카직의 요새를 향해 날렸다. 블록으로 쌓아 올린 요새 벽이 동전에 맞아 쓰러지며 마룻바닥에 부딪혀 요란한 소리를 냈다.

"성벽 공략 성공!"

유렉이 기뻐하며 외쳤지만 카직은 "상관없어." 하고 말했다.

"자, 이제 동전 총이다!"

유렉은 크게 외치며 다시 카직의 작은 군대를 향해 동전을 날렸다.

"와! 로빈 후드 맞혔다!"

유렉은 신이 나서 또 외쳤다.

"아니거든! 그거 로빈 후드 아니거든!"

"거짓말하지 마! 전에 모자 쓴 게 로빈 후드라고 그랬잖아!"

"아니야! 그런 적 없어!"

"너랑 안 놀아. 맨날 이랬다저랬다 바꿔서 다 살려 놓잖아. 그런 게 어딨어!"

"내가 언제! 이제 내 차례야!"

카직은 병정 하나를 들고 "강철주먹 님이 말을 타고 달려 나가신다!" 하고 외쳤다.

"강철주먹이 말이 어딨냐?"

유렉이 비웃으며 말했다.

"아냐, 있어. 왜 다 형 맘대로 정해? 아무튼 이제 내 차례야."

카직은 형의 군대를 향해 작은 동전 세 개를 쏘더니 "고든 장군을 맞혔다!" 하고 기뻐하며 외쳤다.

"웃기시네. 그거 그냥 일반 병사였거든?"

"됐어, 어쨌든 저 구석에 있는 거랑 기둥 뒤에 있던 것도 맞았어."

"어차피 다 그냥 병사야. 이제 내 차례야. 내 군대가 강철주먹을 포위했다. 항복하라!"

"강철주먹은 절대 항복하지 않는다!"

카직이 위엄 있는 목소리로 말했다.

"그럼 나한테 넘겨. 포로로 잡을 거야."

"벌써 숨었지롱. 잡고 싶으면 찾아보시든가."

그 말을 들은 유렉은 카직에게 달려들어 팔을 꺾고는 동생의 꼭 쥔 주먹을 풀고 강철주먹을 빼앗았다. 카직의 눈에는 눈물이 그렁그렁했다.

"내놔!"

"안 돼, 내가 잡았으니까 이제 내 포로야."

"달라고! 이 욕심쟁이야! 내놔!"

"병사들이 강철주먹을 호송해 왔군. 빨리 무릎을 꿇어라, 이 겁쟁이 놈!"

유렉은 동생의 항의를 무시하고 소리 높여 외쳤다.

"겁쟁이 아니야!"

카직이 이를 갈며 말했다.

"살고 싶으면 이 타잔 님 앞에서 목숨을 구걸해 보아라!"

유렉이 다시 외쳤다.

"강철주먹은 구걸 같은 거 안 해! 형 따위를 무서워할 리가 없어!"

"그럼 병사들을 시켜서 꿇어앉혀야지. 이제 뺨을 한 대 때려야 겠군."

그렇게 말한 유렉은 갑자기 카직의 뺨을 때렸다.

"아야! 왜 때려!"

"나뭇조각을 때릴 수는 없잖아."

"그럼 그냥 말로 하면 되지!"

머리끝까지 화가 난 카직은 형에게 달려들어 강철주먹을 다시 빼 앗아 오려고 했다. 그러나 달려드는 카직을 유렉이 밀쳐 내며 싸움이 시작됐다.

"강철주먹은 내 꺼야. 내 포로라고! 이거 놔! 너 혼난다!"

"내놔! 빨리! 빨리 내놔!"

카직이 소리쳤다.

"바보야, 좀 작게 말해! 누가 들으면 어쩌려고 그래."

유렉이 동생을 진정시키며 말했다.

"알았어, 돌려줄게. 대신 이번 판에서는 내가 명예롭게 처형한 걸로 하자. 그런 다음에 다시 하면 되잖아."

"알았어. 그러자."

카직이 고개를 끄덕이며 진정하자 유렉은 재빨리 블록을 모아 벽을 만들었다.

"처형 전 마지막 준비는 내가 할 거야."

카직은 자기 군대의 병사 모형을 모아 등 뒤에 숨기며 말했다.

"알았어. 난 준비됐어. 모든 군사와 장교가 정렬했어."

동생의 말에 모형들을 모으며 유렉이 대꾸했다. 곧이어 처형식을 시작했다.

"총살은 나폴레옹 장군이 진행한다. 나는……."

그때 멀리서 들려오는 병사들의 행군 소리에 유렉은 근엄하게 이어

가던 말을 멈췄다.

"독일군이다! 가서 보자!"

카직이 신이 나서 외쳤다.

"너 창밖으로 머리 내밀기만 해봐!"

유렉이 엄하게 말했다.

독일군 중대가 길을 따라 행군하고 있었다. 아직 거리는 좀 있었지만, 군인들의 규칙적인 발자국 소리는 이미 꽤나 선명하게 들려왔다. 부대는 형제가 숨어 있는 건물 옆을 지나며 경쾌한 군가를 시작했다. 유렉과 카직은 방 안에 서서 부대의 노래를 들었다.

"노래 잘한다."

카직이 말했다.

"잘한다고 하지 마."

유렉이 말했다.

"왜?"

"독일군이잖아."

"그럼 잘한다고 하면 안 돼? 잘하잖아."

"아니, 그게 아니라. 몰라, 노랜 잘할지도 모르지. 암튼 칭찬하면 안 돼."

"왜?"

"안 되니까 안 되지!"

독일군이 지나가자 거리는 다시 평상시의 별 볼일 없는 풍경으로 돌아왔다. 유렉은 다시 전쟁게임을 하던 곳으로 돌아가 한껏 권위를 담아 말했다.

"이제 강철주먹의 눈에 안대를 씌우겠다."

"그럴 필요 없어. 강철주먹은 두려움이 없는 사나이니까."

"네 마지막 소원이 무엇이냐?"

"내 아내에게 이 편지를 전해다오."

"네가 결혼을 했다고?"

유렉이 웃음을 터뜨리며 물었다.

"내가 그런 말하면 게임 망친다고 막 뭐라고 하면서!"

"알았다, 알았어. 자, 이제 병사들이 총을 들었어. 나폴레옹 장군도 칼을 들고 발포 명령을 내릴 준비를 하고 있어."

"잠깐, 북은 안 쳐?"

"알았어. 북소리가 울린다."

"자유 만세! 조국 만세!"

카직이 외쳤다.

그 순간, 계단을 오르는 묵직한 발걸음 소리가 들렸다. 두 아이는 얼어붙었다. 형제는 이미 건물에 사는 사람들의 발소리와 목소리를 다 알고 있었다. 주민 중에는 걸음걸이가 빠르고 목소리가 높은 아줌마도 있었고, 밤이면 노래를 하고 욕지거리를 해 대는 주정뱅이도 한 명 있었다. 하지만 지금 들리는 발소리는 낯설었다. 한 번도 들어 본 적 없는 그 발소리는 계단을 오르고 올라 형제가 있는 다락방의 바로 아래층까지 올라왔다.

"혹시 아래층에 찾아온 건 아닐까?"

카직이 작은 희망을 움켜쥐며 말했다.

하지만 발소리는 형제가 있는 곳까지 올라와 바로 문 앞에 멈춰 섰다. 문고리가 세 번씩 세 번 돌아가는 소리가 났다.

"누가 신고했나 봐!"

그렇게 말한 유렉은 문 앞으로 다가가 잠시 머뭇거리다가 문을 열었다. 복도에는 긴 코트를 입은, 높다란 모자를 쓰고 고급스러운 지팡이를 짚은 키 큰 낯선 남자가 서 있었다.

"얘들아, 안녕?"

남자는 그렇게 말하고는 형제의 작은 방을 단 몇 걸음 만에 가로질러 카직의 침대에 걸터앉았다. 아이들은 겁에 질린 나머지 남자가 바닥에 펼쳐진 전쟁놀이판에 있는 병사 모형을 건드리지 않고 피해서 걸은 것도 눈치채지 못했다. 남자는 모자와 지팡이를 탁자에 올려놓고는 카직을 바라보았다.

"너, 아니, 너 말고 너. 동생 말야. 이리 와 봐. 거짓말하는지 보게 여기 밝은 쪽에 서 봐. 이름이 뭐냐?"

카직은 아무 말도 하지 않았다.

"걔 이름은 카직이에요. 카직 코소폴스키요."

"닥쳐! 너한테 물은 거 아니니까 조용히 해. 자, 카직, 고향이 어디지?"

카직은 여전히 아무 말도 하지 않았다. 다시 유렉이 답했다.

"저희는 리비우에서 왔어요."

"조용히 하랬지! 마지막 경고다."

남자는 그렇게 말한 후 다시 카직을 보며 "리비우는 언제 떠났지?" 하고 물었다.

카직은 계속 말이 없었고, 유렉이 세 번째로 끼어들었다.

"1년 전에요. 엄마랑 아빠가……."

남자가 닥치라고 말하며 유렉의 뺨을 때렸다. 아이는 고통스럽게 비명을 질렀다.

"하지만 동생은 어리고 낯도 많이 가려서 말을 잘 못해요."

유렉은 맞은 곳을 손으로 감싼 채 갈라진 목소리로 말했다.

"동생이 알아서 답할 테니 놔둬."

남자는 그렇게 말하고는 다시 카직을 보며 "너희 유대인이지? 괜찮아, 아저씨한테는 사실대로 말해도 돼." 하고 구슬렸다.

카직은 여전히 말이 없었다.

"아니에요!"

유렉이 외치자, 남자는 다시 뺨을 때렸다.

"한 번만 너 동생 대신 답하면 지팡이로 두들겨 패 줄 테니까 알아서 해."

"너무 어려서 그래요."

유렉이 흐느끼며 말했다.

"아까 말했지? 동생이 알아서 할 거라고……."

얼마 후 남자는 마음을 바꿨는지 유렉의 눈을 바라보며 물었다.

"너희 형제냐?"

"네."

"유대인 게토에선 언제 탈출했지?"

"저희는 유대인이 아니에요. 엄마 아빠랑 같이 1년 전에 리비우에서 왔어요. 아빠는 폴란드 장교신데 러시아군에 포로로 잡혔어요. 엄마가 아파서 병원에 입원하면서 저희를 여기 이모네로 보내셨고, 그때부터 계속 여기 살았어요."

"너희들 학교는 다니냐?"

"네, 아…… 아니요. 안 가요."

"왜?"

"여기선 가기 싫어서요. 리비우에 돌아가면 학교에 다닐 거예요. 곧 갈 거예요. 전쟁만 끝나면 금방 돌아갈 거예요."

남자가 미소를 지었다.

"넌 이름이 뭐지?"

"유렉 코소폴스키요."

"리비우에서 바르샤바까지는 어떻게 왔냐?"

"기차 타고요."

"역에서 여기까지는?"

"마차요."

"리비우랑 바르샤바 중에 어느 도시가 더 맘에 드니?"

"당연히 바르샤바죠!"

유렉은 자기도 모르게 외치고는 함정에 빠진 사실을 깨닫고 황급히 "아, 아니⋯⋯. 사실 리비우가 더 좋아요." 하고 말했다.

남자가 껄껄 웃기 시작했다.

그 순간 갑자기 카직이 입을 열더니 "근데 아저씬 누구세요?" 하고 물었다.

"벙어린 줄 알았더니 말을 할 줄 아는구나. 자, 이리 와 봐. 겁낼 것 없다. 배고프니?"

"아니요."

"아저씬 경찰이야. 너희가 유대인이라서 데려가려고 왔지."

"그럼 이제, 저희 잡혀가는 거예요?"

카직이 물었다.

남자는 잠시 가만히 있다가 "아니." 하고 답했다.

"왜 안 잡아가요? 아저씨는 나쁜 사람 아니에요?"

남자는 말없이 탁자 위에 있던 모자와 지팡이를 집어 들고 나갈 채비를 했다. 그는 다시 방을 가로질러 문으로 향했다. 아이들은 남자가 전쟁놀이판을 건드리지 않으려고 조심하는 것을 이번에는 알아보았다. 남자는 문을 열고 잠시 조용히 서 있다가 뒤돌아보며 말했다.

"아저씨 나쁜 사람 맞아."

그는 그렇게 말하고 방을 나간 후 문을 닫았다.

아이들은 방 안에 서서 남자의 발걸음 소리가 계단을 흔들고 안뜰을 지나 사라질 때까지 듣고 서 있었다. 발소리가 사라지자 유렉은 침대에 누웠다.

"하아⋯⋯. 이제 갔네."

"거봐, 내 말이 맞잖아."

"거봐는 무슨 거봐야. 너 때문에 맞았잖아."

"나한테 묻는데 형이 대답해서 그런 거잖아."

"대답은 왜 안 한 건데?"

"까먹었어."

"뭘 까먹어?"

"게토에 살 때 엄마가 외우라고 했던 얘기."

"아무튼 너 때문에 맞았으니까 전쟁놀이 한 판 더해. 그리고 로빈 후드도 내놔."

"싫어!"

카직이 단호하게 말했다.

"난 어차피 아무 일 없을 줄 다 알고 있었거든? 저리 좀 비켜 봐, 나도 누울래."

"어떻게 알았는데?"

"꿈에 나왔어."

"무슨 꿈이었는데?"

"꿈에서 엄마랑 같이 길을 가는데 독일군 두 명이 우릴 잡았어. 왜 옛날에 우리 잡았던 갈색머리랑 회색머리 있잖아. 아무튼 우리를 막 따라오기에 계단을 뛰어올라서 이리로 도망쳤는데, 갑자기 천장이 열리면서 하나님이 나타나셨어."

"하나님? 어떻게 생겼는데?"

"옷은 하나도 안 입고 온몸에 털이 막 나 있었어. 그런데 얼굴에서 엄청 밝은 빛이 났어."

카직의 말에 유렉이 웃었다.

"벌거벗은 털북숭이였다고?"

"응. 아무튼 하나님 맞았어!"

형의 웃음에 기분이 상한 듯 카직이 말했다.

"옷 좀 안 입은 게 대수야? 그리스산화에 나오는 신들도 옷 안 입었잖아."

"산화가 아니고 신화야, 바보 같긴……. 옷은 그렇다 치고 털은 또 뭐야?"

"하나님인데 털 좀 있으면 어때. 그런 건 신경도 안 쓰실 걸?"

"그래, 아무튼 그래서 나타난 다음에 어떻게 됐는데?"

유렉이 진지하게 물었다.

"독일군들이 작아졌어. 점점 작아지더니 마루 틈으로 사라졌어."

"언제 꾼 꿈인데?"

"어젯밤에!"

"지어낸 거 아니고?"

"아니야."

"맹세해?"

"응, 맹세해!"

"그냥 말고, 엄마 아빠 걸고 맹세해?"

"그렇다니까!"

"그 다음에 어떻게 됐는데?"

"그냥 그게 다야. 어쨌든 그래서 난 아까 그 아저씨가 왔을 때도 별일 없을 거 알고 있었어."

"일어나. 게임 다시 하자."

유렉이 일어나 앉으며 말했다.

"알았어. 근데 이번엔 전쟁 말고 평화로운 시대라고 하면 안 돼? 형은 맨날 전쟁만 하려고 하잖아."

"그래. 그럼 이번엔 잠깐 평화로운 걸로 하자. 내가 너희 나라에 방문해서 네가 축하연이랑 퍼레이드로 극진히 대접하는 거야, 알았지?”

“응. 근데 우리 조금만 더 누워 있으면 안 돼?”

카직의 말에 유렉은 다시 침대에 누우며 “그러자.” 하고 대답했다.

“형은 거인이 되면 뭐하고 싶어?”

“거인이 되면 내 맘대로 커졌다가 작아졌다가 할 거야.”

유렉이 이야기꾼같이 꾸민 목소리로 말하기 시작하자 카직이 끼어들며 “아니야, 거인이 되면 우선 엄마랑 아빠부터 구해야지.” 하고 말했다.

“밤이 되면 엄청나게 큰 거인이 되어서 엄마 아빠를 구하러 가는 거야.”

유렉이 자신만만하게 말했다.

“엄마 아빠가 보이면 주머니에 넣어야지. 주머니 한 개에 엄마 아빠를 다 넣진 못할 테니까, 양쪽 주머니에 각각 넣는 거야. 아, 할머니도 구해야지. 그리고 스테파 이모랑, 에바 이모랑······.”

다시 밤이 찾아왔다. 유렉은 잠수함을 다시 수면으로 올렸다. 두 아이는 잠수함 갑판인 탁자 위에 앉았다. 둘은 아무 말이 없었다. 모든 것이 달랐다. 두 아이도 그건 잘 알고 있었다. 형제가 타고 있는 것은 탁자가 아닌 어두운 밤하늘을 닮은 바다 위를 떠다니는 잠수함이었다. 형제의 잠수함은 굴뚝 사이를 유영하며 물 위를 떠다녔다.

분홍 신발(Pink Shoes)

_안드레 브링크

크라쿠프에서 열린 건축가 콘퍼런스의 마지막 날 일정은 주변 관광이었다. 하지만 중간에 떠난 참가자도 몇 명 있었다. 남아프리카공화국에서 온 조한 알버츠가 느끼기에도 그 콘퍼런스는 지루한 발표의 연속이었다. 중간에 떠난 사람들을 충분히 이해할 수 있었다. 조한은 어서 모든 일정이 끝나 아내와 일곱 살배기 딸 틴카가 기다리는 집으로 돌아가고 싶었다. 금발에 커다란 푸른 눈을 지닌 작고 예쁜 요정 같은 틴카는 인생의 기쁨이었다.

지루한 발표와 토론에서 그나마 조한의 흥미를 끈 것은 파리에서 온 자그마하지만 열정이 넘치는 미리암이라는 참가자였다. 이제 서른이나 됐을까 싶은데, 조근조근한 말투로 업계에서 이미 명성이 자자한 참가자와 맞서는 것도 두려워하지 않았다.

첫 충돌은 콘퍼런스 이틀째에 일어났다. 미리암은 거만하고 지루하기 짝이 없는 옥스퍼드 석좌교수에게 뭔가를 따지다가 짜증이 났는지 밖으로 나가 버렸다. 조한도 마침 그 교수의 횡설수설을 점점 견디기 힘들었던 터라 미리암을 따라 행사장 밖에 있는 좌우대칭의 안뜰로 나갔다. 미리암은 담배에 불을 붙였다.

"브라보! 아주 멋졌어요!"

조한은 그렇게 말하고는 미소를 지으며 물었다.

"아마 다른 사람들도 같은 마음이었을 겁니다. 근데 그런 패기는 대체 어디서 나온 거죠?"

"어쩜, 제게 딱 맞는 단어를 쓰시네요. 저 유대인이에요."

미리암의 짙은 눈이 뜻밖이라는 듯 빛났다.

그 후 사흘 동안 조한과 미리암은 거의 모든 휴식 시간을 함께 보냈다. 조한은 둘 사이의 장벽이 서서히 낮아지는 것을 느꼈다. 그러나 저녁때가 되어 조한이 미리암을 숙소 앞까지 데려다 줄 때면, 그녀는 매번 부드러우면서도 능숙하게 선을 그으며 더 이상의 접근을 피하고는 했다.

끝에서 두 번째 날 저녁, 조한은 여느 때와 같이 미리암을 방 앞까지 데려다 주었다. 그리고 돌아가려는데, 그녀가 갑자기 물었다.

"혹시 내일 저랑 아우슈비츠에 가지 않을래요?"

"전 비엘리치카 소금 광산에 가려고 하는데요."

조한이 망설이며 말했다.

"그냥 저랑 소금 광산에 가는 건 어때요? 성도 좋고요."

별 생각 없이 건넨 말에 미리암은 예상하지 못한 것에 대해 다급함을 느끼며 고개를 저었다.

"아뇨, 전 아우슈비츠에 가야 해요. 그런데 혼자 가기는 무서워요."

그녀는 잠시 후 덧붙였다.

"사실 저희 증조할머니가 거기서 돌아가셨거든요."

"아……."

망설이던 조한이 곧 어깨를 으쓱하며 말했다.

"뭐, 꼭 가고 싶다면……."

"꼭 가고 싶어요."

미리암은 충동적으로 다가가 발꿈치를 들고 조한에게 키스를 했다.

"고마워요, 조한."

그리고 숙소 문을 열고 안으로 들어갈 준비를 했다.

"저희 친척 할머니 두 분도 강제수용소에서 돌아가셨어요."

조한이 조용히 말했다.

"네? 유대인은 아니시잖아요. 무슨 수용소요?"

미리암이 조한을 바라보며 물었다.

"보어 전쟁 때요. 독일이 영국에서 배운 게 많거든요.(식민지 시대 아프리카에서 세력을 넓혀 가던 영국과 남아프리카공화국에 정착해 살아가던 네덜란드계 보어인 사이에 일어난 전쟁. 보어인들이 패하며 수많은 어린이와 여성이 강제수용소에 수용되었으며, 이 수용소는 훗날 독일의 유대인 강제수용소의 모델이 됨_역자)"

무척 긴 침묵이 이어졌다. 잠시 후, 미리암은 놀랍게도 조한이 방으로 들어올 수 있도록 문을 더 활짝 열더니 옆으로 비켜섰다.

다음 날 아침 10시에 숙소 앞으로 아우슈비츠행 버스가 왔다. 그녀는 평소와 달리 버스 안에서 입을 꾹 다물고 아무 말도 하지 않았다. 그러다 수용소에 도착하자, 혼자 들어가 버렸다. 남겨진 조한은 악명 높은 '노동이 너희를 자유롭게 하리라(ARBEIT MACHT FREI)'라는 문구가 새겨진 삭막한 입구로 들어서며 좋지 않은 기분이 들었다. 수용소에서는 으스스한 소외감과 부재감이 느껴졌다. 그 기분은 수용소를 둘러보는 내내 그를 따라다녔다.

조한은 자신이 그곳에 존재하지 않는 것 같다는, 모든 것이 다 현실이 아닌 것 같다는 느낌에 사로잡혔다. 모든 것이 비현실적이었다. 10지구와 11지구 사이는 유난히 음침했다. 잔학한 처벌과 처형이 자행된 10지구와 11지구 사이의 음침함조차 조한에게 현실로 돌아올 만큼의 충격을 안겨 주지는 못했다. 그 순간 조한이 바라는 건 단 하나였다. 바로 그곳이 아닌 다른 곳에 있는 것이었다. 조한은 아내 알리슨과 작은 딸을 떠올렸다. 잠시 동안이지만 아내와 딸의 이름도 제 대로 기억할 수 없었다.

조한은 자신과 상관도 없는 이런 곳에 오는 게 아니었다고 생각하 며 후회했다. 하늘이 맑아지며 햇빛이 비쳤지만, 수용소는 일식이 드 리운 그림자에 덮인 것처럼 어두운 회색이었다.

조한은 긴 굴뚝이 달린 소각장과 가스실을 피해 가며 수용소 곳곳 을 돌아다니다 우연히 죽은 이들의 물건, 소지품, 유품을 모아 놓은 장소에 들어가게 되었다. 여행 가방에는 이름과 주소가 정확히 적혀 있었다. 머리카락, 빗, 안경이 차례로 진열된 방도 있었고 또 요강만 잔뜩 진열된 방도 있었다.

그리고 신발만 있는 방도 있었다. 여성용과 남성용 그리고 아동용 신발이 모두 그곳에 있었다. 진열된 신발들 가운데 분홍색 신발 한 짝이 배를 찌른 칼날에 날카로운 비명을 지르듯, 선명하게 눈에 띄었 다. 예닐곱 살쯤 되는 여자아이가 신으면 잘 맞을 크기였다.

조한은 틴카를, 아이의 발을 떠올렸다. 틴카의 발이 얼마나 작고 또 가늘고 연약한지를 생각했다. 자신의 양손에 쏙 들어오는 발을 가 진 틴카, 정원을 뛰어다니는 틴카, 발가락에 멍이 들었다며 호 불어 달라고 먼지투성이 다리를 들이대는 틴카, "아빠, 이거 봐!" 하고 외 치며 발레를 하는 틴카…….

조한은 본관 건물의 정문 앞에 앉아 미리암을 기다렸다. 한참 후에 야 나타난 미리암의 얼굴은 무척 창백해 보였다. 둘은 아무런 말도 없이 출구를 지나 에어컨이 나오는 버스로 향했다.

다음 날 아침, 조한은 공항에 가기 전에 마지막으로 거리를 한 번 더 산책했다. 거리를 걷던 그는 아담 미츠키에비츠 동상의 맞은편에 있는 직물회관 안에서 아이들 옷과 장신구를 파는 가게를 발견했다. 가게에서는 틴카에게 딱 맞을 만한 핑크색 발레 슈즈를 팔고 있었다.

조한은 가격도 묻지 않고 발레 슈즈를 주문했다.

틴카는 신발을 보고 뛸 듯이 기뻐했고, 결국 첫날밤에 떼를 써서 신발을 신고 잤다.

이내 매년 열리는 아트스케이프(케이프타운에 위치한 공연장_역자)에서 어린이들이 호두까기인형을 공연하는 날이 돌아왔다. 틴카는 사탕요정 역할이었다.

공연장으로 가기 위해 집을 나서려던 차에 알리슨이 대수롭지 않은 말투로 "근데 여보, 미리암이 누구예요?" 하고 물었다.

조한은 정신이 아득해지며 온몸에 번지는 전율을 느꼈다.

"미리암?"

조한은 멍하니 서서 그 이름을 되뇌었다.

"모르겠는데?"

"이상하네요. 그쪽은 당신을 아는 것 같던데……. 그것도 꽤나 잘 말이에요."

알리슨은 그렇게 말하며 뜯긴 편지 봉투와 그 안에서 꺼낸 편지를 조한에게 내밀었다.

결국 부부는 편지 때문에 크게 다퉜고, 조한은 딸의 공연에 가지 않겠다고 말했다. 알리슨과 틴카가 눈물을 흘리며 공연장으로 향한 뒤, 조한은 혼자 집에 남았다.

공연이 끝나고 돌아온 알리슨은 어느 정도 평정을 되찾은 것 같았지만, 틴카는 여전히 훌쩍거리고 있었다. 또 다른 일이 있었던 듯했다. 알고 보니 공연 도중 틴카의 왼쪽 신발 끈이 끊어지는 바람에 아이가 무대 위에서 넘어졌고, 결국 공연이 엉망진창이 되었다고 아내가 말했다.

"아빠가 신발 새로 사 줄게. 내일은 잘할 거야."

조한이 아이에게 약속했다.

"됐어! 이제 춤 안 춰!"

그러면서 아이가 갑자기 격한 분노를 터뜨렸다.

"다 아빠 때문이야!"

"틴카, 우리 딸. 진정하렴. 별거 아니야, 괜찮아."

별안간 눈 뒤쪽으로 지끈거리는 두통이 느껴졌다.

"아빠 때문이야!"

조한은 알리슨을 보며 "여보, 어떻게 좀 해봐. 애 좀 진정시켜 보라고!"하고 말했다.

"싫어, 진정 안 해! 아빠 때문이야. 다 아빠 때문이야!"

그 순간, 그는 자제력을 잃고 아이를 때리고 말았다. 어찌나 세게 때렸는지, 아이가 바닥으로 나동그라질 정도였다. 틴카는 악을 쓰며 울기 시작했다. 조한은 그때까지 단 한 번도 사랑하는 아이에게 손찌검을 한 적이 없었다. 그런데 이번에는 어쩐 일인지 참을 수가 없었다. 알리슨이 무릎을 꿇고 앉아 바닥에 쓰러진 아이를 꼭 끌어안자, 아이는 더 서럽게 울기 시작했다.

결국 발레 슈즈는 가정부의 딸인 은톰비에게 주기로 했다. 은톰비는 틴카보다 한 살 어렸고, 나이에 비해 몸집이 작았다. 그리 꼼꼼한 솜씨는 아니었지만, 누군가 떨어진 신발 끈을 고쳐 준 덕분에 신는 데는 무리가 없어 보였다. 신발을 받은 은톰비는 무릎을 살짝 굽혀 인사하더니 작은 손으로 손뼉을 치며 좋아했다. 아이는 신발을 가지고 카예리트샤 지구(케이프타운의 흑인 거주 지역_역자)에 있는 자기 집으로 돌아갔다.

크리스마스를 지나 새해를 맞이할 무렵, 들뜬 분위기의 카예리트샤에서는 과음과 폭력이 나날이 심해지고 있었다. 비가 억수같이 쏟아지던 크리스마스의 세 번째 날(한국에서는 크리스마스를 12월 25일 당일로만 생각하지만, 25일 이후부터 12일간을 크리스마스 기간으로 봄_역자), 은톰비 아빠의 가장 친한 친구인 부이셀로가 은톰비네 집으로 찾아와 함께 술을 마셨다. 부이셀로가 집으로 돌아갈 채비를 하자 은톰비는 부이셀로의 손을 잡고 자기도 따라가겠다고 나섰다. 부이셀로네 막내딸 놈푼도와 놀고 싶어서였다. 부이셀로는 처음에는 안 된다고 했지만, 결국 은톰비를 데리고 길을 나섰다. 새 신발을 신은 은톰비는 신이 나서 깡충거리며 따라갔다. 점점 짙어지는 황혼 속에서 아이는 혼자서 지름길로 질러가기도, 다른 길로 돌아가기도 하며 부이셀로를 따라갔다.

그러던 어느 순간, 부이셀로는 아이를 놓치고 말았다. 그는 반 시간여 동안 어쩔 줄 몰라 하며 판잣집들 사이의 낯선 골목을 헤매면서 아이를 찾아다녔다. 한편 은톰비도 다 쓰러져 가는 허름한 집들 사이에서 길을 잃었다는 사실을 알았다. 아이는 부이셀로의 이름을 부르며 그를 찾았지만, 부이셀로는 나타날 기미가 없었다.

그때 어둠 속에서 갑자기 낯선 남자가 아이 앞에 나타났다. 울먹이던 은톰비는 길을 잃었다고 말하며 남자에게 집에 데려다 달라고 애원했다. 남자는 알겠다고 말하며 아이의 손을 꽉 쥐었다. 그런데 남자의 손을 잡으니 안심이 되기보다는 오히려 불편했다. 칭얼거리며 손을 빼려 하자 남자가 아이를 때렸다. 그 충격에 은톰비는 바닥에 나동그라졌다. 그곳은 아이가 전혀 모르는 동네였고, 모든 것이 비에 흠뻑 젖어 있었다.

"살려 주세요. 제발 집에 데려다 주세요."

은톰비가 애원했다.

"닥쳐!"

남자가 거칠게 외쳤다.

"잔말 말고 따라와. 소리 내면 죽을 줄 알아!"

걷다 보니 곧 주변의 집들이 다 사라지고, 유칼립투스 농장에서 들려오는 쏴쏴, 하며 바스락거리는 소리만 들렸다.

은톰비는 궁지에 몰린 사냥감처럼 남자에게 달려들었다. 거친 반항 속에 아이의 옷이 찢겨 나갔다. 사방이 너무도 깜깜한 데다 아이의 반항이 워낙 거세지자 남자는 이내 균형을 잃고 휘청했다.

은톰비는 새 분홍 구두를 신은 발로 남자를 힘껏 찼다. 작은 발에서 신발 한 짝이 벗겨지는 게 느껴졌다. 끝내 남자의 손에서 빠져나온 아이는 진흙 범벅이 된 채 팔다리로 기어 허둥지둥 어둠 속으로 달아났다. 아이의 뒤로 남자가 고함을 지르며 쫓아오는 소리가 들렸다.

마침내 더 이상 움직일 힘도 없어진 은톰비는 작은 건초더미 위에 쓰러져 의식을 잃었다. 얼마간 시간이 흐른 후, 지나가던 이들이 은톰비를 발견했다. 아이는 자기가 언제 어떻게 발견됐는지 알지 못했다. 그들은 깨진 파란색 받침 위에 뭉툭한 양초가 켜진 판잣집에서 은톰비를 돌봤다.

시간이 더 흐르고, 은톰비는 마침내 집으로 돌아갈 수 있었다. 온몸이 아팠다. 엄마 아빠의 목소리를 들었지만 슬픔을 주체할 수 없었다. 은톰비는 잃어버린 분홍색 신발 한 짝을 결코 다시 찾을 수 없으리라는 것을 알고 있었다.

부끄러움 (Shame)

_주디스 라벤스크로프트

주위를 둘러싼 물을 뚫고, 멀리서 웅웅거리는 눌린 듯한 소리에 높은 음의 비명이 문득문득 섞여 들려왔다. 엘렌은 물속에서 눈을 크게 뜬 채 부드러우면서도 우아한 이랑을 이룬 모래 바닥을 바라보았다. 모래는 뼈 없는 손처럼 하얬다. 마치 투명한 물을 가르는 그녀의 손 같았다.

점차 눈이 따끔거리기 시작했다. 눈을 감으려고 하면 더 쓰라렸다. 숨을 오래 참은 탓에 가슴마저 아프기 시작했다. 그녀는 팔을 머리 위로 쭉 뻗고, 발을 세게 구르며 수면으로 올라갔다. 물보라를 일으키며 올라오니, 공기가 폐 깊숙한 곳까지 빠르게 채워졌다. 엘렌은 바닥에 발이 닿는 곳쯤 가서 따가운 눈을 비비고는 뿌연 시야로 해변을 응시했다. 눈에 들어간 바닷물 때문에 흐릿한 얼룩으로만 보였던 해변의 형체들이 사람으로, 빨간색·초록색·파란색 파라솔로 보이기 시작했다. 북쪽 지방에서 겨울을 보내며 내내 꿈꿔 온 남부의 쪽빛 하늘과 금빛 모래사장도 눈에 들어왔다.

남자들이 얕은 해변에 모여 있었다. 젊은 사람, 나이 든 사람, 반바지나 수영복을 입은 사람이 있는가 하면 바지를 무릎까지 걷어 올린 사람까지 가지각색이었다. 해변을 가로질러 사람들이 모인 곳으로 달려가고 있는 남자들도 있었다. 남자들은 마치 게임이라도 하듯, 일렬로 늘어서서 서로 손을 잡고 인간 띠를 만들어 바다를 수색할 준비를 하는 것 같았다. 여자들과 아이들은 해변에 서서 그 모습을 바라보고 있었다. 엘렌처럼 일렁이는 늦은 아침 바다에 가슴께까지 몸을 담근 채 보고 있는 사람들도 있었다. 엘렌은 긴장감, 어쩌면 두려움일지도 모를 그 무언가를 느끼며 두 손으로 얼굴을 감싸 따끔거리는 바닷물을 닦아 냈다.

"엘렌!"

누군가 그녀를 부르는 소리에 놀라 그쪽을 보니, 엄마가 한 손으로는 치마를 잡고 다른 손으로는 스텔라의 손을 잡은 채 발목까지 물에 담그고 서 있었다. 맥스는 저쪽 모래사장의 파라솔 아래에서 뒹굴고 있었다.

"이제 나와!"

엘렌은 얼굴을 감쌌던 손을 내리고 못 들은 척 몸을 돌렸다가, 곧 마음을 고쳐먹었다. 엄마의 목소리에서 두려움이 느껴졌기 때문이다. 그녀는 파도를 거슬러 몸을 앞으로 숙이고 물의 저항을 느끼며 해변을 향해 걸어갔다. 엄마에게서 느껴지는 두려움 때문이었는지, 일렬로 늘어선 남자들에게서 느껴지는 묘한 긴박함 때문이었는지는 몰라도 그녀는 조금 더 힘을 주어 빠르게 걸었다. 하지만 막상 물 밖으로 나오니 괜히 엄마처럼 서두르기 싫다는 생각이 들었다. 그녀는 느릿느릿 파라솔로 향했다. 엄마가 건네는 수건을 받은 후에도 일부러 몸을 천천히 닦았다.

"무슨 일 있어요?"

"점심 먹어야지."

"점심은 점심이고, 무슨 일 있었어요?"

"누가 물에 빠졌대."

맥스가 말했다.

"엘렌, 소지품 챙겨서 가자."

엄마의 말에도 엘렌은 짐을 챙기지 않았다. 적어도 바로는……. 그녀는 몸에 수건을 두르고 남자들이 물 쪽으로 가는 것을 바라보았다. 잠시 후 사람들이 한쪽으로 몰리며 고함이 들리더니, 남자 서너 명이 사람 하나를 들어 올려 얕은 물을 지나 모래사장으로 나오는 모습이 보였다. 엘렌은 그쪽으로 달려갔다. 물 밖에서 기다리던 사람들이 몰려들어 이리저리 밀리고 있는데, 누군가 외치는 소리가 들렸다.

"물러나요! 이러면 산소가 부족하잖아요!"

그 말을 듣고서야 사람들이 뒤로 물러났다. 엘렌은 그제야 자리로 돌아가 자기 물건을 챙겨 엄마와 맥스 그리고 스텔라를 따라 모래언덕 너머에 있는 숙소로 향했다.

"봤어?"

맥스가 물었다.

"뭘?"

"시체 말이야."

"응."

엘렌은 그렇게만 말하고 맥스를 둔 채 걸어갔다. 어차피 어땠는지 알려 줄 만큼 자세히 보지도 못했다. 단지 시체를 봤을 때 받은, 가슴이 쿵 내려앉는 느낌과 작은 흥분감만 남아 있을 뿐이었다.

나중에야 알게 된 일이지만, 산소가 아무리 많아도 어차피 남자를 살릴 수는 없었다. 사람들이 하는 얘기를 들어 보니, 물에 빠진 남자는 내륙 쪽에서 온 젊은 군인이었다. 아침밥을 많이 먹은 후 곧바로 수영을 해서 변을 당했다고 했다.

함께 온 친구가 있었다는 얘기는 없었지만, 엘렌은 그날 저녁 분명 죽은 군인의 친구일 것 같은 남자를 보았다. 죽은 남자의 친구가 아니라면 대체 누가 저녁 시간에 해변의 산책로에 홀로 앉아 두 손으로 머리를 감싸 쥐고 있겠는가? 남자의 축 처진 어깨에서는 최근에 갑작스럽게 뭔가를 잃은 충격이 엿보였다. 산책로를 지나던 관광객들 중 그 남자를 본 건 자신뿐인 듯했다.

엘렌은 남자의 앞을 지나 걸어갔다. 하지만 남자의 앞을 지나치자

마자 그에게 손을 뻗어 위로하고 슬픔을 나누지 못한 것을 후회했다. 사실 잠시 머뭇거리며 그 남자의 앞에 멈춰 서기는 했지만……. 아니, 섰다기보다는 잠시 걷는 속도를 늦췄다는 표현이 옳을 것이다. 어쨌든, 결국 손을 내밀거나 위로를 하지는 못했다.

그녀는 먼저 간 가족들을 찾아 다시 발걸음을 재촉했다. 가끔 환타를 마시러 가고는 했던 바에 도착한 엘렌은 조금 전에 그냥 남자를 지나친 게 마음에 걸려서 다시 그곳을 찾아가고 싶었다. 안절부절못하던 끝에, 숙소로 돌아가는 길에 그 앞을 다시 지날 때 보니 남자가 앉아 있던 벤치에는 노부부가 앉아 있었고, 남자의 모습은 온데간데없었다.

엘렌은 누군가에게 그 남자에 대해 말하는 게 어떨까, 하고 생각해 보았다. 엄마한테 말하는 건 어떨까? 우선 맥스보다는 나을 것 같았다. 스텔라가 주의를 빼앗지만 않으면 아마 자신의 말을 잘 들어 줄 거다. 하지만 엄마한테 말하면 괜스레 꼬치꼬치 캐물을 것 같았다. 그럼 맥스한테 말하는 건 어떨까? 물론 관심이야 넘쳐 나겠지만 아마 시체니 미스터리니 하는 공상을 늘어놓을 것이고, 결국 말을 꺼낸 것 자체를 후회하게 될 것이 틀림없었다. 물론 그 죽은 남자와 슬퍼하던 남자가 어떻게든 관련되어 있을 거라는 자신의 생각도 공상인 것은 마찬가지지만 말이다.

며칠 후 저녁, 엘렌은 바에서 남자를 다시 보았다. 여느 때와 같이 바의 빙글빙글 돌아가는 높은 의자에 앉아 있는데, 갑자기 눈에 띈 것을 보면 남자의 쓸쓸함이 그녀의 눈길을 끌어당긴 듯했다.

남자는 탁자 위의 잔을 마주한 채 그저 혼자 앉아 있었다. 테라스나 바다가 아닌 내부를 향해 앉아 있었는데, 누구를 기다리고 있는 것 같지는 않았다. 그렇다고 그냥 시간을 보내러 온 것 같지도 않았다. 남자는 뭔가를 구경하거나 혹은 주변에 흥미를 보이지도 않았다.

마치 다른 곳에, 마음 깊은 곳에 틀어박혀 있는 것 같았다. 아니면 슬픔으로 미어진 마음 때문에 그저 멍하니 텅 빈 시선을 간직한 채 앉아 있는 듯 보이기도 했다.

남자는 갑자기 잔을 집어 들고 안에 든 걸 단번에 마시더니, 탁자에 내려놓은 후 자리에서 일어나 바를 나갔다. 엘렌은 의자에서 미끄러져 내려와 그를 따라 밖으로 나갔다. 그리고 테라스에 선 채 남자가 해변 산책로를 따라 모습을 감출 때까지 그의 뒷모습을 바라보았다.

남자는 이방인이었다. 엘렌과 같은 외국인이라는 의미는 아니다. 휴양지인 그곳에 휴가를 즐기러 온 것도, 휴양객들을 대상으로 일을 하러 온 것도 아닌 것처럼 보인다는 의미였다. 그는 자신이 그곳에서 무엇을 하고 있는지 모르는 듯한 모습이었다. 마치 운명이 그를 해변으로 이끌고, 그의 친구를 익사시키고, 그를 이곳에 가둔 것 같았다. 그는 이곳에 갇힌 채 주어진 시간을 살아 내야 하는 것 같았다.

엘렌은 자신도 그 운명에 함께 휘말렸다고 믿었다. 그래서 남자를 세 번째 보았을 때는 필연적인 일을 기다리던 사람처럼 당연하게 받아들였다.

엄마와 맥스, 스텔라는 석양을 보겠다는 엘렌을 해변에 남겨 두고 집으로 향했다. 그녀는 해가 녹색의 잔광을 남기고 수평선 밑으로 떨어지는 그 순간을 보고 싶었다. 엘렌은 순식간에 지나갈 그 순간을 놓치지 않으려고 저녁이 되어 접어놓은 파라솔 옆에 책상다리를 하고 집중력을 한껏 끌어올린 채 앉아 있었다. 그 순간, 한 남자가 눈앞을 휙 지나쳐 가더니 해변에 끌어올려 놓은 페달 보트 위에 걸터앉았다. 엘렌은 그 남자를 잠시 바라보다가 다시 해에 집중했다. 그러다 손을 무릎에 올려놓으며 몸을 앞으로 숙이는 남자의 모습에 다시 집중이 흐트러져 버렸다. 그 자세를 보고 남자가 누군지 알아본 엘렌은 석양 따위는 잊은 채 그의 모습을 바라보는 데만 집중했다. 남자의 뒷모습에서는 힘이 전혀 느껴지지 않았다. 마치 심한 타격이라도 받은 듯 완전히 축 처진 무기력한 모습이었다.

그렇게 앉아 있던 남자는 갑자기 할 일이 생각난 듯 페달보트에서 벌떡 일어나, 해가 지는 바닷가를 뒤로하고 해변을 가로질러 어딘가로 걸어갔다. 그는 엘렌의 앞을 지나치며 몇 발짝 거리에서 그녀가 있는 방향을 바라보기는 했지만, 딱히 그녀를 알아보거나 관심을 보이지는 않았다. 엘렌은 그래서 오히려 마음 놓고 남자의 뒤를 따라가기로 결심했다. 자신은 그 남자를 알아봤지만, 남자는 몇 번 마주친 그녀에게 별로 신경을 쓰지 않았기 때문이다. 기회는 다시 찾아오지 않을지도 모른다.

남자를 시야에서 놓치지 않고 따라가는 것은 어렵지 않은 일이었다. 엘렌이 모래언덕을 지날 때쯤 남자는 길을 건넜고, 그녀가 숙소 앞을 지날 때쯤 남자는 번화가 중간쯤을 지났다. 숙소 창문으로는 불 켜진 주방에서 저녁을 차리고 있는 엄마의 모습이 보였다. 창문으로 보이는 숙소 안의 모습은 마치 그녀가 이미 떨어져 나온, 멀리 있는 다른 세상처럼 느껴졌다.

엘렌은 인파를 헤치고 바와 상점들을 지나 남자를 계속 따라갔다. 행인들은 엘렌과 그 남자를 보지 못하는 것 같았다. 마치 특별한 능력을 지닌 사람만 볼 수 있는 유령인 것처럼 말이다.

길 끝에 다다르자, 남자는 오른쪽으로 돌았다. 길은 조용하고 어두웠다. 엘렌은 남자가 자신을 발견하고 놀랄까 봐 속도를 늦추고 길모퉁이에 멈춰 서서 그가 길 끝에서 다시 왼쪽으로 꺾는 모습을 바라보았다. 엘렌은 자리에 선 채 계속 따라가야 할지 몰라 망설였다. 남자가 사라진 쪽은 거의 도시 경계선인 데다 나무 덤불로 덮인 관목이 무성한 숲이었기 때문이다. 그녀는 잠시 남자의 발소리를 들으며 서 있었다. 남자가 손전등이라도 비추며 걷는 건지, 관목이 울창한 숲 속에서는 불빛이 반짝이며 움직이는 것이 보였다. 잠시 후 엘렌은 주춤주춤 다시 남자를 따라가기 시작했다. 그녀는 불빛을 따라 더 빨리 걸었다.

그렇게 남자의 뒤를 밟던 엘렌은 불빛에만 신경을 쓰느라 바닥을 살피지 못한 나머지 발을 헛디뎌 고꾸라지고 말았다. 그 순간 개가 사납게 짖는 소리가 들렸다. 엘렌은 개가 자기를 보고 짖는다는 생각에 겁에 질려 바닥에 쓰러진 채 꼼짝도 하지 못했다. 금방이라도 개가 나타나 달려들 것만 같았다. 하지만 다행히 아무 일도 일어나지 않았고, 개 짖는 소리도 잦아들었다. 엘렌은 고개를 들고 조심조심 자리에서 일어났다. 앞쪽으로 불빛이 보였다.

불빛은 집 같아 보이는 건물의 창문에서 새어 나오고 있었다. 아마 남자가 사는 곳 같았다. 개들도 엘렌이 넘어지는 소리가 아닌 남자가 도착한 소리를 듣고 짖은 듯했다. 자세히 살펴보니, 개들은 집 근처가 아닌 저 먼 숲 뒤쪽에 있는 것 같았다.

엘렌은 살금살금 창문으로 다가가 남자의 모습을 훔쳐보았다. 그는 등을 돌린 채 큰 냉장고를 열고 술병을 꺼내 잔에 술을 따르고 있었다. 그가 냉장고 문을 닫고 자신 쪽으로 고개를 돌리는 순간, 그녀는 몸을 수그리고 달아났다.

저녁 식사 시간에 늦은 엘렌은 되도록 눈에 띄지 않게 조용히 식탁에 가서 앉았다. 하지만 흙이 묻어 더러워진 옷과 뛰어오느라 차오른 숨소리는 숨길 수가 없었다. 맥스는 엘렌이 늦은 이유를 혼자서 상상해 보는 것 같았다. 식사를 마친 후 맥스가 그녀의 방으로 찾아왔다. 그녀의 방은 주방 옆에 있는 작은 방으로, 커튼으로 가려져 있었다. 커튼을 젖히며 맥스가 비밀스런 말투로 엘렌을 불렀다.

"엘렌 누나?"

커튼 사이로 엘렌이 대체 무슨 일을 하다 왔는지 알고 싶어 안달이 난 맥스의 얼굴이 보였다. 표정은 그랬지만, 대놓고 물어봤자 그녀가 대답하지 않으리란 것을 아는 맥스는 그냥 넌지시 "해가 꽤 늦게 졌네." 하고 말하며 눈치를 살폈다.

그러나 엘렌은 절대 입을 열지 않겠다고 결심한 터였다. 적어도 아직은 아니라는 생각을 했다. 그 남자가 죽은 군인의 친구라는 것도 자신의 상상이었고, 실제로 어떤지도 모르니 더 그랬다. 그래서 그녀는 맥스가 단념하고 갈 때까지 무시하고 책을 읽었다. 그러자 맥스는 돌아서며 바닥에 쌓여 있던 엘렌의 책 더미를 살짝 걷어차는 것으로 복수했다. 엘렌이 팔을 뻗어 맥스를 잡으려 했다. 하지만 맥스는 그 손을 재빨리 피하고는 그녀를 놀려 대며 주방을 건너 달아났다.

제멋대로 자란 나무들 사이로 꽤 험한 길이 이어졌다. 엘렌은 천천히 그리고 조용히 걸었다. 이른 아침이었지만 축축한 공기가 꽤나 답답했다. 곧 길이 꺾이며 1층짜리 건물이 시야에 들어왔다. 거칠게 회칠을 한 벽에는 군데군데 벽돌이 드러나 있었다. 그녀는 걸음을 멈추고 옆으로 물러나 나무 뒤에서 건물을 살펴보았다. 집이라기보다는 뭔가를 저장하는 창고 같았다. 닫힌 문에는 잠기지 않은 자물쇠가 걸려 있었다. 엘렌은 그 남자의 기척이 있는지를 살피며 기다렸다. 하지만 모두 허사였다.

엘렌은 점심을 먹은 후 집 안을 채운 고요함 속에 아침 햇살을 받으며 눈을 감고 침대에 누워 있었다. 몸에는 전날 떠났던 모험으로 인한 긴장감이 아직 조금 남아 있었다. 자신의 한숨 소리, 벌이 윙윙거리는 소리, 진짜인지 상상인지 헷갈리는 발자국 소리가 귓가에 계속해서 울렸다. 그때 누군가 휙 당긴 듯한 커튼 사이로 공기의 움직임이 느껴졌다. 동시에 기관지염 때문에 가볍게 쌕쌕거리는 숨소리도 들렸다. 맥스였다.

잠시 동안 엘렌도 맥스도 움직이지 않았다. 하지만 대치 상태는 곧 깨졌다. 살금살금 다가오는 소리를 들은 엘렌은 눈을 뜨고 자리에서 벌떡 일어났다. 그녀는 재빠르게 맥스를 잡았고, 이내 둘은 커튼에 뒤엉켜 싸웠다. 엘렌은 바닥으로 넘어지면서도 몸집이 작은 맥스를 꼼짝 못하게 잡았다. 둘은 먼지투성이 커튼 때문에 캑캑거리며 팔다리를 쭉 벌린 채 바닥에 엎어져 있었다. 그러자 맥스는 엘렌을 불안하게 만들고는 하는 짓을 했다. 바로 시체처럼 가만히 엎드려 있는 것이었다. 맥스에게서는 숨소리도, 심장 소리도 느껴지지 않았다. 온몸의 근육이 꿈틀대지 않고 가만히 있었다. 생명이 없는 모습…….
엘렌은 맥스를 놓아 주고 벌게진 얼굴로 가쁜 숨을 몰아쉬었다. 맥스는 그제야 씩 웃으며 눈을 떴다. 엘렌은 다시 침대에 털썩 누워서 맥스를 발로 찼다.

맥스는 모래로 경주 트랙을 만들더니 색색의 작은 공들을 손가락으로 튕겨 가며 혼자 경주 놀이를 했다. 엘렌은 그 옆에 누워 맥스와 바다 그리고 물가에 서 있는 그 남자를 바라보았다. 그녀는 맥스가 눈치채지 않게 남자를 바라보며 묘한 친밀감을 느꼈다. 남자는 자신을 알지도 못하지만, 자신은 남자의 비밀을 알고 있다는 게 기뻤다.

그때 맥스의 시선이 느껴졌다. 엘렌은 고개를 돌려 맥스와 눈을 마주쳤다. 얼굴에는 아무것도 드러내지 않았다. 맥스는 엘렌이 어디를, 누구를 보고 있었는지 모르는 것 같았다. 그녀는 무표정한 얼굴로 맥스를 정면으로 바라보았고, 맥스 또한 시선을 돌리지 않았다. 둘은 눈싸움이라도 하듯 서로 똑바로 바라보았다. 결국 엘렌이 먼저 시선을 돌렸다. 맥스의 뒤에서 남자가 움직이는 게 보였기 때문이다. 남자는 해변을 가로질러 걸어오더니 맥스와 엘렌의 옆을 지나갔다. 엘렌은 맥스를 보던 시선을 거두고는 몸을 휙 굴려 엎드려 누웠다. 그녀는 턱을 바닥에 대고는 맥스에게 들키지 않게 시선으로만 남자를 좇았다.

사실 당장이라도 자리에서 일어나 남자를 뒤쫓고 싶었지만, 그러면 맥스가 죽어도 따라오려 할 게 뻔했다. 그녀는 엎드린 채 팔베개를 하고 바닥의 모래를 바라보았다. 수백만 개의 모래 알갱이가 작은 언덕과 골짜기를 이루고 있었다. 맥스가 손가락으로 공을 튕기는 소리와 사람들의 목소리가 멀게 느껴졌다.

엘렌은 아무것도 할 게 없는 끝없이 무더운 여름날, 그 무력감에 구역질이 날 것 같았다. 하고 싶은 일이 있었지만 가족이 방해가 되었다. 우연히 가족으로 태어나 어쩔 수 없이 인생을 나눠야 하는 그 사람들이 지금 자신을 꼼짝 못하게 둘러싸고 있었다. 그 순간 엘렌은 자리에서 일어나 걷기 시작했다. 하지만 남자를 쫓아 모래언덕으로 가지 않고 페달보트가 세워진 곳을 지나 해변을 가로질렀다. 맥스가 일어서서 따라오려고 하는 모습을 보고 그녀는 마치 막다른 곳에 몰린 고양이처럼 앙칼지게 침을 뱉으며 욕을 했다. 상처받은 맥스는 우는 모습을 보이지 않으려고 고개를 푹 숙인 채 달아나 버렸다.

이후로 맥스는 마치 거머리처럼 따라붙었다. 남자의 집을 보러 갈 때마다 그를 따돌려야 하는 건 귀찮은 일이었지만, 매번 따돌릴 방법을 생각해 내는 것도 즐거움의 일부가 되었다. 어느덧 주위를 살피며 빠져나갈 기회를 엿보는 게 버릇이 되었다.

한 번은 밤에 간 적이 있었다. 그냥 가족들이 잠자리에 들고 난 후 밖으로 나온 일이 있다. 가족들은 9시쯤 되면 일찍 잠자리에 들고는 했지만, 그 시간에는 길거리에 사람들이 꽤 있었다. 아이들도 돌아다니고 있어서, 아무도 그녀를 이상하게 보지 않았다. 엘렌은 굳이 맥스가 따라오는지를 뒤돌아 살피지 않았다. 하루 종일 자신이 움직일 때마다 신경을 곤두세우고 살피느라 피곤해서 곯아떨어졌을 게 뻔했다.

남자의 집 앞에 도착한 엘렌은 문을 두드리고 싶은 충동을 느꼈다. 그녀는 남자가 문을 열어 주는 모습을 상상해 보았다. 그러자 아무런 근거도 없이 계속해서 그 집을 찾아간 어리석은 행동이, 그 부주의하고 신중하지 못하며 무지한 행동이 너무나도 부끄럽게 느껴졌다. 그런 행동은 엘렌에게도 남자에게도 위험한 행동이었다. 그래서 엘렌은 문을 두드리지 않았다. 문에 가까이 다가갈 엄두도 내지 못한 채, 항상 그랬던 것처럼 나무 뒤에 숨어 문틈으로 삐져나오는 빛을 바라보며 자신도 알 수 없는 무언가를 기다렸다.

다음번에 찾아가 보니 남자는 없었다. 사라진 게 확실했다. 자물쇠가 덜렁거리는 문이 열려 있어 용기를 내 안으로 들어가 보니, 이미 버려진 장소처럼 느껴졌다.

엘렌의 슬픔은 맥스를 향한 분노로 나타났다. 그녀는 처음에는 마치 벌레를 대하듯 맥스를 무시했다. 맥스가 말을 걸어도 답하지 않고, 맥스가 다가오는 게 보이면 등을 돌려 다른 쪽으로 걸어갔으며, 눈도 마주치지 않고 먼 곳을 봤다.

그러던 어느 날, 바다에 있던 엘렌의 뒤에 맥스가 다가왔다. 엘렌이 고개를 돌렸을 때, 맥스는 팔로 몸을 감싸고 떨고 있었다. 그런 맥스의 모습을 본 엘렌은 갑자기 화가 치밀어 올라 그에게 달려들어 물속에 처박아 버렸다. 그녀는 밖으로 나오려고 몸부림치는 맥스를 더 강하게 내리눌렀다. 엘렌은 분노와 복수심에 사로잡혀 맥스를 죽일 듯 눌러 댔다.

얼마 후, 맥스의 몸에서 갑자기 힘이 쭉 빠지며 몸부림이 멈췄다. 생명이 빠져나간 듯한 그의 모습에 정신이 퍼뜩 들었다. 물 밖으로 끌어냈지만 맥스는 여전히 축 늘어져서 누워 있었다. 엘렌은 맥스가 죽었다고 생각했다.

그 순간 맥스가 슬쩍 눈을 떴다. 그 모습을 본 엘렌은 또 속았다는 사실을 깨달았다. 그는 엘렌을 멈출 방법은 죽은 척하는 것밖에 없다는 걸 알고 그랬던 것이다.

맥스는 엉엉 울며 "누나 때문에 죽을 뻔했잖아." 하고 말했다. 하지만 겁에 질리기보다는 그냥 좀 놀란 것 같았다.

엘렌은 계속 그 집을 찾아갔다. 들켜도 상관없다는 생각에 주의를 게을리하다 보니, 어느 날 저녁 식사 전에 살짝 빠져나온 그녀의 뒤를 맥스가 따라오는지도 몰랐다. 자물쇠가 덜렁거리는 활짝 열린 문을 바라보던 엘렌의 옆에 맥스가 갑자기 나타났다. 하지만 엘렌은 굳이 그를 집에 보내려고 애쓰지 않았다. 맥스는 엘렌에게 뭘 보고 있냐고 물었고, 엘렌은 "집!"이라고 답했다. 맥스가 이유를 묻자, 그녀는 "원래는 어떤 남자의 집이었는데, 이젠 주인이 없어졌으니까 그냥 별다를 것 없는 집이야." 하고 말했다. 엘렌은 더 이상은 말하지 않겠다고 결심하며 입을 꾹 다물고는 성큼성큼 걸어갔다. 잠시 후 맥스가 뒤를 따랐다.

개인의 지주(Personal Fulcrums)

_리처드 지믈러

몇 주 전, 샌프란시스코 공립 도서관에서 잡지를 뒤적이던 중 한 작가가 자신의 작품을 설명한 문장을 읽었다. 그 작가는 자기 작품의 주제가 '트라우마로 인해 마비된 순수성'이라고 말했다. 그 표현을 읽는 순간 파란색 병원복을 입고 병원 침대에 앉아 있는 비쩍 마른 남자와, 금발에 긴 앞머리를 하고 그 앞에 서 있는 일곱 살배기 남자애가 떠올랐다. 남자는 수척한 뺨에 슬픈 눈을 하고 있었다. 병원복 소매 밖으로는 거즈와 붕대를 감은 손목과 뼈만 앙상한 손이 드러나 있었다.

그 남자애는 나였고, 수척한 남자는 우리 아버지였다. 엄마 말에 따르면, 당시 아버지는 피를 2리터 정도는 쏟았다고 한다. 아버지가 흘린 피는 대부분 욕조 물에 스몄고, 구급차가 도착했을 때는 물이 옅은 핑크색이었다고 한다. 또한 내가 아버지를 욕조에서 끌어내려고 안간힘을 쓰고 있었다고도 했다. 아버지를 발견하고 구급차를 부른 뒤 다시 욕실로 돌아간 모양인데, 나는 전혀 기억이 나지 않는다.

물론 그 일이 있었을 때 원래 난 집에 없었어야 했다. 그런데 하필 그날 있는 어린이 야구단 게임이 비 때문에 2회까지만 하고 취소되어 버리는 바람에 집에 일찍 도착했다. 부슬비 정도였지만, 본루 쪽 땅이 좀 꺼져 있어서 물웅덩이로 변하는 바람에 어쩔 수가 없었다.

엄마는 내 야구 유니폼에 묻은 핏자국을 지워야겠다는 생각을 딱히 하지도, 새 유니폼을 사 주지도 않았다. 아버지가 그렇게 된 후 엄마가 다시 매그닌백화점에서 판매직으로 일하기 시작한 덕에 집은 넘어가지 않고 그럭저럭 지킬 수 있었다. 하지만 취미에 쓸 여윳돈은 없었다. 물론 내가 졸랐다면 상황이 달라졌을 수도 있지만, 어쨌든 나도 자이언츠 유격수가 되겠다는 꿈은 이미 접은 후였다.

9월이면 샌프란시스코에는 달리아꽃이 만발했다. 나는 매년 아버지의 생일인 9월 27일이 되면 정원에서 응원할 때 사용하는 폼폼같이 커다란 보라색 꽃을 꺾어 꽃병에 꽂아 벽난로 선반에 얹어 두고는 했다. 좀 이상해 보이는 의식인 것은 나도 알지만, 5월의 어느 맑은 날 로버 지프를 타고 흔적도 없이 사라져 버린 아버지에게 어울릴 만한 의식이 대체 뭐가 있을까?

아버지에 대한 내 가장 오래된 기억 중 하나는 산호세힐스에 있던 우리 집 뒤뜰에서 키우던 장미 덤불 가운데, 타는 듯한 색깔의 장미 봉오리를 꺾어 내게 주며 엄마에게 갖다 주라고 했던 것이다.

"점심 먹으러 곧 들어가겠다고 엄마한테 말하렴."

아버지는 이렇게 덧붙였다.

그런 평범한 말은 생생히 기억하는데, 아버지가 욕조에서 의식을 잃기 전 내게 한 말 같은 것은 왜 전혀 기억하지 못하는 걸까? 나는 살아오며 단 한 번도 아버지로부터 어른이 되는 데 필요한 비밀이나 비결을 들은 적이 없는 것 같았다.

손목의 상처가 다 낫자 아버지는 집으로 돌아왔다. 나는 문 앞에서 아버지를 맞이했고, 우리는 함께 주방으로 갔다. 그리고 이틀 후 아버지가 또 사라졌다. 편지는 물론 아무런 단서도 없었다. 내가 학교에 가고 엄마가 세이프웨이 슈퍼마켓에 장을 보러 간 사이 떠나 버린 것이다.

아버지가 사라진 첫날의 밤을 보낸 다음 날 아침, 엄마는 내게 이렇게 말했다.

"돌아오실 거야. 걱정 마."

엄마의 손에 들린 담배에서 담뱃재가 동그랗게 말리며 타들어 가고 있었다. 엄마는 잠옷 차림으로 침대에 걸터앉아 양치 컵에 브랜디를 따라 홀짝홀짝 마셨다.

몇 년 후, 중학생이 된 나는 엄마에게 아버지에 대해 좀 말해 달라고 했다. 엄마는 어깨를 으쓱하며 아버지는 그냥 원예를 좋아하는 자동차 정비공이었다고만 말했다. 아주 평범한 사람이었다고……. 아버지는 스포츠 채널인 2번 채널에서 샌프란시스코 자이언츠의 경기 보는 것을 좋아했고, 어떤 영국 영화에서 로렌스 하비가 타는 것을 보고 로버 지프를 샀다. 그리고 아버지는 고기 찜과 케밥을 좋아했다. 일요일이면 침대에서 지역신문인 「산호세 머큐리」를 읽는 것을 좋아했고, 신문을 다 본 후에는 긴 샤워를 즐겼다. 엄마는 아버지가 불행하다고 생각했는지 어땠는지는 알지 못했다. 어쨌든 아버지는 아무 말도 하지 않았으니 말이다.

"자살 시도를 한 거에 대해서는 따로 얘기해 본 적 없어요?"

내가 엄마에게 물었다. 그 순간 엄마가 이성을 잃고 소리를 질렀다.

"빌어먹을! 나도 몰라, 찰리! 맨날 빌어먹을 놈의 종자 카탈로그만 수백 권씩 들여다보면서 종자만 주문해 댔다고!"

아마 내가 모르는 무슨 이유가 있어서 한 말이었겠지만, 나는 결국 엄마가 한 말의 의미를 영영 알아낼 수 없었다. 청소년기에는 대게 부모들은 원래 이상하고 알 수 없는 존재라고 느끼게 마련이고, 나도 그렇게만 생각하고 넘겼다. 그런 건 기회가 있을 때 물어봐야 한다는 것을 깨달은 때는, 이미 너무 늦은 후였다.

올 6월이면 엄마가 세상을 떠난 지 4주기가 된다. 엄마는 생전에 로스가토스의 힐크레스트 공동묘지에 마련해 놓은 2인용 묏자리에 홀로 누워 있다. 아마 눈을 감기 직전까지도 아버지가 돌아오리라고 믿은 듯하다. 하지만 엄마의 옆자리는 아마 영영 채워지지 않을 것이다. 내가 생각하기에, 아버지는 임종 직전이라고 갑자기 내게 전화를 할 사람도, 죽을 때가 임박하면 선조들의 무덤으로 향한다는 코끼리들처럼 고향으로 돌아올 사람도 아니다. 그렇다고는 해도, 사실 사라진 32년의 세월 동안 적어도 한 번쯤은 어디선가 잘살고 있다는 소식을 전해 올 거라고 생각했다. 사우스캐롤라이나의 식물원에서 일하고 있다든가, 마우이의 열대 식물원, 그것도 아니면 원예를 좋아하는 자동차 정비공들이 가는 어디 다른 곳에서라도 잘 있다는 소식을 한 번은 보내 올 줄 알았다.

나는 매년 성탄절이면 예전 우리 집을 산 필리핀인 가족에게 카드를 보내 엄마나 내게 오는 우편물이 있으면 꼭 전달해 달라고 부탁한다. 아마 그 가족은 내가 헤어진 연인으로부터 올지 모를 편지를 기다리는 처량한 실연남이라고 생각할지도 모른다.

내가 아버지에 대한 맹렬한 분노를 다스릴 수 있을 때면, 아버지가 꽤 흥미로운 사람이었을지도 모른다는 생각을 한다. '맨날 빌어먹을 놈의 종자 카탈로그만 수백 권씩 들여다보면서 종자만 주문해 댔다고!'라니……. 아버지를 좀 더 알 수 있었다면 좋았을 것 같다.

도서관에서 '트라우마로 인해 마비된 순수성'이라는 그 작가의 표현을 읽고, 나는 '이 작가, 나 같은 머저리들에 대한 얘기를 쓰면 딱 이겠군.'이라고 생각했다. 그러자 갑자기 몇 년 전 아내인 라나와 18번가 근처의 카스트로가를 걷다가 있었던 일이 떠올랐다.

화창한 봄날이었다. 빅토리아 양식의 주택들은 평화롭고 소박한 풍경 속에 화려하고 당당한 자태를 뽐내고 있었다. 치즈 보드 베이커리에서 스콘을 사고, 월트 휘트먼 서점에서 작가의 서명이 들어간 「플로베르의 앵무새」를 구한 우리는 아주 기분이 좋았다. 그런데 엘리펀트 워크바 앞을 지나는데, 차양 밑에 앉아 구걸을 하고 있는 임신부한 명이 보였다. 임신 7개월은 되어 보이는 깡마른 그녀는 대공황시대의 사진에서나 나올 법한 처량한 애팔레치아 지역 엄마들처럼 희망이 없어 보였다. 옆을 지나는데 심장이 심하게 두근거렸다. 마치독이라도 삼킨 것 같았다. 차에 타자마자 눈물이 나왔다. 그 모습을본 라나가 화를 내며 소리를 쳤다.

"그렇게 불쌍하면 맨날 앉아서 울 게 아니라 뭐라도 하든가!"

나는 그저 라나를 보기만 할 뿐 아무것도 할 수 없었다. 대체 뭘 어떻게 한단 말인가? 때는 레이건 대통령 치하의 1987년 미국이었다. 임신한 여자가 집도 없이 구걸을 하고 있다면 그럴 만한 사정이 있었을 거란 얘기다.

라나는 아주 크고 아름다운 짙은 갈색 눈을 지니고 있다. 그래서처음 만나면 사실 눈밖에 안 보인다. 그녀가 바로 그 눈으로 마치 적을 보듯 노려보자 나는 움직일 수가 없었다. 그녀의 눈빛은 어떻게해도 꿈쩍하지 않는 바위 같았다.

"경찰에 전화할래. 경찰들은 저런 사람을 도울 의무가 있잖아?
쉼터든 어디든 데려다 주겠지."

라나는 집에 오자마자 자신이 말한 대로 샌프란시스코 경찰서에 전화를 걸었다. 우리 집은 카스트로 지역과 노이 밸리를 나누는 언덕의남쪽 사면에 있는 작은 벽토 건물이었다. 경찰과 통화를 마친 라나는쉼터 세 군데에 차례로 전화를 걸었다.

"경찰은 도와줄 수가 없고, 쉼터에서는 그 여자가 있는 데까지데리러 갈 수가 없다네. 쉼터 앞까지 직접 가서 자기가 입소 신청을 해야 한대. 이게 말이 돼?"

라나는 격분한 마음을 감추지 못한 채, 말도 안 된다고 계속해서

개인의 지주(Personal Fulcrums) **133**

혼잣말을 했다.

그 얘기를 듣고 나니 어차피 방법이 없었다는 생각에 마음이 조금 가벼워졌다. 나는 라나에게 앉으라는 듯 소파 옆자리를 손바닥으로 툭툭 쳤지만, 그녀는 앉지 않았다. 대신 손으로 짧은 갈색 머리를 앞 뒤로 헤집으며 헝클어뜨리더니 씩씩거리며 걸어 다니기 시작했다. 나는 자리에 앉아 움직이지 않았다. 라나는 몸집도 작고 마른 편이었지만, 화가 났을 때 잘못 건드리면 큰일 나는 타입이었다.

처음 만났을 때는 라나의 불같은 성미를 잘 몰랐다. 난 오히려 그녀가 내성적인 편이라고 생각했다. 늘 그렇듯, 성격이나 상처 같은 건 만난 지 몇 달 지나서 잠자리를 갖기 시작하고 나서야 서로 파악이 된다. 라나는 머리가 길었고, 늘 청바지에 헐렁한 스웨터만 입고 다녔다. 그녀는 UC 버클리에서 노인학 석사과정에 다니고 있었으며, 나는 4년간의 뉴욕 생활을 마치고 막 산호세로 다시 돌아온 참이었다. 나는 맨해튼 음악대학에서 클래식 기타로 학사 학위를 받았다.

라나는 늘 노인들에게 관심이 많았다. 외할머니인 윙키 할머니와의 사이가 각별했기 때문이다. 미시시피 주 옥스퍼드 출신인 라나의 외할머니는 어렸을 때부터 그녀를 무릎에 앉혀 놓고 고색창연한 표현을 섞어 가며 옛날 사람들에 대한 이야기를 들려주고는 했다. 몇 개는 나도 기억하는데, 그중 하나는 윌리엄 포크너의 사촌들 집에서 집사로 일했던 어느 아주 품격 있는 혼혈인에 대한 얘기였다.

윙키 할머니의 얘기에 따르면, '어떤 프랑스 대사보다도 완벽한 프랑스어를 구사하던 그 흠잡을 데 없는 매너의 신사'는 어느 날 갑자기 흔적도 없이 사라졌다고 한다. 또 한 가지 기억나는 얘기는 '메리 픽포드보다도 풍성한 곱슬머리를 지녔던' 열여덟 살의 아이린이라는 백인 소녀가 결혼도 하지 않고 라파예트 카운티 최초의 흑인 소아과 의사의 아이를 가진 얘기였다. 아이린의 가족은 그녀를 리틀록에 사는 고모인 해리엇에게 보냈고, 결국 두 연인은 다시 만날 수 없었다고 한다. 그녀가 낳은 아들인 아이작이 멤피스로 입양되는 바람에 아이린이 상심에 빠졌다는 말도 들었다.

윙키 할머니는 대공황 때 부모님과 함께 미시시피를 떠나 샌프란시스코로 왔고, 당시에는 복숭아 농장이었던 지금의 산호세에서 떠돌이 노동자로 일했다는 말도 전했다. 이 말이 거짓말이었다는 사실을 알게 된 것은 한참 후였다.

8년 전에 할머니가 세상을 등진 후, 우리는 멘로파크에 있던 할머니의 아파트 이불장 안에서 캔버스 천으로 된 여행 가방을 하나 발견했다. 여행 가방 안에는 목깃이 높이 올라오는 어두운 옷을 입은 어떤 나이 든 여성의 사진이 있었다. 사진 뒤에는 윙키 할머니의 글씨체로 '1933년 3월, 해리엇 고모'라고 적혀 있었다. 윙키 할머니의 부모님이 할머니에게 보낸 수십 통의 편지도 함께 발견되었다. 편지의 소인은 모두 옥스퍼드였고, 수신인 주소는 모두 산호세 클라리온가 722번지로 되어 있었다. 그걸로 봐서는 윙키 할머니의 부모님은 캘리포니아 주로 이사를 온 적이 없었고, '해리엇 고모'는 아이린이라는 사람의 고모가 아닌 윙키 할머니 자신의 고모인 것 같았다. '아이린'이라는 이름의 인물은 실존하지 않는 것 같았다.

우리는 혹시 윙키 할머니가 결혼도 안 한 채 흑인 남자의 아이를 가져서 캘리포니아로 보내진 바로 그 소녀가 아닐까 하고 생각했다. 하지만 아무리 편지들을 살펴봐도 그런 내용은 없었다. 물론 '점잖은' 남부 집안 가족이라면 설사 그런 일이 있었어도 되도록 언급하지 않으려 애썼을 게 틀림없었지만 말이다.

공립 도서관에 마이크로필름으로 보관되어 있는 1940년 산호세 전화번호부를 뒤져 본 끝에, 적어도 한 가지 사실은 확인할 수 있었다. 윙키 할머니가 돈 할아버지, 즉, 라나 어머니의 아버지를 만나 결혼하기 전 사용했던 성은 '모건'이었다. 그런데 마침 전화번호부에 '해리엇 모건'이라는 이름이 있었다. 윙키 할머니의 이야기에 등장했던 그 '해리엇 고모'가 틀림없었다. 전화번호부에 있는 주소도 편지에 있던 주소와 일치하는 '클라리온가 722번지'였다.

우리는 샌프란시스코에서 산호세까지 65킬로미터를 단숨에 달려갔다. 수많은 자동차 영업소와 주유소 사이를 헤맨 끝에 그 주소를 찾을 수 있었다. 허름한 치카노 지역 한복판에 있는 작고 낡은 집 앞에는 수국이 피어 있었다. '늘 창밖으로 옥스퍼드가 있는 동쪽을 바라보며 빼앗겨 버린 삶을 한탄했던' 것은 아이린이 아닌 윙키 할머니였고, 그 배경 또한 리틀록이 아닌 바로 여기였던 것이다.

우리는 멤피스경찰서와 병원 몇 군데에 연락해 봤지만 윙키 할머니의 아들을 찾을 수는 없었다. 아마 멤피스로 입양을 보낸 게 아닐 수도 있고, 아들의 이름이 아이작이 아닐 수도 있다. 영영 찾을 수는 없겠지만, 옥스퍼드 근처에 라나의 삼촌이나 육촌 형제자매들이 살고 있을 가능성이 있기는 했다.

라나의 부모님은 윙키 할머니의 결혼 전 얘기는 전혀 모른다고 주장했다. 우리는 그 말을 믿지 않았지만, 굳이 따지고 들지 않기로 했다.

내가 너무 감정적으로 받아들인 것일 수도 있지만, 윙키 할머니에 대해 새롭게 알게 된 사실들은 내게 많은 충격을 주었다. 물론 결혼도 하지 않은 할머니가 임신을 했다거나, 흑인 남자와 사랑에 빠졌다는 것 때문은 아니었다. 할머니가 과거로부터 탈출하기 위해 아이와 연인을 버리고 그 먼 거리를 가로질러 여기까지 왔다는 것에 대한 충격이었다. 솔직히 말하자면, 할머니가 이 모든 것을 숨겼다는 데 상처를 받았다. 하지만 라나는 딱히 그렇게 받아들이지 않았다.

"할머니 얘기가 정말로 순전히 다 진짜였다고 믿는 건 아니지?"

그렇게 묻는 라나의 목소리에는 이미 불신이 뚝뚝 묻어나고 있는 터라 나는 별다른 대답을 하지도 않았다.

라나를 처음 만났을 때, 그녀는 노인학 공부 외에도 정말 많은 것을 하고 있었다. 그녀는 샌프란시스코 시내의 기라델리 스퀘어에 있는 파프리카스 빌라라는 레스토랑에서 일주일에 세 번 서빙 일을 했고, 금요일과 토요일 밤에는 스탠드업 코미디언으로 일했다.

1977년 5월, 우리는 샌프란시스코에서 집을 함께 빌려 살기 시작했다. 3년 후에는 집주인이 죽으며 그 집을 사게 되었다. 라나는 당시 정말 눈코 뜰 새 없이 바빴다. 잠자리할 시간도 내기 힘들 정도였다. 하지만 즐거운 일도 많았다. 라나는 홀리시티 주 코미디 클럽에서 로빈 윌리엄스의 공연 전에 몇 번의 오프닝을 했고, 패니즈 클럽에서 다나 카비와 즉흥 공연을 할 기회를 잡기도 했다. 그러던 어느 날, 라나는 스탠드업 코미디를 그만두고 시나리오 비슷한 것을 쓰기 시작했다. 언젠가 「투나잇 쇼」에서 섭외가 들어올 그날이 오기만을 기다리며 코미디 클럽에서 청춘을 보내기에는 인생이 너무 짧다는 것을 깨달았기 때문이다. 그러더니 석사과정을 마친 후에는 비디오카메라와 편집 기계를 사서 결혼식이나 바르미츠바(유대교에서 남자아이가 13살이 됐을 때 하는 성인식_역자)를 촬영하는 일을 시작했다.

라나는 내게 이렇게 말하고는 했다.

"사람들은 잘 모르는데, 사실 내가 찍는 건 앤디 워홀풍의 영화야. 아방가르드한 구전 역사의 기록이랄까?"

처음에는 라나의 말을 대수롭지 않게 들었는데, 시간이 지나며 보니 맞는 말이었다. 라나는 그런 비디오에서 사람들이 일반적으로 찍는 것들 외에도 결혼을 하는 신랑 신부나 성인식을 맞이한 주인공의 가까운 친척들을 인터뷰한 내용을 찍어서 넣었다. 사람들이 나중에 비디오를 보며 예전에는 몰랐던 가족사를 알 수 있도록 말이다.

라나의 이탈리아계 친할머니는 칼라브리아 지방에 살 때 배운 노동요를 즐겨 불렀다. 바르샤바의 게토에 수용된 유대인들이 일으킨 시위를 묘사하는 아흔 살의 유대인 재단사에 대한 노래도 있고, 뉴욕 의류 공장 파업에서 경찰인 사촌들에게 얻어맞은 아일랜드 사람에 대한 노래도 있었다.

라나와는 결혼 17년째인데, 나는 그녀의 가장 열렬한 팬이다. 내가 라나의 비디오에서 제일 좋아하는 부분은 사람들이 자기 인생을 바꿔 놓은 사건에 대해 얘기하는 부분이다. 라나가 사람들에게서 이끌어 내려고 애쓰는 정보도 바로 그런 것들이다. 내 꿈은 라나의 재능이 언젠가는 세상의 빛을 보게 되어 퍼시픽 필름 아카이브에서 회고전이 열리는 것이다. 벌써 제목도 생각해 뒀다.

'개인적 지주 : 라나 살게이루 샌더슨의 작품들'

라나는 자기 작품에 클래식 기타 음악을 넣는 것을 좋아한다. 그래서 나는 라나의 요청이 있을 때면 편집실로 꾸민 방에서 바흐 조곡이나 빌라 로보스의 서곡 등 그녀가 원하는 곡들을 연주했고, 라나는 그렇게 녹음한 곡을 비디오에 사용했다.

나의 주 수입원은 샌프란시스코 주 일대와 UC 버클리에서 진행하는 개인 기타 강습이었다. 나는 주말에는 정원을 돌보고, 일주일에 한 번은 태국 음식을 만들어 먹으며, 2번 채널에서 자이언츠 경기를 보는 것을 좋아한다. 카스트로 거리 근처에 사는 것은 참 좋다. 카페 플로르의 목재 테라스에 앉아서 거리를 바라보면, 다른 곳에서라면 사람들이 분명 이상하게 봤을 만한 것들을 아무렇지도 않게 볼 수 있다. 사람들 앞에서 거리낌 없이 키스하는 동성 커플들, 머리카락 끝을 핑크색으로 물들이고 에스프레소를 홀짝홀짝 마시고 있는 대학생들, 늦은 오후 트윈픽스(샌프란시스코 시내 전경을 내려다볼 수 있는 언덕_역자)를 감싸는 안개 같은 것들 말이다. 나는 서점을 둘러보거나 시내에 나가 직장인들 사이를 돌아다니는 것을 좋아한다. 고층 빌딩들을 구경하는 것도 좋다.

나는 행복하다. 라나와 결혼 후 함께 살아온 세월 동안 단 한 번도 면도칼로 손목을 긋고 싶다거나 갑자기 사라져 버리고 싶다는 충동을 느낀 적은 없었다. 그러니 유전적 요인이 자살 시도나 갑작스런 가출에 미치는 영향은 별로 신경 쓰지 않아도 될 듯하다.

아버지는 그냥 우리에게 질려 버린 것일 수도 있다. 「필 도나휴 쇼」에 출연한 처자식을 버린 어떤 남자가 그런 말을 하는 것을 들은 적이 한 번 있다. 물론 어이가 없긴 하지만, 가끔은 어쩔 수 없는 경우도 분명 있을 것이다.

최근에는 아버지와 라나에 대한 생각을 예전보다 훨씬 더 많이 하고 있다. 꼭 샌프란시스코 도서관에서 읽은 그 작가의 글 때문만은 아니다. 그보다는 라나의 동생인 데니가 일주일 정도 전에 처가에서 쫓겨나 며칠 동안 어디론가 사라졌던 사건 때문이다. 나는 그 일이 있은 후 밤에 네 시간 이상 잔 적이 없다. 이불을 덮으면 너무 덥고, 안 덮으면 너무 추웠다. 그러더니 갑자기 다리 근육이 저리며 아프기 시작했다. 곧 내 머리는 아버지에 대한 생각으로 가득 찼다.

사건의 발단은 이랬다. 데니가 길모퉁이에 있는 가게를 털었다. 이유는 모르겠지만, 가게 주인이 고소를 하지 않아 다행히 철창신세는 면할 수 있었다. 하지만 장인어른, 즉 데니와 라나의 아버지는 혹시라도 집에 경찰이 찾아오는 것을 원치 않았기에 데니를 내쫓아 버렸다. 결국 데니는 며칠 동안 집을 나갔고, 장인어른과 장모님은 라나에게 이 일을 따로 알려 주지 않았다. 라나는 일요일마다 처가에 전화를 하는데, 장모님은 그제야 무슨 일이 있었는지를 얘기해 주었다.

"벌써 열일곱 살이나 됐는데, 뭐. 우리도 할 만큼은 했어. 자기 인생이니 알아서 하겠지."

데니는 며칠 후 돌아왔지만 장인어른이 집 안으로는 들어오지 못하게 하는 바람에 차고에서 지내야 했다. 라나는 당장 차를 몰고 산호세로 달려가 데니와 얘기를 하고, 장인어른과 뭔가 타협안을 찾아보려고 했다. 그래서 먼저 데니에게 대체 어딜 갔던 거냐고 묻자, 그는 "그냥 어디 좀 갔었어." 하고 말할 뿐 더는 말하려 하지 않았다.

협상은 시작하기도 전에 결렬되었다. 데니를 본 장인어른은 "저 필료 다 푸타(Filho da puta) 내쫓아 버려." 하고 말하고는 냉장고에서 맥주를 꺼내 TV 앞에 앉아 버렸다. 그걸로 끝이었다. 술에 취하거나 화가 나면 장인어른의 입에서는 모국어인 포르투갈어가 나왔다. 라나는 '필료 다 푸타'를 직역하면 '창녀의 아들'이지만, 그냥 '개자식' 정도로 생각해도 된다고 친절하게 설명해 주었다.

만약 내가 아버지를 찾아내 대체 그동안 어디에 있었던 거냐고 물으면, 왠지 아버지도 데니처럼 애매하게 대답할 것 같다. 사실 지금쯤이면 꽃 좋아하는 정비공들만 묻힐 수 있는 라호야 어딘가에 있는 공동묘지에 누운 채 수입산 튤립과 장미를 보고 있는 신세일지도 모르지만 말이다.

특정한 사람들만 받아 주는 공동묘지가 꽤나 유행인 것 같았다. 지난번 가이아 서점에 갔을 때 「아메리칸 요가」라는 잡지에서는 무슨 여신을 모시는 뉴에이지 숭배자들만 묻힐 수 있는 오렌지카운티의 어느 공동묘지 광고를 봤고, 「채식주의 라이프 스타일」이라는 잡지에서는 채식주의자와 비흡연자만 받아 주는 오스틴 외곽의 공동묘지 광고를 봤다. 그런 것을 보고 있으면 요즘 나라가 잘못되고 있는 것은 아닌가 하는 생각이 든다. 다들 뭔가 압박을 이기지 못해 정신을 놓아 버린 것처럼 말이다.

물론 우리 아버지는 예외일 수도 있다. 그런 묘지에 묻혀 있기는커녕 중서부 어딘가에 있는, 밤에도 문을 활짝 열어 놓고 다녀도 되는 아담하고 정겨운 마을에서 사랑스런 아이 세 명과 콜리 개 한 마리를 키우며 행복하게 살고 있을지도 모르는 일이다. 문제는 우리, 즉 엄마와 나였을 수도 있다.

엄마가 언젠가 한 번 넌지시 이런 말을 한 적이 있다. 리즈 이모 집에 저녁을 먹으러 간 날이었다. 그날 엄마와 이모는 진토닉을 마시고 잔뜩 취했다. 열여섯 살쯤 되었던 나는 TV를 통해 워리어스 농구 경기를 보고 있었다.

"결혼하기 전에는 찰스도 잘해 줬어."

리즈 이모에게 한 말이었지만, 엄마는 나도 들으라는 듯 큰 목소리로 말했다.

"둘이 여기저기 많이 다니기도 했어. 노스비치에 춤도 추러 가고, 미션 지역에 가서 부리토도 먹고……. 결혼 전엔 진짜 재밌는 사람이었어. 정말로! 근데 결혼하고 나니까 갑자기 딴 사람이 된 것처럼 180도로 달라져 버렸어. 맨날 화만 내고, 못되게 굴고……. 옛날엔 그렇게 좋다던 것들도 다 싫어하고……. 글쎄, 심지어는 내 가슴이 너무 크다고 타박을 했다니까! 찰리를 낳고 나서는 잠자리고 뭐고 끝이었어. 털끝 하나 안 건드리더라고……."

엄마는 눈을 감기 전날 밤, 울면서 안방으로 나를 찾아왔다. 당시 엄마는 우리 집에 머물고 있었다. 라나는 편집실에 있었고, 나는 레오 브라우어의 신곡 악보를 뒤적이며 안방에 혼자 있었다. 내 앞에 선 엄마의 눈에서 눈물이 뺨을 타고 흘러내렸다. 엄마는 축 처진 턱살에, 바스라질 것 같은 회색 머리칼을 풀어 늘어뜨리고 있었다.

"억울해. 네 아빠한테 속았어."

엄마는 훌쩍이면서 말했다.

"결혼할 때 난 처녀였는데……. 어쩜 네 아빠 나한테 이럴 수가 있니?"

나는 금방이라도 "엄마가 억울하다고요? 그럼 나는요?" 하고 되묻고 싶었지만, 그냥 아무런 말도 없이 엄마에게 다가갔다. 라나는 내가 엄마에게 내 감정에 대해서는 왜 전혀 말을 안 하는지 이해할 수 없다고 했다. 하지만 얘기해서 대체 무슨 소용이 있었을까? 어차피 아버지가 떠난 후 엄마는 나를 향한 눈도 귀도 닫아 버렸는데 말이다.

사흘 전, 그러니까 데니가 장인어른의 차고에 살기 시작한 날 밤이었다. 라나가 새벽 2시에 나를 흔들어 깨우더니 이렇게 말했다.

"어떻게든 해야겠어."

"뭘 어떻게 해?"

"동생 말이야."

밖에서는 너구리들이 쓰레기통을 넘어뜨리려고 안간힘을 쓰는지 덜커덩거리는 소리가 났다. 나는 자리에서 일어났다. 뒤뜰은 정말 캄캄했지만, 잔디 위로 솟은 하얀색의 칼라릴리는 눈에 보였다. 마치 수많은 귀가 내 대답을 기다리고 있는 것 같은 모습이었다.

"너구리 놈들이 또 쓰레기통을 뒤지나 보네. 커피 찌꺼기 때문에 아주 엉망이겠어."

"찰리, 우리가 도와줘야 한다고……."

"우리가 뭘 어쩔 건데? 데니는 열일곱 살이고, 처가에 있잖아. 게다가 우리 집엔 캐롤라인도 와 있고……."

캐롤라인은 내가 뉴욕에서 음악 공부를 하던 시절에 알게 된 오랜 친구다. 우리 집에 일주일째 머물고 있었고, 닷새 정도 더 있을 예정이었다. 정말 좋은 친구라 나는 캐롤라인을 아끼기는 하지만, 솔직히 신경을 많이 써 줘야 하는 친구기도 했다. 집에 손님을 더 늘릴 수는 없었다.

"그래도 어떻게든 해야 해."

라나가 계속 우겼다.

"예를 들면 어떻게?"

"여기로 오라고 할까?"

"그건 안 돼, 당신 부모님과 처남 사이의 일이잖아. 괜히 중간에 끼기 싫다고……."

"무슨 중간?"

"당신 가족 말이야."

내가 무슨 말을 하는지는 라나도 아주 잘 알고 있었다. 예전에 라나와 처가에 대해 얘기하다가 두 분을 식물에 비유하자면, 가지를 뻗는 데마다 상처를 입히는 가시 돋친 잡초 같은 분들이라는 결론을 함께 내린 적도 있었다. 하지만 어쨌든 라나의 턱이 씰룩거리는 것으로 봐서 곧 소리를 지를 것 같았다. 그래서 나는 이렇게 말했다.

"캐롤라인이 가면 그때 다시 얘기하자. 처가에 찾아가서 어른답게 대화로 해결해 보자고……."

"데니가 혼자 있으니까 걱정이 돼서 그러지."

"같이 잘 생각해 보자. 방법이 있을 거야."

사실 거짓말이었다. 같이 방법을 찾아볼 생각 같은 것은 없었다. 그냥 그렇게 며칠 보내다 보면 처가 어른들이 데니를 다시 받아 주든가, 아니면 데니가 다시 집을 나가든가 할 테고……. 그럼 우리가 고민할 일도 없어질 거라고 생각했다. 하지만 내 실수였다. 라나는 내가 거짓말을 하면 항상 바로 알아차린다. 그렇다고 아내에게 거짓말 탐지기 같은 게 있다는 말은 아니다. 아마 그냥 내가 거짓말을 잘 못하는 것 같다. 목소리가 변하거나 그런 거겠지. 그래서 라나는 결국 소리를 지르며 자기 부모에게 할 말도 못하는 겁쟁이라면서 나를 비난하기 시작했다.

예전에도 싸운 적이 있는 주제였다. 원래 아내가 그런 말을 하면 그냥 혼자 삐쳐서 가만히 있고는 하던 나는, 그날 나도 모르게 진심을 말하고 말았다. 아마 잠이 부족해서 그랬을 것이다.

"겁쟁이는 당신이야. 당신이야말로 지난 20년간 당신이 부모님을 어떻게 생각하는지 한 번도 제대로 말한 적이 없잖아!"

내 말에 라나는 창밖의 칼라릴리를 오랫동안 바라보았다. 나는 잠시 후 아내 곁으로 다가갔고, 우리는 함께 서서 너구리들이 쓰레기통을 뒤적이는 소리를 들었다.

다음 날 아침이 되어 일어나 보니, 오븐 윗면이 깨끗했다. 알루미늄으로 된 오븐 윗면은 새로 찍어 낸 동전처럼 반짝반짝 빛나고 있었다.

"베이킹 소다랑 식초 섞은 걸로 내가 닦았어."

캐롤라인이 말했다.

"깨끗하네."

폭식증에서 회복 중인 캐롤라인은 열심히 청소를 했다. 한참 심각했던 시기에는 하루에 여덟 번을 토하기도 했던 그녀……. 토하지 않는 시간에는 늘 건강을 걱정했다. 대체 그런 상태로 하루 종일 비올라 수업은 어떻게 했는지 미스터리다. 어쨌든 요즘에는 하루에 두 번씩만 토했고, 실제로도 조금씩 나아지는 것처럼 보인다. 여전히 수척한 얼굴에 툭 튀어나온 눈이었지만, 전체적인 몸의 윤곽이 전보다는 부드러워졌다. 하지만 짧게 자른 회색 머리칼은 캐롤라인의 가냘픈 실루엣을 더 부각시켰다.

그녀가 건강을 회복하며 새로운 취미가 생겼는데, 그것은 뜨개질과 도자기 만들기였다. 내게 선물로 주겠다며 사흘 전부터 뜨기 시작한 빨간 조끼는 이미 앞판이 다 완성되었다. 캐롤라인은 청소도 열심히 했다. 그녀는 식료품 저장고 안의 통조림 윗면을 모두 물로 깨끗이 닦았고, 집에 있는 스테이크 칼도 모두 갈았다. 욕실은 TV 광고에 나오는 것처럼 반짝였다. 캐롤라인은 심지어 샤워커튼을 표백하고, 바닥에 까는 보풀보풀한 러그까지 다림질했다. 러그를 다림질할 수 있다는 사실을 나는 처음 알았다. 캐롤라인과 얘기를 나눈 결과 우리는 깔끔한 집을 원한다면 회복 중인 폭식증 환자를 고용하는 게 최고라는 결론을 내렸다. 내년에는 집 페인트칠을 부탁한다고 캐롤라인에게 벌써부터 말해 두었다. 숙식은 얼마든지 제공할 용의가 있다며 말이다.

캐롤라인의 폭식증에 대해서는 나와 라나만 알고 있다. 물론 캐롤라인의 정신과 의사와 폭식증 치료 그룹 사람들은 빼고 말이다. 캐롤라인이 폭식증에 대해 언제 처음 얘기했는지는 기억이 나지 않는다. 그녀는 처음에 내가 깜짝 놀랄 거라고 생각했다고 한다. 하지만, 사실 난 그런 일에는 잘 놀라지 않는 편이다. 성격 자체가 남에 대해 별로 비판적이지 않은 것 같다. 물론 아버지는 예외다. 아마 모든 비판적인 생각이 아버지에게 쏠려 있어서 다른 사람은 웬만하면 비판하지 않는지도 모른다. 어쨌든 라나와 내게는 얘기해도 괜찮다는 것을 깨달은 캐롤라인은 자기 인생에 대해 이것저것 말하기 시작했다.

그녀는 매년 우리 집을 찾을 때마다 점점 더 많은 얘기를 들려주었다. 처음에는 키워 준 할머니가 자신을 때린 얘기를 했고, 그 다음에는 2차 대전에서 죽은 아버지 얘기를 했다. 영어를 완벽하게 구사하는 까닭에 늘 깜빡하기는 하지만, 사실 캐롤라인은 본 근처의 작은 마을에서 태어난 독일인이었다. 그녀는 34년 전 스물한 살이 되던 해, 장학금을 받고 미국으로 유학을 왔다. 많은 대학 중 무슨 연유인지 버지니아대학에 가서 역사를 전공했다.

비올라 연주를 본격적으로 시작한 것은 그 후의 일이다. 캐롤라인이 독일인이다 보니 할머니 얘기를 들을 때마다 「헨젤과 그레텔」에 나오는 마녀의 모습이 떠올랐다. 할머니 탓에 그녀는 멍을 달고 살았다. 때릴 때는 늘 젖은 수건을 썼는데, 영구적인 흉터가 남지 않기 때문이었다.

하지만 역시 제일 나쁜 놈은 캐롤라인에게 자신의 '자지를 빨게' 한 의붓아버지였다. 적나라하기는 하지만 캐롤라인이 사용한 표현이니 그대로 사용하도록 하겠다. 그런데 올해가 되어서야 그 의붓아버지가 마을의 존경받는 의사였다는 것을 알게 되었다. 때는 2차 대전 직후였고, 사람들이 무를 먹으며 근근이 버티던 시대였다. 가족들은 의붓아버지 덕에 고기와 설탕을 얻을 수 있었다. 대신 그는 캐롤라인을 차지했다. 캐롤라인이 열두 살 때부터 열아홉 살 때까지 의붓아버지에게 시달리는 동안 가족들은 송아지 고기와 사과 슈투르델을 먹으며 피둥피둥 살이 쪘다.

이틀 전, 캐롤라인은 그놈이 죽었을 때 눈물이 나더라고 고백했다. 내가 "대체 왜?" 하고 묻자, 그녀는 "내가 그놈을 좋아했나 보지." 하고 대답했다. 하지만 그녀의 말은 답보다는 질문으로 들렸다.

그 얘기만 들어 봐도 학대자와 피학대자의 관계는 내가 생각하는 것보다 훨씬 복잡한 것 같았다. 나는 그런 부분에 있어서는 잘 모르는 편이다. 물론 자라면서 엉덩이를 맞은 적도 있었고, 엄마가 소리를 지른 적도 다반사였다. 하지만 그것을 학대라고 생각하지는 않았다. 그래서인지 사람들의 이중생활이랄까, 그런 것에 대해서도 잘 모르는 편이다.

예를 들어, 라나가 내게 데니의 아버지가 따로 있는 것 같다고 했을 때 나는 너무 놀라 어안이 벙벙했다. 하지만 생각해 보니 말이 됐다. 라나와 데니는 스물한 살 터울이었는데, 장인어른과 장모님이 그때까지 부부 생활을 했을 리가 없었다. 아마 장모님이 마흔 살쯤 됐을 때, 임신은 생각도 못하고 바람을 피웠는데 그렇게 된 것 같았다. 하지만 솔직히 어떤 남자가 우리 장모님과 바람을 피우고 싶어 할지, 상상이 잘 안 되긴 했다. 라나에게 말하자, 그녀는 농담 반 진담 반으로 아마 당시 집을 드나들던 집배원인 것 같다고 했다. 그 집배원의 머리카락 색이 지금 데니와 비슷한 붉은빛이었다며 말이다.

며칠 전에는 캐롤라인이 폭식증에 대해 말하며, 토하기 직전에는 벌레들이 피부 위를 기어 다니는 느낌이 든다고 말했다. 그러면서 허물을 벗듯, 지금 피부를 벗어 내고 새 피부를 가질 수 있다면 좋겠다고 말했다. 그녀는 일주일에 한 번 롱아일랜드의 노스쇼어 병원에서 열리는 폭식증 환자 모임에 나가는데, 거기 나오는 사람들도 다들 그렇게 말한다는 것이다.

오늘 밤 이런 것들을 떠올리는 이유는 잠이 오지 않아서다. 새벽 2시부터 4시까지, 나는 생각에 잠겨 뒤뜰을 돌아다니는 너구리 소리를 들었다.

이런 밤에 잠에서 깨어 라나를 바라볼 때면 나는 행운아라는 것을 느낀다. 오랜 기간, 나는 누군가를 사랑할 수 없을 거라 생각했다. 사람들은 내게 차가운 사람이라고 했고, 기타 선생님은 내게 열정이 부족하다고 했으며, 엄마는 한때 내가 '내면이 죽은' 아이라고 생각했다고 한다.

결국 사람들이 나에 대해 하는 말이 맞는지도 모른다는 생각, 내가 라나의 인생을 망친 것일지도 모른다는 생각이 가끔 들어 갑자기 식은땀이 날 때도 있다. 어쨌든 라나는 아이를 원했지만, 나는 반대하지 않았던가. 라나는 올해 서른여덟 살이다. 서너 해 후에는 너무 늦는다. 아내는 아이를 갖지 않은 것을 후회하지 않는다고 말하지만, 가끔은 나도 잘 모르겠다.

새벽 4시쯤 되었을 때, 이런 죄책감이 생각을 파고들기 시작했다.

캐롤라인에게 들은 말 때문인지 왠지 피부가 답답하게 느껴졌다. 그래서 나는 조용히 옷을 주워 입고 아래층으로 내려갔다. 밖으로 나가 현관문을 닫자, 옳은 일을 했다는 확신이 들었다. 공기는 깨끗하고 선선했다. 카스트로가는 비어 있었다. 나는 혼다 차에 올라타고 시동을 걸었다.

나는 마켓가를 타고 101번 고속도로로 내려가 남쪽으로 향했다. 부모님의 옛집은 공항 바로 근처, 산호세에 있는 라파예트가에 면해 있었다. 원래는 그 집을 보러 가려고 길을 나선 거였지만, 나는 45분을 달린 끝에 다다른 고속도로 출구에서 나가지 않고 계속 달렸다. 기분이 좋았다. 마치 억지로 하고 있던 노역에서 벗어난 느낌이었다. 문득 아버지도 이런 기분이었을까, 하는 생각이 들었다.

산호세의 복숭아 농장들은 모두 사라진 지 오래다. 패스트푸드점과 주거 구역이 어지럽게 얽히며 확장된 도시는 로스앤젤레스와 비슷한 모습이었다. 하지만 산호세에는 UCLA도, 카운티 미술관도, 아름다운 해변도 없다. 나는 산호세에 있는 처가로 향하는 길에 있는 로스가토스 힐스의 '꿈같은 교외 주택지'를 지나는 게 싫었다. 멀리 돌아가느라 목적지에 도착하는 데 30분은 더 걸렸다.

나는 '지옥의 집' 앞에 차를 세웠다. '지옥의 집'은 라나와 나 그리고 데니가 처가를 가리키는 말이었다. 사실, 뭘 어떻게 해야 할지는 잘 몰랐다. 대체 댁들이 뭔데 자식을 낳아만 놓고 사랑해 주지는 않느냐고 따지고 싶었다. 하지만 물론 그럴 수는 없었다.

차고 문은 닫혀 있었다. 나는 손잡이를 당겨 문을 들어 올렸다.

"누구세요?"

데니가 겁먹은 목소리로 황급히 물었다.

"나야. 바보 같은 매형."

"찰리 형?"

"나 말고 또 누가 있나 보지?"

천 같은 것을 밟고 걷는 소리가 들리더니 불이 켜졌다. 속옷 차림으로 침낭 위에 서 있는 데니는 마른 체형에 캘리포니아 주민치고는 굉장히 창백한 피부를 지녔다. 녹색 눈은 꽤 멋졌지만, 그는 늘 가능한 한 이상하게 꾸미려고 작정한 사람 같았다. 머리 모양만 해도 그렇다. 데니는 옆머리를 모두 바짝 쳐내고 윗머리만 텁수룩하게 남겨두었다. 오른쪽 귀에는 에나멜로 된 동전 크기의 통마늘 모양의 귀고리를 하고 있었다. 우리 부부와 함께 길로이에서 열린 마늘 축제에 갔을 때 산 것이었다.

"여기서 뭐하시는 거예요?"

데니가 숨죽인 목소리로 말했다.

"이렇게 차고에서 지내게 둘 수는 없어서……."

"좀 작게 말해요. 부모님이 깨면 어떡하려고……."

"무슨 상관이야? 어차피 나도 요 일주일 동안 통 잠을 못 잤는데……. 그분들만 잘 자야 된다는 법이라도 있어?"

"저 때문에 못 잤다고요?"

"처남이랑 라나 때문인 것도 있고, 내 문제도 좀 있고 그래서……. 가끔은 나도 다 섞여서 뭐가 뭐 때문인지 모르겠어."

데니는 어떻게 해야 할지 생각하며 바닥을 내려다보았다.

"누나가 보낸 거예요?"

"아니. 그냥 내가 온 거야. 그러니까 빨리 옷 입고 가자. 나 정말 피곤해."

"전 못 가요."

"왜?"

"학교 다녀야죠. 아직 졸업까지 두 달이나 남았어요."

"샌프란시스코로 전학 가면 되잖아."

"지금은 못해요. 지금 나가면 1년 유급해야 하는데, 그러면 가을에 대학을 못 가잖아요."

"그런 건 그냥 나중에 걱정해."

"아뇨, 전 못 가요."

데니가 단호하게 말했다.

차고에는 장인어른의 오래된 검정 폰티악 자동차가 세워져 있었다.

"차 진짜 웃기게 생겼다."

내 말을 들은 데니가 웃었다. 웃는 모습이 보기 좋았다. 데니는 사실 착한 아이다. 외로움에 잠시 길을 잃고 방황하는 것뿐이다. 사실 데니의 처지라면 누구라도 그럴 것이다. 그 순간, 나는 내가 데니를 얼마나 아끼는지 처음으로 깨달았다. 수년이 지난 후에야 비로소 깨닫게 된다는 건 참 이상한 일이다.

"데니, 운전면허 있니?"

"왜요?"

"있어, 없어?"

"있어요."

"잘됐네. 그럼 아침에 조금만 일찍 일어나서 샌프란시스코에서 통학하는 걸로 하자. 차로 오면 한 시간도 안 걸려."

"차 없는데요?"

"내 차나 누나 차 있잖아."

"그럼 매형이랑 누나는 일하러 어떻게 다니시려고요?"

"데니, 그렇게 밤새도록 질문만 할 거야? 빨리 옷부터 입어. 17년이나 참았으면 됐어. 빨리 옷 입고 따라나서라고……. 부모님이랑 연을 끊으라는 얘기는 아니야. 그냥 지금은 일단 가자. 라나는 착한 사람이야. 처남을 많이 아끼기도 하고……. 그런데 과연

'지옥의 집' 주인들도 그럴까? 난 아닌 것 같은데?"

"부모님도 절 사랑하세요."

"그래, 처남 말이 맞을 수도 있어. 내가 사랑을 잘 이해하지 못하는 걸 수도 있지. 솔직히 잘 모르겠지만 별로 상관도 없어. 중요한 건 처남이 지금 집에서 쫓겨났다는 거고, 장인어른은 절대 문을 열어 주지 않을 거라는 사실이야. 계속 이렇게 난민처럼 살려면 그렇게 해. 그게 싫으면 지금 나랑 우리 집으로 가고……. 처남이 선택하는 거야."

자식들은 부모와 관련된 일이라면 생각보다 미련하게 참는 경우가 많다. 데니가 내 제안을 거절하려는 기미가 보여, 나는 일단 시험 삼아 일주일만 우리 집에서 지내면서 어떤지 생각해 보자고 말했다.

집으로 가는 길, 우리는 차 안에서 그 도둑 사건에 대한 얘기를 나눴다. 듣고 보니, 생각보다 훨씬 더 복잡한 일이었다. 데니는 "사실 딴 사람한테는 말한 적 없어요." 하고 말하며 망설였다.

가끔은 사람들이 대체 왜 그렇게 나한테 비밀을 털어놓는지 궁금할 때가 있다. 캐롤라인은 내가 어떤 얘기를 들어도 놀란 표정을 짓는 법이 없기 때문이라고 했다. 캐롤라인은 가끔 뭔가 알 수 없는 고대의 지식 등에 관해 말을 늘어놓는 경우가 있는데, 그녀의 말에 따르면 나는 세상 모든 것을 본 아주 오래된 존재의 환생이라고 했다. 이런 얘기를 할 때면, 캐롤라인은 나를 '보는 자'라고 부르고는 했다. 칭찬인 것 같기는 하지만, 솔직히 별로 마음에 드는 호칭은 아니다.

"괜찮으니까 말해 봐. 그렇게 심각한 문제는 아닐 거 아냐."

데니는 고개를 저으며 "심각해요." 하고 말했다.

"그래서……. 어떻게 된 건데?"

"부모님께 말하면 안 돼요! 누나도요."

데니는 애원하듯 말했다.

"장인어른과 장모님껜 입도 뻥끗 안 할게. 근데 라나한테 말 안 한다고는 나도 장담 못 해. 자려고 누우면 나도 모르게 이런저런 얘기를……."

"저……. 저, 동성애자예요."

내가 말을 마치기도 전에 데니가 불쑥 말했다. 내가 놀라서 급브레이크를 밟거나 머리를 쥐어뜯을 줄 알았는지, 잔뜩 움츠러든 목소리였다. 솔직히 데니가 동성애자일지도 모른다는 생각은 한 번도 해본 적이 없는데, 이상하게 충격적이지 않았다.

"데니, 이쪽 지역에선 그게 별문제도 아닌 거 알잖아."

"아니에요. 산호세에선 아직 큰일이라고요. 샌프란시스코랑은 또 달라요."

데니는 주먹을 꼭 쥐었다.

"이쪽 사람들은 달라요. 샌프란시스코는 예쁜 집에, 카페에, 서점에, 중국 음식점도 수천 개는 되는 대도시잖아요. 산호세는 달라요. 월요일마다 맥주를 마시며 「먼데이 나잇 풋볼」을 보는 게 낙이고, 그저 애들이 사고 안 치고 하루가 무사히 마무리되기만 바라는 그런 사람들이 사는 데라고요. 라나 누나가 만든 비디오를 싫어할 만한 사람들 말이에요!"

그 말은 거의 맞았다. 하지만 데니는 사실 그냥 '사람들'이 아니라 장인어른에 대한 얘기를 하고 있었다.

"그래서 동성애자인 거랑 식료품 가게 턴 거랑 무슨 상관인지만 일단 말해 봐."

"사실 그냥 식료품 가게는 아니었고……. 구석에서 비디오 대여도 하는 가게였어요. 좀 특이한 데예요."

"응."

"왜 그랬는지 모르겠어요. 그냥 그렇게 됐어요."

"설명이 부족하잖아."

"거기 새로 온 매니저가 있어요. 터키 이민잔데, 한 서른 살 됐나? 어쨌든 거기에 담배를 사러 갔는데……."

"담배 피워?"

"아버지 심부름이었어요."

"아무튼, 그래서?"

"어쩌다 얘기를 좀 하게 됐어요. 낮이었는데, 손님이 없었거든요. 터키어 억양으로 말하기에, 알아보고 터키 얘기를 했어요. 그러다 뒤쪽 창고 벽에 이스탄불 사진이 있는데, 혹시 보겠냐고 하더라고요. 가게 문을 잠그고 둘이 창고로 갔어요. 근데 들어가자마자 갑자기 제 거길 잡더라고요. 옷 위로요."

"그리고?"

"그리고……. 입으로 해줬어요. 전 처음이었어요. 그 전엔 한 번도……."

데니가 목이 멘 소리로 말했다. 긴장을 좀 풀어 주려고 혹시 잘하긴 하더냐고 물었다. 그러자 울기 직전까지 갔던 데니는 애써 웃었다.

"그냥 그랬어요. 사실 제가 너무 긴장을 해서……. 별로 안 좋은 기분이 드는 탓에, 내가 진짜 동성애자가 맞긴 한 건가 싶더라고요."

"나도 처음에 별로였어. 가까이 보면 지금도 이빨 자국 있을 걸?"

내 농담에도 데니는 웃지 않았다.

"형, 혹시 제가 많이 이상해요?"

"아니."

그는 엄지손톱을 물어뜯으며 앞쪽을 응시하고 있었다.

"데니, 네 말대로 그걸 심각한 문제로 보자면 그럴 수도 있겠지. 그래도 내 생각엔 지금 깨닫는 게 나중에……."

나는 "나중에 결혼하고 애가 한 일곱 살쯤 됐을 때 깨닫는 것보다 낫잖아." 하고 말하려다 멈칫했다. 내 스스로 그런 생각을 하고 있었다는 데 놀랐다.

그리고 아버지가 동성애자였을지도 모른다는 생각이 문득 들었다. 아마 우리를 떠난 이유는 죄책감 때문이었을지도 모른다. 엄마랑 나 때문이 아니었을지도 모른다. 아버지는 자기가 잘못해서 우리의 인생을 망치고 있다고 생각했을지도, 자기가 내 옆에 있으면 내가 동성애자가 될지도 모른다고 생각했을지도 모른다. 엄마가 했던 말들이 귓전에 맴돌았다.

'빌어먹을 놈의 종자! 카탈로그만 수백 권씩 들여다보면서 종자만 주문해 댔다고!'
'내 가슴이 너무 크다고 타박을 했다니까!'

혹시 엄마의 말이 그런 의미였던 걸까? 그럴 가능성도 있는 걸까?
"나중에 뭐요?"
데니가 물었다.
나는 여전히 생각의 갈피를 잡지 못한 탓에 아무 말도 하지 못했다.
"왜 지금 깨닫는 게 나은데요? 얘기해 주세요."
"그냥, 그런 건 빨리 알수록 좋잖아. 복잡한 일도 피할 수 있고……."
"나중에 더 복잡할 일이 뭔지 잘 모르겠어요. 지금도 충분히 복잡하다고요."
"그건 나중에 얘기하자. 어쨌든, 그래서 나중에 그 남자 만나러 다시 간 거야?"
"네, 며칠 후에요. 그랬더니 또 해줬어요."

"두 번째는 너도 맘에 들었구나?"

데니는 부끄럽다는 듯 웃었다.

"그렇긴 한데……. 나오는 길에 갑자기 막 그 남자한테 화가 나는 거예요. 그래서 선반에 있던 비디오를 몇 개 집어 들고 도망갔어요. 이유는 모르겠지만, 뭔가 복수를 하고 싶었어요. 그 남자는 비디오를 찾겠다고 경찰에 신고를 했지만, 절 고소하진 않았어요. 아마 그 얘기가 알려질까 봐 겁났나 봐요."

샌프란시스코의 우리 집으로 돌아왔을 때쯤, 만 위로 해가 막 떠오르고 있었다. 라나와 캐롤라인은 이미 식탁 앞에 앉아 있었다. 식탁 위에 놓인 머그잔 속 커피에서는 김이 모락모락 피어오르고 있었다. 캐롤라인이 올해 우리 부부에게 만들어 준 황갈색 바탕에 보라색 붓꽃이 그려진 머그잔이었다.

그녀는 분홍색 기모노 스타일 가운을 입고 요구르트와 이스트, 비타민 파우더를 큰 그릇에 넣고 섞어 아침을 만들고 있었다. 하루에 두 번씩 변기로 흘려보내는 영양을 보충하기 위한 캐롤라인의 특별식이었다.

라나는 운동복 바지를 입고 위에는 내 자이언츠 야구 셔츠를 입고 있었다. 그녀는 데니를 보자마자 벌떡 일어나 달려와서는 안아 주었다. 둘이 주방에서 좋아 죽는 동안, 나는 캐롤라인에게 간단하게 사정을 설명했다.

우리 넷은 식탁에 둘러앉아 장인어른과 장모님에 대한 얘기를 나눴다. 내가 막 토스트를 두 개째 먹으려는데, 캐롤라인이 고개를 살짝 갸우뚱했다. 그녀가 엄청나게 직설적인 질문을 던지기 전에 늘 하는 동작이었다. 캐롤라인이 물었다.

"그래서, 지금까지는 가만히 있다가 이번에는 데니를 데려와야겠다고 생각한 이유가 뭐야?"

그래서 나는 그들에게 최근 도서관에서 읽은 한 작가의 글에 대해 얘기했다.

"그 작가가 쓰는 얘기가 나 같은 사람들에 대한 얘기더라고…….
가끔 안 좋은 상황에 부딪히면 울기는 하는데, 뭔가 행동을 하지는 못하는 사람들 있잖아. 이번엔 마침내 뭔가 해보자 싶어서 행동에 옮겼던 거지."

"거짓말하지 마!"

캐롤라인이 말했다.

"뭐가 거짓말이야?"

"지금 장난해? 내가 그 정도 거짓말도 꿰뚫어 보지 못할 것 같아? 음대에 장학금을 받고 입학해서 천사같이 연주하는 내가? 너희 부부, 이 집 살 때 없는 돈 끌어모아 계약금하라고 도와준 게 누구야? 또 결혼 생활 삐걱거릴 때 도와준 게 누구냐고? 너희 어머니야? 내가 지금 여기 왜 와 있는데? 근데 지금 나한테 그런 거짓말을 해?"

나는 캐롤라인의 말에 마음이 상했다. 지금까지 내 인생이 내 의지대로 흘러왔다는 생각을 해본 적이 별로 없었기 때문이다. 나를 압박해 오는 캐롤라인의 시선에서 벗어나야겠다는 생각이 들었다. 그러기 위해 지금 이런 얘기를 한다는 게 너무 피곤한 일이라고 스스로 다그쳤다.

"나 가서 좀 자야겠어."

내가 자리에서 일어나며 말했다.

"화났어?"

캐롤라인이 머뭇거리며 물었다. 어깨를 잔뜩 움츠린 그녀는 금방이라도 울 것 같았다. 그 순간 갑자기 정말 이상한 생각이 들었다. 내가 그날 아침 데니를 우리 집으로 데려와 캐롤라인과 라나와 마주한 것이 데니의 일과 별 관계가 없다는 생각이었다. 그런 것을 훨씬 더 넘어서는 문제였다. 내가 그들과 함께하는 것은 그들에게 보호받고 싶어서였다.

"괜찮아, 화 안 났어."

나는 말했다.

"그냥 좀 혼란스러워서 그래. 좀 자고 나중에 얘기하자. 아마 그럼 괜찮겠지."

라나가 내 손을 잡고 나를 층계로 이끌었다. 우리는 데니와 캐롤라인을 두고 2층으로 올라갔다. 캐롤라인은 요구르트에 이스트를 넣는 이유를 데니에게 설명하고 있었다. 그때 데니가 나를 불러 세웠다.

"와 주셔서 감사해요. 산호세에서 구해 주셔서요."

그가 미소를 지었다.

나는 말없이 그냥 고개만 끄덕였다. 데니를 보니 목소리가 나오지 않았다. 그 순간 나는 깨달았다. 어린 내게 가장 큰 상처가 됐던 것은 아버지의 자살 시도 그 자체가 아니었다. 오히려 상처가 됐던 것은, 구급차를 불러 자신을 구한 내게 아버지가 한 번도 고맙다는 말을 하지 않았다는 사실이었다. 마치 자신을 구한 게 고마워할 일이 아닌 내 잘못인 것처럼……. 평생 내 가족을 갖지 못하는 벌을 받아야 마땅한 잘못인 것처럼…….

루돌프의 비밀(Rudolf's Secret)

_카리나 막달레나 슈츄렉

마치 죽은 거미처럼,

그녀의 팔다리는 몸통 주변으로 말려 있고,

깨어진 꿈의 낡은 담요에 덮여 있다.

「밤은 어디나 똑같아」 - 앤 케루(Anne Keru)

아직도 생생하게 기억나는 것들이 있다. 크로노스(그리스신화에 나오는 거인족인 티탄족 중 하나로, 자식에게 권력을 빼앗긴다는 예언이 두려워 자식들을 잡아먹지만, 제우스만이 살아남아 크로노스에게 맞서게 됨_역자), 멍이 든 것처럼 흐린 하늘, 아넬의 짝짝이 양말, 그녀의 손목 그리고 할머니가 그림을 그려 줄 때 할머니의 손에서 나던 냄새……. 물론 거기에는 루돌프도 있었다. 하지만 이상하게도, 몇 년이 지나도록 그 장면만큼은 잘 기억이 나지 않는다. 마치 초점이 어긋난 사진처럼 흐릿할 뿐이다. 가끔은 붉은 물로 채워진 욕조를 상상해 본다. 그리고 가끔은, 물의 색깔을 투명하게 만들어 보려고 애쓰기도 한다.

엄마가 밤에 싸놓은 내 작은 여행 가방 위에 앉아 있던 루돌프의 모습을 기억한다. 전날 밤, 나는 엄마가 숨죽여 울며 내 가방을 챙기는 모습을 보았다. 엄마는 내가 자는 줄 알았지만, 사실 그냥 자는 척한 거였다. 아빠가 들어와서 나에게 또, 할머니네 잠깐 가 있어야겠다는 말을 했을 때는 꽤 이른 시각이었던 듯하다. 엄마가 아프니까 쉬어야 해서 나를 보낸다고 아빠는 말했지만, 이번에는 나도 눈치를 챘다. 아빠는 집을 나서기 전에 엄마와 만나지 못하게 했다. 아마 엄마가 나를 보려고 하지 않은 것일지도 모르겠다. 어쨌든 엄마가 돌아가신 이후에는, 엄마에 대한 기억도 모두 함께 사라져 버렸다.

돌이켜 보면 그때가 처음은 아닌 듯하지만, 어쨌든 내가 직접 목격한 것은 그때가 처음이었다. 그리고 엄마는 그게 마지막이 되도록 했다. 나는 나중에서야 부모님이 나를 자주 할머니 댁에 맡겼던 것을 기억해 냈다. 엄마를 안으려고 할 때 가끔 화들짝 놀라던 엄마의 모습과, 엄마가 가끔 쓰고 있던 선글라스, 짙은 화장, 그 외에 다른 확실한 징후들에 대한 기억도 돌아왔다.

그 일이 일어난 것은 내가 여섯 살이 된 지 얼마 안 된 때였다. 엄마 아빠의 모습을 목격한 다음 날 아침, 나는 루돌프를 데리고 차를 타러 갔다. 아빠는 내 뒤에서 여행 가방을 들고 따라왔다.

밤에 잠을 잘못 잔 탓에 차에서 잠이 들었던 모양이다. 일어나 보니 할머니 댁이었다. 아빠는 들어가서 차 한 잔도 하지 않고 바로 떠나 버렸다. 난 아빠와 포옹하기 싫어서 그냥 손만 흔들어 보이고는 겨드랑이에 루돌프를 낀 채 할머니 댁으로 달려 들어갔다. 나는 할머니와 함께 집 안으로 들어가며 목욕을 하고 싶다고 말했다. 내가 루돌프와 같이 씻겠다고 고집을 피우자, 할머니는 목욕 대신 세탁기에 넣어 주는 것은 어떻겠냐고 제안했다. 욕조든 세탁기든 아무래도 상관없었다. 그냥 우리 둘 다 깨끗이 씻을 수만 있으면 되는 거였다. 하지만 그때는 몰랐다. 어떤 말들은 물로도 지울 수 없다는 것을……. 그래서 아무리 애써도 씻어 낼 수 없다는 것을…….

주말이 되어, 아넬이 슬픔을 함께 나누기 위해 우리를 찾아왔다. 내가 주방에 책상다리를 하고 앉아 작은 세탁기 창으로 루돌프를 보고 있을 때 아넬이 들어왔다. 루돌프는 회색 거품과 지저분한 빨랫감

사이로 나타났다 사라지기를 반복하고 있었다. 나는 루돌프의 얼굴이 보이지 않을 때는 세탁기 창에 비친 내 얼굴을 바라보았다. 목욕 후 아직 젖어 있는 머리칼이 곱슬곱슬하게 말려 있었다.

초인종이 울리자, 할머니는 점심거리로 손질 중이던 닭을 조리대에 올려놓은 채 나갔다. 닭은 벌거벗은 채 마늘과 로즈마리 가지와 함께 놓여 있었다. 외로워 보였다. 복도에서는 할머니가 누군가를 따뜻하게 맞이하는 소리가 들렸다.

나는 벽 뒤에서 고개만 빼꼼 내밀고 누가 왔는지 살펴보았다. 그 순간 날카롭게 울린 전화벨 소리에 깜짝 놀란 나는 다시 텅 빈 주방으로 도망쳤다. 다시 용기를 내어 거실을 살펴보니 할머니는 전화를 받고 있었고, 긴 회색 원피스를 입고 우리를 찾아온 젊은 여자는 할머니의 작업실로 들어가고 있었다. 나는 전화 통화에 정신이 팔린 할머니의 뒤로 있는 복도를 몰래 지나 작업실로 갔다. 나는 지금도 그렇게 고양이처럼 들키지 않고 살금살금 걸을 수가 있다. 아마 그러면 안 됐던 것 같지만, 어쨌든 그렇게 들어간 작업실에서 나는 그녀의 모습을 보았다. 그녀는 내가 보고 있다는 사실을 몰랐다.

그녀가 얼마나 예뻤는지 기억한다. 회색 원피스는 발목까지 내려왔다. 그런데 자리에 선 채 보니 양말이 짝짝이었다. 한쪽은 빨간 꽃이 그려진 검정 양말이었고, 다른 쪽은 아무 무늬 없는 짙은 파란색 양말이었다. 그녀는 선물 같아 보이는 꾸러미를 하나 들고 있었다. 뒤에서 할머니의 목소리가 들렸다.

"그래, 걱정하지 마. 괜찮다니까. 넌 얼른 나을 생각이나 해."

아마 엄마가 전화해서 아프다고 거짓말을 하고 있는 것 같았다. 나중에 할머니와 통화를 마친 엄마가 바꿔 달라고 했을 때 전화를 받았어야 했는데……

아넬은 방 한가운데의 이젤 위에 놓인 그림을 바라보았다.

"크로노스예요."

내가 갑자기 말을 걸자, 그녀는 겁먹은 다람쥐처럼 깜짝 놀라 펄쩍 뛰었다.

"자식들을 잡아먹으려고 해서 애들이 도망가고 있는 거예요."

할머니는 유혈이 낭자한 그림을 많이 그렸고, 신화나 전설을 좋아했다. 아마 그 속에 담긴 진실을 봤기 때문일 수도 있다. 어찌 보면 할머니가 들려준 무시무시한 얘기들이 앞으로 닥칠 일들에 대해 나로 하여금 철저히 준비하도록 했을 수도 있다. 어쨌든 그런 할머니 덕에 나는 크로노스의 이야기도 알고 있었다.

"안녕?"

아넬이 작업실 탁자에 꾸러미를 내려놓으며 말했다. 그리고 자꾸 얼굴로 흘러내리는, 땋은 머리를 왼쪽 귀 뒤로 쓸어 넘겼다. 다른 쪽도 넘기려고 팔을 드는 순간, 소매 사이로 붕대를 감은 팔목이 드러났다.

"팔목은 왜 그래요?"

질문은 생각할 겨를도 없이 입 밖으로 튀어나왔다. 하지만 아넬은 내 질문에 기분이 상하지는 않은 것 같았다. 다행스러웠다. 그녀는 그저 작은 목소리로 "비밀이야." 하고 속삭이고는, 양쪽 소매를 손 위까지 잡아당겨 손목을 가렸다. 언뜻 보니, 다른 쪽 손목에도 붕대가 감겨 있었다. 괜한 질문을 한 게 미안해서 나는 그녀에게 "루돌프도 비밀이 있어요." 하고 속삭이고는 작업실 밖으로 뛰어나갔다. 할머니가 나를 부르는 소리가 들렸다.

"레나, 엄마가 바꿔 달란다. 어딨니, 레나?"

난 엄마랑 통화하고 싶지 않았다. 하지만, 그때 전화를 받지 않은 것을 평생 후회하고 있다. 아무튼 당시 나는 할머니가 부르는 소리를 못 들은 척하고 세탁실로 돌아갔다. 조그만 세탁기 창에 비친 내 커다란 갈색 눈에서 눈물이 나오려고 해서 참을 수가 없었다. 하지만 어쨌든, 곧 루돌프도 나도 깨끗해진다고 생각하니 기뻤다.

그날 오후, 할머니는 루돌프를 빨랫줄에 널었다. 주방 창밖으로 빨래집게에 날개가 집혀 널려 있는 루돌프의 모습이 보였다. 하늘은 꼭 멍이 든 것처럼 얼룩덜룩 흐렸다. 루돌프가 마르기도 전에 비가 올까 봐 걱정이 됐다. 집 안에는 로즈마리 내음이 가득했다. 할머니는 식탁 앞에서 나를 무릎에 앉히고 스케치북에 조랑말과 당나귀를 그려 주었다. 그녀의 손에서는 아직도 마늘 냄새가 났다.

"아까 아넬이 왔을 때 말이야, 네 엄마한테서 전화가 왔었단다. 몸이 아주 약해진 것 같았어. 우리는 괜찮으니까 걱정 말라고 말해 놨단다."

그림 속 동물들을 위한 울타리를 그리면서 할머니가 말했다.

"아빠가 그러는데, 엄마는 아프대요."

내가 말했다.

"곧 나을 거야. 요즘 독감이 유행이잖니……."

할머니는 그렇게 말하며 그림을 완성하기 전 혀끝으로 윗입술을 살짝 축였다.

"다 됐다. 맘에 드니?"

아마 할머니는 몰랐을 것이다. 난 할머니에게 말하고 싶었지만, 어떻게 말을 꺼내야 할지 알 수 없었다. 나는 그렇게 비밀이 주는 고통을 배웠다. 그리고 엄마에 대해 얘기를 하는 대신 팔목에 붕대를 감은 아넬에 대해 물어보기로 했다.

"아넬 언니도 아파요?"

"아니, 그런 건 아니야. 그냥 아주 슬픈 일이 있었어. 오늘은 그래서 대화할 사람이 필요했던 거야. 슬픔을 나눠야 했거든……. 아넬은 원래 할머니 제자였단다. 아넬도 화가야."

나는 고개를 끄덕이고는 엄마를 떠올렸다. 엄마는 주위에 슬픔을 나눌 수 있는 사람이 없었다. 나는 다시 스케치북을 보며 말했다.

"할머니, 루돌프도 그려 주세요."

"일단 루돌프가 잘 말랐는지 볼까? 잘하면 비가 오기 전에 우릴 위해서 멋진 포즈를 잡아 줄지도 모르겠구나. 아, 그리고 저걸 놓을 곳도 찾아봐야지."

할머니는 아넬이 가져온 꾸러미를 가리키며 말했다. 내용물을 보니 온통 붉은색과 어두운 파란색 얼룩으로 채운 작은 그림이었다. 나는 그림을 보며 할머니에게 "이게 뭐예요?" 하고 물었다.

"아넬의 감정이란다. 아넬은 지금 아주 슬프고 화가 나 있어. 그래서 이런 그림을 그리는 거야."

할머니는 처음에는 그 그림을 작업실에 걸었지만, 주말이 지나고 나서는 다시 떼어 창고로 옮겼다. 그림이 내뿜는 감정이 너무 강렬해서 힘들었다고 나중에 설명해 주었다. 지금 그 그림은 내 서재에 걸려 있다. 그림은 거기 걸린 채 가끔씩 내 분노를 일깨워 주기도, 내 감정을 비추기도 한다.

아넬은 나중에 꽤 유명한 화가가 되었다. 나는 그녀의 전시회에도 몇 번 찾아갔다. 처음에는 할머니와 함께, 할머니가 돌아가신 후에는 나 혼자서……

아넬이 할머니의 집에 그림을 들고 온 그날, 내 세계는 이미 조금씩 삐걱거리고 있었다. 아니, 완전히 산산조각 나기 전이었다. 할머니는 그림을 식탁 위에 올려놓고 나와 함께 밖으로 나가 루돌프와 나머지 빨래를 걷었다.

집으로 들어오는 길에 첫 빗방울이 떨어졌다. 말끔해진 루돌프에게서는 섬유유연제 향기가 났다. 난 그 향기를 맡으며 '꼭 엄마 냄새 같네.' 하고 생각했다. 루돌프를 처음 본 사람들은 대부분 그 모습을 보고 웃음을 터뜨렸지만, 난 별로 우습다고 생각해 본 적이 없었다. 루돌프는 내 수호천사였고, 세상에 우습게 생긴 수호천사는 없다. 수호천사는 그저 우리를 지켜 줄 뿐이다. 나는 태어나면서부터 루돌프와 함께였다. 루돌프는 날개가 달린 곰 인형이다. 동그란 갈색 몸에는 빨간 하트 모양이 붙어 있고, 등에는 커다란 흰 날개가 달려 있다. 사실 할머니가 빨아 주기 전까지 날개는 회색에 가까웠지만 말이다. 나는 주방에서 할머니가 들을까 봐 루돌프의 귀에 대고 "이제 너도 깨끗해졌어." 하고 작게 속삭였지만, 할머니는 어렵지 않게 그 말을 들었다.

"그래, 정말 깨끗하구나. 근데 오늘따라 왜 그렇게 씻는 것에 집착하니?"

할머니가 물었지만, 난 그저 어깨를 으쓱하며 말했다.

"루돌프의 비밀이에요."

어색한 침묵이 이어졌다. 할머니는 내 눈치를 살피며 "그래, 비밀이니까 더 캐묻지 않을게. 그럼 이제 루돌프가 얼마나 근사한 모델이 되어 줄지 한 번 볼까?" 하고 말했다. 할머니는 식탁에 빨래바구니를 내려놓고 밖으로 나갔다. 나도 루돌프를 품에 안고 뒤를 따랐다.

할머니는 작업실 가운데 놓인 이젤에 있던 크로노스와 도망치는 아이들의 그림을 내려놓고, 그 앞에 있던 높은 의자에 루돌프를 올려놓았다.

"어디 보자……."

그동안 나는 뒤에 서서 크로노스 그림을 구경했다. 그림 속에서 한 아이는 피를 뒤집어쓰고 있었고, 다른 한 명은 비명을 지르고 있었다.

"루돌프만 그리기에는 캔버스가 너무 큰데……. 네 생각은 어떠니?"

할머니가 그렇게 물으며 장난스런 미소를 지었다. 난 뭐라고 말해야 할지 알 수 없었다.

"네가 루돌프를 좀 도와주는 건 어떨까? 루돌프랑 같이 모델이 되어 줄래?"

나는 크로노스 그림과 할머니 그리고 루돌프를 차례로 바라보았다. 그 순간, 나도 모르게 어떤 질문이 입 밖으로 튀어나왔다.

"할머니, '개년'이 뭐예요?"

"뭐라고?"

할머니는 내 말에 충격을 받은 기색이 역력했다.

"'개년' 말이에요."

나는 혼란을 감추기 위해 아무렇지 않은 척 루돌프를 안고 의자에 기어 올라가 앉았다.

"그런 말은 어디서 들은 거니?"

할머니의 눈에 어려 있던 미소가 점점 약해졌다. 계속 미소를 지어야 할지 말아야 할지 모르겠다는 표정이었다.

"그게 무슨 뜻이에요?"

내가 다시 물었다.

"음, 그건 '암컷 개'를 가리키는 말이란다. 암컷 말을 '암말'이라고 하고 수컷 말을 '종마'라고 하는 것처럼 암컷 개에게도 정해진 이름이 있거든……."

할머니는 별 신경 쓸 것 없다는 말투로 "'못된 여자'를 뜻하는 아주 나쁜 말이기도 해." 하고 덧붙였다. 하지만 난 어른들이 중요한 사실을 숨기고 싶을 때 그런 말투를 사용한다는 것을 알고 있었다.

"근데 넌 대체 어디서 그런 말을……."

"저희 준비 다 됐어요!"

나는 얼른 말했다. 그러고는 등을 곧게 펴고 무릎 위에는 루돌프를 올려놓았다. 등에 달린 날개가 아주 깨끗했다.

할머니가 그려 준 나와 루돌프 그림을 나는 아직 간직하고 있다. 아넬의 분노를 그린 그림 옆에 걸어 두었다. 그날 밤, 나는 침실로 가면서 할머니에게 그 그림을 방에 놓고 가라고 하며, 침대 조명등도 켠 채 자겠다고 말했다. 비록 하나는 그림일 뿐이지만, 루돌프가 둘씩이나 나를 지켜 준다고 생각하니 든든했다. 하지만 잠이 오지 않았다. '더러운 개년'이라는 말이 머릿속에 박혀 지워지지가 않았다. 그 말은 전날 밤, 아빠가 엄마에게 던진 말이었다. 아빠는 엄마를 때리며 계속 그 말을 반복했다. 개년……. 더러운 개년…….

못된 여자……. 더러운 못된 여자…….

엄마 아빠의 모습을 목격한 그날 밤, 사실 나는 소변이 마려워서 화장실에 가는 길이었다. 그런데 거실에서 불빛이 새어 나오는 게 보였다. 무슨 일인가 보고 싶어 걸음을 옮긴 나는 그대로 꼼짝도 못하고 어둠 속에 얼어붙었다. 내 기억 속의 장면이 흐릿한 것은 아마 눈물이 시야를 가렸기 때문일지도 모른다. 하지만 아빠의 목소리, 아빠가 작은 소리로 거칠게 뱉은 그 말들은 도저히 잊을 수 없었다.

나는 도망쳤다. 엄마 아빠는 나를 보지 못했다. 내가 둘의 모습을 봤다는 것을 전혀 알지 못했다. 나는 내 방으로 도망가 덜덜 떨면서 다시 침대에 누웠다. 소변 같은 것은 잊은 지 오래였다.

시간이 좀 흐른 후 엄마가 내 방에 들어왔을 때쯤에는 몸의 떨림이 멈춰 있었다. 엄마는 어둠 속에서 내 가방을 챙겼다. 창을 통해 들어오는 빛으로 엄마의 윤곽이 보였다. 조용히 흐느끼며 짐을 싸 준 엄마는 방을 나가기 전 내게 뭐라고 중얼거리며 차가운 손으로 내 뺨을 쓰다듬었다. 그때 엄마가 뭐라고 말했는지 물어봤다면 좋았을 텐데……. 이후 난 엄마를 다시는 보지 못했다.

다음 날 밤에, 엄마는 아넬이 실패했던 일을 성공적으로 해냈다.

내가 루돌프를 안고 할머니가 그려 준 그림을 보고 있는 사이, 엄마는 자기 인생을 씻어 버리기로 결심한 것이다. 아빠는 다음 날 아침 핏물이 가득 찬 욕조에 누워 있는 엄마를 발견했다.

아넬이 슬픔을 나누기 위해 할머니 댁에 왔던 그날을 기억한다. 엄마도 슬픔을 나눌 수 있었다면 아직 살아 있을지도 모르는데……. 나는 몇 년 동안 스스로 자책했다. 엄마가 돌아가신 후 아빠는 어딘가로 떠났고, 나와 루돌프는 할머니 댁에 와서 살았다. 슬픔을 나누는 것은 쉽지 않았다.

몇 살쯤 됐을 때 할머니에게 내가 본 것을 처음 털어놓았는지 잘 기억이 나지 않는다. 아넬에 대해서도 잊고 지내다가 한참 후에야 그녀가 손목을 그은 이유를 할머니에게 물어보았다. 강간이었다. 강간 또한 물로 씻어 낼 수 없는 말 중 하나다.

여러 해가 지나고 딸의 이름을 지으려고 이것저것 찾아보던 중, 나는 '아넬'이 코사어(남아프리카공화국의 코사 부족이 사용하는 언어_역자)로 '충분한(enough)'이라는 뜻을 지녔음을 알게 되었다.

디럭스 모델(De-Luxe Model)

_아담 소프

학교 친구였던 휴 굴드는 홀리우드 지역에 있는 오래된 저택에 살았다. 나는 종종 휴의 집에 놀러가서 자고 오고는 했다. 우리 집 정원은 작은 데다 나무가 한 그루도 없었는데, 휴의 집 정원에는 정말 큼직한 나무들이 무성하게 자라고 있었다. 저택에는 거실에서부터 식당, 주방, 식기실에 다용도실도 있었고, 위층에는 침실이 다섯 개나 있었다. 다락방도 하나 있어서 휴와 나는 거기 들어앉아 온갖 말도 안 되는 계획을 세우고는 했다. 화려하게 생긴 라디오도 있었는데, 대신 TV는 없었다.

주방과 식기실의 바닥은 우둘투둘한 벽돌이 깔려 있어서 장난감 자동차경주를 할 때마다 애를 먹었다. 하지만 딴 데서 할 수도 없었다. 거기를 빼고는 바닥이란 바닥에 모두 카펫이 깔려 있었기 때문이다. 서재는 예외였지만, 서재에서는 휴의 아버지인 로날드 아저씨가 하루 종일 업무를 보았다. 휴는 아버지가 페루 금광회사에 다닌다고 했는데, 정말인지는 모를 일이다. 아저씨에게는 옷 방도 따로 있었다. 쌍둥이 형제들 앞에서 옷 갈아입는 것을 싫어했던 나로서는 부러운 일이었다. 그리고 휴는 외동아들이었다.

휴의 어머니는 아버지보다 키가 훨씬 컸는데, 가정부와 함께 집안일을 돌봤다. 당시 간호사로 일했던 우리 엄마에 비하면 별로 힘든 일 같지는 않았는데, 휴의 어머니는 틈만 나면 피곤하다는 말을 했다. 나는 휴의 어머니가 무서웠다. 신경질적이었고 엄했기 때문이다.

휴의 어머니는 내게 양말이 흘러내렸다는 둥, 셔츠 자락이 반바지 밖으로 삐져나왔다는 둥, 머리 모양이 비트족(1950년대 산업사회를 부정하고 기존 질서를 거부한 문학 예술가 세대_역자) 같다는 둥 잔소리를 해댔다. 당시 내 머리는 귀밑까지 바짝 자른 모양이었는데, 사실 비트족 얘기는 은근히 마음에 들기도 했다.

정원을 지나 집 안으로 들어갈 때는 신발을 벗어야 했다. 휴는 위층으로 올라간 후 아줌마 흉내를 내며 '흠잡을 데 없이 완벽한 실내장식'에 행여 풀잎 하나라도, 진흙 한 점이라도 튀면 곤란하다고 익살을 떨고는 했다.

TV가 있다는 점을 제외하고, 비좁고 너저분한 우리 집이 휴의 집에 비해 유일하게 좋은 점은 주방에 깔린 리놀륨 바닥이었다. 매끈한 리놀륨 바닥은 자동차경주 놀이에 최고였다. 그런데 휴의 어머니가 주방을 대대적으로 수리하기로 결정하면서 이 유일한 장점도 사라져버렸다. 수리를 하는 몇 주간 놀러 갈 수가 없어서 직접 보지는 못했지만, 휴는 피라미드 이래 최대의 공사라며 흥분한 채 떠들어 댔다. 그런 휴가 입고 있던 재킷의 팔꿈치에 가죽을 덧댄 부분에는 하얀 먼지가 묻어 있었다.

마침내 공사가 끝났다. 나는 얼른 구경을 가고 싶어서 안달이 났다. 휴가 새로운 주방을 가득 채운 우주시대 신기술에 대해 입이 닳도록 자랑을 했기 때문이다. 심지어 「룩앤런(Look and Learn)」(영국에서 1960~1980년대 발간된 어린이 교육 잡지_역자) 최신호에 나온 것과 비슷한 설거지 로봇도 있다고 했다. 휴가 무척이나 진지하게 말하는 터라 처음에는 코웃음을 치며 비웃던 나도 결국 점점 기대에 부풀었다.

공사가 끝나고 가서 보니 정말 엄청난 변화였다. 식기실은 벽을 허문 탓에 예전 모습은 온데간데없었다. 새로 단 유리문을 지나 주방으로 들어서니 마치 다른 차원으로 이동한 것 같았다. 차원까지는 아니 더라도 적어도 아예 다른 집에 온 느낌이었다. 원래 있던 목재 캐비 닛과 선반을 뜯어낸 자리에는 미색의 멜라민 주방 가구가 들어와 있었다. 주방 가구 문에는 웃는 입 모양을 연상시키는 금속 손잡이가 달려 있었다.

주방 한쪽에는 네모난 문이 달린 흰색 기계가 놓여 있었다. 그 기계의 문에는 금색 손잡이와 버튼 세 개가 있었다.

"내가 말한 그 로봇이야."

"그냥 식기세척기잖아."

휴의 말에 나는 코웃음을 쳤다. 물론 식기세척기를 실제로 본 것은 그때가 처음이었다.

"그냥 식기세척기라고? 잘 들어. 이건 인간이 상상할 수 있는 모든 고급 기능을 갖춘 콜스톤의 디럭스 모델이라고!"

미국 억양을 흉내 내며 휴가 외쳤다.

"강력한 액체 분사! 회전형 거치대! 무려 두 가지 모드의 완전 헹굼 기능! 반짝반짝 깨끗하고 뽀송뽀송한 그릇으로 만들어 준다고!"

오렌지색 리놀륨 바닥 위를 춤추듯 오가며 열정적으로 설명했다.

사실 그때 내 눈에 들어온 것은 리놀륨 바닥뿐이었다. 새로 깐 바닥은 믿을 수 없을 정도로 매끈했고, 우리는 양말만 신고 있었다. 우리는 마치 주방이 스케이트장이라도 된 양 미끄럼을 타며 요란하게 놀았다. 휴의 어머니가 와서 혼내기 전까지 말이다.

안경을 쓴 아줌마의 눈은 더 커 보였다. 안경테 끝의 곡선 모양 장식 때문에 마치 눈썹을 덧대어 붙인 것 같았다. 아줌마는 우리에게 홍차와 스폰지 케이크를 내주었고, 우리는 포크로 케이크를 먹었다. 한참 먹고 있는데 아줌마가 손에 들고 있던 담배를 한 모금 깊이 빨아들이고는 이렇게 말했다.

"이제 그릇을 식기세척기에 넣어 줄래?"

그런데 그냥 넣으면 되는 게 아니었다. 우리는 아줌마의 지시에 따라 홍차를 싱크대에 버리고, 접시에 묻은 케이크 부스러기와 잼 자국을 닦아 내고, 모든 컵과 접시 그리고 포크와 나이프를 정해진 장소에 정확히 올려놓았다. 아줌마는 휴에게 '터보제트 세척 날개'가 어디 걸리지 않고 잘 돌아가는지 한 번 살짝 쳐보라고 했다. 아주 중요한 일 같아 보였다. 휴가 "어떤 모드로 돌릴까요?" 하고 묻자, 아줌마는 "강력 세척"이라고 답했다.

그릇을 다 채우고 세척기를 돌릴 준비가 끝났다. 아줌마는 내게 플라스틱 통을 하나 주며 세제 투입 칸에 넣어 보라고 했다. 통을 기울여 조심조심 흰 가루를 넣고 있자, 아줌마는 그러다 날 새겠다고 말하며 재촉했다. 하지만 아줌마 말대로 가루에 맨손이 닿지 않게 하라, 정해진 선을 넘지 않게 보랴…… 빨리 하는 것은 불가능했다.

"이거 진짜 조용해."

휴가 제일 위에 있는 버튼을 누르며 말했다.

"우주시대 기술이라니까. 달에도 가져갈 거랬어."

식기세척기는 잠시 털털거리는 소리를 내더니 덜컹거리며 작동을 시작했다. 기계에서는 우리 집 변기에 물이 찰 때 나는 소리랑 비슷한 소리가 났다. 다른 점이 있다면, 소리가 멈추지 않고 계속되었다는 점이다. 휴와 나는 이런저런 수다를 떨었고, 아줌마는 앞치마를 두른 채 한숨을 쉬어 가며 여기저기 주방 표면을 닦았다.

10분 정도 지난 후, 식기세척기가 금방이라도 폭발할 듯 격렬하게 흔들리기 시작했다. 얼마 후 흔들림은 멈추었지만 세척기 안에서는 작은 군인들이 모든 접시를 철저하게 파괴하고 있는 것 같은 소리가 계속해서 들려왔다.

"말린슨 부인 댁에 있는 구식 모델보다는 훨씬 조용한 편이야."

고무장갑을 낀 손으로 담배를 한 대 더 피워 물며 아줌마가 말했다.

말린슨 부인은 휴의 이웃이었는데, 남편은 재규어를 몰고 다니며 도시에서 일했다. 늘 술 냄새를 풍기고 다니는 말린슨 부부는 정원에서 자주 큰 소리로 웃고는 했다.

"훨씬 조용하고말고요."

휴가 이런 식으로 말할 때는 진심인지 비꼬는 것인지 알기가 힘들었다.

아줌마는 우리에게 이제 위층에 올라가서 놀아도 된다고 말했다. 40분 후 다시 내려와 세척기에서 그릇 꺼내는 것을 도와야 한다는 조건이 붙기는 했지만 말이다.

나는 얼른 올라가서 난간에서 미끄럼을 타고 싶은 마음뿐이었다. 지난번에 놀러왔을 때 준결승에서 멈춰야 했기 때문이다. 나는 휴와 난간 미끄럼 월드컵 놀이를 하고 있었는데, 지난번 경기까지의 성적은 불행하게도 러시아가 선두를 달리고 있었다. 아줌마는 주방에서 식기세척기 소리 때문에 어차피 우리가 미끄럼 타는 소리를 못 들을 테고, 아저씨만 평소대로 서재에서 나오지 않아 준다면 들키지 않고 경기를 계속할 수 있을 것 같았다.

우선 개막식을 치르고 경기를 시작하려는 찰나에 휴가 내 팔을 잡으며 귀에 대고 속삭였다.

"내가 재밌는 거 보여 줄까? 근데 진짜 완전 특급 비밀이야."

휴는 정말 믿을 수 있는 친구한테만 보여 주는 거라며, 보고 난 후에 아무한테도 말하지 않겠다고 내 피에 맹세해야 한다고 말했다.

나는 그렇게, 하고 바로 대답했다. 피에 맹세를 한다는 게 좀 꺼림칙했지만, 이미 내 가슴은 두근거리고 있었다. 지금까지 휴의 집에 놀러 와서 본 일 중 제일 재미있을 것 같았다. 나에게는 그런 일이 필요했다.

2년 전 아빠가 힐만 밍크스 차를 타고 가다 큰 사고를 당한 후, 사실 나는 줄곧 불행한 상태였다. 그런 마음을 숨기려고 얼굴에 가면을 쓴 것처럼 학교에서 웃으며 장난질을 했다. 성적도 뚝 떨어졌다. 나는 나무가 어둑하게 우거진 정원에서 휴가 비밀의 문을 열어 줄지도 모른다는 기대에 부풀었다. 죽은 사람과 공을 차며 놀 수 있는, 그런 멋진 곳으로 가는 문 말이다.

하지만 휴가 나를 데려간 곳은 자기 방이었다. 휴는 침대 밑으로 손을 뻗어 신발 상자 하나를 끌어냈다. 군데군데 구멍이 뚫린 뚜껑에는 열리지 않게 고무줄이 끼워져 있었다. 상자를 꺼내자 할아버지 댁에 가면 볼 수 있는 토끼에서 나는 냄새와 비슷한 냄새가 났다. 무언가 상자 안에서 벽을 긁어 대는 소리도 났다. 휴는 뚜껑을 조심스럽게 조금씩 열었다. 뚜껑을 연 틈으로 작고 뾰족한 코가 비집고 나오더니, 눈이 반짝반짝 빛나는 얼굴이 나왔다. 생쥐였다. 작은 생쥐는 마치 사람들이 배를 탈 때 손으로 난간을 잡듯 핑크색 앞발로 상자 옆면을 잡고 밖을 내다봤다.

"이름은 바즐던이야."

휴가 말했다.

"바즐던 에베네저 본드."

나는 실망했다. 생쥐라면 우리 집에서도 키운 적이 있었다. 애완동물 가게에서 파는 흰 생쥐였는데, 자꾸 죽었다. 내 얘기를 들은 휴는 "이건 야생 쥐야." 하고 말했다. 바즐던은 아줌마의 몇 차례에 걸친 대청소 속에서도 살아남은 생쥐였다. 아줌마는 주기적으로 쥐들이 다니는 길목에 약을 놓았고, 아마 바즐던의 엄마 아빠는 그 때문에 죽은 것 같다고 휴가 말했다.

"새끼가 죽었을 수도 있지."

내가 말했다.

"아냐, 새끼를 낳았다고 하기엔 아직 너무 작아."

휴가 코웃음을 치며 말했다.

그리고 다시 뚜껑을 덮고 고무줄을 채웠다.

"근데 그 안에만 있으면 답답하지 않을까?"

"지금은 훈련 중이라 어쩔 수 없어. 애완동물처럼 길들이고 나면 방 안에서 같이 놀기도 하고 내 베개를 베고 잠도 자게 해줄 거야."

"그래도 상자 안은 외로울 텐데……."

나는 계속해서 말했다.

"됐으니까 신경 끄셔!"

휴는 짜증을 내며 나를 침대 쪽으로 밀었고, 나는 고통스럽게 죽는 척 연기를 했다.

잠시 후 우리는 아줌마가 부르는 소리를 듣고 비둘기가 빵가루를 따라가듯 아래층으로 내려갔다. 놀랍게도 로날드 아저씨도 내려와 있었다. 아저씨는 두꺼운 안경 너머로 눈을 깜빡이며 서 있었다. 기름을 발라 뒤로 넘긴 머리는 예전에 우리 아빠의 머리 모양과 마찬가지로 숱 적은 이마를 더 도드라져 보이게 했다. 아저씨는 싱크대 앞에 서서 아줌마가 세척기에서 꺼내 건네는 그릇을 받고 있었다.

"일찍도 왔다."

아줌마가 얼굴을 찡그리며 말했다.

나는 얼른 아줌마의 옆에 섰다. 휴는 아줌마로부터 받은 행주를 손에 들고 로날드 아저씨 맞은편에 섰다. 아줌마는 화난 눈을 깜빡거리며 마치 감독관처럼 우리를 지켜보았다. 자세히 보니, 놀랍게도 로날드 아저씨는 그릇을 모두 다시 닦고 있었고, 그릇을 받은 휴는 행주로 물기를 닦고 있었다. 그릇을 만져 보니 그 이유를 알 수 있었다.

세척기에서 꺼낸 그릇의 표면이 하나같이 미끄덩거렸던 것이다. 그런 이상한 촉감은 처음이었다. 아저씨가 새로 씻은 그릇을 휴가 행주로 닦으면 아줌마가 꼼꼼히 살펴본 후 새로 설치한 찬장이나 식기장에 넣었다. 새 찬장은 하나같이 똑같은 모양이었다.

"꼭 공장 같다."

휴가 말했다.

"공장이 아니라 강제 노동이지……."

아저씨가 중얼거렸다. 고무장갑과 앞치마는 아저씨의 뻣뻣한 콧수염과 전혀 어울리지 않았다. 아저씨는 나보다 별로 크지 않았다. 페루에 일을 하러 갔을 때 지진이 났는데, 아저씨는 극장 출입구 공간으로 피한 덕분에 살아남았다고 한다. 단 몇 분 만에 2만 2천 명이 죽은 큰 지진이었다.

"노동요라도 하나 만들어야겠다, 얘들아."

"쓸데없는 소리 하지 말고 빨리 접시나 닦아요!"

아줌마가 아저씨에게 날카롭게 소리를 질렀고, 그 모습을 본 나는 깜짝 놀랐다. 아저씨를 대하는 방식이 좀 이상해 보였기 때문이다. 그러다가 아줌마는 갑자기 괜찮다는 듯 몇 분 정도는 아저씨에게 상냥하고 부드럽게 대했다. 얼굴에는 비오는 날 떠오른 해처럼 환한 미소를 지으며 말이다. 하지만 그 미소도 그리 오래가지 않았다. 세척기에서 접시를 꺼내 다시 닦고 정리하는 데는 25분이 걸렸다. 따져보니 콜스톤 디럭스 세척기를 쓰면 그냥 손으로 하는 것보다 한 시간은 더 걸리는 것 같았다. 뭐 어쨌든, 그것도 나름 진보라면 진보라고 해야 하나?

휴의 널찍한 방에는 침대가 두 개 있었다. 우리는 각자 침대에 누워 무서운 얘기를 한바탕 나누었다. 그런데 도무지 잠이 오지 않았다. 무서운 얘기 때문은 아니었다. 바쁘던 에베네저 본드 때문이었다. 휴의 침대 밑 상자에서 바즐던이 작은 발톱으로 절박하게 상자 벽을 긁어 대는 소리가 들렸다. 작은 상자에 갇혀 있는 바즐던을 생각하니 왠지 숨을 쉬기가 힘들었다. 어두운 상자 속에서 작은 바늘 구멍으로 별빛처럼 들어오는 햇빛에만 의존하고 있을 바즐던을 생각하니 견딜 수가 없었다.

그렇게 누워 있던 중 머릿속에 좋은 계획이 떠올랐다. 나는 바즐던이 휴의 집 넓은 정원에서 행복하게 사는 모습을 상상해 보았다. 나무에 난 구멍에 집을 짓고, 가족들을 위한 방도 만들며 함께 사는 거다. 나도 늘 나무에서 사는 것을 꿈꿔 왔다. 우리 집 정원에는 나무가 없었지만 말이다.

휴가 점심을 먹고 밖에 나가기 전에 욕실로 가서 양치질을 하는 동안, 나는 침대 밑에 놓인 신발 상자를 꺼내 손을 슬쩍 밀어 넣었다. 그리고 능숙하게 바즐던을 꺼내서 재킷 안주머니(당시 나는 코트를 겸해서 입는 학교 교복 재킷을 입고 있었는데, 주머니가 아주 깊었다)에 넣었다. 바즐던은 곧 마시게 될 신선한 공기가 기대되는지 주머니 속에서 꼼지락거렸다. 집을 나서는 우리를 아줌마가 불러 세우지만 않았더라도 내 작전은 완벽하게 성공했을 텐데……. 아줌마는 우리에게 세척기에 그릇을 넣어 달라고 했다.

"지금부터 연습해야지."

아줌마가 농담하듯 말했다.

그릇이 거의 다 찬 세척기는 다시 작동 준비가 완료된 것 같았다. 남은 자리가 있었지만, 아줌마는 거품이 잘 나려면 어차피 한두 개는 비어 있어야 한다고 말했다.

나는 초조하게 세척기 앞에 무릎을 꿇고 앉아 물에 한 번 씻은 프라이팬을 아줌마가 놓으라는 위치에 놓았다. 그 순간 재킷 소매의 아래쪽으로 팔에 뭔가 부드러운 것이 닿으며 간지러웠다. 그리고 손 밑으로 뭔가 어두운 것이 재빠르게 지나갔다. 나는 깜짝 놀라 자리에서 벌떡 일어났다.

휴는 세제를 부었다. 나는 황급히 안주머니를 살폈다. 바즐턴이 없었다. 대신, 주머니에 넣은 손가락에 구멍이 하나 만져졌다. 구멍에 손가락을 넣어 보니 겨드랑이에 닿았다. 나는 마치 시한폭탄의 내부처럼 지저분한 접시와 식기가 어지럽게 놓인 세척기 안쪽을 살피며 무슨 말인가 해보려 했다. 하지만 내가 용기를 쥐어짜려 애쓰는 사이, 휴가 문을 쾅 닫고 작동 버튼을 눌러 버렸다.

"폭파 준비 완료!"

휴가 마치 내 마음을 읽기라도 한 양 말했다.

세척기가 돌아가는 동안 나는 바즐턴을 찾아보려고 좀비같이 멍하게 상록수 덩굴을 헤매고 다녔지만, 휴는 별로 신경 쓰지 않았다. 정원의 잔디밭 한가운데서도 식기세척기가 덜컹거리며 돌아가는 소리가 들렸다. 나는 바즐턴이 그곳에 들어갔을 리가 없다고 애써 생각했다. 혹시 들어갔어도 도망쳤을 거라고 말이다.

마지막 헹굼이 끝나고 소음이 사라지자, 다시 바람 소리와 새소리가 들렸다. 몇 분 후, 한참 놀고 있는데 집에서 날카로운 비명이 울렸다. 우리는 반짝거리는 리놀륨 바닥에 흙먼지를 묻혀 가며 신발도 벗지 않고 급하게 주방으로 달려갔다.

아줌마가 식탁 앞에서 울면서 바들바들 떨고 있었다. 마치 유령이라도 본 듯 얼굴을 두 손으로 가린 채였다. 로날드 아저씨는 손에 뭔가를 들고 자세히 살펴보고 있었다. 그러더니 들고 있던 것을 우리에게 내밀었다. 아저씨의 손바닥 위에는 형체를 알아볼 수 없는 갈색 물체가 놓여 있었다. 휴는 어리둥절한 표정을 지었다. 다행인지 불행인지 바즐턴은 생전의 모습을 잃은 채였다.

"쥐야! 쥐가 식기세척기 안에 들어갔다고!"

로날드 아저씨가 말했다.

"식기세척기에 쥐라니! 세상에 안전한 곳은 어딨는 거야, 대체!"

휴의 엄마가 울부짖었다.

"예전에 지진이 났을 때 내가 했던 말인데……."

아저씨가 중얼거렸다. 휴는 바즐턴을 확인하러 위층으로 뛰어올라 갔고, 나도 짐짓 아무렇지 않은 척 뒤를 따랐다. 얼굴에는 가면을 쓸 준비를 하면서 말이다.

백조(Swan Sister)

_캐서린 바즈

내 작은 동생 레이첼은 태어날 때부터 몸이 많이 안 좋았다. 어른들은 동생 몸의 모든 세포가 잘못되어 그렇다고 했다. 그래서 레이첼은 한동안 뉴욕에 있는 세인트 빈센트병원 인큐베이터에서 지내야 했다. 유리 둥지 속의 동생은 정말 자그마했다.

"레이첼은 우리 작은 백조야."

엄마가 말했다. 레이첼은 마치 야생의 백조처럼 아름다웠으며, 금방이라도 훨훨 날 준비가 된 것 같았다. 위쪽을 바라보고 있는 레이첼의 눈동자는 창백한 푸른빛을 띠고 있었으며 점처럼 작았다.

"안녕, 레이첼? 우리랑 함께 여기서 살지 않을래?"

나는 아기를 보며 속삭였다. 당시 열한 살이었던 나는 아주 오랫동안 동생을 기다려 왔다. 레이첼의 피부는 장밋빛이 도는 핑크색이었다. 아이의 머리는 무지갯빛의 비눗방울 같았다. 아빠는 인큐베이터 위에 장난감 코끼리를 올려놓았다. 레이첼이 작별 인사도 없이 날아가 버리려고 하면 코로 꼭 붙잡아 달라는 의미였다. 하지만 머지않아 우리와 레이첼의 이별은 예정되어 있었다.

어느 날 밤 레이첼을 안고 있는데 병실 창을 두드리는 소리가 나서 보니, 집중치료실 창밖에 잭 삼촌이 서 있었다. 삼촌과 엄마는 당시 몇 년간 말도 안 하고 지내는 중이었다. 삼촌은 걸음도 말도 빨랐고, 또 야망이 있었다. 반면 우리 엄마는 느린 사람이었다.

엄마는 시간 따위는 신경 쓰지 않는 자유로운 영혼이었다. 엄마는 가끔 출근하다 말고 센트럴 파크에 가서 나무를 그렸다. 그럴 때 엄마가 계산원으로 일하는 애완동물 가게에 전화를 걸어서 감기 때문에 못 간다고 얘기하는 것은 내 몫이었다.

엄마는 스케치용 연필처럼 가느다란 체구를 지닌, 가끔은 엉켜 버린 짧고 검은 머리칼을 푸는 것도 깜빡하는 사람이었다. 이따금 노래를 흥얼거리며 허공을 응시하기도 했고, 마음속에서 내가 따라갈 수 없는 곳으로 혼자 가 버리는 경우도 있었다.

과일 가게를 하던 아빠는 귀가 후 나와 함께 꽃 모양으로 자른 당근을 잔뜩 넣고 토마토 수프를 만들고는 했다. 엄마는 어지러워서 쓰러지기 직전까지 빙글빙글 도는 방법을 가르쳐 주었고, 종이 클립으로 목걸이를 만들어서 함께 즐기기도 했다.

완고한 잭 삼촌에게는 이런 우리 가족을 참고 받아 줄 인내심이 없었다. 그런데 그런 삼촌이 병원에 나타나서 엄마의 어깨를 감싸 준 것을 보면, 아마 레이첼이 기적을 일으킨 것 같았다. 마음이 약한 엄마가 갑자기 침착하고 강해진 것을 보면, 레이첼의 기적은 엄마에게도 일어난 게 틀림없었다. 오히려 잭 삼촌이 눈물을 흘리려 하자, 엄마는 "몇 시간이 될지, 며칠이 될지 모르지만 레이첼이 내 딸인 게 기뻐." 하고 말했다.

그 말을 들은 삼촌은 "이제 내가 곁에 있을게." 하고 말하며 엄마를 위로했다.

병원의 허락을 받아 레이첼을 집으로 데려오던 날, 나는 계획을 하나 세웠다. 동생에게 뉴욕을 보여 주겠다는 계획이었다. 뉴욕은 나와 엄마 아빠가 태어난 곳이었다. 뉴욕이 얼마나 멋진지, 그리고 내가 뉴욕을 얼마나 사랑하는지 보여 준다면 동생이 우리 곁을 떠나지 않을 거라고 생각했다.

우리는 웨스트 18번가에 있는 작은 집에 살았는데, 층수가 높아서 해가 질 때면 은색으로 빛나는 강물을 볼 수 있었다. 나는 창문 앞에서 레이첼을 안아 올리고는 이렇게 말했다.

"뉴욕은 이렇게 멋진 곳이야. 너무 멋진 곳이어서 늘 심장이 두근거려."

구름은 새처럼 높이 날며 넓은 세상의 하늘을 떠다니는 하얀 날개 같았다.

의사 선생님께 내 계획을 말하자, 선생님은 짧은 인생이나마 레이첼이 모든 순간을 즐길 수 있도록 해주는 것도 좋겠다고 말하며 바깥 외출을 허락해 주었다. 코에 산소 줄을 대야 했지만, 녹색의 산소통과 기계에는 손잡이와 바퀴가 있어서 끌고 다닐 수 있었다. 내가 아기를 안고, 엄마가 기계를 끌고 다니면 되는 거였다.

햇살이 금빛으로 빛나던 어느 화창한 아침, 우리는 레이첼을 범선 무늬 담요에 꽁꽁 싸매어 엘리베이터를 타고 내려갔다. 아빠와 잭 삼촌을 제외하고, 레이첼에게 제일 처음 반해 버린 남자는 도어맨인 라파엘이었다.

"그 천사는 대체 누구죠?"

라파엘은 레이첼을 보자마자 건물 현관 로비 저쪽에서 소리쳤다. 그러더니 우리에게 다가와 내게서 레이첼을 받아 안으며 "정말 예쁘네요." 하고 말했다.

"그렇죠? 제시카랑 같이 시내 구경을 시켜 주려고요."

엄마는 행복하게 말했다.

레이첼에게 이미 흠뻑 빠진 라파엘은 아기를 보며 "레이첼, 나랑 결혼해 줄래?" 하고 말했다.

아기는 너무 약해서 얼굴을 움직여 웃을 힘도 없었다. 하지만 반짝이는 두 눈은 분명 예의 바르게 고맙다고 말하는 것 같았다.

엄마와 나 그리고 레이첼은 누가 봐도 특이한 행렬이었다. 동생을 안은 내 옆에서 엄마는 기계를 끌고 있었고, 기계에 달린 산소통은 파이프를 통해 아기의 코에 연결되어 있었다.

우리는 웨스트 18번가를 천천히 거닐다가 틸모어 제빵 재료점 앞에 멈춰 섰다. 가게 안에는 케이크 위에 올리는 작은 발레리나 모형, 반짝이가 붙은 초, 설탕으로 만든 장미 등이 진열되어 있었다. 레이첼은 생일을 맞이하지 못할 수도 있었지만, 사람들이 서로 축하할 때 쓰는 수많은 물건을 모아 놓은 그 커다란 가게를 한 번 보여 주고 싶었다.

내가 아기를 안고 좁은 통로로 들어서자 사람들이 길을 비켜 주었다. 나는 레이첼을 안고 폭죽과 파티 모자(모자는 내가 직접 썼다.)를 보여 주었고, 하얀 성당 모양의 웨딩 케이크 만드는 법이 나와 있는 책을 보여 주었다. 반달이나 초승달 모양의 쿠키 틀도 보여 주었다. 레이첼은 잠이 들었다.

"레이첼, 언니 말에 집중 좀 해."

자매간의 첫 싸움이었다. 엄마는 그 모습을 보고 깔깔 웃으며 내가 머리에 쓰고 있던 파티 모자를 벗겨 메가폰처럼 입에 대고 "레이첼 승!"이라고 외쳤다.

다시 거리로 나가자 레이첼은 신이 나서 오른손으로 내 손가락을 꼭 쥐었다.

계절은 서서히 여름에서 가을로 넘어가고 있어, 나뭇잎도 붉게 변해 가고 있었다. 붉게 변한 이파리들은 사람들, 택시, 차들이 발과 타이어로 밟아 사라질 때까지 거리를 나뒹굴겠지…….

사람들은 산소통을 단 레이첼을 안고 천천히 걸어가는 우리를 바라보았다. 그러자 레이첼의 두 번째(세 번째, 네 번째, 아니면 백 번째 일지도 모를) 기적이 일어났다. (꼭 잭 삼촌처럼) 빠르게만 걷던 사람들이 레이첼을 보고는 마치 작고 예쁜 호수를 처음 본 사람들이 그러하듯 "어머나!"라든가, "예뻐라!" 하고 말하며 걷는 속도를 늦추기 시작했다.

은행 건물의 공사장 사다리 아래를 지나는데 엄마가 외쳤다.

"제시카, 레이첼, 저기 봐!"

인부 아저씨가 안전모를 벗고 우리에게 인사하고 있었다.

우리는 레이첼에게 엄마가 일하는 애완동물 가게인 애니멀 킹덤을 보여 주기 위해 6번 애비뉴로 방향을 틀었다.

애완동물 가게에 도착한 내가 레이첼을 안고 보여 줬더니, 진열창에 있던 치와와들은 신이 나서 이리저리 뛰었다. 레이첼은 다리에 힘이 거의 없었지만, 몸을 살짝 떠는 것 같았다. 그럴 수만 있다면, 같이 신나게 발을 구르고 싶다고 말하는 것 같았다. 레이첼의 피부는 너무나도 얇고 연약해서 치와와들과 비슷해 보였다. 그래서인지 강아지들도 백조인 레이첼을 반갑게 맞이해 주었다.

가게에서는 곡물과 가죽 냄새가 났고, 신문 냄새와 함께 새끼 동물에게서는 젖내도 났다. 엄마는 가게 주인인 도리스 아줌마에게 레이첼을 소개해 주었다. 도리스 아줌마는 붉은 머리칼을 위쪽으로 빗어 불꽃 같은 머리 모양을 하고는 했다. 엄마가 직장에서 살짝 빠져나와야 할 때마다 내가 전화를 거는 사람이 바로 도리스 아줌마였다. 나는 자꾸 거짓말을 하다가 언젠가 도리스 아줌마가 진실을 알고는 폭발해서 횃불처럼 타오를까 봐 두려웠다.

도리스 아줌마는 목에 작은 방울이 달린 천으로 된 생쥐 인형을 주었다. 그것을 레이첼에게 보여 주며 흔들자, 아이는 고개를 갸우뚱했다.

"몸은 잘 돌보고 있는 거죠?"

아줌마가 엄마에게 물었다. 도리스 아줌마의 목소리는 꼭 화산이 폭발하는 소리 같았다.

"레이첼이 저희를 다 잘 돌봐 주고 있어요."

엄마가 말했다.

우리는 윙 아저씨의 문구점에도 갔다. 내가 학교에서 사용하는 펜과 공책 그리고 접을 수 있는 지하철 노선도를 사는 곳이기도 했다. 나는 아저씨를 '25센트 아저씨' 라고 불렀는데, 그 이유는 이랬다. 어느 날 계산을 하려는데 돈을 한 번에 찾지 못해 허둥대고 있었다. 계산을 하려고 뒤에 기다리던 사람들은 점점 짜증을 내기 시작했다. 하지만 마침 손에 잡힌 25센트짜리 동전은 쓸 수 없었다. 50개 주를 상징하는 기념 동전(미국 50개 주의 특징을 담아 발행한 25센트 동전._역자)을 모으는 중이었는데, 그 25센트짜리는 내 수집품이었기 때문이다. 아저씨는 웃으며 "사실 나도 수집하고 있단다. 아저씨는 큰 복숭아가 그려진 조지아 동전이 제일 좋아." 하고 말했다.

나는 말도 안 된다는 듯 눈을 크게 뜨고는 "아저씨, 그건 너무 흔하잖아요!" 하고 말했다. 아저씨는 정말 재미있는 농담이라도 되는 듯이 얘기를 할 때마다 크게 웃는다. 아저씨는 오렌지를 올려놓은 선반에 향을 피우고, 복을 부르는 '囍(희)' (영어로는 'Double Happiness' 라고 하며, 행복과 장수 두 가지를 한꺼번에 기원함._역자) 자 문양이 그려진 포스터를 붙여 놓았다.

"행복과 장수를 기원해라, 제시카. 아무리 오래 살아도 행복하지 않으면 소용없는 거고, 행복하더라도 오래 살지 못하면 아무 소용없는 거란다."

아저씨는 빨간 봉투에 1달러를 담아 레이첼에게 주며 "행운을 빌게." 하고 말했다.

엄마와 레이첼과 함께한 외출은 정말 근사했다. 우리는 발두치(뉴욕에 있는 고급 식품점._역자) 진열대에서 낚시 트로피처럼 입을 벌린 생선을 구경했다. 벽돌과 첨탑 때문에 마치 모스크바의 궁전 같은 옛 법원 건물도 구경했다. 지금은 도서관으로 사용되는 곳이었다. 레이첼은 도서관 앞에 가자 칭얼거리며 보챘다. 그 모습을 본 엄마가 말했다.

"아직 책을 못 읽어서 슬픈가 보구나. 나중에 더 크면 입구에 사 자상이 있는 큰 도서관에 데려가 줄게. 엄마 아빠랑 언니가 집에 서 책도 많이 읽어 줄 거야."

아직 레이첼에게 보여 주고 싶은 곳들이 많았다. 미술관에 가서 모 든 게 녹아 내리는 것 같은 모네의 작품도 보여 주고, 극락조와 백합 이 있고 아이들이 뛰노는 정원에도 데려가고 싶었다.

우리는 아빠의 과일 가게에 들러 깜짝 놀려 주려고 다시 웨스트 14 번가로 거슬러 올라갔다. 과일과 채소, 빵과 사탕을 파는 우리 가게 의 이름은 안토니오스였다. 가끔 가게 뒷골목에는 사과와 배를 쌌던 옅은 노란색과 초록색의 포장지가 날아다니고는 했는데, 마치 카나 리아가 털갈이를 하는 모습과 같았다. 가끔 가게에서 과일을 나를 때 면 과일 안에서 작은 새소리가 들려오는 것 같아 과일을 귀에 가만히 대고 있고는 했다. 오늘은 레이첼의 귀에 살며시 대 주었다. 레이첼 은 백조니까 새들의 노래를 알아들을 수 있을 것 같았다.

우리가 가게에 들어섰을 때 아빠는 레몬이 든 큰 마대자루를 잘라 열고 있었다. 아빠는 우리를 보자 하던 일을 멈추고는 미소를 지었 다. 잠시 세상이 멈춘 것 같았다.

"우리 공주님들!"

아빠는 그렇게 말한 뒤, 엄마가 산소통을 끌고 빨간 사과가 피라미 드 모양으로 쌓인 가판대를 지나는 것을 도와주었다. 윤이 나게 닦아 놓은 사과가 빛을 받아 반짝반짝 빛났다.

"우리 레이첼, 너무 피곤한 건 아니지? 괜찮지, 우리 아가?"

아빠는 앞치마에 손을 닦으며 말했다. 깡마른 아빠의 머리는 이미 벗겨지기 시작했다. 콧수염도 점점 가늘어지고 있었다. 아빠는 내게 캐러멜을 하나 건네주었다. 껍질을 까려다가 나는 우리 가족이 모두 한자리에 모였다는 것을 문득 깨달았다. 마치 몽유병에 걸려 며칠을 헤매다가 갑자기 깨어난 것 같은 느낌이었다. 모든 것이 완벽했다. 동생은 내 품에서 꼼지락거리고 있었고, 엄마는 피곤하지만 평화로워 보였다. 입 안에는 달콤함이 가득했다. 우리를 둘러싸고 있는 과일들을 쪼개면 아름다운 새소리가 더 선명하게 들려올 것 같았다. 아빠는 조용한 분(잭 삼촌은 언젠가 아빠를 보고 꿈이 없는 사람이라고 했다.)이었다. 하지만 그날만은 달랐다. 우리가 레이첼과 함께 모험을 떠난 그날, 내가 기댄 아빠의 가슴에서는 노랫소리와 우렁찬 새소리가 들려왔다.

가게에서 나오니 날씨가 제법 쌀쌀했다. 우리는 결국 레이첼을 데리고 다시 집으로 돌아갔다. 나는 동생과 함께 다시 외출할 날을 기다리며 스웨터를 뜨기 시작했다. 엄마는 내게 흰색과 파란색의 두툼한 털실을 사 주었다. 나는 흰 바탕에 파란 물결무늬 스웨터를 뜨고 싶었다. 레이첼의 요람 곁에 앉아 뜨개질을 할 때 들리는 바늘 부딪히는 소리는 내 마음속에 또 다른 노래를 만들었다. 레이첼은 바늘이 탁탁 부딪히는 소리를 자장가 삼아 새근새근 잠이 들었다. 하지만 레이첼은 잠이 들었다가 갑자기 몸부림을 치기도 했고, 아침이면 숨이 차서 쌕쌕거리기도 했다. 걱정하는 나를 보고 엄마가 말했다.

"제시카, 백조들은 원래 그런 거야. 밤이면 훨훨 날아다니다가 아침 해가 뜨면 황급히 집으로 돌아온단다. 그래서 그렇게 숨이 차는 거야."

엄마는 내게 밧줄무늬 뜨기를 알려 주었고, 나는 마음에 쏙 드는 모양이 나오지 않아 계속 스웨터를 떴다 풀었다를 반복했다. 나는 앞판을 다 완성한 후 드디어 소매 한쪽을 뜨기 시작했다. 쉬운 일이 아니었다.

"할로윈 때는 입게 해줄게."

나는 레이첼에게 말했다.

내 상상 속에서 밤은 마치 백조인 레이첼의 깃털을 쪼아 대는 까마귀 떼 같았다. 까마귀들에게 호되게 쪼였는지, 레이첼은 아침이 되면 온몸이 벌게져서 울고는 했다. 나는 스웨터 목깃 부분을 다 떴다. 원하던 만큼 부드럽지는 않았지만 얼른 완성해야 한다는 급한 마음에 다시 풀 수가 없었다.

그러던 중 다시 한 번 도시 구경에 나설 기회가 왔다. 잭 삼촌이 회사에서 주식과 채권을 제일 많이 판매해 상을 받는다는 것이었다. 우리 가족의 이름이 금색으로 새겨진 초청장이 도착했다. 레이첼 것도 있었다. 나는 초청장 위에 오목하게 들어가 있는 '제시카'라는 글자를 손가락으로 따라 써 보았다.

연회장까지는 택시를 타고 갔다. 레이첼에게 뉴욕 시민답게 제대로 된 뉴욕 택시도 한 번 태워 줘야겠다는 생각에서였다. 레이첼을 본 택시 기사는 계속해서 "가엾어라, 가엾어라." 하고 안타까워했다. 그 말을 들은 엄마가 이렇게 말했다.

"가여워할 필요 없어요, 기사님. 우리 레이첼은 지금 월스트리트 파티에 가는 길이에요. 최고로 행복하다고요."

엄마는 검정 벨벳 드레스를 입었고, 나는 진분홍색 벨벳 원피스에 색깔을 맞춘 리본을 달았다. 레이첼에게는 노란 피부를 보완해 줄 녹색 옷을 입혔다.

잭 삼촌은 검정 양복을 입고 극장처럼 꾸민 연회장에 있었다. 사람들과 얘기를 하고 있던 삼촌은 우리를 보고 다가와서 안아 주었다. 레이첼을 품에 안은 삼촌이 이렇게 말했다.

"그래, 우리 레이첼이 와야 진짜 파티지."

하지만, 레이첼이 갑자기 울어 대는 바람에 그곳에 오래 있을 수는 없었다. 잭 삼촌은 우리가 집까지 타고 갈 수 있게 리무진을 불러 주었다. 나는 신이 나서 레이첼에게 "사람들이 우리가 록스타인 줄 알겠다!" 하고 외쳤다. 내 손에는 뜨개질거리가 담긴 갈색 종이봉투가 들려 있었다. 시간이 얼마 남지 않았다는 생각에 몹시 초조했다. 아직 스웨터 밑단도 고쳐야 하고, 소매도 한쪽 더 떠야 했다.

그날 밤, 나는 감기는 눈을 비벼 가며 스웨터의 밑단을 완성했다. 막 오른쪽 소매를 뜨려는 순간, 백조가 되어 잠들었던 레이첼이 평소보다 일찍 비행에서 돌아왔는지 자지러지게 울기 시작했다. 나는 아이를 달랬다. 아빠도 일어나서 나왔다. 나는 몰랐지만 아빠는 늘 그 시간에 일어났던 것이다.

창문 아래로는 건물 안뜰이 보였다. 나는 레이첼에게 달빛을 받아 빛나는 나무딸기 덤불을 보여 주었다. 아빠는 커피를 한 잔 들고 우리 옆에 섰다. 아빠의 커피 잔에 작은 별들이 비쳤다. 레이첼의 눈만큼 작은 별들이었다.

"밤이 끝나고 하루가 시작되는 이 시간은 아빠가 제일 좋아하는 시간이란다. 밤과 아침이 아주 잠깐 동안 함께하는 시간이거든. 깨어 있는 사람은 아무도 없고……."

"거의 없는 거겠죠."

"그래, 거의……. 오늘은 너희가 함께하는구나."

시간은 새벽 4시였고, 레이첼은 더 큰 소리로 울었다. 아빠가 달래 보겠다며 레이첼을 품에 안았지만 소용없었다. 결국 울음소리를 듣고 잠에서 깬 엄마가 아기를 안고 다독이며 노래를 불러 주었지만, 레이첼의 울음소리는 지붕을 뚫을 듯 커져만 갔다. 레이첼은 낮은 소리와 높은 소리를 반복해 가며 계속해서 울어 댔다.

"아무래도 어디가 잘못된 것 같아."

엄마는 레이첼과 함께 구급차를 타고 병원으로 갔고, 나는 아빠와 함께 경찰차를 타고 뒤따랐다. 나는 경찰차 안에서도 정신없이 뜨개질을 했다. 스웨터를 완성해야 했다. 레이첼은 예쁜 옷을 좋아하는데, 병원복은 너무 끔찍하고 또 예쁘지도 않았다.

아빠와 함께 세인트 빈센트병원에 도착해 보니 엄마가 응급실 복도에 나와 있었다. 엄마의 차분한 모습에, 나는 레이첼이 괜찮아졌다고 생각했다. 이제 막 두 번째 소매를 열 줄째 뜨고 있는 내 손에서 땀이 흘러 털실이 축축해졌다. 신발 바닥이 복도에 닿을 때마다 나는 찍찍거리는 소리와 함께 간호사 몇 명의 웃음소리가 들렸다. 나는 하마터면 간호사들에게 조용히 하라고 소리를 지를 뻔했다. 귓가에는 아직도 레이첼의 울음소리가 들리는 것 같았다.

"소생시키려고 했는데……. 실패했대."

엄마가 말했다. 레이첼이 너무 작고 약해서 어떻게 할 수가 없었다고 했다.

엄마 아빠는 레이첼을 보겠다는 나를 막으려 했지만, 난 동생을 꼭 봐야 했다. 스웨터를 줘야만 했다.

레이첼은 어두컴컴한 병실의 처치대 위에 누워 있었다. 꼭 가짜 시가 같은 모양의 하얀 플라스틱 튜브가 아이의 입에 끼워져 있는 모습을 보고 아빠가 빼 주었다. 흐느끼는 아빠와는 달리, 엄마는 오히려 차분했다. 나는 레이첼의 파란 눈을 바라보았다. 아이는 눈을 반쯤 뜬 채 나를 바라보고 있었다. 혹시 살아 있는 것은 아닐까, 하는 생각이 들었다. 엄마가 손을 들어 레이첼의 눈을 감겨 주었다. 나는 그제야 엉엉 소리를 내어 울기 시작했다. 레이첼에게 좋은 언니가 되어 주지 못했다는 생각에 너무 슬펐다. 동생을 박물관에도, 도서관에도 데려가지 못했다. 가을용 스웨터도 제대로 만들어 주지 못했다.

"괜찮아, 제시카."

엄마가 그렇게 말하고는 레이첼을 덮고 있던 칙칙한 담요를 걷어 낸 뒤, 내 손에 들려 있던 흰색과 푸른색이 섞인 스웨터를 레이첼에게 입혔다. 나는 병실이 떠나가라 울었다. 스웨터에는 소매 한 짝이 없었다. 느리고 솜씨 없는 내 탓인 것만 같았다.

"엄마가 백조 이야기의 마지막 부분을 들려줄게. 다들 아는 것처럼 백조는 살면서 딱 한 번만 노래를 한단다. 정말 아름다운 목소리로 노래하지만, 불행하게도 죽기 직전에만 노래를 하지. 오늘 레이첼이 밤새 울었던 거 기억하지? 우리는 인간이라 알아들을 수 없었지만, 사실 레이첼은 세상에서 제일 아름다운 백조의 노래를 한 거야.

그런데 백조가 죽었을 때 사람들이 저지르는 제일 큰 실수가 뭔지 아니? 그건 바로 백조가 날개도 못 펴게 너무 꽁꽁 싸매는 거야. 그렇게 하면 백조들은 죽어서 훨훨 날아가지 못하고 무덤 속에서 인간의 모습으로 백골이 되어 버린단다.

하지만 사려 깊은 언니 덕에 레이첼은 날개를 자유롭게 펼 수 있게 됐어. 가고 싶은 곳이면 어디든 날아갈 수 있단다. 레이첼은 파란색과 흰색으로 된 옷을 입었으니 바다에도 갈 수 있고, 하늘에도 갈 수 있어. 레이첼은 너와 늘 함께할 거야. 왠지 아니? 너는 끝까지 동생을 포기하지 않은 용감한 언니거든. 네 덕에 레이첼은 많은 걸 경험할 수 있었어.

신나는 파티와 촛불이 가득한 근사한 곳에도 가 보고, 청혼을 받기도 했지. 가는 곳마다 모두 친구가 되어 레이첼을 반겨 주었어. 레이첼은 현명한 노인처럼 우릴 조용히 달래 주기도 했고, 잭 삼촌의 마음까지 훔쳤어. 삼촌이 다시 우리에게 돌아온 게 믿겨지니? 이 모든 게 레이첼이 가져온 기적이야. 사람들이 평생 살아도 못할 좋은 일을 레이첼은 한 달 만에 다 해냈어.

게다가 레이첼이 지나가면 모두 가던 길을 멈추고 넋을 잃고 바라
보던 일은 어떻고! 유명 인사가 따로 없었지! 예쁜 옷을 차려입고
월스트리트의 파티에도 참석했어. 너 같으면 이 모든 걸 두고 멀
리 떠날 수 있겠니? 레이첼은 우리 곁에 있을 거야."

잭 삼촌은 공동묘지에서 열린 레이첼의 장례식에도 참석했다. 삼촌
이 장례 행렬에서 내 손을 잡고 함께 걸어 준 것은 정말 다행이었다.
나는 묘지를 보지 않으려고 자꾸만 눈을 감았다.

"땅 밑에서는 숨을 못 쉬잖아요!"

내가 말했다.

그러자 삼촌은 하늘을 가리키며 "이제 레이첼은 자유롭단다. 어디
든 갈 수 있어." 하고 말했다.

요즘 지하철 소리를 들으면 나는 레이첼에게 "레이첼, 들어 봐. 지
하에도 살아 움직이는 것들이 많아." 하고 말한다. 하늘의 하얀 구름
을 보면 레이첼이 하얀 날개로 내게 손을 흔들며 인사를 하는 것만
같다. 파랗고 하얀 레이첼의 스웨터가 하늘을 가득 채운다. 발걸음이
무거울 때면 레이첼의 날개를 만져 보고 싶다는 생각이 든다.

다시 생각하니 윙 아저씨가 말한 囍(희) 문양의 의미가 꼭 맞는 것
도 아닌 듯하다. 반드시 오래 살아야만 행복하고 의미 있는 것은 아
니다. 단 며칠을 살아도 이 세상만큼이나 커다란 기쁨을 주며, 완벽
하고 놀라운 삶을 살 수도 있다.

착한 레이첼은 가끔 내가 길을 걸을 때 땅으로 내려와 자기 깃털을
만질 수 있게 해준다. 그러면 나는 슬픈 얼굴을 들어 주변을 둘러본
다. 주변을 채운 마천루도 하늘 옷을 입고 있다. 날개가 내 등에, 내
발목에 돋아난다. 백조가 된 내 동생 레이첼은 "꼭 잡아." 하고 속삭
인다. 그 순간 놀랍게도, 나는 날아오른다.

새 보도(The New Sidewalk)

_도로시 브라이언트

"아니, 더 매끈하게 다듬어 줘요."

루이 로카가 배를 한껏 내밀며 고개를 저었다.

"유리처럼 매끈하게요."

"근데, 그러면 너무 미끄러울 텐데요. 비가 조금만 와도 누가 넘어져 목이 부러질 수 있습니다."

"문제가 뭐지? 매끈하게 못해요? 할 줄 몰라요?"

일꾼의 얼굴이 확 붉어졌다.

"그럼, 알겠습니다. 케이크 표면처럼 아주 매끈하게 만들어 드리죠."

일꾼은 젖은 콘크리트 위에서 무릎 받침대를 조금 앞으로 밀었다. 그러면서 허리를 숙여 연장을 집으며 "안개 낀 날 자빠져서 뒤룩뒤룩한 엉덩이나 깨져라." 하고 중얼거렸다.

나는 동네 아이들과 나무 바리케이드에 기대고 서서 인부 아저씨가 작업하는 모습을 구경했다. 아저씨는 오른손의 연장으로 긴 보도를 덮은, 아직 굳지 않은 회색 콘크리트를 앞뒤로 문질러 펴 나갔다. 규칙적인 움직임으로 다림질 하듯 펴 나가자, 표면에 있던 공기 방울과 무늬가 사라졌다.

"너희들! 여기 들어가기만 해 봐!"

나는 뒤에서 갑자기 들려온 루이 아저씨의 목소리에 깜짝 놀랐다. 그리고 뒤를 돌아보다가 툭 튀어나온 아저씨의 배에 코를 박을 뻔했다. 위압적으로 내려다보는 표정에 나는 반항적인 눈빛으로 맞서려 애썼다.

루이 아저씨는 우리의 적이었다. 다른 아이들이 우리를 바라보고 있는 게 느껴졌다. 우리는 루이 아저씨의 집 앞에서는 절대 야구를 하지 않았다. 공이 지붕 위로 넘어가서 뒷마당에 떨어져도 교훈을 알려 주겠다며 절대 공을 돌려주는 법이 없었기 때문이다.

동네에는 아이들이 많이 사는 편이었다. 그래서 아빠들에게는 야구 하다 깨진 창문을 수리하는 게 늘 있는 일이었다. 루이 아저씨네 집 유리창도 딱 한 번 깨진 적이 있었는데, 그날 타석에 선 아이는 다름 아닌 아저씨의 아들 도미닉이었다. 그런데 도미닉은 겁에 잔뜩 질려 자기는 죽어도 범인이 아니라면서 어이없게도 성모마리아까지 걸고 맹세했다. 루이 아저씨는 도미닉의 말만 듣고 우리를 범죄자에 기물 파손범이라고 비난하며 언젠가는 감옥에 갈 놈들이라고 욕했다.

루이 아저씨는 나를 가리키며 말했다.

"마르기 전에 올라오는 놈들은 각목으로 흠씬 두들겨 패줄 테니, 그런 줄 알아."

나는 뒤로 한 발짝 물러났지만, 로이는 두꺼운 안경알 너머로 아저씨를 빤히 쳐다보며 물러서지 않았다.

"별 볼일 없는 보도 같은 거 관심도 없거든요. 그리고 아저씨가 털끝 하나라도 건드리면 우리 아빠가 경찰에 신고한댔어요."

"경찰? 그래, 너 경찰이랑 아주 친분이 두텁겠구나. 이 동네의 꼬마 깡패라고 소문이 아주 자자하던데?"

경찰들이 로이를 잘 알고 있다는 것은 사실이었다.

원래 아이가 없었던 로이의 부모님은 두 분 다 거의 쉰 살이 다 되었을 때 로이를 낳고는 부모가 된 충격에서 영 벗어나지 못했다. 그들은 로이가 기고만장하게 굴어도, 온 동네를 공포에 빠뜨려도 어쩌겠냐며 그저 어깨를 으쓱하고 말 뿐이었다.

로이는 폭죽에 불을 붙여서 우리 집 우체통에 넣은 적도 있었다. 다행히 불이 금방 꺼지기는 했지만, 이 장난은 작은 화재로 이어졌다. 크리스마스 선물로 받은 비비총은 로이를 이 구역 암살자로 만들어 버렸다. 결국은 경찰이 와서 로이의 비비총을 압수해야 했다. 비비총을 빼앗긴 로이는 칼 던지기 연습을 시작했다. 다행히 로이의 칼에 주변 사람이 다치는 일은 없었다. 그런데 어이없게도 로이 자신이 다치고 말았다. 울타리를 겨냥해 던진 칼의 손잡이가 잘못 맞으며 튕겨져 나와 로이의 왼쪽 눈을 스친 것이다. 세 차례의 수술 끝에 가까스로 시력은 건질 수 있었지만, 로이는 두꺼운 안경을 써야 했다. 하지만 그런 일을 겪은 후에도 로이는 변하지 않았다. 로이는 그렇게 두꺼운 안경을 쓰고도 약골이나 공부 벌레 같아 보이지 않았다. 두꺼운 렌즈는 오히려 로이의 사나운 눈을 강조하는 효과를 냈다.

루이 아저씨는 다시 바리케이드로 되돌아갔다. 그러더니 처음 콘크리트를 부을 때부터 했던 것과 마찬가지로 새 보도 주변을 어슬렁거리며 살폈다. 루이 아저씨가 경사가 어쩌네 배수가 어쩌네 하며 잔소리를 했지만, 인부 아저씨는 조용히 작업에 집중했다. 루이 아저씨는 어른들이 지나가다 멈춰 서서 구경할 때만 씩 웃어 보였다. 그리고 자기 집 앞의 보도를 가리키며 이렇게 말했다.

"하려면 제대로 해야죠. 기왕 공사하는 거, 다 뜯어내고 싹 다하는 게 좋지 않겠어요?"

아저씨는 사람이 지나가면 저 말을 반복했다.

루이 아저씨의 말 이면에는 1938년 당시에는 흔치 않았던 부유함이 엿보였다. 동네에서는 집이든 도로든 그런 식으로 고치는 집이 드물었다. 고장 난 곳만 겨우 수리하고, 페인트칠도 꼭 필요할 때만 해가며 근근이 받은 월급으로 주택 융자를 갚아 나가는 가정이 대부분이었다.

어른들은 그냥 고개를 끄덕이며 지나갔고, 계속 서서 구경하는 사람은 아이들뿐이었다. 우리는 질문을 던져 가며 인부 아저씨가 작업하는 모습을 뚫어져라 바라보았다. 진흙 장난을 하면서 돈을 번다는 게 정말 부러웠다.

마침내 작업을 끝낸 인부 아저씨는 도구를 닦은 후 트럭에 싣더니, "내일까지는 건드리지 마세요." 라는 말을 남기고 떠났다.

조바심을 내며 고개를 끄덕이던 루이 아저씨는 인부가 차를 타고 떠나자 뭔가 안심하는 것 같았다. 그는 고개를 돌려 네모반듯한 보도의 매끈한 표면을 자랑스럽게 바라보았다. 이제 동네 최고의 보도를 갖게 된 것이다.

아이들은 저녁 먹으라는 소리에 하나둘 집으로 향했지만, 로이와 나는 여전히 바리케이드에 기댄 채 남아 있었다.

"뭘 기다리는 거야? 집에 가, 얼른 가라고……."

루이 아저씨의 말에 나는 한 발을 들었지만, 로이는 아무런 소리도 안 들린다는 듯 꼼짝도 하지 않았다. 루이 아저씨가 더 가까이 다가왔다.

"너희가 왜 그러고 있는지 내가 모를 줄 알아? 내가 한눈 팔 때 새로 깐 보도에 너희 이름이나 욕 같은 거 새기려고 그러는 거지?"

그는 콘크리트 위로 깔아 놓은 널빤지를 조심조심 밟고 건너가 자기 집 계단에 가서 앉았다.

"꿈도 꾸지 않는 게 좋을 거다. 내가 여기 앉아서 다 감시할 거야."

내 옆구리를 쿡 찌른 로이의 손짓에 우리는 천천히 자리를 떠났다.

"저기 언제까지 지키고 앉아 있을까?"

"그래 봤자 밤새 있겠어? 이따 보자고……."

로이는 씩 웃으며 말하더니, 계단을 달려 올라가 집으로 들어갔다.

주방에 들어서니 욕실에서 아빠가 씻고 있는 소리가 들렸다. 레인지 앞에 서 있던 엄마는 뒤돌아보며 말했다.

"왜 이렇게 늦었어? 손 씻어. 밥 다 됐어."

나는 싱크대에서 손을 씻고 행주에 닦았다. 아빠가 주방으로 들어오자 우리는 모두 식탁에 앉았다. 이후 엄마가 접시에 수프를 한 국자씩 떠 주었다.

"보도에 콘크리트를 새로 깔기에 구경하고 왔어요."

내가 말했다.

"그래? 다 됐든?"

"다 했던데? 게다가 작업도 아주 잘했더라고. 집에 오는 길에 봤는데 유리처럼 매끈해."

엄마의 물음에 아빠가 답했다. 그리고 웃으며 다시 말을 이었다.

"근데 하나만 알고 둘은 몰라서 하는 짓이지. 루이가 집 근처에서 애들 노는 거 싫어하는 건 당신도 알지? 집 앞 보도를 그렇게 매끈하게 깔아 놓으면 애들이 살판날 걸? 롤러스케이트 타기에 딱이니까 맨날 그 집 앞에서 하키 게임을 해 댈 거야."

듣고 보니 그랬다. 나는 스케이트를 어디 뒀는지 떠올리며 서둘러 밥을 먹었다. 다른 애들이 생각해 내기 전에 얼른 로이에게 하키 얘기를 하고 싶었다. 그럼 다들 어떻게 그런 생각을 했냐며 대단하다고 하겠지.

"대체 그 집 아저씨는 애들을 왜 그렇게 싫어하는지 모르겠어요. 다 큰 어른이 애들한테 소리나 질러 대고, 부끄럽지도 않나?"

"깡패라서 그래."

"넌 수프나 먹어."

내 말에 엄마가 핀잔을 줬다.

"대장 노릇하길 좋아하는 건 맞지 뭐. 아주 집안에선 무솔리니가 따로 없다던데?"

"생긴 것도 점점 닮아 가더라고요. 그 집 부인이랑 애들도요! 아주 식구가 다 드럼통 같아. 전에 부인이 얘기하는 걸 들었는데, 파스타를 하루라도 거르면 발작이 온대요."

"전에 루이가 나한테는 집에서 밥은 얻어먹고 다니느냐면서 살이 좀 쪄야 감기에 안 걸린다고 하더라고."

"아니, 우리 집 밥 먹는 거야 우리가 알아서 하는 거지, 왜 참견이래요?"

엄마가 스튜 그릇을 탁 소리가 나게 내려놓았다.

"진정해."

아빠가 말했다.

"그 집 식구들 맨날 이걸 샀네 저걸 샀네, 자랑하는 것도 지겨워요. 게다가 아는 사람 소개로 얼마를 싸게 샀다고 또 얼마나 자랑을 해대는지……."

"그뿐이야? 이탈리아에 살 때 루카에 땅이 몇 평이고 일꾼이 몇 명이었는지도 귀가 닳도록 들었다고. 옆집 아저씨가 참다못해서 '아니, 그렇게 좋았으면 거기 있지 여긴 왜 왔어?' 하고 말했다니까. 아마 그 둘이 이제 말도 안 할 걸?"

아빠가 웃으며 말했다.

"세인트 앤소니에서 어떤 여자한테 들었는데, 이탈리아에 살 때 그 집 아저씨를 알았다고 하더라고요. 글쎄, 가족도 없이 길거리에서 굶고 다녔대요. 다들 이름도 모르고 그냥 기타 치면서 구걸하러 다니니까 '기타'라고 불렀대요."

"안됐네. 불쌍한 면도 좀 있어."

"아무리 그랬다고 해도 저러고 다니면 안 되죠. 그 시절에 고생 안 한 사람이 어디 있어요? 고생 좀 했다고 다 저러고 다니면……."

"엄마, 저 다 먹었는데 나가도 돼요?"

"숙제는 안 해?"

"오늘 숙제 없어요."

"알았어, 설거지만 하고 나가. 어두워지기 전에 들어와야 해. 여름 지나서 쌀쌀하니까 스웨터 입고 나가."

엄마가 남은 스튜를 냉장고에 넣고 주방 바닥을 닦는 동안 나는 서둘러 설거지를 끝냈다. 루이 아저씨는 저녁을 먹느라 지금은 집 안에 있을 것 같았다. 새로 깐 보도에 로이보다 먼저 가고 싶었다. 나는 행주를 행주걸이에 건 후 스웨터를 집어 들고 루이 아저씨의 집 앞으로 달려갔다.

길에서는 애들 열댓 명이 원 풋 오프 더 거터one-foot-off-the-gutter(길 경계석에 발을 대고 서 있다가 가운데 있는 술래에게 잡히지 않고, 반대편으로 건너가는 놀이. 경계석에 발을 대고 있으면 잡을 수 없고, 발을 떼고 달려가는 중에만 잡을 수 있음. 우리나라의 '얼음땡' 놀이와 비슷함._역자)를 하며 놀고 있었다. 걔네들이 같이 하자며 불렀지만, 난 고개를 저으며 계속 달렸다. 도착해서 보니 로이는 이미 바리케이드에 기대고 서 있었다.

루이 아저씨는 아직도 계단에 앉아 있었다. 옆에는 파스타 면 몇 가닥만 남은 접시와 포크, 반쯤 마신 와인 잔이 놓여 있었다. 계단에 앉아서 저녁을 먹은 것이다. 조금 더 가까이 다가가니, 아저씨의 무릎 위에 뭔가 있는 게 보였다.

"그래, 이 산탄총 보이지? 내 보도에 한 발짝이라도 들어오는 놈은 쏴 버릴 테니, 두고 보라고."

로이는 반항적인 눈빛으로 루이 아저씨를 쏘아보았다.

"어디 한 번 쏴 봐요, 그럼 우리 아빠가……."

"내가 못할 줄 알아?"

아저씨가 총을 집어 들었다.

"저쪽으로 가서 애들이랑 놀자. 엄마가 가로등 켜지기 전까지만 놀라고 했어."

나는 로이의 팔을 잡아당기며 말했다. 로이는 내가 당기는 대로 끌려오기는 했지만, 애들과 함께 놀지는 않고 엄마가 부를 때까지 그냥 도로 턱에 앉아 있었다. 손을 흔들며 집으로 가는 로이의 모습 뒤로 가로등이 켜졌다. 집에 가는 길에 보니, 루이 아저씨는 아직도 총을 잡고 계단에 앉아 있었다.

"로이 아저씨 말이에요, 총을 가지고 나왔더라고요."

나는 옷을 갈아입으며 엄마한테 말했다.

"미쳤나 봐! 그러다 누가 다치기라도 하면 어떡해요, 여보!"

아빠는 엄마의 말에 별 대답이 없었지만, 곧이어 현관문이 열렸다 닫히는 소리가 났다. 나는 침대에 누웠고, 엄마는 불을 껐다. 잠시 후, 다시 문이 열렸다 닫히는 소리가 났다.

"괜찮아, 다행히 장전은 안 된 거야. 뭐라고 하니까 보여 주더라고. 콘크리트가 다 굳을 때까지 밖에 그러고 있겠대. 애들이 와서 장난치거나 고양이가 밟고 지나갈까 봐 있겠다는데, 뭐 자기 맘이지. 우린 그만 자자."

그날 밤 꿈에 루이 아저씨가 나왔다. 아저씨는 꿈에서도 산탄총을 들고 서 있었다. 뒤쪽으로 보이는 계단에는 층마다 공이 하나씩 놓여 있었는데, 공 한 개가 낯익었다. 몇 주 전에 아저씨네 집 쪽으로 날아가 잃어버린 공이었다. 나는 꿈속에서 스무 명이나 서른 명은 되어 보이는 애들과 함께 새로 간 콘크리트 바닥을 죽 둘러싸고 서 있었다. 바리케이드는 사라지고 없었고, 우리는 루이 아저씨의 보도에 발가락을 하나씩 올려놓고 있었다. 로이는 내 옆에 서 있었다. 아래를 내려다보니 로이는 롤러스케이트를 신고 있었다. 우리는 한 목소리로 외치기 시작했다.

"공 내놔! 공 내놔!"

루이 아저씨는 오른손으로 총을 들고, 왼손으로는 공을 가리키며 말했다.

"루카에서는 우리 집 포도가 제일이야! 공 하나라도 가져가는 놈은 이걸로 쏴 버린다!"

그 순간 로이가 몸을 숙이고 앞으로 튀어 나갔다. 그러더니 양팔을 날개처럼 넓게 벌리고 스케이트를 타고 미끄러져 갔다. 깊은 스케이트 자국을 남기며 콘크리트를 가로질러 간 로이는 루이 아저씨 앞에 멈춰 섰다. 루이 아저씨는 총을 들고 로이를 겨누더니 방아쇠를 당겼다. 총에서 스파게티 면 한 가닥이 튀어나왔다. 그 순간, 계단 위의 공들이 굴러 떨어지기 시작했다. 나는 콘크리트 보도를 쳐다보았다. 표면이 유리로 변해 있었다. 유리로 변한 보도에 공들이 쏟아져 내리자, 쩽그랑거리는 날카로운 소리와 함께 유리에 금이 갔다. 쩽그랑, 쩽그랑…….

쩽그랑거리는 소리는 주방에서 들려오고 있었다. 날이 밝았는지, 창을 보니 블라인드 주변으로 빛이 들어오고 있었다. 나는 재빨리 옷을 입었다. 신발 끈을 묶을 시간도 없었다.

"어디 가? 아침 아직 안 됐어. 그 셔츠 더럽잖아. 학교에 입고 갈 거 새로 다려 놨어."

쏜살같이 달려 나가는 나를 보며 엄마가 말했다.

"금방 들어올 거예요."

나는 현관을 나서며 말했다. 아직도 꿈에서 완전히 깨어나지 못했는지, 루이 아저씨의 집 앞에 가면 유리로 된 보도가 있을 것 같았다. 계단을 뛰어 내려가다 넘어질 뻔했다. 멀리서 보니 꿈에서처럼 애들이 바리케이드에 기댄 채 보도 주변을 죽 둘러싸고 있었다. 로이가 있는지 찾아봤지만, 애들 사이에는 없었다.

루이 아저씨는 여전히 산탄총을 무릎에 얹은 채 앉아 있었는데, 자세히 보니 머리를 난간에 기대고 잠이 들어 있었다. 눈을 감은 얼굴은 한결 약하고 지쳐 보였다. 살집이 두툼한 두 뺨은 늘어지고 입술은 아래로 처져 있는 모양이, 꼭 안 좋은 꿈을 꾸고 있는 것 같은 표정이었다. 아무도 움직이지도 또 말을 하지도 않았다. 아이들은 모두 숨죽인 채 루이 아저씨를 보고 있었다.

바리케이드에 도착해 보도를 보니, 그 이유를 알 수 있었다. 새로 깐 보도에 낙서가 빽빽하게 새겨져 있었기 때문이다. 원 모양의 발자국, 말, 총, 범선, 굴뚝에서 연기가 나오는 집, 칼, 폭죽, 나무가 그려져 있었다. 그리고 한가운데에는 30센티미터는 족히 되어 보이는 큼지막한 글자로 '루이스 로카는 돼지 새끼' 라고 적혀 있었다.

뒤돌아보니 아이들이 얼어붙은 표정으로 서 있었다. 그리고 그 아이들 너머로 자기 집 앞에 서 있는 로이의 모습이 보였다. 나는 로이에게 어서 와서 보라고 손짓을 했지만, 로이는 씩 웃으며 집으로 들어갔다.

순간 무슨 소리가 들려서 뒤돌아보니 루이 아저씨의 무릎에 있던 총이 바닥에 떨어져 있었다. 아저씨가 눈을 뜨는 순간 아이들은 달리기 시작했다. 나도 함께 도망갔다.

세월이 흐른 후, 보도는 루이 아저씨의 아들들에 의해 다시 깔렸다. 하지만 내가 그 동네에 사는 동안은 그날 아침 그대로의 상태였다. 동네 사람들도 처음에는 난처한 듯 눈을 돌렸지만, 나중에는 아무도 신경을 쓰지 않았다. 동네 아이들도 그 얘기를 하지 않았다. 우리끼리 있을 때도 마찬가지였다. 그리고 우리는 한동안 로이를 슬슬 피했다. 로이가 그렇게까지 심한 짓을 할 줄은 아무도 몰랐던 것이다. 아마 어린 마음에도 모호하게나마 '페어플레이'라는 개념이 있었던 것 같다. 아무리 상대가 적이어도 넘지 말아야 할 선이 있다는 생각 말이다.

로이와 나는 시간이 지나며 자연스럽게 멀어졌다. 로이는 작은 동물을 잡아서 칼을 이용해 괴롭히고는 했다. 로이의 부모님은 로이를 사립학교에 보냈는데, 어릴 때부터 칼을 갖고 놀아서인지 아니면 결국 공부에 취미를 붙인 건지, 로이는 유명한 외과 의사가 되었다. 우리 동네에서 뭔가 이룬 유일한 인물이었다.

부적 (Square)

_데이비드 리스

아이작은 뚝 떨어지기 직전까지 서서히 덜컹거리며 올라가는 롤러 코스터에 앉은 심정으로, 버스의 맨 앞자리에 앉아 차의 진동을 온몸으로 느꼈다. 버스가 방향을 꺾을 때마다 속이 울렁거렸다. 뒤틀린 금속 조각과 깨진 유리를 밟고 커브를 돌자, 버스가 꼭 금방이라도 전복될 것처럼 흔들렸다. 정말 사고가 날지도 모른다는 생각이 들었다. 운이 좋으면 사고가 나서 다칠 수도 있을 것이다. 심각하게는 말고, 동정을 살 수 있을 정도로……. 팔이 하나 부러지거나 옆구리에 작은 쇳조각이라도 박히면 싸우지 않아도 될지 모른다.

아이작은 뒤돌아보지 않았다. 버스 뒤쪽에서는 웃고 떠드는 소리와 그를 비웃는 소리가 들렸다. 아이들은 다른 얘기를 하고 웃거나 아이작 얘기를 하며 비웃었다. 모두 기대에 찬 표정으로 자리에 앉아 버스에 흔들리며 하이파이브를 하며 주먹을 서로 부딪치고 있었다. 그때 저스틴 렉터가 입을 열었다.

"준비는 됐나, 애송이?"

아이작은 루저와 왕따의 전통적인 지정석인 스쿨버스 맨 앞자리에 앉아 도움을 구하듯, 버스 기사 아저씨를 바라보았다. 회색 머리를 짧게 깎은 흑인 운전기사는 고개를 저으며 "젠장!"이라고 말했다. 말은 하지 않았지만, "너, 이제 쟤한테 죽었다."라는 표정이었다.

아이작 골드버그 옆에는 모두 도비라고 부르는 애가 앉아 있었다. 해리포터에 나오는 집 요정 도비와 닮아서 붙은 별명이었다. 사실 아이작이 보기에는 별로 닮은 것 같지 않았지만, 어쨌든 도비가 이상하게 생긴 것은 사실이었다. 아이작은 도비의 진짜 이름을 몰랐다. 도비는 정말 이상했다. 우선 목이 굉장히 길었고, 그 위에 붙은 좁다란 머리통도 목만큼 길었다. 목과 그나마 다른 점은 머리의 폭이 조금 넓다는 것뿐이었다. 귀는 툭 튀어나오고, 큰 두 눈 사이의 간격이 넓었다. 입은 양옆으로 이상하게 여길 만큼 길게 찢어진 모양에, 입술은 연필처럼 가늘었다. 아마 태어나면서부터 뭐가 심각하게 잘못됐다는 것 같았다.

도비는 특수학급에서 수업을 받았고, 이해가 느린 편이었다. 아이작은 도비가 약간 미친 것 같다는 생각도 해봤다. 가끔 이상하게 엉킨 문장으로나마 알아들을 만한 얘기를 하는가 싶다가도 그냥 혼자 중얼거리며 몸을 흔들기도 했다. 지금도 도비는 몸을 앞뒤로, 가끔은 양옆으로 흔들며 이상한 목소리로 "잭슨, 내 꺼, 아래, 밖, 잭슨, 내 꺼, 아래, 밖"이라고 중얼거리고 있었다. 낮게 울리는 도비의 목소리는 이상하게도 우는 것 같았다.

전학을 온 아이작이 처음으로 스쿨버스에 탄 날부터 지금까지 일어난 일은 그야말로 충격의 연속이었다. 그리고 아이들이 불쌍한 도비를 대놓고 놀려 대는 모습에 아이작은 또다시 놀랄 수밖에 없었다. 아이들은 "도비, 너 여름방학 지나면서 그냥 더 멍청해졌어? 아니면 못생기고 멍청해졌어?", "도비, 너 또 바지에 똥 쌌어?"라고 말하며 도비를 서슴없이 놀렸다. 종이를 뭉쳐서 도비에게 던지기도 했다.

저스틴 렉터는 아이작이 이사를 온 새 도시에서 새로운 중학교에 처음 등교한 날 아침, 그의 눈에 시퍼런 멍을 선사했다. 그리고 지금 스쿨버스는 교통사고 현장 옆을 지나고 있었다. 저스틴 렉터와 친구들은 버스 창밖으로 머리를 내밀고, 밖에서 엎드려 있는 사람에게 목보호대를 씌우려고 애쓰며 땀을 뻘뻘 흘리고 있는 구조대원들을 보며 웃고 있었다.

"너 맞을 때, 내 주먹 안 다치게 잘 맞아라. 안 그러면 진짜 내 성
질 보게 될 테니까."

저스틴이 뒤에서 외쳤다. 저스틴은 8학년(한국의 중3 정도에 해
당._역자)인 데다 키도 아이작보다 족히 10센티미터는 더 컸다. 근육
질 팔에 어깨도 떡 벌어진 저스틴은 풋볼팀 소속이기도 했다.

버스 기사는 고개를 절레절레 흔들며 "흠씬 얻어터지겠어."라고
중얼거렸다.

그때 아이작 옆에 앉아 있던 도비가 갑자기 중얼거림과 움직임을
멈췄다. 도비는 마치 악몽에서 막 깨어난 사람처럼 갑자기 동작을 딱
멈추더니, 잠시 시체처럼 뻣뻣하게 앉아 있다가 아이작의 소매를 잡
아당겼다. 아이작은 고개를 돌려 도비의 무섭고 기괴하면서도 진지
한 얼굴을 보고 싶은 마음이 없었다. 도비의 옆자리는 버스 안에서
아이작이 유일하게 앉을 수 있는 자리였다.

며칠간은 뚱뚱한 애 옆에 한 번 앉아 보려고 애쓰기도 했다. 아무
래도 학교에서 뚱뚱한 애들은 서열이 낮다는 걸 본능적으로 이해했
기 때문이다. 아이작은 혹시 자기보다도 그 애의 서열이 낮을지 모른
다는 희망을 품었지만, 다 소용없는 일이었다.

사흘째 되던 날 뚱보가 이렇게 말한 것이다.

"뭐야, 왜 자꾸 옆에 앉아? 너 게이냐?"

펜실베이니아에서 학교에 다닐 때는 들어 본 적도 없는 말이었다.
아이작은 자리에서 일어나 주위를 둘러봤지만, 다른 자리가 없었다.
그가 감히 앉을 수 있는 곳은 도비의 옆자리뿐이었다.

"너희 둘이 사귀냐?"

기회를 잡았는지, 뚱보가 외쳤다. 아이작을 밟고 올라가 자기 서열
을 높일 기회를 포착한 것이다.

수치심과 모욕감에 얼굴이 화끈거렸지만, 이런 일을 처음 겪어 본 아이작은 대체 어떻게 대처해야 할지 알 수가 없었다. 아이작은 그저 자리에 가만히 앉아 고개를 푹 숙인 채 버스가 학교에 도착하기만을 기다렸다. 학교에 도착하면 어서 수업이 끝나기를 기다렸고, 버스를 타면 집에 도착하기만 기다렸다.

도비는 여전히 소매를 잡아당기고 있었다. 아이작은 어쩔 수 없이 도비 쪽으로 고개를 돌렸다. 가까이서 얼굴을 볼 자신이 없어 일부러 눈의 초점을 흐리게 했지만, 의지와는 상관없이 초점은 곧 다시 맞았다. 도비는 밝은 녹색 눈에, 작고 좁으며 살짝 날카로워 보이는 굉장히 흰 치아를 지니고 있었다. 입술은 매우 얇았지만 피처럼 붉었고, 작고 납작한 코 주변에는 콧물이 말라붙어 있었다. 손은 머리나 목과 마찬가지로 사람의 손이 아닌 것처럼 매우 길쭉했다. 거미 다리처럼 길고 가느다란 손가락은 관절이 이상하게 뒤틀려 있었다. 그리고 그 손에 종이가 한 장 들려 있었다.

"이거 받아."

도비가 이상한 목소리로 말했다. 도비의 목소리는 깊은가 하면 높고 날카롭기도 했고, 단어 하나하나가 불편한 그의 입속을 견디다 못해 탈출한 것처럼 들렸다.

"이거 받아. 주머니에 넣어. 주머니에 가지고 있어."

"연애편지라도 받았냐?"

뚱보가 다시 외쳤다. 신분 상승을 위한 절호의 기회를 포착한 뚱보는 작은 것도 놓치지 않았다.

도비는 손가락 끝으로 종이를 잡고 말했다.

"받아. 주머니에 넣어. 주머니 안에서 보호해 줄 거야. 보호해 줄 거야. 주머니 안에서……."

아이작은 그것을 받고 싶지 않았다. 하지만 이상하게 뒤틀린 도비의 가늘고 긴 손을 더 이상 보고 있을 수가 없어 종이를 받아 펴 보았다. 종이 한가운데에는 장식적인 글씨체의 글자가 채워진 마방진 모양의 글자표(마방진은 원래 가로세로 줄 수가 같은 바둑판 모양의 표에 서로 다른 숫자를 배열해 가로와 세로 그리고 대각선의 합이 같도록 만드는 표로, 마법의 힘을 지닌 것으로 알려짐._역자)가 있었다. 이유는 모르지만, 머릿속에 '고딕풍'이라는 단어가 떠올랐다. 꼭 단어 찾기 퍼즐처럼 생긴 표였다.

U	S	M	O	S	O	S
S	M	O	S	O	S	O
M	O	S	O	S	U	S
O	S	O	S	U	S	O
S	O	S	U	S	M	M
O	S	U	S	M	O	S
S	O	S	O	M	S	U

아이작은 잠시 표를 들여다보았다.

"내가 만들었어. 내가 만들어서 너한테 주는 거야. 너한테 주는 거야. 내가 만들어서……."

그러나 아이작은 종이를 다시 도비에게 돌려주며 "고맙지만 됐어." 하고 말했다.

도비는 고개를 저으며 "너 가져야 해. 너 가지고 주머니에 잘 넣어놓고 가지고 있어야 해. 네 거야. 내가 만들었어. 너를 위한 거야. 너 가져." 하고 말했다.

버스 안의 시선이 아이작에게 몰렸고, 도비의 목소리는 점점 커지고 있었다. 종이의 정체를 알 길이 없는 애들은 키득거리기 시작했다. 아이작은 어쩔 수 없이 종이를 받아 바지 뒷주머니에 넣었다.

"아주 사랑에 빠졌구먼."

뚱보가 외쳤다.

아이작이 새로운 학교에 와서 가장 놀란 것은 아이들의 잔인함이었다. 이 학교에는 순수하고, 고의적이며, 억제되지 않은 잔인함이 있었다. 이런 잔인함을 억제하려는 어떤 내적 혹은 외적인 노력도 없었다. 필라델피아 근처의 푸르른 교외 지역에 있던 예전 학교에서는 상상도 할 수 없는 일이었다. 물론 거기에도 못되게 구는 애들과 문제아가 있었다. 하지만 괴롭힘이라고 해도 어느 정도는 넘지 않았고, 반항적인 행동을 통제하는 보이지 않는 울타리도 존재했다.

문제아였던 드루 넬슨도 그저 도서관에서 책을 쓰러뜨리거나 여자애들 손에 들린 교과서를 탁 쳐서 떨어뜨리는 정도였다. 카터 라스토프도 학교 구내식당에서 음식을 바닥에 던지거나, 가끔 심하면 다른 애들에게 던지는 정도였다. 그리고 이러한 행동은 선생님이나 구내식당 직원의 즉각적이고 단호한 처벌의 대상이 됐다.

그 학교의 스쿨버스 기사였던 호크 아저씨도 나이가 많은 흑인이었는데, 모든 학생이 어려워하며 '선생님'이라고 불렀다. 아저씨는 버스에서 언성 한 번 높인 적 없었지만, 마음만 먹으면 눈빛 한 번으로 모든 학생을 고분고분하게 만들 수 있었다. 아저씨의 모습에서는 아이들을 향한 따스한 마음이 뿜어져 나왔으나 복잡하고 굴곡 많은, 어쩌면 비밀이 많은 어두운 삶을 살아온 사람 특유의 억제된 힘도 느껴졌다. 아이들은 그런 분위기를 느꼈고, 그 때문에 호크 아저씨를 더 좋아했다.

물론 이제 상황이 달라졌다는 것은 아이작도 알았다. 어찌 보면 예전 학교가 남다르게 뛰어난 곳이었다. 예전 학교에서는 모두 학교와 학군에 대해 자부심을 담아 얘기했다. 그 주변에서, 주에서, 혹은 지역에서 최고였다. 사실 새로 온 학교도 시설이 낡거나 뭔가 물질적으로 부족하지는 않았다. 카펫이 닳거나 페인트가 벗겨진 곳도 없었다. 애들이 빈곤하거나 밝은 누더기 옷을 입는 것도 아니었다. 애들을 데려다 주고 태우러 오는 차를 봐도 예전 학교의 주차장에서 본 것들만큼이나 비싼 새 차들이 많았다.

하지만 새 학교는 마치 질서와 규칙이 별로 없는, 전혀 다른 세상에 존재하는 듯했다. 새로 온 학교는 중학교(미국에서는 6학년부터 중학교가 시작됨._역자)였다. 아이작은 필라델피아에서 5학년까지 마치고 6학년이 되어 플로리다로 이사를 왔다. 학교가 변한 게 아니라 중학교에 올라오며 아이들이 변한 것일 수도 있다는 생각이 잠시 들었다. 착하고 순진했던 필라델피아의 친구들도 중학교에 가며 사악하고, 악랄하고, 반항적인 존재가 됐을 가능성도 있다. 하지만 아무리 생각해도 그건 아닌 듯했다.

아이작은 예전 학교에서 문제를 겪은 적이 한 번도 없었다. 심각한 싸움에 휘말린 적도 없었다. 친구들끼리 티격태격한 적은 있지만, 대부분 하루만 지나면 다시 같이 어울려 놀고는 했다. 아이작은 다른 애들보다 키가 약간 작고 조금 통통했다. 그러나 그걸 가지고 놀림을 받거나 따돌림을 당한 적도 없었다. 솔직히 키나 몸매를 의식할 만한 일도 없었다.

하지만 플로리다는 달랐다. 아이작은 등교 첫날, 학생들로 가득 찬 스쿨버스에 올랐다. 버스에 탄 후에는 새로운 아이들, 그들의 옷차림, 분위기를 살폈다.

플로리다는 더웠다. 펜실베이니아의 등교 첫날과는 비교도 할 수 없게 더웠다. 예전 스쿨버스의 좌석 색깔은 올리브색이었는데, 새 학교는 갈색이었다. 버스에 탄 아이들 모두 당연히 모르는 얼굴들이었다. 새로운 곳이라는 것은 아이작도 알고 있었지만, 학교 친구들은 예전 학교와 비슷할 거라고 생각했다.

버스를 탄 아이들은 나이가 들어 보였다. 물론 학년이 바뀌며 아이작도 한 살 더 먹었으나, 어쨌든 예상했던 것보다 더 나이 든 아이들이 앉아 있었다. 남학생 중에는 위협적으로 보이는 수염을 거뭇거뭇 기르고 있는 애들도 있었다. 문신을 한 팔뚝도 눈에 띄었다. 여자애들은 깊이 파인 옷으로 가슴골을 드러내고 있었고, 배꼽티 아래로 피어싱을 뽐내는 애들도 있었다. 같은 6학년들조차도 아이작보다 나이가 들어 보였다. 버스 안에는 아이작처럼 새로 와서 어쩔 줄 몰라 쩔쩔매는 아이가 한 명도 없었다. 모두 시끌벅적하게 대화에 열중하며 들썩들썩하고, 방향을 상실한 에너지를 분출해 대고 있었다. 모두 아이작을 무시하면서도 한편으로는 먹잇감을 살피는 눈길로 주시하고 있었다.

혼자 앉아 있는 애들도 몇 명 있었지만, 다들 바깥쪽에 앉아 있었다. 옆에 앉으려면 앉아도 되느냐고 물어야 할 텐데, 아이작은 별로 그러고 싶지는 않았다. 뒤돌아 생각해 보니(나중에서야 든 생각이지만), 만약 그날 그냥 바깥쪽에 앉은 애들 중 한 명에게 다가가 공격적이지는 않지만 당당한 말투로 "좀 들어가 줄래?" 하고 말한 뒤 앉았다면 모든 게 달라졌을지도 모른다. 나중에 어떤 애가 그렇게 하는 것을 봤는데, 아주 잘 통했다. 하지만 첫날에 그런 것을 어떻게 알았겠는가? 예전 학교에서는 버스에서 다른 사람에게 비키라는 말을 할 필요도 없었고, 새 학교에서는 이렇게 하라고 가르쳐 주는 이도 없었는데 말이다.

그런데 버스 가운데쯤을 보니 다행스럽게도 완전히 빈자리가 하나 있었다. 아이작은 안도감을 느끼며 쭉 들어가 창가 쪽으로 앉았다. 혹시라도 다른 사람이 자기처럼 자리 때문에 곤란해지는 모습은 보고 싶지 않아서였다. 아이작은 관대한 아이였다. 누가 오면 편하게 앉으라고 할 생각이었다.

순간 알 수 없는 본능에 뒤를 돌아보니 덩치 큰 남학생 한 명이 보였다. 눈을 덮는 긴 갈색 머리칼이 멋있어 보이기도 또 위협적으로 보이기도 했다. 남학생은 버스 복도에 선 채 배꼽을 드러낸 어떤 여자애한테 말을 걸고 있었다. 스쿨버스 복도에 서 있다니……. 예전 학교에서라면 상상도 못할 일이었다. 여자애는 남자애와 반쯤은 시시덕거리며, 반쯤은 무시하고 있었다. 별로 대답을 하지는 않았지만, 미소를 지으며 자꾸만 앞으로 내려오는 금발을 가끔씩 쓸어 넘겼다. 그런데 남자애가 갑자기 몸을 쭉 펴며 일어나더니, 성큼성큼 걸어 아이작이 앉아 있는 곳으로 왔다.

"여기 내 자린데?"

남학생이 아이작에게 말했다.

아이작은 잠시 못 들은 척할까 고민했다. 하지만 이미 버스 안의 모든 눈길이 둘에게 쏠려 있었다. 남자애는 큰 덩치에 떡 벌어진 어깨를 하고, 갈색 머리를 얼굴 위로 흐트러뜨린 채 서 있었다. 버스 안의 아이들은 웃으면서 아이작의 자리 쪽을 가리키기도 했고, 신이 나서 돌아보기도 했다. 다들 뭔가 재미있는 일이 생기기를 기대하고 있었다.

아이작은 어떻게 반응해야 할지 알 수가 없었다. 누군가 도와주지 않을까, 어떻게 할지를 알려 주지 않을까 해서 주위를 둘러봤지만 별다른 도움은 없었다. 아이작은 "혹시 안쪽에 앉고 싶어서 그래? 그럼 내가 바깥으로 비켜 줄게." 하고 말했다.

키 큰 남학생, 저스틴 렉터는 마치 록 밴드 공연에서처럼 머리칼을 날리며 고개를 저었다. 뭔가 연습한 것 같은 동작이었다.

"내 자리라고!"

이때까지만 해도 저스틴의 목소리에는 흥미로워하는 기색이 남아 있었다. 너무 어이없는 일이라 그냥 넘길까, 하는 것 같기도 했다.

"자리, 다 내 거라고!"

"오늘이 등교 첫날인데 어떻게 벌써 자리가 정해져 있어?"

아이작은 사근사근하게 말했다. 다른 아이들과는 달리 아이작은 친구들과 싸워 본 적이 없었다. 친구들은 모두 아이작을 좋아했고, 모두 착하고 이성적이었다. 하지만 그런 시절은 거기서 끝났고, 다시 돌아오지 않았다. 저스틴과의 이 첫 만남을 더 생생하게 기억하게 된 것도 바로 그 때문이었다. 아이작은 이러한 변화에 전혀 준비가 되어 있지 않았다.

"너 미쳤냐? 돌았냐고! 여기 내 자리라니까."

저스틴이 아이작에게 말했다.

"지금은 내가 앉았으니까 내 자리지. 어쨌든 같이 앉으려면 앉아."

아이작은 너무 공격적이거나 텃새를 부리는 것처럼 보이지 않으려 애쓰며 말했다.

"일 났네."

버스 뒤쪽에서 누군가 말했다.

"당장 일어나."

저스틴이 말했다.

이건 시험이었다. 시험이 틀림없었다. 만약 아이작이 지금 자리에서 일어난다면 모두 비웃을 것이다. 등교 첫날부터 그런 모습을 보이면 학교에서도 모두 우습게 볼 게 뻔했다. 게다가 저스틴은 딱 보기에도 아이작보다 덩치가 크고 나이도 많아 보였다. 그런 상급생이 아이작을 때릴 리가 없었다. 덩치 큰 아이들은 작은 애들을 괴롭혀서는 안 된다. 그것이 아이작이 알고 있는 절대적인 불문율이었다. 아이작은 자리에 가만히 앉아 있는 것 외에는 할 수 있는 게 없었다.

"별일도 아니잖아."

의도했던 것보다 소심한 목소리로 아이작이 말했다. 그 순간, 저스틴이 아이작의 오른쪽 눈에 주먹을 날렸다. 그리고 그 충격으로 아이작은 창문에 머리를 심하게 부딪쳤다. 저스틴은 커다란 두 손으로 아이작을 자리에서 끌어내 복도에 처박아 버렸다. 바닥에 박힌 입에서는 흙과 고무 맛이 났다. 눈물이 차오르는 게 느껴졌다. 애들이 웃는 소리와 버스 기사가 "젠장!"이라고 말하는 소리가 들렸다. 기사의 목소리에서는 화보다 감탄이 느껴졌다. 마치 아이작의 새아빠가 TV에서 골프 스윙을 볼 때 내는 소리처럼 말이다.

저스틴은 두 자리를 다 차지한 채 다리를 쭉 펴고 앉아 발을 아이작의 등에 올리며 말했다.

"일어나."

아이작은 버스가 학교에 도착할 때까지 울지 않으려 애쓰며 복도에 서 있어야 했다. 귀에는 키득거리는 비웃음소리가 들려왔다. 영화에서처럼 어떤 예쁜 여학생이(아니 사실 별로 안 예뻐도 된다.) 자기 옆자리에 앉으라고 할지도 모른다는 생각을 했지만, 그런 일은 일어나지 않았다.

얼굴이 부어오르는 게 느껴졌다. 아마 학교에 도착하면 선생님들이 어떻게 된 일이냐고 묻겠지만, 아이작은 절대로 입을 열지 않겠다고 생각했다. 아이작이 입을 열지 않으면 선생님들은 다른 애들한테 물어서 결국 진실을 알게 될 테고, 저스틴은 그에 합당한 처벌을 받으리라. 하지만 학교에서는 아무도 그 사실을 묻지 않았다. 수업이 다 끝날 때쯤, 오른쪽 눈에 검붉은 멍이 들었는데도 아무도 그 이유를 묻지 않았다.

아이작이 집에 돌아와 식탁에 앉아 포켓 피자를 먹는 사이, 엄마는 구입해 온 식료품들을 정리했다. 엄마는 주로 택배로 배달된 다이어트 식품을 먹었으므로, 식료품은 대부분 아이작과 새아빠인 행크를 위한 것들이었다. 아이작이 보기에는 딱히 엄마가 최근에 살이 찐 것 같지는 않았지만, 새아빠는 그녀가 다이어트하기를 바랐다.

"등교 첫날은 어땠어?"

아이작의 엄마는 애처로운 눈길로 바나나를 바라보며 아이작에게 물었다.

"괜찮았어요."

"선생님들은 어때?"

"괜찮았어요."

아이작의 엄마는 냉장고에 아이스크림 샌드위치를 넣다가 잠시 말을 멈추었다.

"너 눈이 왜 그래?"

"별거 아니에요."

아이작은 고자질쟁이가 되고 싶지는 않았다. 하지만 그렇게 말하면서도 내심 엄마가 더 캐물어 주기를 바랐다. 쓸데없는 자존심일 수도 있지만 결국은 엄마가 알아주기를 바랐다. 버스에서 빈자리에 좀 앉았다고 웬 8학년짜리 덩치 큰 선배가 오더니 주먹질을 했다고 말하고 싶었다. 하지만 아이작의 엄마는 별거 아니라는 아이의 말을 그냥 받아들였고, 결국 아이작은 아무 말도 할 수 없었다.

아이작은 혹시 새아빠가 엄마에게 '아이도 이제 다 컸으니 자기 일은 자기가 알아서 하게 둬야 한다'고 설득한 게 아닐까 하고 잠시 생각해 봤지만, 그것도 아닌 것 같았다. 아이작의 엄마는 단지, 학교에 갔다가 눈에 멍이 드는 게 꽤 큰일이라는 걸 이해하지 못하는 것 같았다. 아이작의 엄마도, 새아빠도 모두 바빴다.

플로리다에 온 이유는 새아빠인 행크의 직장 때문이었다. 행크는 새 일터에 적응하느라 정신이 없었고, 엄마는 이사 온 집을 꾸미고 정리하느라 정신이 없었다. 손님방에 놓을 가구와 벽지도 골라야 했다. 행크의 새 동료들을 집들이에 초대한 터라 출장 뷔페 업체도 알아봐야 했다. 새 차는 어떤 것으로 살지, 하이브리드로 살지도 고민이었다. 아이작의 부모님은 바빴다.

저스틴에게 맞은 다음 날, 버스에 타 보니 빈자리가 없었다. 옆자리가 비어 있는 아이들도 '너랑은 엮이고 싶지 않아.'라고 말하는 듯 고압적이고 화난 표정으로 아이작을 바라보았다. 마치 제발 옆에 오지 말라고, 자리가 있는지 물어보지도 말라고 애원하는 것 같기도 했다. '저리 가, 왕따 바이러스 옮아.'라고 말하는 것 같은 표정이었다.

학교에서도 아이작에게는 아무도 말을 걸지 않았다. 점심시간에도 혼자 앉아서 밥을 먹었다. 체육시간에는 배구팀을 뽑는데 맨 마지막에 뽑혔고, 경기에도 받아 주지 않았다. 그렇다고 해서 저스틴이 아이작을 따돌리자고 말하고 다닌 것은 아니었다. 스쿨버스 사건에 대한 소문이 쫙 퍼진 것뿐이었다. 뚱뚱한 애들, 괴짜들, 작년에 따돌림을 당했던 애들, 모여서 수집 카드로 게임을 하는 애들도 누가 먼저라고 할 것 없이 가능하면 아이작으로부터 멀리 떨어졌다.

밤이 되면 아이작은 침대에 누워 생각했다. 대체 왜 저스틴이 자기를 가만히 두지 않는지 도저히 이해할 수가 없었다. 꼭 자신의 일이어서가 아니라 책이나 영화에서 일어난 일이라고 해도 이해가 안 될 것 같았다. 자신을 괴롭혀 봤자 딱히 얻을 것도 또 좋을 것도 없을 텐데……. 저스틴은 아이작을 향해 강렬한 반감을 드러냈다.

학년이 다르니 같은 수업을 들을 일도 없었고, 점심시간이 달라서 구내식당에서 마주칠 일도 없었다. 하지만 복도에서 마주치면 괜히 어깨로 치고 가거나 책을 탁 쳐서 떨어뜨리게 만들고는 했다. 손가락을 튕겨 귀를 탁 때리거나 팔을 비틀고, 뒤에서 무릎을 차기도 했다. 한 번은 문이 열린 교실 앞을 지나던 저스틴이 아이작의 반으로 숨어 들어온 적도 있었다. 아이작이 자리에 앉기 직전에 저스틴이 의자를 빼는 바람에 아이작은 그대로 앉으며 꼬리뼈를 바닥에 심하게 부딪혔다. 아이작은 너무 아파서 눈물이 나오려는 것을 애써 참아야 했다. 선생님은 저스틴에게 자기 교실로 돌아가라고 소리를 질렀다. 그러더니 아이작에게도 아픈 척 그만하고 어서 일어나 자리에 앉으라고 호통을 쳤다.

펜실베이니아에서는 한 번도 일어난 적 없는 일이었다. 아무도, 그 누구에게도 이런 짓은 하지 않았다. 아주 극단적인 일탈이 있는 경우에는 학교에서 부모님을 소환하고 상담사를 투입했다. 새 학교에서는 매일 수백 번씩 끔찍한 일이 일어났지만, 조치가 취해지는 경우는 단 한 번도 없었다. 아이작이 멍이 들거나 살이 까지고 부은 채 절뚝거리며 집에 와도 아이작의 엄마는, 무슨 일이 있었는지 아이 스스로 얘기하기를 기다리듯 바라보기만 했다. 물론 아이작은 말을 하지 않았다. 사태가 점점 심각해지는 중에도 마찬가지였다.

등교한 지 2주째가 되던 날, 복도에서 저스틴이 아이작을 불러 세웠다.

"너 내 욕하고 다닌다며?"

아이작은 고개를 저었다. 이건 억울했다. 그렇게 괴롭힘을 당하면서도 단 한 가지, 고자질은 하지 않은 그였다.

"거짓말하지 마."

저스틴이 아이작을 밀치며 말했다. 그때 마침 교감 선생님이 그 옆을 지나갔다. 하지만 선생님은 잠시 의아한 눈빛으로 보는가 싶더니,

야속하게도 그대로 지나가 버렸다.

"거짓말하지 말라고."

저스틴이 다시 아이작에게 말했다.

"네가 욕하고 다녔잖아. 나 그런 거 못 참거든? 아주 본때를 보여 줘야겠어."

그 일이 있은 후, 저스틴은 버스에서 아이작을 볼 때마다 거짓말에 대한 대가를 치르게 하겠다며 언제 한 번 따라 내려서 끝장을 내겠다고 선언했다. 아이작은 사실 저스틴의 말을 믿지 않았다. 하지만 저스틴의 말이 사실인지 아닌지는 곧 알게 될 터였다. 아이작은 일주일 동안이나 말뿐인 저스틴을 보며 정말 실행에 옮길 생각은 없는 것 같다고 안심하기 시작했다. 저러다 언젠가는 흥미를 잃고 잊어 주겠거니 생각을 했다.

하지만 바로 그 다음 날, 저스틴은 드디어 그날이 왔다고 선포했다. 아이작은 버스 맨 앞자리, 도비의 옆에 앉아서 아이들과 버스 기사의 비아냥거림을 무시하려 애썼다. 공포심과 두근거리는 심장, 도비의 걱정스런 눈빛도 무시하려 애썼다. 도비는 자신이 방금 준 종이를 아이작이 주머니에 잘 지니고 있는지 확인했다.

드디어 버스에서 내려야 할 순간이 왔다. 아이작은 잠시 가만히 앉아 있다가 무거운 마음으로 자리에서 일어났다. 다리에서 식은땀이나 바지의 천이 달라붙는 게 느껴졌다. 아이작의 걸음은 느리고 불규칙했다. 신발 밑창이 자꾸 고무로 된 버스 바닥에 걸렸다. 아이작은 혹시나 하는 희망을 품으려 애썼다. 그냥 겁만 주려는 것일지도 모른다는, 장난일지도 모른다는 희망이었다. 아이작은 혹시라도 실낱같은 희망이 사라질까 봐, 괜히 저스틴의 성질을 건드릴까 봐 뒤돌아보지 않았다.

그러나 굳이 뒤돌아볼 필요도 없었다. 바로 뒤에서 움직임이 느껴졌기 때문이다. 고무 밑창이 버스 바닥에 닿으며 찍찍거리는 소리와 함께 버스 기사가 "젠장!"이라고 말하는 소리가 들렸다. 뒤이어 숨죽인 웃음소리가 들렸다. 아이작은 버스에서 내렸다.

플로리다의 늦여름 더위에 숨이 턱턱 막혔다. 38도는 될 법한 더위에 습도도 높았다. 머리 위로는 어두운 구름이 모여들고 있었다. 비가 올 것 같기도 했고, 아닌 것 같기도 했다.

아이작이 내린 곳은 데이트팜런 아파트 단지였다. 집까지의 거리는 800미터 정도였다. 그래서 아이작은 도망치려고 생각했다. 달리기도 꽤 빠른 편이니 갑자기 막 달린다면, 자기만 아는 지름길로 간다면 집에 먼저 닿을 수 있을 것 같기도 했다. 운이 좋으면 가는 길에 경찰차를 만날 수 있을지도 몰랐다. 가능성은 있었다. 하지만 모두 버스 안에서 지켜보고 있는 지금은 차마 도망갈 수가 없었다.

아이작은 몸을 돌려 버스가 떠나는 것을 바라보았다. 버스 창문에 달라붙은 아이들의 얼굴과 고개를 절레절레 젓는 버스 기사의 얼굴 그리고 앞을 똑바로 보고 있는 도비의 얼굴이 보였다. 도비는 항상 알 수 없는 말을 중얼거리는 중인지 입을 쉴 새 없이 움직이고 있었다. 그리고 버스가 떠난 자리에 저스틴 렉터와 그의 친구 세 명이 서 있었다. 모두 기대감에 찬 웃음을 짓고 있었다. 두 명이 하이파이브를 했다.

저스틴이 한 걸음 앞으로 나오며 "맞을 준비 됐냐?" 하고 물었다. 아이작은 대체 어떻게 반응해야 할지 알 수가 없었다. 불과 몇 달 전, 예전 학교에서 아이작은 '재미있는 아이'로 통했다. 아이작이 농담을 하면 다른 아이들, 즉 아이작의 친구들은 모두 낄낄거리며 웃었다. 아이작은 점심시간이나 쉬는 시간에, 가끔은 조용히 수업을 들어야 할 교실에서도 농담으로 친구들을 웃기곤 했다. 그 생각을 하니 그렇게 짧은 시간에 어쩜 이렇게 많은 것이 변했나, 하는 생각이 들었다. 이제 아이작에게는 친구가 없었다. 아이작은 학교에서 아무 말도 하지 않았으며, 특히 수업시간에는 단 한마디도 하지 않았다.

예전의 아이작이라면 지금 같은 곤경에 빠졌을 리 없지만, 만약 곤경에 빠졌다 치더라도 "맞을 준비가 됐냐고? 아니, 사실 지금 준비가 좀 덜 돼서 말이야. 일단 코 좀 파고 와서 얘기하자." 하고 말하며 농담으로 받아쳤을 것이다. 하지만 지금은 어떻게 해야 할지 도저히 알 수가 없었다.

이제 버스가 떠났으니 도망을 갈 수도 있었다. 상대가 자기보다 덩치도 크고, 그쪽이 사람도 많다면 도망가는 게 부끄러운 일은 아닌 것 같았다. 아니면 맞서 싸울 수도 있었다. 이런 경우, 영화에서 보면 주인공이 씩씩하게 맞서 싸우는 용감한 모습을 보고 마음이 변해 자기들 무리에 들어오라고 하던데……. 그런 제의를 단호하게 거부하면 존경의 눈빛으로 바라보겠지? 아니면 그 무리에 들어가서 모든 것을 변화시킬 수도 있을 것이다. 깡패 짓이나 일삼던 애들을 공부 열심히 하는 성실한 학생으로 변화시켜서 불쌍한 애들을 돕는 것이다.

하지만 그런 일은 동화 속에나 있는 얘기였다. 그리고 그런 비현실적인 이야기는 가뜩이나 힘든 아이들의 기분만 더 상하게 만든다. 아이작에게 필요한 건 현실 세계에서나 가능한 답이었다. 아이작은 결국 달아나는 게 최선이라는 결론을 내렸다. 일단은 그곳을 벗어나는 게 중요했다. 나중 일은 나중에 생각하면 된다. 엄마한테 말해서 도움을 받을 수 있을지도 모른다. 아니면 선생님이 도와줄 수도 있다. 아이작은 상황을 알리고 도움을 청할 준비가 되어 있었다. 아니면 혹시 누군가 돕겠다고 알아서 나서 줄지도 모른다. 누군가 상황을 나아지게 만들어 줄 사람이 있을지도 모른다. 하지만 일단 도망치지 않으면 상황은 나아지지 않을 것이다.

그러나 무슨 생각인지 아이작은 도망가지 않고 그 자리에 서서 저스틴을 올려다보았다. 어두운 구름이 더 두텁게 모여들었고, 비가 한 방울 떨어졌다. 짧고, 갑작스럽고, 강렬한 플로리다 여름 폭풍의 시작을 알리는 것 같았다. 아이작은 점점 강해지는 바람에 긴 머리칼을 날리고 서 있는 저스틴을 바라보았다. 저스틴은 강한 적의를 드러내며 씩 웃었다.

그때 모든 이의 예상을 깨고 아이작이 목을 가다듬듯 헛기침을 하더니, "저스트 인 렉텀(Just in rectum, 저스틴 렉터의 이름과 비슷한 발음으로 놀리는 말이며, '항문에만'이라는 뜻._역자)이라고 말했다.

한 걸음 앞으로 나오려던 저스틴이 자리에 굳은 듯 멈추었다. 다른 친구들도 동작을 멈추었다. 단 한 명의 입에서만 여자애처럼 킥킥거리는 소리가 삐져나왔다.

"왜? 아무도 그런 얘기해 준 적 없어? 발음이 엄청 비슷하잖아. 난 이름을 처음 듣는 순간 딱 '대체 얘 항문에 뭐가 있다는 소리지?' 하고 생각했는데……. 대체 뭐기에 입 같은 덴 안 되고 항문에만 있는 걸까? 응? 뭘까?"

저스틴과 그의 친구들의 반응을 본 아이작은 속으로 "됐다!" 하고 외쳤다. 이것이 아이작이 찾은 제3의 방법이었다. 도망가거나 맞서 싸우는 것보다 나았다. 물론 결국에는 도망가거나 싸워야 할지도 모르지만, 마지막 시도를 해봐야 했다. 저스틴의 친구들은 터져 나오는 웃음을 참으려고 애쓰며 고개를 돌리고 있었다.

저스틴은 얼굴이 벌게져서 "이 새끼가!" 하고 외쳤다.

아이작은 그 순간 모든 것을 깨달았다. 저스틴의 터프가이 행세는 사실 다 사람들이 '저스트 인 렉텀'이라고 말하는 것을 막기 위한 방어기제(防禦機制)였음을 말이다. 발음이 너무 비슷해서 아무리 말하고 싶어도 절대 말할 수 없도록, 심지어 그런 생각조차 못하도록 끊임없이 경계하며 폭력적인 모습을 보였던 것이다. 그런데 자신이 그 말을 바로 저스틴의 면전에서 뱉은 것이다. '저스트 인 렉텀'이라는 말이 세상에 나오는 것을 막으려고 만든 방어기제가 거꾸로 그 말을 세상에 풀어놓은 것이다. 사실 그리 놀랄 일도 아니었다. 이것은 역사가 우리에게 주는 영원한 교훈이자, 모든 괴물 영화가 던지는 중요한 메시지다. 영화에서 나오는 바보 같은 악당이나 미치광이들은 어떤 힘이나 지식, 기질이나 과학을 정해진 틀 안에 가둘 수 있다고 생각한다. 그러나 결국 잘못된 판단의 대가로 가장 먼저 그들이 희생되고는 한다.

사실 잘못된 판단의 대가로 희생될 사람이 여기에도 한 명 있었다. 바로 아이작 자신이었다. 아이작은 자신에게 다가오는 불행한 운명을 볼 수 있었다. 영화나 만화에서는 많이 봤지만, 실제 경험하는 것은 처음이었다. 갑자기 모든 것이 슬로모션처럼 느리게 움직였다. 평소에는 산만해서 중요한 것도 놓치기 일쑤인 아이작인데, 이번만큼은 모든 것을 하나하나 다 보았다.

저스틴의 나이키 운동화 신발 끈이 양쪽 모두 풀어져 있는 것이 눈에 들어왔다. 저스틴은 왼발을 들어 한 발짝 앞으로 나오며 오른쪽 신발 끈을 밟았고, 그 상태로 오른발을 세게 들어 올렸다. 신발 끈이 걸렸다.

아이작도 수백만 번은 했던 짓이었다. 세상에 신발 끈 안 밟아 본 사람이 몇이나 될까? 하지만 아이작은 휘청했을 뿐 실제로 넘어져 본 적은 없었다. 아이작은 저스틴도 곧 잃었던 균형을 찾고 다시 똑바로 서리라고 생각했지만 그러지 못했다. 뒤로 한 발짝 물러나거나 팔짝 뛰면서 곧 다시 균형을 잡으리라 생각했지만 저스틴은 실패했다. 균형을 잃은 그는 마치 나무처럼, 사담 후세인의 동상처럼 앞으로 서서히 쓰러졌다.

사실 이때까지만 해도 저스틴은 아이작의 반격을 대수롭지 않게 생각했을 수도 있다. 하지만 아이작의 입장에서는 엄청난 역전이었다. 물론 그런 말을 뱉었다고 싸움에 이긴 것은 아니었다. 결국에는 도망을 가야 할 수도 있고, 도망가다 잡혀서 얻어터질 수도 있었다. 하지만 그런 것은 중요하지 않았다. 아니, 사실 맞는 것은 싫었지만, 그냥 맞느니 한마디하고 맞는 게 나았다. 어쨌든 중요한 것은 아이작이 저스틴을 바보로 만들었다는 점이었다. 저스틴의 친구들은 아마 내일 학교에 가서 아이작이 저스틴에게 한 방 먹이더라고 말할 것이다. 또 저스틴이 혼자 휘청거리다가 꼴사납게 넘어진 얘기도 할 것이다. 그리고 곧 모두 '저스트 인 렉텀'이라고 수군거릴 것이다. 아이작은 불가능한 일이지만, 혹시 자기가 이긴 것일지도 모른다는 생각을 했다.

저스틴의 몸이 땅에 닿았다. 저스틴은 넘어지면서 팔로 땅을 짚지 않았다. 아니, 사실 짚을 수 없었다. 아이작은 저스틴이 넘어지며 재빨리 팔을 뻗는 것을 보았다. 그런데 어쩐 일인지 갑자기 전기 충격을 받은 것처럼 저스틴의 몸에 경련이 일어나며 팔이 제자리로 돌아갔고, 결국 저스틴은 도로가에 난 듬성듬성한 풀과 플로리다 특유의 허연 흙에 얼굴을 박고 넘어졌다.

무언가 깨지는 것 같은 소리가 났다. 부러지는 소리 같기도 하고, 찢어지는 소리 같기도 한 그 소리를 들으니 아이작은 속이 울렁거렸다. 저스틴은 엎어진 그 자세 그대로 움직이지 않았다. 얼굴은 땅을 향하고 두 팔은 몸통에 딱 붙인 채 무릎을 굽히고 양발은 허공에 떠 있었다. 그 모습이 하도 어이가 없어서, 아이작은 저스틴이 일부러 그러는 거라고 생각했다. 저스틴의 친구들도 그렇게 생각했는지 낄낄거리고 웃으며 서로 주먹을 부딪쳤다. 그래도 저스틴이 움직이지 않자, 친구들은 "야, 이제 좀 일어나." 하고 말했지만, 저스틴은 움직이지 않았다.

아이작은 꼼짝하지 못한 채 서서 도망가야 한다고 생각했다. 만약 저스틴이 다쳤다면 저스틴의 친구들이 자신에게 복수할 수도 있었다. 하지만 아이작은 도망가지 않고 앞으로 일어날 일에 대비하며 주위를 둘러보았다. 그 순간, 바닥에 처박힌 저스틴의 얼굴 주위로 피가 고이는 게 보였다. 처음에는 피가 땅으로 스며들어서 잘 보이지 않았다. 하지만 비가 와서 젖은 땅이다 보니 곧 피는 더 이상 스며들지 않고 바랭이풀밭 위로 웅덩이를 이루었다. 아이작도 자세히는 몰랐지만, 피가 그 정도 고이려면 출혈이 어마어마해야 한다는 것은 알았다.

저스틴의 친구들도 사태를 파악했는지, 헉 하고 놀라더니 뭐라고 자기들끼리 중얼거리며 앞으로 나섰다가 다시 멈추었다. 다들 얼굴이 하얗게 질리고 눈은 빨갛게 충혈된 모습이었다. 저스틴의 친구들은 아이작을 바라보았다. 그들의 눈에서는 분노나 비난, 심지어 공포도 찾아볼 수 없었다. 그들의 눈을 채운 것은 그저 혼란이었다.

비가 내리기 시작했다. 하늘에 구멍이라도 난 것처럼 금세 빗물을 퍼부었다. 만약 도망을 간다면 지금이야말로 절호의 기회라는 생각으로 아이작은 달리기 시작했다.

집에 도착한 아이작은 몸을 말리고 옷을 갈아입었다. 이제 모든 것이 달라질 것이 분명했지만, 어떻게 달라질지, 그게 좋은 방향일지 나쁜 방향일지는 알 수가 없었다. 싸움의 결과가 워낙 확실했으니, 적어도 지금보다 나빠질 것 같지는 않았다. 그러나 너무 큰 기대는 하지 않기로 했다. 폭력에 대한 위협만 사라진 채 지금과 똑같이 친구 없이 따돌림을 당하는 상황이 계속될 수도 있었다. 그 정도로도 괜찮을 것 같았다. 학교에 걸릴 것도 크게 걱정되지는 않았다. 어차피 새로 간 학교에서는 무슨 짓을 해도 별다른 처벌을 받지 않았고, 엄밀하게 말해 그가 저스틴에게 무슨 짓을 한 것도 아니었기 때문이다. 어디 가서 자기가 저스틴을 때려눕혔다고 할 수야 없겠지만, 어쨌든 싸움이 끝났을 때 자신이 다친 데 없이 마지막까지 당당히 서 있었던 것은 사실이다. 피를 흘리며 바닥에 쓰러진 사람은 아이작이 아닌 저스틴이었다.

하지만 한편으로는 저스틴이 많이 다친 거면 어쩌나, 하는 생각이 들기도 했다. 만약 저스틴이 죽어서 모두 자신을 탓하면, 저스틴의 친구들이 입을 맞춰 다 자신의 잘못이라고 거짓말을 하면 어떻게 방어해야 할지, 많은 생각이 들었다. 하지만 왠지 그 부분은 별로 걱정되지 않았다. 저스틴의 친구들이 경찰 조사를 받을 때 말을 제대로 맞출 수 있을 만큼 똑똑해 보이지는 않았기 때문이다. 게다가 그들이 굳이 아이작 탓을 하려고 할 이유도 없었고, 굳이 그럴 필요도 없었다. 어쨌거나 저스틴을 건드린 사람은 한 명도 없었다. 혼자 넘어져서 다친 것이었다. 이를테면 가끔 우연히 일어나는 사고 같은 것이었다. 만약 저스틴의 친구들 중 한 명이 저스틴을 다치게 한 거라면 탓할 사람이 필요할 테니 아이작을 모함할지도 모를 일이지만, 지금 상황으로서는 별로 그럴 일은 없어 보였다.

그 순간 아이작은 도비가 준 부적을 기억해 내고는 젖은 청바지 뒷주머니에서 종이를 꺼내 자세히 살펴보았다. 주머니 속의 종이는 비에 젖어 너덜너덜했다. 말도 안 되는 일이었다. 정말 완전히 말이 안 되는 일이었지만, 도비는 이 부적이 자신을 보호해 줄 거라고 말했다. 물론 글자 몇 개 적힌 종이가 사람을 보호한다는 것은 말이 안 됐지만, 아이작이 그 부적을 뒷주머니에 지니고 있는 동안 불가능한 일이 일어난 것은 엄연한 사실이었다. 말도 안 되는 일이기는 했지만, 가능성을 고려해 볼 가치는 있었다.

아이작은 흥분이 차오르는 것을 느꼈다. 그는 평소에 딱히 판타지나 마법에 관심이 있는 아이가 아니었다. 그래서 이런 일이 더 신선하게 느껴졌다. 새 학교로 전학 온 이후 처음으로 뭔가 재미있는 일이 생긴 것이다. 나쁜 일이 아니었다.

저녁 식사를 한 후, 아이작은 컴퓨터로 마방진에 대해 검색해 보았다. 처음에는 무슨 말인지도 잘 모르겠고, 별로 알고 싶지도 않은 복잡한 숫자 퍼즐 같은 것만 나왔다. 하지만 검색을 계속한 결과 아이작은 원하는 내용을 찾을 수 있었다.

검색 결과에 따르면, 도비가 준 표처럼 글자를 배열해서 만드는 부적은 예로부터 존재해 왔다. 애너그램(철자의 순서를 뒤바꾸어 새로운 단어를 만들어 내는 퍼즐._역자) 형태의 이러한 표에는 신비한 힘이 있다는 주장이었다. 창의성이 떨어지는 일부 마술사들이 읊는 '아브라카다브라'라는 주문도 이러한 부적에서 유래되었다. 더 찾아보니 글자나 룬문자로 표를 만들어 강력한 천사를 소환해 자기 마음대로 부린다는 에녹 마법(Enochian magic)이라는 분파까지 있었다.

그 덜떨어진 도비가 이러한 것들을 어떻게 아는지는 미스터리였지만, 더 큰 미스터리는 그런 부적이 실제로 존재한다는 사실 그 자체였다. 아이작은 괴물이나 마법, 보이지 않는 힘에 관심을 가져 본 적이 없었다. 꼬마 시절부터 이빨 요정은 엄마라는 사실을 알고 있고, 침대 밑 괴물이나 장롱 속 유령을 무서워해 본 적도 없었다. 그런데 이 마법의 부적이 나타난 것이다.

아이작은 사실 자신이 그런 부적의 도움을 받았을 가능성조차 묵살하고 싶었지만, 과연 자신의 논리가 맞는지 의심이 들기도 했다. 어린이 과학 잡지를 꾸준히 읽은 아이작은, 세상에는 과학으로 설명할 수 없는 현상이나 말도 안 되는 일이 많다는 것을 알고 있었다. 예를 들어, 중력의 작동이나 꿀벌의 비행 원리는 아직도 밝혀지지 않은 수수께끼였다. 어디서 읽은 바에 따르면, 고양이가 가르랑거리는 원리도 아직 수수께끼라고 했다. 대체 그게 뭐가 어려워서? 고양이한테 참치 같은 것을 주고 가르랑거리는 순간 MRI나 초음파로 촬영을 하면 될 것 같은데……. 하지만 다시 생각해 보면, 세상에는 아이작보다 똑똑한 사람도 많았다. 어느 과학자가 어딘가에서 고양이가 가르랑거리는 원리를 알아내려고 부단히 애쓰고 있을지도 모를 일이다.

아이작의 가족은 무교였고, 아이작도 신의 존재를 믿어야 할지 말아야 할지 고민이었다. 하지만 고민한다는 것은 이미 믿지 않는다는 의미 같기도 했다. 어쨌든 이 세상은 신이 창조했거나 그렇지 않거나, 둘 중 하나다. 그런데 만약 신이 세상을 창조했다면, 그 신은 누가 창조한 걸까? 반대로 세상을 신이 창조하지 않았다면 세상은 어떻게 존재하게 된 걸까? 모든 일에는 원인이 있어야 한다. 종교가 있는 사람들은 신은 언제나 존재해 온 영원한 존재라고 하겠지만, 아이작의 생각에는 그것도 말이 안 되는 것이었다. 모든 것은 무언가로부터 생겨나야 말이 되는 것이다.

하지만 또 생각해 보면, 이 세상이 언제나 존재해 온 영원한 물질로부터 만들어졌다는 얘기보다는 언제나 존재해 온 영원한 신이 이 세상을 만들었다는 얘기가 더 설득력 있는 것 같았다. 가만히 있던 물질로부터 갑자기 세상이 생겨나는 것도 말이 안 됐기 때문이다. 물론 다른 세계에서 온 물질이 이 세계를 만들었다고 생각해 볼 수도 있지만, 그렇다면 그 다른 세계는 또 무엇이 만들었단 말인가? 결론적으로 이 세상을 신이 만들었다면 어쨌든 세상에는 초자연적인 힘이 존재한다는 얘기다. 반면 아이작이 상상할 수 없는 다른 세상이나 물질로부터 생겨난 것이라면, 그 또한 자연적인 힘이든 아니든 간에 미지의 힘이 존재한다는 얘기다. 둘 중 어떤 경우라고 하더라도 아이작은 종이에 그려진 글자표가 힘을 발휘한 모습을 두 눈으로 본 이상, 그 힘을 부정할 수 없었다.

다음 날, 확실히 많은 것이 달라졌다. 우선 버스에서 저스틴이 앉던 자리가 비어 있었다. 아이작은 반쯤은 반항심에서, 반쯤은 그냥 앉을 곳이 필요해서 거기 앉았다. 도비는 학교에 갈 때는 버스를 거의 타지 않았기 때문에, 맨 앞자리에는 예쁘장한 7학년 여학생들이 앉아서 깔깔거리며 대화하고 있었다. 물론 여학생들은 아이작을 쳐다보지도 않았다.

뒷좌석 쪽에는 저스틴의 친구들이 앉아 있었다. 아이작은 눈을 피하지 않았다. 그들이 어떤 식으로 나올지 알아봐야 했고, 어차피 알게 될 거라면 빠른 게 나았다. 저스틴의 친구들은 아이작에게 웃어 보이거나 손을 흔들어 보이며 이리 와 앉으라고 하지는 않았다. 물론 아이작도 그런 것을 기대하거나 원하지는 않았다. 좀 더 정확히는 '거의' 원하지 않았다. 어쨌든 싫어하는 상대여도 무시당하는 것보다는 환대를 받는 게 좋기는 하니까 말이다. 저스틴의 친구들은 아이작을 외면하거나 그에게 욕이나 협박을 하지는 않았다. 한 명은 살짝 고개를 까딱했지만 아이작은 고개를 돌렸다. 잘된 것 같았다. 이제 숨을 좀 돌려도 될 것 같았다.

아이작의 귀에도 곧 소문이 들려왔다. 아이작과 저스틴이 싸우는 중에, 아니면 막 싸우려는 중에 저스틴이 넘어지며 돌인지 유리조각인지 버려진 마약 주사 바늘인지에 눈을 찔렸다는 소문이었다. 어쨌든 아이작은 자신에게는 별일이 일어나지 않으리라는 것을 곧 알 수 있었다. 저스틴의 친구들은 아침 내내 교장실에 불려 가서 자초지종을 설명했다. 저스틴이 아이작을 조금 못살게 굴고, 가끔 거친 장난을 걸었다는 정도로 얘기했다. 저스틴의 친구들도 나름 생각이 있었는지, 사태를 심각하게 만들 '괴롭힘'이나 '협박' 같은 단어는 사용하지 않았다. 그들은 싸움도 별것 아니었고, 그냥 저스틴이 혼자 넘어진 거라고 인정했다.

오히려 모호해진 것은 저스틴의 운명이었다. 저스틴은 그날 가짜로 아픈 척한 게 아니었다. 그는 바닥에 쓰러지자마자 정신을 잃었다. 세차게 퍼붓는 비에 얼굴이 핏물에 다 잠겨도 저스틴은 깨어날 생각을 하지 못했다. 결국 저스틴의 친구들이 어쩔 수 없이 저스틴의 몸을 들어 돌려 눕혔다. 다친 모습을 보고 경악한 친구들은 근처 아파트 단지로 달려가 구급차를 불렀다. 저스틴이 시력을 부분적으로, 혹은 완전히 잃게 될지 어떨지는 아무도 알 수 없었다.

아이작은 하굣길 버스에서 또다시 저스틴의 자리에 앉았다. 버스 맨 앞자리에는 도비가 혼자 앉아 있었지만 아이작은 못 본 척하고 지나갔다. 도비도 아이작이 무시하고 지나가는 모습을 딱히 신경 쓰지 않았다. 아니, 눈치채지 못한 것 같았다. 도비는 언제나처럼 혼자만의 세계에 빠져 팔짱을 끼고 몸을 앞뒤로 조용히 흔들며 "바위, 보, 쌀, 바위, 보, 쌀" 같은 말을 계속해서 중얼거리고 있었다.

상황이 가까스로 역전되고 있는 이 시점에 굳이 도비에게 친절한 모습을 보이는 것은 현명하지 못한 행동 같았다. 물론 자신이 기피 대상에서 조금 벗어난 것은 사실이었지만, 그렇다고 단숨에 뭘해도 괜찮은 인기인이 된 것도 아니었다. 아이작은 아웃사이더와 왕따의 경계선에 서 있었고, 되도록 아웃사이더의 영역에 안착하고 싶었다. 물론 아웃사이더도 별로 좋을 것은 없는 신분이지만, 적어도 왕따보다는 나았다. 어쨌든 아웃사이더로라도 지내려면 덜떨어진 애들과 친하게 지내는 모습을 보일 수 없었다. 차라리 혼자 있는 모습을 보여야 했다.

그러나 아이작은 그 부적에 대해서는 더 알아보고 싶었다. 부적이라는 게 실재하고, 또 효력이 있다면 더 자세히 알아야만 했다. 특히 저스틴이 언제 퇴원해서 복수하러 올지도 모르는 상황에서는 더 절실했다. 꼭 복수까지는 아니더라도 버스의 자리를 다시 내놓으라고 할지도 모르는 일 아닌가?

싸움이 있은 후 사흘째 되던 날, 학교에는 저스틴이 한쪽 눈을 확실히 잃게 되었다는 소문이 퍼졌다. 하지만 나흘째 되던 날에는 눈을 잃은 게 아니라 한쪽 눈이 거의 보이지 않게 되었다는 소문이 다시 돌았다. 그것은 장애를 안고 살게 된 저스틴이 비난할 만한 대상을 찾아 나설 거라는 얘기였다. 지금까지의 행동으로 보아 저스틴은 결코 자기 실수로 넘어져서 그렇게 되었다는 것을 순순히 인정하고 받아들일 인물이 아니었다. 아이작의 탓이라고 생각할 게 분명했다.

아이작은 대책을 세워야 한다는 생각에 도비를 찾아 나섰다. 특수 학급 아이들은 다른 아이들과 특별한 교류 없이 늘 어딘가 어두운 곳에서 따로 놀았기 때문에 학교에서 도비를 찾는 것은 쉬운 일이 아니었다. 그래도 도비의 진짜 이름 정도는 복도를 지나던 부교감 선생님께 물어 쉽게 알아낼 수 있었다.

도비의 이름은 놀랍게도 '캐너버 필립스 주니어'였다. 안 된 일이지만, 장애를 안고 있는 아이에게는 너무도 안 어울리는 격식 있는 이름이었다. 필립스라는 성이 흔하기는 했지만, '주니어'가 붙은 것으로 봐서 도비 아버지의 이름도 '캐너버'라는 것을 쉽게 짐작할 수 있었다. 도비의 부모님이 이혼하지만 않았다면, 잘하면 일이 쉽게 풀릴 수도 있을 것 같았다. 아이작은 집에 돌아와 인터넷을 뒤져 '캐너버 필립스'라는 사람이 사는 곳의 주소를 찾았다. 아이작의 집에서 5킬로미터쯤 떨어진 곳이었고, 바로 가는 버스도 있었다.

그 주 토요일, 아이작은 자전거를 타고 도비의 부모님이 있는 집으로 향했다. 집 앞에 서서 처음 든 생각은 도비의 부모님이 부자라는 생각이었다. 2층짜리의 큰 집에는 발코니와 커다란 수영장이 딸려 있었고, 푸른 잔디밭은 조경이 잘되어 있었다. 아이작은 이런 건축 양식을 '스페인 양식'이라고 한다는 것을 떠올렸다. 집 밖에는 고급 승

용차들이 주차되어 있었다. 차 이름은 알 수 없었다. 하지만 티 하나 없이 매끈하게 반짝이는 차들은 정말 비싸 보였다. 아이작은 집이 이렇게 부자인데, 도비가 왜 스쿨버스를 타는지 이해할 수가 없었다.

아이작은 숨을 한 번 들이쉬고는 초인종을 눌렀다. 잠시 후 피부가 까무잡잡한 금발의 예쁜 여자가 문을 열었다. 여자는 단추를 조금 많이 푼 것 같은 흰색 블라우스를 입고 있었고, 목걸이 줄에 선글라스를 달고 있었다.

"혹시 여기가 캐버너의 집인가요? 캐버너 주니어요."

도비의 진짜 이름을 부르자니 어색했다. 도비의 부모님은 '캐버너'라는 이름을 지었을 때, 아이에게 장애가 있다는 사실을 알았을까?

아이작의 모습을 살피던 여자의 눈빛이 어두워졌다.

"캐버너랑은 어떻게 아니?"

"같은 학교예요."

"학교라고?"

아이작의 말을 따라하는 그녀의 말투에서는 놀라움과 회의 그리고 의심이 묻어났다. 아이작은 도망가고 싶었지만 꾹 참으며 '나쁜 짓을 하는 것도 아니잖아. 그냥 찾아온 건데 뭐.' 하고 속으로 되뇌었다.

"같은 반이니?"

도비의 엄마가 물었다.

"아뇨, 그냥 스쿨버스만 같이 타요."

"혹시 둘이…… 친구니?"

"뭐, 비슷해요. 가끔 버스에서 같이 앉거든요. 어쨌든 물어볼 게 좀 있어서 왔어요."

도비의 엄마는 계속해서 아이작을 자세히 살폈다. 아이작은 나쁜 짓을 하다 걸리기라도 한 듯 마음이 불편했다. 하지만 자기의 외모가 험악하지 않다는 것을 잘 알고 있었고, 도비의 엄마가 뭔가 의심을 한다고 하더라도 도비를 못 만나게 하지는 않으리라고 생각했다. 마침내 그녀는 한 걸음 물러서며 아이작에게 집으로 들어오라고 했다.

그녀는 도비를 불렀다. 하지만 아이작의 엄마처럼 우악스럽게 고함을 지르지 않았다. 도비 엄마의 목소리는 크기는 했지만 마치 음악 소리처럼 부드러웠고, 그러면서도 위엄이 있었다. 다른 방에 있던 도비가 나타났다. 괴상하게도 길고 가는 팔다리를 한층 더 강조하는 반바지와 헐렁한 티셔츠 차림이었다.

"누가 찾아왔어. 친구인 것 같은데?"

그녀의 목소리에 어떻게 된 상황인지 잘 모르겠다는 곤혹스러움이 드러났다. 아마 누군가 도비를 찾아온 게 처음인 것 같았다.

"제 이름은 아이작이에요."

"아이작…… 그렇구나."

도비의 엄마는 마치 시험 삼아 불러 보듯 아이작의 이름을 따라했다.

도비는 그 자리에 선 채 길쭉하고 이상한 머리를 끄덕였다. 얼굴에는 아무런 표정이 없었다. 마치 물 위에 떠 있는 사람처럼 살짝 고개를 끄덕이며 서 있었다. 그러더니 "부적"이라고 한마디를 뱉을 뿐이었다.

둘은 스타워즈를 테마로 장식한 도비의 방에 앉아 있었다. 방에는 TV와 그림책이 있었고, 장난감이 엄청나게 많았다. 특히 불빛을 번쩍이며 삑삑 소리를 내는 전자 장난감이 많았다. 물감과 사인펜, 찰흙과 컬러 볼, 공예용 막대도 많았다. 도비는 미술을 좋아하는 것 같았다. 보바펫과 C3PO(스타워크 캐릭터들._역자)로 도배되지 않은 한쪽 벽에는 도비가 직접 그린 듯한 작품이 있었다. 창가의 이젤 위에 놓인 반쯤 완성된 작품과 스타일이 비슷해 도비의 작품이라는 것을 쉽게 알 수 있었다.

아이작은 도비가 그림을 잘 그린다는 사실이 놀랍기도 하고, 반면 그렇지 않기도 했다. 도비의 작품들은 한눈에 봐도 훌륭해 보이기까지 했다. 그림의 소재는 대부분 사람이거나, 이유는 잘 모르겠지만 음식이었다. 기이한 각도와 특징적인 명암을 사용해 어딘가 뒤틀린 듯한 느낌을 주는 도비의 그림에서는 명료함과 통찰력이 느껴졌다. 아이작은 그 가치를 한눈에 알아볼 수 있었다. 도비에게는 자신만의 뭔가가, 자신만의 스타일이 있었다. 아이작은 질투를 느꼈다. 그리고 이상하게도 이런 의문이 들었다. '혹시 아이작이 그림을 잘 그리는 것도 부적 덕분일까?'

아이작은 주머니에 있던 종이를 꺼내 보이며 물었다.

"이게 뭐야?"

"부적, 표, 마법의 정사각형……. 내가 만들었어. 너를 위한 거야. 보호를 위한 거야."

"나도 알아. 근데 대체 원리가 뭐야?"

"나도 몰라."

도비는 몸을 앞뒤로 가볍게 흔들며 고개를 저었다. 아이작은 도비가 불안하거나 자극을 받아서 그러는 것은 아니라는 사실을 알고 있었다. 그저 늘 하는 행동이었다.

"효과 있어. 맞아. 그냥 있어. 효과 있어."

도비는 그렇게 말하며 책상으로 가서 신발 상자를 가져왔다. 상자 안에는 정사각형, 삼각형, 직사각형, 원, 오각형 표가 그려진 종이가 가득했다. 표에는 알파벳이나 히브리어 철자, 또는 이상한 부호 같은 것들이 채워져 있었다. 도비가 아이작에게 준 부적같이 일곱 칸 정도의 작고 간단한 표도 있었고, 삼각형 안에 원이 들어 있거나 정사각형 안에 삼각형이 들어 있는 복잡한 표도 있었다. 마흔 개나 쉰 개쯤 되어 보이는 글자가 작고 정교하게 인쇄된 커다란 표도 눈에 띄었다.

도비는 종이를 팔랑팔랑 넘기며 뭔가를 찾더니 아이작에게 건넸다.

"주머니에 넣어. 거기 바로 주머니에 넣어."

아이작은 도비가 건넨 종이를 주머니에 넣으며 "이건 뭐하는 부적인데?" 하고 물었다.

"뾰족한 것에 찔리지 않아. 뾰족한 것. 안 찔려. 뾰족한 것……."

"말도 안 돼."

아이작의 말에 도비가 씩 웃었다. 그러자 다 벌어진 치아와 붉은 잇몸이 드러났다. 도비는 아이작에게 바늘을 쥐어 주었다.

바늘은 길고 두꺼웠지만 끝은 아주 가늘고 뾰족했다. 아이작은 그 바늘 끝에 손가락을 대고 눌렀다. 놀랍게도 바늘이 들어가지 않았다. 아플 때까지 다시 꾹 눌러 보아도 눌린 주변의 피부가 흰색, 빨간색, 보라색으로 변할 뿐 바늘이 들어가지는 않았다. 아이작은 주머니에 있던 부적을 꺼내 도비에게 돌려주고는 다시 바늘로 손가락을 찔러 보았다. 별로 힘을 주지도 않았는데 바늘이 들어가며 손끝에서 빨간 피가 났다.

웬만해서는 놀라지 않는 아이작이 깜짝 놀라 자기도 모르게 "우와!" 하고 감탄했다.

"진짜네. 진짜 되네! 진짜야!"

"진짜야."

도비도 말했다.

"진짜, 진짜야."

"근데 어떻게 이런 걸 아무도 모르지? 너 TV에 나가면 유명해질 수 있어! 전쟁에 나가는 군인들한테 안 다치는 특별 부적을 만들어 줄 수도 있잖아! 안 그래?"

도비는 한동안 멍하니 아이작을 쳐다보더니, "아무도 알고 싶어 하지 않아." 하고 말했다.

"아무도 원하지 않아. 원하지 않아. 마법은 원하지 않아. 싫어
해."

"그래, 그래. 싫어하는 사람들도 있겠지. 하지만 난 좋아. 전에
준 그 부적, 난 좋았어."

"넌 괜찮아. 너한테는 괜찮아."

"다른 거는? 또 뭐 있어?"

아이작은 무한한 가능성에 대한 흥분으로 가슴이 부풀어 오르는 것
을 느꼈다.

"좋은 성적을 받는 부적은 없어? 초능력 부적은? 힘이 세지는 거
나 투명인간 부적은 없어?"

"보호. 보호. 우정. 그리고 합한 거. 보호와 우정. 같이……."

그 말을 듣는 순간 아이작은 도비의 부적이 자신을 저스틴으로부
터 보호했을 뿐 아니라 도비와 자신을 친구로 만들었다는 사실을 깨
달았다. 실제로 아이작은 자기 의지와는 상관없이 도비에게 호감을
느끼고 있었다. 그게 부적 때문이었다고 해도 무슨 상관일까. 도비
는 자신에게 놀라운 마법의 힘을 보여 주었고, 모든 이가 자신을 피
할 때 친절하게 대해 주었다. 그러니 부적이 없었더라도 결국은 친구
가 되지 않았을까? 그런 생각이 들자, 그렇다면 대체 마법이란 무엇
일까에 대한 의문이 들었다. 우정은 마법으로 불러올 수 있는 걸까?
아니면 우정 그 자체가 마법인 걸까? 너무나도 오래되고 평범한 마법
이라 다들 대수롭지 않게 생각하게 된 것은 아닐까? 그리고 만약 마
법이라는 것이 우정처럼 나름의 규칙이 있고 예측 가능한 것이라면,
그게 애초에 왜 마법으로 불리는 걸까? 마법이라는 것은 그저 과학이
이해하지 못하거나 아무도 알아채지 못하는 것들을 부르는 또 다른
이름인 걸까?

아이작은 신발 상자 안의 다른 부적들에 대해서도 알고 싶었지만

더 이상 묻지 않았다. 너무 성급하거나 욕심을 부리는 것 같은 모습을 보이고 싶지 않았기 때문이다. 그런 것은 나중에 물어보면 된다고 생각했다. 대신, 아이작은 도비의 그림을 구경하고 함께 TV를 봤다. 그리고 도비의 엄마가 만들어 준 참치 샌드위치와 딸기 밀크셰이크로 점심 식사를 했다. 맥도날드에서 파는 것과는 조금 달랐지만 무척 맛있었다. 아이작은 월요일 스쿨버스에서 도비와 함께 저스틴의 자리에 앉기로 결심했다. 마법 부적과는 상관없는 결심이었다.

아이작이 집으로 돌아가려는데 도비의 엄마가 그를 불러 세웠다. 그녀는 도비의 손과 비슷한 기이하게 길고 아름다운 손가락으로 아이작의 손을 꼭 잡았다. 도비의 엄마는 자꾸 놀러 오다 보면 반할지도 모르겠다는 생각이 들게 할 만큼 정말 아름다웠지만, 한편으로는 도비의 선천적 기형이 어디서 오는지 알 수 있을 것 같은 외모이기도 했다. 둘은 전혀 닮은 곳이 없는데도, 한편으로는 정말 똑같아 보였다.

"우리 도비한테 왜 그렇게 잘해 주니? 너는…… 넌 도비처럼 아프지도 않잖니?"

아이작은 고개를 저으며 "도비가 제게 잘해 준 거예요. 아무도 도와주지 않는데 도비가 절 도와줬거든요." 하고 말했다.

도비의 엄마는 뭔가를 더 물어보려는 듯 입을 벌렸다가 그만두었다. 자기가 관여할 일이 아니라고 생각했을 수도 있다. 늘 누군가와 함께 있어 혼자만의 비밀을 만들기 힘든 도비에게 사소한 비밀 하나쯤은 있어도 괜찮겠다고 생각한 것일 수도 있다.

"뭐 하나만 여쭤도 돼요?"

그러자 도비의 엄마가 고개를 끄덕였다.

"도비를 왜 스쿨버스에 태우세요?"

"그게 무슨 말이니?"

"버스에서 애들이 괴롭히거든요. 장난도 치고, 놀리기도 하고

……. 뭘 던지기도 해요."

그러자 도비 엄마의 얼굴이 굳어졌다. 공포와 경악 그리고 당혹스러움이 느껴졌다.

"그게……. 아니, 도비는 왜 우리한테 그런 말을 안 했지?"

아이작은 "그걸 제가 어떻게 알아요." 하고 말하고 싶었으나 그만두었다. 한편으로는 무례하게 굴고 싶지 않아서였지만, 다른 한편으로는 사실 그 질문에 대한 답을 알았기 때문이다. 그는 그 순간 처음으로 모든 것을 이해했다. '지혜'라고 부를 수도 있을 만한 생각이 떠올랐다. 아이작은 도비가 왜 말을 안 했는지도 알 것 같았다. 그리고 그 이유를 도비의 엄마에게 말하지 말아야 할 이유도 알 것 같았다. 도비의 엄마는 도비가 학교에서 괴롭힘을 당한다는 것을 알고 충격에 빠졌다. 하지만 곧 필요한 조치를 취할 테니, 그거면 충분했다. 모든 것을 다 얘기할 필요는 없었다. 도비가 부모님께 알리지 않은 것이 자존심 때문이었는지, 혹은 반항심이나 부끄러움 때문이었는지는 알 수 없었다. 하지만 도비는 말하지 않아도 당연히 엄마가 알아챌 거라고 생각했을 것이다. 그리고 그의 어려움을 전혀 눈치채지 못하는 엄마의 모습에 실망한 나머지 더더욱 말하지 못했을 것이다.

"또 놀러 올 거지?"

도비의 엄마가 물었다.

"네, 또 올게요."

아이작은 도비의 엄마에게 인사를 하고, 엄마와 새아빠가 기다리는 집으로 돌아갔다. 엄마와 새아빠는 아이작에게 어디에 다녀왔는지 묻지 않았다.

ㅂㅈㅎ
위대한 사건(A Great Event)

_비카스 스와루프

'위대한 작가' 가 우리 집을 찾은 때는 어느 추운 겨울날 밤이었다. 아침에 가벼운 눈이 내려 나뭇가지에 맺힌 얼음이, 새로 들어선 아파트 단지로 향하는 차들이 비추는 먼 별빛 같은 헤드라이트에 반사되어 수정처럼 빛났다.

공기는 살을 에듯 차가웠고, 거리에는 칙칙한 안개가 자욱하게 내려앉아 있었다. 여름에 돌아다니며 봤던 동물들은 모두 동면 중이었고, 추위에 작은 새들도 지저귐을 멈춰 적막하고 무미건조하게 느껴졌다.

넓지만 낡은, 조금은 황폐한 우리 집의 박공지붕 위에는 눈이 푹신한 매트리스같이 두텁게 쌓여 있었다. 하지만 거실 난로에서는 장작이 탁탁거리고 타오르며 기분 좋은 온기를 퍼트려 나갔다. 거실에는 와인 잔 부딪치는 소리와 함께 모두 기대에 차 숨죽여 속삭이는 소리가 가득했다.

벽난로 위 선반에는 액자에 넣은 흑갈색 사진들이 죽 늘어서 있었다. 대부분 할아버지의 사진이었다. 그중 눈여겨볼 사진은 할아버지가 '위대한 작가' 와 함께 군복 차림으로 어깨에 소총을 두르고 나란히 서서 찍은 사진이었다. 카메라를 뚫어지게 쳐다보는 두 사람의 진지한 눈은 밝게 빛났다. 우리는 먼지가 뿌옇게 쌓여 사진조차 잘 보이지 않던 그 액자를 유리 세정제로 정성스레 닦았다. 아빠는 선반에 있던 이 액자를 들고 가서 현관 입구에 걸었다. 집으로 들어오는 모든 사람이 볼 수 있게 하려고 말이다.

'위대한 작가'의 방문에 대비하기 위해 우리는 커다란 소파들을 거실 한쪽으로 치웠다. 우리 집에 모인 사람들이 서로 어울릴 수 있는 공간을 마련하기 위해서였다. 소파를 치웠는데도 거실은 사람으로 가득 차 발 디딜 틈이 없었다. '위대한 작가'가 온다는 말에 온 동네 사람이 다 모인 것 같았다.

사실 그럴 법도 했다. '위대한 작가'는 노벨상을 제외한 모든 주요 문학상을 석권한 유명한 작가였다. 이 나라 국민들은 모두 그 '위대한 작가'의 소설과 시를 읽으며 자랐다. 신문에는 늘 그의 발언이나 과거의 연애사, 업적에 대한 얘기가 실렸다.

그가 우리 동네를 방문하는 건 처음이었다. 몇 주 전 할아버지가 돌아가셨다는 소식을 듣고 조문을 오기로 한 것이다. 그의 주된 목적은 조문이었지만, 사실 아빠는 그의 방문으로 우리가 6개월간 노력했지만 풀지 못한 문제가 해결되었으면 하는 기대를 품고 있었다.

작년까지만 해도 이 거리에 집은 우리 집 한 채밖에 없었다. 집 뒤쪽으로는 울창한 숲이 우거져 있었다. 그런데 수도에서 온 큰 건설사가 땅을 사들여 나무를 베어 버리고, 불도저로 밀어 평편한 대지를 만들더니 높은 아파트를 짓기 시작했다. 우리는 몇 달간이나 공사장에서 들리는 쇳소리에 시달렸다.

그러던 어느 날 갑자기 중앙난방과 수영장을 갖춘, 화강암과 특수 아크릴유리로 덮인 검정색의 고층 건물 세 개가 나타났다. 높은 건물이 들어오자 주변의 다른 집들은 모두 난쟁이 같아 보였다. 건물에서 뿜어져 나오는 조용한 광채는 벽돌과 회반죽으로 지은 우리 집 같은 옛날 건물을 비웃는 것 같았다. 건설사는 아파트 단지까지 아스팔트 도로를 깔았고, 이 도로는 우리 집 바로 앞에 원래 있던 도로와 겹쳤다. 새 도로가 깔리기 전에는 막다른 곳이었던 지점은 작은 L자 모양

교차로가 되었다.

새로 깔린 도로에는 아직 이름이 없었다. 물론 이런저런 의견은 많았다. 꽃 이름을 붙이고 싶어 하는 사람도 있었고, 강 이름을 붙이고 싶어 하는 사람도 있었다. 한 시의원은 별다른 의미는 없지만 현대적인 느낌을 주는 'P 거리' 같은 이름을 제안했다. 우리 가족은 9개월 전에 돌아가신 할아버지의 이름을 붙여 달라고 요청하고 있다. 우리는 그 근거로 할아버지의 '혁명'에 대한 기여, '고국'에 대한 봉사, '국가적 영웅들'과의 친분, 그중에서도 '위대한 작가'와의 친분을 내세웠다. 하지만 시장은 요지부동이었다. 시장은 이렇게 말하고는 했다.

"거리에 사람 이름이 붙으려면 두 가지 요건이 충족돼야 합니다. 첫째, 일단 유명한 분이어야 하고 둘째, 돌아가신 분이어야 합니다. 사망 부분은 충족이 되지만, 선생님 아버님께선 별로 유명하시지 않습니다."

시장에게 할아버지의 명성을 보여 주기 위해서는 '위대한 작가'가 필요했다.

실제로 시장은 그를 보기 위해 오늘 처음으로 우리 집을 찾았다. 뚱뚱한 체형에 콧수염을 기른 시장은 친목 모임에서 노래하는 것을 좋아했다. 아빠는 시장을 바퀴벌레만큼이나 싫어했지만, 거리에 할아버지의 이름을 붙이기 위해서는 시장의 동의가 필요했다.

'위대한 작가'는 기사가 운전하는 크고 호화로운 차를 타고 한 시간 반 정도 늦게 도착했다. 차가 현관 앞에 멈춰 서자마자, 사람들이 그를 보기 위해 앞으로 밀고 나갔다. 두꺼운 목에 돌출된 턱, 무성한 눈썹과 튀어나온 눈, 그리고 아무렇게나 헝클어진 머리칼까지……. '위대한 작가'는 풍채가 당당했고, 나이보다 젊어 보였다. 그는 갈색 스웨이드 바지에 회색 터틀넥 스웨터를 입고, 위에는 트위드 재킷을 걸친 자연스런 복장을 하고 있었다. 그 옆에는 갈색 가죽 치마를 입고 구찌 안경을 쓴, 키가 크고 눈에 띄는 외모의 중년 여성이 서 있었다. '위대한 작가'의 '세 번째 부인'이라고 했다.

시장은 현관으로 황급히 달려 나가다가 아빠한테 걸려서 넘어질 뻔했지만, 어쨌든 '위대한 작가'에게 제일 처음으로 인사를 건넸다.

"이렇게 의미 있는 행사에서 뵙게 되어 무한한 영광입니다."

시장은 작가 옆에서 아부를 하며 마치 자기가 집주인이라도 되는 양 그를 집 안으로 안내했다. '위대한 작가'는 시장을 따라 들어오다가 현관에 걸린 사진을 보고 잠시 멈춰 섰다. 그리고 아빠와 짧게 포옹한 후 악수를 했다.

"삼가 고인의 명복을 비네. 자네 아버지는 진정한 동지였지. 좋은 사람이었어."

우리는 시장을 보며 씩 웃었다. 드디어 시장도 할아버지와 '위대한 작가'의 친분을 작가로부터 직접 들은 것이다.

아빠는 거실이 한눈에 들어오는 벽난로 옆 소파로 '위대한 작가'를 안내했다. 작가가 앉자마자 주일학교 합창단 소년들이 나와서 환영의 노래를 시작했다. 세인트 마이클 성당에서 지난 5일간 연습한 노래였다. 피아노 반주는 셀마가 맡았다. 작가는 지루한 표정으로 듣고 앉아 있다가, 노래가 끝나자 건성으로 박수를 보냈다. 곧이어 합창단의 리더인 호리호리한 소년이 작가 앞으로 나와 인사를 했다. 소년은 긴장하면 말을 심하게 더듬었다.

"선생님, 새…… 새…… 새…… 새로운 소설을 쓰…… 쓰…… 쓰신다는 게 정말인가요?"

그 모습에 우리는 킥킥거렸다.

작가가 앉은 소파 주위로는 어느새 사람들이 큰 원형으로 모여들어, 그를 조금이라도 잘 보려고 서로 밀어 댔다.

"밀지 좀 말아요. 바보 같은 질문도 삼가세요."

작가의 부인이 짜증을 내며 말하고는 아빠를 바라보았다.

"저이는 멍청한 사람들과 함께하는 것을 못 견디거든요. 사실 그냥 사람 자체를 싫어하긴 하죠."

아빠는 고개를 끄덕이며 오늘을 위해 특별히 고용한 웨이터를 손짓으로 불렀다.

흰 재킷에 검정 나비넥타이를 맨 웨이터는 똑똑해 보였다. 그는 속을 채운 그린올리브와 토마토 슬라이스를 올린 달걀 요리가 가득 담긴 쟁반을 양손에 들고 사람들 사이를 돌아다녔다.

그때 지역신문의 편집장이 작가 앞으로 나서며 자기를 소개하고는, 거드름을 피우며 느릿느릿 말했다.

"저는 창작 과정에 아주 흥미가 많습니다. 상상력이 쏟아 내는 예상치 못한 진실들을 보자면 늘 경이롭죠."

"예상치 못한 것들은 절대 세상의 위대한 진리를 잡아 낼 수 없소."

작가가 날카롭게 받아쳤다.

"제게 있어서 집필은 진실입니다. 글을 쓴다는 건 자유가 된다는 거죠. 선생님도 그렇지 않습니까?"

"그렇지 않소."

이어진 편집장의 질문에 작가는 고개를 저으며 말했다.

"글을 쓴다는 건 일종의 노예 상태가 되는 거요. 단어에 묶이고 말지. 자유는 언어를 뛰어넘어야 누릴 수 있는 것이오."

"혹시 마르케스의 최근작을 읽어 보셨습니까? 정말 놀라운 작품이죠."

편집장은 얘기를 좀 더 가벼운 주제로 돌렸다.

'위대한 작가'는 손을 내저으며 일축했다.

"흠, 마르케스는 한물갔소. 이번 작품도 놀랍기는커녕 수치에 가깝지."

작가는 편집장과의 대화에 질려 훈련 중인 군인들처럼 와인이 정렬해 있는 바로 눈을 돌렸다. 아빠의 와인 컬렉션은 괜찮은 편이었다. 좋은 로제 와인 몇 병과 포르투갈산 마데이라 몇 병, 그리고 스페인산 카바 와인이 몇 병 있었다. 하지만 아빠가 가장 아끼는 와인은 27년 동안이나 개봉하지 않고 묵혀 둔 프랑스산 보르도 빈티지 와인으로, 할아버지께 물려받은 것이었다. 아빠는 그것을 친구들이 왔을 때 가끔 가지고 나와서 보여 주기만 할 뿐, 절대로 개봉하지는 않았다.

"지금쯤이면 상하지 않았을까요?"

우리는 아빠가 저장고에 갈 때마다 물었다. 아빠는 와인 병에 쌓인 먼지를 닦는다며 저장고에 갔지만, 사실은 그냥 그 와인을 한 번씩 손에 들어 보고 싶어서 가는 거였다.

"아니야, 좋은 와인은 시간이 지나며 맛이 더 좋아진단다. 5년만 더 숙성시키고 마시자."

아빠는 그렇게 말하고는 했다.

작가가 웨이터의 재킷을 잡아당겼다.

"혹시 마실 것 좀 있나?"

작가는 웨이터가 든 쟁반에서 올리브를 집으며 말했다.

"난 집에서는 주로 포르투갈 럼을 마시는데, 여행 중에는 프랑스산 레드 와인만 마신다네."

그리고 통통한 올리브를 입에 넣었다.

"괜찮은 보르도 와인 있으면 가져와요."

"죄송합니다, 부인. 프랑스산 와인은 없습니다. 대신 맛있는 지역산 메를로 와인이 있는데, 어떻습니까?"

작가 아내의 요구에 웨이터는 쟁반 두 개의 균형을 잡으며 소심하게 말했다.

"프랑스 와인이 없다고요?"

작가의 아내가 아빠를 쏘아봤다.

"보르도, 보르도 와인을 가져와!"

작가까지 테이블을 주먹으로 쾅 내리치며 외쳤다.

거실에는 완벽한 침묵이 찾아옴과 동시에 모든 눈길이 아빠에게 꽂혔다. 편집장은 발을 동동 굴렀고, 시장은 입이 마르는지 입술에 침을 축였다.

"저장고에서 보르도 와인을 가져오게."

낮게 말하는 아빠의 목소리에서 슬픔이 느껴졌다.

그때 보석상을 하는 노인이 작가와 악수를 하려고 앞으로 나왔다. 노쇠한 노인의 얼굴에는 주름이 깊었다.

"난 이 동네에서 나이가 제일 많은 사람이라오. 원래는 두 번째로 많았는데, 내 라이벌이 지난주에 죽었지."

주름이 자글자글한 손을 내미는 보석상의 목소리가 떨렸다. 작가는 근엄하게 고개를 끄덕이고는 마치 하늘에 감사하듯 위를 올려다보았다.

마침내 웨이터가 왼손에는 보르도 와인을, 오른손에는 와인 오프너를 들고 나타났다. 웨이터가 작가에게 병을 보이자, 작가는 코웃음을 치며 "이게 대체 무슨 와인이지?" 하고 물었다.

"최고의 와인입니다. 샤토 무통 로쉴드죠. 1945년 빈티지입니다."

아빠가 답했다.

"지금쯤이면 안에서 썩었겠네."

작가의 아내가 코웃음을 치며 말했다.

"여시오."

작가가 단호하게 요구하며 큰 손으로 손뼉을 쳤다.

아빠는 웨이터가 와인 오프너를 돌려 넣어 코르크를 뽑는 장면을 고통스럽게 지켜보았다. 코르크가 뽑히는 가벼운 소리가 나고, 곧 피처럼 붉은 액체가 크리스털 디캔터로 쏟아져 들어갔다.

잠시 후, 작가는 잔을 들어 와인을 한 모금 음미하더니 벌컥벌컥 들이켰다. 붉은빛 거품이 턱을 타고 흘러내려 스웨터로 떨어졌다. 그의 얼굴이 상기되며 눈이 반짝 빛났다.

"좋은데? 드디어 먹을 만한 게 좀 나오는군."

작가는 아빠의 팔을 잡아끌어 자기 옆자리에 앉혔다.

"가족에 대해 얘기해 주게. 자네 아이들은 뭐하나?"

그러자 아빠의 표정이 밝아졌다.

"네, 아들 여섯에 딸 둘을 두고 있습니다. 자식이 여덟 명인데, 그중 일곱은 문학과는 거리가 멀죠. 마치 눈과 불처럼 멀다고나 할까요?"

아빠는 우리가 서 있는 쪽을 애매하게 가리키며 말했다.

작가는 아빠의 비유를 잠시 음미하더니 다시 물었다.

"그럼 나머지 한 명은?"

"아, 다섯째 라울입니다. 심성이 아주 곱고 섬세하죠."

아빠는 그렇게 말하며 피아노 근처에서 셀마와 얘기하고 있던 라울을 손짓으로 불렀다.

"라울은 사실 이제 막 피어나기 시작한 작가입니다. 물론 선생님만 한 재능이야 없지만, 나름 유망하죠."

작가는 계속 와인을 홀짝거렸다. 소파로 다가가는 라울의 얼굴이 긴장으로 씰룩거렸다.

"라울은 주로 낭만주의 시를 씁니다."

아빠는 사과하듯 소심하게 덧붙였다.

"지역신문에 정기적으로 기고하고 있죠."

"내가 시 집필을 그만둔 이후로 이 나라의 시문학은 혼수상태에 빠졌지."

작가가 말했다.

"라울의 작품을 좀 보시겠습니까? 마음에 드실 겁니다."

아빠가 조심스럽게 말하자, 작가는 마음대로 하라는 듯 끙 하는 소리를 냈다.

"어서 가서 노트 가져와."

그 반응을 보고 아빠가 라울에게 말했다.

라울은 계단을 달려 올라가 파란색 노트를 가져와서는 탁자 위에 올려놓았다. 그리고 구불거리는 검은 머리칼을 쓸어 올리며 뼈다귀를 기다리는 강아지처럼 소파 옆에 서 있었다. '위대한 작가'는 노트를 휙휙 넘겨보더니 조용히 눈으로 몇 줄을 읽어 내려갔다. 그러더니 별안간 노트를 내팽개쳤다.

"한심해! 하찮은 잡문이야! 무슨 놈의 낭만주의가 이렇지? 열정이라곤 찾아볼 수가 없잖아!"

작가는 라울을 비웃었다. 작가가 얼굴을 찡그리자 무성한 두 눈썹 사이로 주름이 잡혔다.

"내가 시를 그만두며 이 나라의 시를 혼수상태에 빠뜨렸다면, 자네 같은 자들은 이 나라의 시를 죽이고 있어."

라울의 얼굴이 창백해지며 경련이 심해졌다. 셀마는 울음을 터뜨렸다.

그녀가 눈물을 흘리자, 작가의 굳은 표정이 조금은 부드러워졌다. 그는 라울을 소파에 앉히며 물었다.

"올해 몇 살이지?"

"열일곱 살입니다."

라울은 눈을 내리뜨고 답했다.

"아직 어린아이구만!"

"아닙니다!"

라울이 발끈하며 말했다.

"저는 이 동네에서 글을 제일 잘 씁니다. 하지만 은둔할 수 있는 저만의 공간이 없어서 작품에 집중할 수가 없어요. 새로운 생각을 하려면 고독과 자유가 필요한데, 형제자매가 일곱이나 되니 불가능합니다."

라울은 비난의 눈길로 우리를 쳐다보더니 다시 말을 이었다.

"하지만 저는 위대한 작가가 될 겁니다. 선생님처럼요."

라울이 눈을 똑바로 뜨고 자신을 바라보며 말하자, 작가가 웃으며 물었다.

"위대한 작가가 되기 위해 가장 중요한 게 뭔지 아니?"

"상상력 아닌가요?"

"아니, 경험일세. 위대한 작품을 쓰기 위해서는 위대하고 가치 있는 경험을 해야 하지. 경험에서 기억이 나오고, 기억에서 상상이 나오는 법이거든……."

우리는 대화를 조금이라도 더 자세히 들으려고 위대한 작가의 근처로 모여들었다. 우리는 작가의 입에서 나오는 대칭적인 문장과 율동적인 단어 그리고 단호한 의견에 경외심을 느꼈다.

"하지만 경험이라면 저도 많습니다. 어머니와 할아버지의 죽음을 보았고, 기쁨과 슬픔, 사랑의 떨림도 느껴 보았습니다."

라울이 그렇게 말하며 셀마를 바라보자, 셀마가 얼굴을 붉혔다.

"하! 그런 사소한 일들을 가지고 경험이라고? 인생의 위대한 사건은 어디 있는 건가?"

"위대한 사건이오?"

당황한 얼굴로 라울이 물었다.

"그래, 위대한 사건! 인생을 과거와 미래로 나누는 중대한 경험!

격정적인 힘으로 인생을 바꿔 놓는, 그래서 본질의 일부가 되어 버리는 그런 사건 말일세! 그런 사건만이 천재적인 창작력의 원천이 되는 법이지."

"그럼 선생님의 위대한 사건은 무엇이었습니까?"

"혁명이지. 당연히 혁명이야!"

작가가 외쳤다.

"언어의 흐름은 핏줄 속을 흐르는 피의 흐름과 같아야 해. 나 자신이 혁명이었기 때문에 나는 혁명적인 시를 썼네. 우리 인생은 혁명에 사로잡혀 버렸지. 반면 자네 같은 젊은이들은 돌아볼 만한 기억이 없어. 그래서 그렇게 부자연스럽고 작위적인 시가 나오는 거야. 위대한 사건 없이는 절대 성숙한 작가가 될 수 없을 걸세."

"하지만 혁명은 이미 40년 전에 끝나 버렸는데요."

라울이 주먹을 쥐고 항의하듯 말했다.

"그럼 가서 새로운 혁명을 시작하게."

작가는 이렇게 말하고는 와인을 꿀꺽꿀꺽 마셨다.

라울은 냉소적인 표정으로 노트를 집더니 거실을 나갔다. 아빠는 걱정스런 모습으로 재빨리 라울을 따라 나갔다.

잠시 뒤 시장이 '위대한 작가'의 옆자리에 미끄러지듯 앉았다.

"어린놈이 기고만장한 게 꼴사나웠는데, 말씀 잘하셨습니다."

그는 낮은 목소리로 말했지만, 우리는 그 말을 또렷이 들을 수 있었다.

"지난주에는 글쎄, 자기 시를 안 실어 줬다고 잡지 편집장에게 주먹을 휘둘렀습니다. 경찰서에 쳐 넣을까 했지만, 아무래도 이 댁 할아버님이 선생님과 친분이 있기도 하고……."

"사람을 때렸다고? 내 눈엔 얌전해 보이던데……."

작가는 놀란 듯 묻고는 잔을 비웠다.

"말씀도 마십시오. 라울은 정상이 아닙니다. 발작도 자주 일으킨 다고 하더군요. 한 번 발작을 시작하면 장정 셋이 달라붙어야 한 다고 합니다."

시장은 은밀한 목소리로 속삭였다.

작가는 "흥미롭군." 이라고 말하더니, 와인을 더 마셔야겠다고 말 하며 손가락으로 웨이터를 불렀다.

웨이터는 작가가 있는 쪽으로 달려왔다.

"병이 다 비었군. 저장고에 프랑스 와인 더 없나?"

우리는 고개를 저었다.

"그럼 이제 어쩌란 말이지?"

작가가 짜증을 냈다.

"이번에 새로 뽑힌 대통령에 대해서는 어떻게 생각하십니까? 경 제적 비전이 대단하지 않나요?"

편집장이 다시 한 번 작가의 환심을 사려 애쓰며 물었다.

"비전 따윈 보이지도 않소. 길고 어두운 심연뿐이지."

"비전이 오기 전의 심연일 수도 있지 않을까요? 낮이 오기 전에 밤이 있는 것처럼요. 저희도 이제 회복의 길로 들어서고 있지 않 습니까?"

"말기 환자에게 회복은 없소. 죽음만이 있을 뿐……."

작가가 건조하게 말했다.

"옳은 말씀이오."

보석상 주인이 말했다.

"나는 암에 걸렸는데, 의사 선생이 말하길 쏜살보다 빨리 죽을 거라고 하더군."

작가는 얼굴을 찡그리며 "부적절한 비유로군." 이라고 말했다. 그리고 부인에게 "보르도 와인 어딨어!" 하고 호통을 쳤다.

통통한 여자들과 얘기를 나누고 있던 작가의 아내는 무리에서 떨어져 나와 웨이터를 찾았다.

"남편에게 와인을 갖다 주지 않으면 당장 집으로 돌아가겠어요."

그녀는 특정한 대상도 없이 협박하듯 외쳤다.

아빠는 웨이터와 대책 회의에 들어갔다.

그 순간 라울이 오른손에 뭔가를 꼭 쥔 채 다시 나타났다. 머리는 온통 헝클어지고, 얼굴에는 가끔씩 발작이 있을 때 나타나는 광기 어린 표정이 내비쳤다. 그는 작가가 앉아 있는 소파로 다가갔다.

"내 시가 말도 안 된다고?"

라울의 멍한 눈이 호수 속의 동전처럼 반짝 빛났다.

"아니, 당신 말은 틀렸어. 나도 작가처럼 생각하고 느낄 수 있다고. 인간으로 살아간다는 게 어떤 건지도 잘 알아. 나는 세상의 몸짓과 형태를 기억할 수 있어. 내 마음속에 언어를 저장할 수 있다고!"

라울은 작가에게 조금씩 다가가며 말했다.

그때 작가의 아내가 앞으로 나서며 라울의 어깨를 잡으려 했다. 그 순간 라울은 팔꿈치로 그녀를 세게 밀치고, 비틀거리던 몸을 똑바로 세웠다.

"당신이 내 시는 무시해도 이건 무시할 수 없겠지."

라울은 손에 들린 칼집에서 칼을 천천히 뽑았다. 벽난로의 오렌지색 불꽃이 매끈한 칼날에 반사되었다. 작가는 뒷걸음질을 하며 소파로 파고들었다. 시장은 슬금슬금 문 쪽으로 기어갔다. 아빠는 무슨 일이 벌어지고 있는지 전혀 모른 채 여전히 한쪽 구석에서 웨이터와 무언가를 상의하고 있었다.

라울은 오른손으로 칼을 단단히 잡은 채 작가의 바로 앞에 섰다.

"오늘 당신이 한 말 중 한 가지는 맞아. 그래, 나에겐 영감이 될 만한 '위대한 사건'이 필요해."

그렇게 말하며 그는 '위대한 작가'의 목을 칼로 찔렀다.

"으윽⋯⋯."

작가는 목을 움켜쥐며 신음했다. 손가락 사이로 검붉은 피가 쏟아져 나왔다. 그는 앞에 있던 탁자 위로 쓰러졌다.

"꺄아!"

작가의 아내가 날카로운 비명을 질렀다.

"경찰 불러!"

시장이 외쳤다.

웨이터가 쟁반을 땅에 떨어뜨리며 요란한 소리가 났다. 아빠는 소파로 달려가 라울이 저지른 짓을 보더니 자리에 주저앉고 말았다. 라울은 여전히 멍한 눈으로 거친 숨을 몰아쉬며 피로 얼룩진 칼을 꼭 쥐고 서 있었다.

"보르도가 상했어."

아빠는 그렇게 중얼거리면서 머리를 가슴으로 떨구고는 바닥에 쓰러지고 말았다.

열흘 후, 우리는 흐린 하늘 아래 검은 우산을 들고 집 앞 L자 교차로 앞에 섰다. 비가 세차게 쏟아지는 가운데, 시장이 리본을 자르고 새로운 거리의 이름을 공개했다. 교차로 표지판에는 커다랗고 짙은 파란색 글씨로 '위대한 작가'의 이름이 새겨져 있었다.

소년과 강아지(Boys and Dogs)

_엘리자베스 헤이

"지금까지 해본 일 중에서 제일 나쁜 일이 뭐예요?"

아들이 차 안의 조용한 공기를 깨고 뒷좌석에서 질문을 던졌다. 나는 뒤를 돌아보았다. 이발할 때가 꽤 지난 머리에 헐렁한 티셔츠를 입고 8월의 햇볕에 새까맣게 탄 아들의 모습이 눈에 들어왔다.

"어디 보자. 작년에 사람을 하나 죽였고……."

내가 장난을 치자, 아들은 아주 잠깐 동안 미소를 지었다. 그리고 진지한 대답을 기다리듯 가만히 있었다. 나는 눈을 돌린 채 잠시 생각에 잠겼다. 인터뷰 내용을 편집해서 특정인을 나쁜 사람처럼 보이게 했던 일, 화를 참지 못해 아이들 팔을 있는 힘껏 잡고 흔들어 댔던 일, 남편에게 비난을 퍼부었던 일, 그리고 내 모든 글이 떠올랐다. 하지만 '제일 나쁜 일'이라고 할 만한 일들은 아니었다.

"생각 좀 해봐야겠는데?"

내가 말했다.

우리는 래너크 근처를 지나고 있었다. 이제 곧 작은 마을 하나가 나타날 참이었다. 내리막길을 달려 다리를 건넌 후 곡선 도로를 지나면 정말 아름다운 노란 집 한 채가 숲을 등지고 서 있다. 우리 부부가 그리고 우리 부모님이 동경했던 집이었다.

어린 시절에 부모님은 차를 타고 그 집 앞을 지날 일이 있을 때마다 차 속도를 늦추며 "정말 예쁜 집이야." 하고 말하고는 했다. 어릴 때는 부모님의 그런 갈망에 짜증이 날 때도 있었지만, 지금은 충분히 이해할 수 있다.

남편은 아들의 질문에 망설이지도 않고 한 번에 답했다.

"그때 내가 정신이 어떻게 됐던 것 같긴 한데……. 형한테 하도 오래 괴롭힘을 당해서 그런지 기회가 오니까 거부할 수가 없더라고. 여름 캠프에서 있었던 일이지……."

아들은 남편의 뒤통수를 바라보았다. 남편은 근육질의 목에 꽤 넓은 어깨를 드러내고 있다. 머리칼은 곱슬한 갈색이었다. 젊은 시절에 찍은 사진 중에는 머리를 등 중간 정도까지 늘어뜨린 것도 있는데, 지금은 짧다. 귀 뒤쪽으로 동그랗게 말린 안경테 끝부분이 걸려 있는 게 보였다.

"여덟 살 때였는데, 이상하게 어떤 애 한 명을 괴롭히고 싶은 거야. 캠프가 진행된 일주일 동안 엄청 못살게 굴었어. 제발 그냥 내버려 두라고 사정을 하는데도 말이야. 그러다 마지막 날에는 그 애 입을 주먹으로 때려서 피가 나게 했지."

"벌 받았어요?"

나도 궁금했다.

"아니. 그냥 넘어갔어."

남편은 도로를 주시하며 왠지 모르겠다는 듯 고개를 저었다.

"엄마는 이제 생각났어요?"

나는 고개를 돌려 다시 아들을 쳐다보았다. 호기심 넘치고 포기를 모르는 우리 일곱 살배기 아들……. 아들에게는 친구가 별로 없었는데, 이유를 알 수가 없다.

"응, 생각해 봤는데……. 아무래도 엄마가 한 최악의 일은 행동이 아니라 생각인 것 같아."

나는 그렇게 말하고는 "넌 뭔데?" 하고 물었다.

그러자 아들은 "몰라요." 하고 말하며 자기 손을 내려다보았다.

나는 집에 와서 아들에게 책을 읽어 주었다. 원래는 딸과 방을 함께 쓰는데, 딸은 보스턴에 있는 할머니 댁에 가 있었다. 태어나서 처음으로 방을 혼자 쓰게 되었는데도 아들은 별로 달가워하지 않았다. 나는 아들에게 오디세우스 이야기를 읽어 주었다. 20년의 방랑 끝에 고향에 돌아온 오디세우스를 아무도 알아보지 못하고, 오디세우스의 개만이 알아봤다는 이야기였다. 나는 책을 읽어 주다 말고 "엄마가 한 제일 나쁜 짓이 생각났어." 하고 말했다.

"뭔데요?"

"키우던 개를 다른 사람에게 줘 버렸어."

"스탠요?"

"응."

"그래서 어떻게 됐는데요?"

"차에 치여 죽었어."

나는 예전에 들려준 적이 있는 이야기를 아들에게 다시 한 번 들려주었다. 첫 번째 결혼 생활이 끝나고 이혼 후, 스탠을 키우고 싶다는 친구가 있어서 주었다. 처음에는 사정이 있어서 잠시 맡긴 거였는데, 서부의 널찍한 집에서 잘 지내는 것 같았고, 친구가 키우는 셰인이라는 개와도 아주 잘 어울린다기에 흔쾌히 허락한 것이다. 그러던 어느 날 스탠이 교통사고로 죽게 되었다. 그 후 셰인이 스탠을 많이 그리워했다고 한다.

"왜 줬어요?"

"여행을 좀 하고 싶었거든. 꽤 오래 집을 비워야 했어."

나는 아들에게 굿나잇 키스를 하고 아래층으로 내려왔다. 하지만 아들은 쉽사리 잠들지 못하는 것 같았다. 방에 누나가 있었으면 하는 눈치였다. 딸아이는 늘 문 쪽으로 얼굴을 향하고 잤다. 아들이 그 이유를 묻자 어디선가 도둑들은 주로 창문이 아니라 문으로 들어온다는 얘기를 들었다고 했다. 옆으로 누워 자느라 귀가 아플 텐데도, 딸은 늘 문 쪽을 바라보며 잤다.

아이는 일어나자마자 학교 생각을 했다. 이런 경향은 9월이 되어 새 학기가 다가올수록 심해졌다.

하루는 아침에 내가 아래층에서 돌아다니는 소리를 듣더니 옷을 입고 내려왔다. 아이는 식탁에 앉아 스포츠 기사를 읽고, 코코아를 마시며 시리얼을 조금 먹었다. 조금 더 먹으라고 하자, 더는 못 먹겠다고 했다. 왜냐고 묻자, "토할 것 같아서 못 먹겠어요. 학교 가기 싫어!" 하고 외쳤다. 알고 보니 소풍을 가기 전 부모님의 사인을 받아서 제출해야 하는 학부모 동의서를 학교에 놓고 왔기 때문이었다.

"엄마가 선생님한테 편지 써 줘요. 안 그러면 나 소풍 못 간단 말이에요. 빨리 써 줘요."

분명 소풍은 다음 주에 가는 것으로 알고 있고, 그러면 학교에서 통지서를 가져와 사인을 받아 가면 될 텐데, 왜 또 고집을 부릴까. 하지만 고집쟁이 아들을 설득하는 게 쉽지 않다는 것을 알기에 그냥 편지를 써 주기로 했다. 나는 위층 책상에 앉아 선생님에게 간단한 편지를 써서 아이에게 주었다. 아이는 다시 아침 식사를 하고 있었다.

"편지 잘 챙겼지?"

나는 이미 조금 늦은 시간에 현관을 나서는 아이를 붙잡고 물었다.

"배낭에 있을 거예요."

나는 배낭 속을 살폈다. 하지만 배낭보다는 주방에 있을 가능성이 더 높다고 생각했다. 그래서 주방을 뒤져 봤는데 편지가 없었다. 아이도 배낭 주머니를 전부 열어 살펴보았다.

"주방에 다시 살펴봐."

내 말에 아이는 고무장화를 신은 채로 현관을 가로질러 주방으로 달려갔다. 그리고 이내 다시 쿵쿵거리며 돌아와 배낭 속과 코트 주머니를 살폈다.

그 모습을 지켜보던 나는 다시 주방으로 갔다. 이번에는 있었다. 편지는 뒷면을 위로 한 채 신문 밑에 깔려 있었다. 나는 편지를 들고 나와 아이의 손에 쥐여 주며, "너 때문에 짜증 나." 하고 한 단어씩 강조하며 말했다. 그리고 아이의 가방을 들어 어깨에 둘러 주는데, 아이가 고개를 돌렸다.

여전히 짜증이 난 상태였지만, 나는 아이를 안아 주었다. 아이는 꿈틀거리며 내 품을 빠져나가 버렸다. 그리고 화나고 상처받았을 때 늘 그렇듯 소리를 질렀다. 아이는 나만큼이나 상대를 잘 비난했고, 나보다 더 감정 기복이 심했다.

나는 낡은 빨간색 스웨터를 입고 앞 베란다에 앉아 집을 나선 아이의 모습을 바라보다 아이의 이름을 불렀다.

"마이크! 마이크!"

아이는 뒤를 돌아보고는 다시 앞을 보고 걸어갔다. 그러더니 모퉁이에서 길을 건너기 직전 다시 한 번 재빨리 뒤돌아보았다. 나는 빨간 스웨터에 늘 입는 검정 바지 차림으로 팔짱을 끼고 그 자리에 있었다. 그리고 다시, 아이는 시야에서 집이 사라지기 직전에 세 번째로 빠르게 뒤돌아보며 내가 있는지 확인했다. 나도 물론 아이를 보며 그 자리에 서 있었다.

나는 아이의 질문을 떠올려 보았다. 사실 아이가 처음 물어본 순간부터 그 질문이 머릿속을 떠나지 않았다. 그 질문은 까만 장화를 신고 다 튼 손등으로 눈물을 훔치며 등교하던 아이의 뒷모습처럼 내 뇌리에 깊이 남아 있었다.

하루가 아무 일 없이 평온하게 흘러갔다. 오후 3시 반이 되자 학교에서 돌아온 마이크가 문을 두드리며 "안녕? 우리 울보 엄마!" 하고 외치는 소리가 들렸다. 우리는 한바탕 웃고는 기분이 좋아졌다. 아이는 식탁에 앉아 초콜릿 과자를 두 개 먹고, 따라 준 우유를 반쯤 마셨다.

"마저 마셔."

"싫어요!"

그 단호한 대답에 내가 웃음을 터뜨리자 마이크도 따라 웃었다.

잠시 뒤 나는 아이에게 "밖은 어때?" 하고 물었다.

"비오고, 흐리고, 따뜻하고, 푸르러요. 근데 지구 반대편은 지금 어둡겠죠? 그게 어떻게 가능하지?"

마이크는 책 읽은 것을 줄곧 자랑했다. 그리고 얼마나 읽었는지 기억해 뒀다가 나를 보면 말하고는 했다. 24쪽까지 읽었어요. 32쪽까지 읽었어요. 자려고 누운 아이에게 굿나잇 키스를 해주려고 몸을 굽히면 또 불렀다.

"엄마."

"왜?"

"저 다 읽었어요."

"와, 대단하네."

아이는 책이 67페이지였네, 89페이지였네 말하며 자랑을 했다.

나는 마이크 곁에 무릎을 꿇고 앉아 아이 얼굴에 내 얼굴을 비볐다.

"엄마, 뭐 먹었죠?"

난 웃으며 "응, 어떻게 알았어?" 하고 물었다.

"애플파이구나!"

가끔 아이가 머리가 아프다고 하면 나는 아이의 이마를 짚어 주었다. 눈이 나빠져서 안경을 맞추려고 했지만, 의사는 다시 저절로 회복될 수도 있으니 6개월만 기다려 보자고 했다. 하지만 마이크는 시력이 좋아지지 않기를 바라고 있다. 벌써 자신이 쓰고 싶은 안경까지 다 골라 두었다. 안과 진열장에 있던 녹색 테 안경이었다. 어두운 데서 빛이 나는 교정기와 보정기도 갖고 싶어 했고, 롤러브레이드도 사달라고 했다.

하지만 마이크가 가장 갖고 싶어 하는 것은 따로 있었다. 바로 8월에 마크 프리스트의 집에 갔을 때 본 작은 토끼였다. 마이크는 내게 몇 번이고 그 토끼 얘기를 했다. 롤러브레이드보다 토끼가 더 좋다는 얘기도 했다.

그때 마이크는 마크 프리스트의 집에 있는 작은 토끼를 한참 동안 안고 있었다. 나는 혹시 토끼 발톱에 손을 긁힐까 봐 내 가죽 장갑 한 짝을 벗어 마이크에게 주었다. 아이는 장갑 낀 손에 토끼를 올려놓고는 나머지 한 손으로 토끼의 머리와 등에 난 부드러운 갈색 털을 쓰다듬었다. 구석에서는 네드라는 개가 거대한 황색 머리를 둥지에 들이밀고 토끼들을 넋 놓고 바라보더니 예쁘다는 듯 핥아 주었다.

"토끼들이 마음에 드나 봐."

마크 프리스트가 말했다.

열린 창문으로 비둘기가 드나든 일과 네드가 꼬리를 너무 세게 흔드는 바람에 엄마 토끼가 맞아 넘어지고 만 작은 해프닝도 있었다.

마이크가 여섯 살에서 일곱 살로 또 일곱 살에서 여덟 살로 넘어가던 그 시절, 나는 마이크의 존재를 무시하고는 했다. 하지만 마이크는 순순히 무시당하는 타입이 아니었다. 아이는 내가 하는 모든 말에 토를 달거나 내 엉덩이를 세게 치기도 했다.

하루는 목욕을 하다가 자기 다리에 자국이 있다며 나를 불렀다. 청바지에 눌린 자국이었다.

"바지에서 난 자국이야."

내가 설명했다.

"시계를 찼다가 풀면 손목에 자국이 남는 것처럼요?"

"응."

"시계를 찼다가 풀면 손목에 시간도 남아요?"

나는 발뒤꿈치로 서서 마이크를 쳐다보았다. 마이크를 보고 있으면 흥미롭다가도 걱정스럽고, 또 힘들기도 했다. 아이의 질문을 마냥 재미있게만 듣기에는 너무 진지했다. 마이크에게는 중간이 없었다. 집에 있으면 나를 졸졸 따라다니며 가만히 두지를 않거나, 「땡땡(Tin Tin)」이나 「아스테릭스와 오벨릭스(Asterix and Obelix)」 같은 책에 빠져서 꼼짝을 안 하거나 둘 중 하나였다.

손목에 시간이 남느냐는 질문을 한 지 얼마 지나지 않은 어느 날, 주방 창문으로 참새가 날아 들어왔다. 나는 창틀에 앉은 참새를 잠시 살펴보다가 마이크에게 "어제 학교에선 별일 없었니?" 하고 물었다.

마이크는 나를 쳐다보더니 아무 일도 없었다고 단호하게 말했다. 하지만, 사실 그 전날 밤에 나는 마이크의 선생님으로부터 전화를 받았다. 점심시간에 학교 식당에서 남자애 세 명이 마이크를 붙잡고 주먹과 발로 때리더라는 얘기였다.

엄마.

복도 쪽에서 마이크의 목소리가 들려왔다.

나는 잠시 기다렸다 눈을 뜨고는 침대 머리맡에 놓인 시계를 보려고 눈을 비볐다.

엄마.

다시 작은 소리가 이어졌다. 나는 마이크의 방으로 갔다.

"왜 그러니, 마이크?"

옆에서 자고 있는 딸아이가 깰까 봐 나는 목소리를 줄이라는 뜻으로 입술에 손가락을 대고 물었다.

"무서운 꿈을 꿨어요."

나는 마이크의 침대에 걸터앉아 아이의 이마와 손을 쓰다듬었다.

"사고가 나서 차에 갇혔어요."

"그랬니? 꿈에서 무슨 일이 있었는데?"

내가 아이의 손을 잡아 주며 물었다.

"사고가 나서 차에 갇혔어요."

아이는 조용한 목소리로 다시 똑같은 말을 했다. 그리고 내 눈을 바라보며 "못 자겠어요." 하고 말했다.

나는 "괜찮아, 그냥 꿈이니까 걱정하지 마," 하고 말하며 마이크를 달래고는, "기분 좋은 생각을 해보는 건 어떨까?" 하고 제안했다.

"어떤 거요?"

"마크 프리스트의 집에 있는 토끼들은 어때? 품에 안고 있다고 상상해 보렴."

"알았어요. 고마워요, 엄마."

다시 침대로 돌아갔지만 나 역시 잠이 오지 않았다.

한 시간 후에 마이크가 방으로 찾아왔을 때, 나는 눈을 감고 있었다. 아이는 나를 살짝 건드리며 "엄마!" 하고 불렀다. 배가 아프고 머리가 어지럽다고 했다. 나는 아이를 화장실로 데리고 가서 소변을 누였다. 그리고 다시 각자 침대로 돌아갔다.

하지만, 아이의 숨소리와 함께 뒤척이는 소리가 들렸다. 10분 후, 나는 다시 아이의 방으로 갔다. 말을 걸자, 아이는 눈을 감은 채 얘기했다. 정말 잠들었는지 확인하기 위해 나는 아이의 옆얼굴에 내 얼굴을 지그시 갖다 댔다. 아이의 귀가 차가웠다.

마침내 마이크는 잠들 수 있었다.

새벽 6시쯤 들여다봤을 때도 마이크는 자고 있었다. 아이의 귀는 창문만큼이나 차가웠다. 창문 아래로는 작은 뒤뜰과 그에 접한 골목이 보였다. 처음 이사를 왔을 때만 하더라도 골목에는 차가 다니지 않아서 마치 19세기의 거리를 옮겨 놓은 것처럼 풀이 무성했다. 그러나 이웃 주민 몇 명이 뒤뜰을 주차장으로 사용하는 바람에 흙이 여기저기 뒤집히고 패였다.

내가 스탠을 친구에게 준 것은 1982년 12월이었다. 아니, 1983년 3월이었다. C와 함께 살던 집을 어렵사리 팔고 대븐포트가의 아파트로 이사를 마친 후였다. C는 12월이 되어 집에서 먼저 나갔다. 그 탓에 예정되어 있던 크리스마스 파티 몇 개를 취소하고, 나머지 초대받은 파티에는 혼자 가게 됐다고 양해를 구해야 했다.

12월인데도 날씨가 굉장히 따뜻했다. 신문에서 열 살 소녀가 맨발로 돌아다녔다는 신문 기사를 본 기억이 있을 정도다. 나는 창문을 열어 놓고 책상 앞에 앉아 일을 했다. 어둡고 따뜻한 공기가 들어와 종이를 날렸다. 1월에는 눈이 아주 많이 내렸다. 나는 여기저기 쌓인 눈 더미 사이를 걸어 집으로 가며 혼자라는 것을 새삼 느꼈다. 집에 도착하니 스탠이 나를 기다리고 있었다.

스탠은 갈색과 검은색 털이 섞인 잡종 개였다. 콜리와 뉴펀들랜드, 독일 셰퍼드의 피가 섞여 있었다. 그리고 몇 살이었더라? 그렇게 아꼈는데, 이제 나이도 기억하지 못하다니……. 인간의 마음이란……. 나는 자리에 앉아 거꾸로 과거를 짚어 갔다.

어떤 할머니로부터 스탠을 처음 받은 게 1976년이었다. 강아지를 애지중지했던 그 할머니는 강아지를 위해 특별히 스튜를 만들어 주기도 했는데, 플러피 비슷한 이름으로 불렀던 것 같다. 스탠을 친구에게 준 것은 1983년이었고, 스탠이 사고로 죽은 것은 1985년이었다. 그러니 여덟아홉 살 정도 되었을 것이다. 스탠은 수선스럽지만 다정하고 상냥한 개였다.

당시 우리 집에는 흰색 마쓰다 픽업트럭이 있었다. 스탠은 그 차에 두 명이 타고 있을 때는 늘 가운데 자리에 앉았고, 한 명만 타고 있을 때는 운전자에게 딱 달라붙어서 타고 갔다. 친구들 중 한 명은 "아주 애인이 따로 없어." 하고 농담을 하고는 했다. 북부 쪽에 살 때의 얘기다.

나는 스탠을 무척 사랑했다. 생각보다 강한 애정에 스스로 놀랐다. 개를 처음 키우는 것도 아니었다. 어린 시절에 내가 자란 집에도 개가 있었고, 그 개는 가족의 사랑을 모두 독차지했다. 개가 우리에게 보인 애정만큼이나 우리도 그 개를 아꼈다. 하지만 그 개도 결국 나중에는 어딘가로 보내야 했다. 그럴 만한 사정이 있었다. 언제나 마찬가지로⋯⋯.

집에는 늘 음식 부스러기가 떨어져 있었다. 치즈 조각에서 사과 조각까지⋯⋯. 마이크는 손가락 끝으로 음식을 파내 조금씩만 먹었기 때문에 먹는 것보다 흘리는 게 더 많았다. 베개 밑에는 동그랗게 뭉친 코딱지가 여러 개 달라붙어 있었다. 또한 윗니로 아랫입술을 자꾸 무는 버릇이 있어 마이크의 아랫입술은 언제나 빨갛게 부어올랐다. 마이크는 내 팔의 살이 보들보들하다며 주무르고 만지는 것을 좋아했다. 아이는 '보들보들'이라는 단어가 좋다고 말했다.

아빠의 생일 때는 누구에게도 축하 전화가 오지 않자, 두 삼촌인 척하는 생일 축하 카드를 써서 아빠의 베개에 올려놓기도 했다.

생일 추카해 마크

선물 마니 바다
조은 생일 보내

_조니와 렉스가

마이크 아빠의 생일은 밸런타인데이기도 했다. 마이크는 좋은 기분으로 하교해 평소에 늘 하던 대로 쿠키 두 개와 우유 한 잔을 마시고 거실로 가서 책을 읽었다. 나는 아이가 혹시 밸런타인데이 카드를 받아오지는 않았을까 해서 가방 속을 살펴보았다. 하지만 카드는 한 장도 없었다. 다행히 아이는 별로 속상해 하는 것 같지 않았다.

저녁을 먹고, 피아노 연습을 하고, 목욕을 할 때까지도 큰 사건 없이 지나갔다. 그런데 일과를 마치고 자려고 누운 아이가 갑자기 "카드 하나도 못 받았어요." 하고 말했다.

"그랬어?"

"한 장도요."

누운 아이를 내려다보니 안쓰러움과 조바심 그리고 걱정과 피로가 한꺼번에 몰려왔다.

"맥스도 안 줬어요. 빈스도……."

"남자애들은 원래 밸런타인데이 카드 같은 건 잘 안 쓰잖아. 맥스랑 빈스는 너 좋아하니까 너무 걱정하지 마."

"하나도 안 좋아해요. 내가 말해도 하나도 안 들어."

마이크는 맥스와 빈스 그리고 나도 다 싫다고 했다. 아이는 복수라도 하듯 계속 화를 내며 잠을 자려고 하지 않았다. 그 때문에 나 역시 잠을 이룰 수가 없었다.

"한 장도 못 받았어."

마이크가 중얼거렸다.

"요만한 것도 못 받았어."

그리고 손가락을 몇 센티 벌리며 다시 말했다.

"공기만 한 것도!"

"아이가 맞춤법은 잘하는 편이에요."

면담을 하러 학교에 찾아가니 마이크의 선생님이 말했다. 사실 찾아간다고 해도 전화로 나눈 얘기 외에 더 들을 말이 있는 것 같지는 않았다.

선생님은 마이크가 맞는 것을 직접 보지는 못했다고 전했다. 학생 식당 직원이 보고 걱정이 되어서 자신에게 알려 주었다고 했다. 선생님은 자기가 알기로는 적어도 그런 일이 또 일어나지는 않은 듯하며, 교실에서도 그런 일이 일어난 적은 한 번도 없다고 말했다. 앞으로 주의해서 잘 살펴보겠다는 말도 덧붙였다.

"왜 그런지는 모르겠는데, 아이가 동네 애들과 놀지를 않아요. 이 동네로 이사를 온 지도 1년이 넘었는데 잘 어울리지 못하는 것 같아요."

차마 입이 떨어지지 않아서 나머지는 말하지 못했다. 마이크가 동네에서 길거리 하키를 하지 않는 유일한 아이라는 것도, 어제 주민센터 체스클럽에 갔다가 집으로 가는 길에 동네 아이들과 마주쳤는데 아무도 마이크를 쳐다보지 않더라는 말도 차마 할 수가 없었다.

내가 "좀 놀고 싶으면 그렇게 해도 괜찮아." 하고 말해도, 마이크는 "별로 그러고 싶지 않아요." 하고 말을 했다.

어느 날, 머리 위로 젖은 눈이 떨어졌다. 마이크는 "이건 이름이 뭐예요?" 하고 물었다.

"눈은 아닌 것 같고, 비도 아니겠지? 질척거리는 눈?"

"틀렸어요. 이건 수분이에요."

마이크에게는 숙제가 없었지만, 딸아이는 숙제가 너무 많아 울기 직전이었다. 숙제를 하던 딸아이는 철자를 하나도 모르겠다며 짜증을 냈다. '흔들의자'를 쓰던 아이는 결국 연필을 탁자에 던져 버렸다.

"맞춤법을 4년이나 공부했는데, 이런 것도 모르다니!"

그나마 마이크가 맞춤법이라도 잘한다고 하니 다행이었다. 아니, 그렇게 착각했다.

다음날 아침 새벽 6시 15분, 마이크는 아래층으로 내려와 전날 마크 프리스트에게 편지를 쓰겠다고 끄적거리다 만 종이를 꺼냈다. 그리고 '친애하는'이라는 단어를 쓰다가 몇 번 지우더니 투덜거리다가 종이를 한쪽으로 밀어 내며 결국 포기해 버렸다.

그러다 다시 종이를 끌어오더니 '친애하는'을 한 번 더 썼다 지우고 "바보 같아! 멍청이 같아!" 하고 외쳤다.

탁자 끝에 앉아 커피를 마시며 책을 읽고 있던 나는 마이크의 모습에 슬슬 짜증이 나기 시작했다. 그걸 느낀 마이크는 더 크게 화를 냈다. 결국 나는 마이크에게 편지를 쓰려면 조용히 쓰고, 아니면 다시 가서 자라고 했다. 하지만 마이크는 여전히 화를 내면서 "멍청이! 멍청이! 멍청이 같아!" 하고 중얼거리며 종이를 이리저리 밀어 댔다. 나는 마이크가 쓰던 연필을 집어 들고 말했다.

"연필은 어느 쪽으로 쓰는 걸까?"

마이크가 나를 쳐다보았다.

"이쪽? 아니면 이쪽?"

나는 아이가 웃으리라 생각하며 연필 끝에 달린 지우개와 연필심을 번갈아 가리키며 물었다. 하지만 아이는 웃지 않았다. 마이크는 화를 풀고 싶어 하지 않았다.(나도 잘 이해하는 감정이었다.) 아이는 편지의 첫마디도, '친애하는'이라는 단어도 제대로 쓰지 못했다. 마이크는 어차피 토끼를 키우지는 못한다는 것을 알고 있었다. 내가 싫어했기 때문이다. 마이크는 그 뒤로도 한동안 종이를 이리저리 밀어 댔다. 참다못한 내가 화를 내며 말했다.

"일찍 일어나서 조용히 커피 좀 마시며 책 좀 읽으려고 하는데, 왜 그렇게 와서 골을 부려. 편지 쓰러 왔으면 그냥 얌전히 편지나 써!"

그리고 쿵쾅거리며 위층으로 올라갔다.

내 행동을 바라보던 마이크는 시리얼을 꺼내 그릇에 부었다. 그러면서 몇 개는 일부러 바닥에 떨어뜨렸다. 나는 바닥에 시리얼 흘리는 것을 싫어했다.

"이제 됐어?"

마이크가 외쳤다.

그리고 아주 오랫동안 「영국에 간 아스테릭스(Asterix in Britain)」를 읽었다.

10월 첫째 주에 눈이 왔다. 오타와에는 가끔 이른 겨울이 찾아온다. 사람들은 언제나 우울해 하기도 또 좋아하기도 했다.

새벽 6시 15분, 마이크가 서재 문을 열고 들어왔다. 내가 회전의자를 돌리자 아이는 무릎에 올라와 앉았다.

"혹시 내 바지 빨았어요?"

"왜?"

뭔가 또 일을 저지른 것 같았다.

"주머니에 2달러 동전이 있었어요."

나는 옷장 속 세탁물 바구니에서 마이크의 바지를 찾아 건넸다. 마이크는 양쪽 주머니를 두 번씩 뒤져도 동전이 나오지 않자 짜증을 내며 바지를 던져 버렸다.

아이가 던진 바지의 주머니 한쪽 깊은 곳에 손을 넣어 보니 동전이 잡혔다. 나는 커다란 2달러 동전을 주머니에서 꺼내 아이에게 주었다. 몇 달 후 아이는 그렇게 찾은 동전을 삼켰고, 결국 응급실에 실려가 장장 다섯 시간에 걸친 진료 끝에 기다란 집게로 동전을 꺼내야 했다.

어쨌든 당시에는 아직 멀쩡하고 차가웠던 동전을 손에 쥔 마이크, 내 아들은 나에게 당장 이웃집에 가서 「호빗(The Hobbit)」을 빌려 오라고 난리를 쳤다. 이웃집에서 '언제라도' 빌려 주겠다고 한 게 화근이었다.

"안 돼, 너무 이르잖아. 다들 자고 있을 거야. 이따가 가서 빌려 다 줄게."

아이는 복도로 뛰쳐나가 자기 방에 틀어박혀 버렸다.

그러더니 다시 곧 "엄마!"하고 불렀다.

나는 눈을 질끈 감았다. 가슴속에 짜증과 답답함이 기포처럼 차오르는 게 느껴졌다. 이럴 때의 아이 말투를 어떻게 설명해야 할까? 독단적인? 폭군 같은? 전제적인?

나는 마이크의 방으로 갔다. 침대에 누워 있던 아이가 고개를 돌려 사납게 비난하는 눈으로 나를 쏘아보았다.

"왜 거짓말했어요?"

"그게 무슨 말이야?"

"「초원의 집(Little House in the Big Wood)」 빌려다 놓는다고 했는데, 없잖아요!"

나는 아이를 바라보았다. 2층 침대 위 칸에서 자고 있는 딸아이가 깰까 봐 걱정됐다. 나는 마이크의 손을 잡고 아래층 거실로 내려와 의자에 앉혔다. 그리고 책을 손에 쥐여 주었다.

잠시 후, 싱크대에서 커피포트를 씻고 있는데 마이크가 다가왔다. 아이는 분노로 시뻘게진 얼굴로 첫 페이지의 '옛날 옛날에'라는 단어를 가리키며 빽 소리를 질렀다.

"진짜도 아니잖아!"

아이가 했던 제일 나쁜 일이 뭔지는 결국 알아내지 못했다. 몇 년 후, 나는 마이크에게 혹시 그런 질문을 했던 것을 기억하는지 물었다. 무슨 생각을 하다가 그렇게 물은 것일까? 하지만 열다섯 살의 마이크는 기억나지 않는다며 고개를 저었다. 빈스에 대해서도 물었다.

"혹시 그때 빈스랑 사이가 안 좋았니?"

"빈스요? 두 가지밖에 기억 안 나는데……. 그때 여덟 살이었다는 거랑, 나한테 무척 잘해 줬다는 거랑……. 나도 빨리 여덟 살이 되고 싶었어요."

다시 몇 년 후, 나는 첫 남편과 헤어졌고 스탠을 맡겼던 친구를 만날 수 있었다. 친구는 스탠이 얼마나 착한 개였는지 얘기해 주었다. 그런데 이런저런 얘기를 나누다 보니, 스탠이 죽은 이유가 내가 알고 있는 것과 영 달랐다.

친구가 들려준 얘기는 이랬다. 당시 친구의 부인이었던 조앤은 성격이 많이 예민했다. 그녀는 둘이 하와이로 휴가를 떠나기 직전, 친구에게 말 한마디 없이 스탠과 함께 키우던 셰인을 안락사시켰다. 이상행동을 보이며 가끔 사람을 물기까지 한다는 게 이유였다. 셰인이 죽자 혼자 남은 스탠은 셰인을 찾아 돌아다녔고, 결국 그러다 차에 치였다고 했다.

나는 가만히 앉아 친구로부터 실제로 스탠에게 어떤 일이 있었는지 들었다. 예전에 들은 설명과 다르다는 티도 내지 않고 아무 말도 하지 않았다. 새로운 이야기를 흡수하고, 또 그 이야기가 사실인지 생각하느라 정신이 없었다. 예의를 지키느라, 놀라느라, 그리고 마음 아파하느라 정신이 없었다.

왜 난 물어볼 생각을 안 했을까? 아니, 왜 난 내 아들에게 '친애하는'이라는 단어의 철자를 알려 줄 생각을 못했을까? 왜 "좀 도와줄까?" 하고 가만히 물어볼 생각을 하지 못했을까?

마이크는 예전부터 개를 키우고 싶어 했다. 사실 토끼를 키우고 싶다고 조르기 전부터 개를 갖고 싶어 했다. 개에 관해서는 슬픈 기억이 있었지만, 나는 아들의 소원을 들어주기로 했다. 그래서 우리는 검정 래브라도 종을 직접 키우고 분양한다는, 동네에서 꽤 떨어진 사육장까지 찾아갔다. 그런데 막상 찾아가 보니 우리가 기대하던 곳이 아니었다. 전문적인 사육장이 아닌 그냥 길가에 있는 작은 농장이었고, 농장 주인도 그냥 살아 보려 애쓰고 있는 평범한 여자였다. 개를 보러 왔다고 하니, 그녀는 우리를 한구석에 있는 헛간으로 안내했다. 어두컴컴한 헛간 안에는 크고 사나운 검정개들이 있었다. 그 일이 있은 후 마이크는 전처럼 개를 키우겠다고 조르지 않았다.

"왜 이제는 개를 사 달라고 안 하니? 엄마가 키워도 된다고 허락했잖아. 마음이 바뀐 거니?"

어느 날 내가 물었다.

"아뇨, 개는 아직도 키우고 싶어요. 하지만 엄마가 원하지 않는데 굳이 그럴 필요는 없잖아요."

아이의 갑작스런 태도 변화는 원래의 공격적인 태도만큼이나 나를 혼란스럽게 했지만, 적어도 마음은 놓였다.

어느 날 아침, 병원에서 진료를 받고 돌아와 그릇장에서 컵을 꺼내려는데 주방으로 아침 햇살이 쏟아져 들어왔다. 쏟아져 들어오는 햇살과 함께 마이크와 함께한 순간들이 하나하나 떠올랐다. 걸어서 학교에 가는 모습, 집으로 돌아오는 모습, 1년은 더 입겠구나 생각하며 빨려고 내놓았던 재킷, 오래 신기려고 산 커다란 부츠, 수선이 필요한 올 모자, 산만한 공부 시간, 점심시간과 쉬는 시간, 학교에서 돌아와 배가 고프다고 말하며 사과·치즈·쿠키·코코아·먹다 남은 샌드위치·크래커까지 한꺼번에 먹어 치우던 모습, 노래 가사와 대화 내용, 사람과 사건에 대해 무서울 만큼 정확한 기억력, 나와 자기 아빠에 대한 정서적인 애착, 누나에 대한 애증의 감정, 눈 깜짝할 사이에 커 버린 모습, 부드럽던 저녁 인사, 기운이 넘치던 아침 인사, 마이크의 방에서 들려오던 책장 넘기는 소리, 거실을 끊임없이 빙빙 돌던 모습, 나에게 던지던 농담들, 갑자기 부끄러워하던 모습……. 나는 자리에 선 채 주방을, 우리의 작은 세상을 채웠던 마이크의 모습을 떠올렸다. 마이크는 어쨌든 스탠보다 오래 살아남았다. 주방을 채운 것과 똑같은 햇빛이 마이크의 교실 창문으로도 쏟아지고 있겠지. 마이크는 이제 예전처럼 초조해 하지도 않고, 친구도 꽤 생겼다. 하지만 아이는 여전히 혼자였다. 나처럼……. 잠시, 시간이 속도를 늦췄다. 이유는 설명할 수 없지만, 쏟아지는 햇빛 속에 아이의 삶과 아이의 모든 것이 내 삶의 일부로 변해 있음을 느꼈다.

폭로(Kiss and Tell)

시몬의 반 아이들 중에는 또래인데도 벌써 꽤 성숙해 보여 눈에 띄는 애들이 몇 명 있었다. 조금 위압적으로 보이기도 했다. 그런 아이들은 종종 자기들끼리 모여 이런저런 소문을 속닥거렸다. 가끔은 대화 사이사이로 한숨을 쉬기도 하고, '꺄악' 하는 소리와 함께 웃음을 터뜨리며 누군가를 은근슬쩍 쳐다보기도 했다. 몇 명은 이미 어른인 양 굴었다.

제인 존스는 벌써 가슴이 꽤 발달했다. 제인의 가슴은 남자애들 사이에서 음담패설의 '약속의 땅'이었고, 제인의 목에는 거의 늘 키스 마크가 있었다. 샨 젠킨스는 주말에 남자 친구와 같이 랜디드노에 있는 나이트클럽에 다녀온 얘기를 자랑스레 떠벌이고는 했다. 샨의 남자 친구는 동네에 새로 들어온 독일 슈퍼마켓인 '알디'에서 일하는 관리자 후보였다. 샨이 피임약을 먹는다는 소문까지 있었다.

시몬에게 열네 살의 삶은 쉽지 않게 느껴졌다. 반 친구들은 조금씩 근육이 붙으며 남자다운 몸매를 갖춰 가고 있었고, 럭비는 자연스레 거친 남자들의 게임이 되어 갔다. 운동 후 다 함께 샤워를 할 때면 더 난감했다. 시몬은 남자가 되어 가는 친구들 틈에서 옷을 벗고 왜소한 모습을 보여야 할 때마다 차라리 사라져 버리고 싶다는 생각을 했다. 사춘기가 늦게 찾아오는 사람이 있다는 것은 알고 있었지만, 왜 그게 하필 자기여서 놀림의 대상이 되어야 하는지는 이해할 수 없었다. 가끔은 차라리 지금보다 더 작아져서 아예 아무도 자기를 볼 수 없으면 좋겠다는 생각도 했다. 하지만 친구들이 실제로 자신의 존재를 무시하기 시작하자 후회되기도 했다. 혼자가 되는 것은 싫었다. 시몬은 소외감을 느끼며 자신을 더욱 의심했다.

처음에는 그냥 로버츠 선생님에 대한 공상에만 잠겼다. 공상 속에서 그가 제일 좋아하는 로버츠 선생님은 문학 시간에 배우는 시를 학생들에게 읽어 주기도 하고, 웨일스어의 불규칙변화에 대해 설명하기도 했다. 시몬의 눈에 로버츠 선생님은 정말 멋졌다. 길고 섬세하며 표현력이 풍부한 손가락, 자기 과목에 대한 사랑과 교육에 대한 열정으로 생기가 넘치는 그 얼굴……. 어떤 때는 상상 속에서 선생님이 시몬에게 미소를 지어 보이기도 했다. 마치 교실에 시몬만 존재하는 것 같은, 선생님의 관심이 온통 시몬에게 있는 것 같은 미소였다. 그 미소가 시몬에게 용기를 주었다. 로버츠 선생님의 눈은 미소와 함께 시몬을 시의 세계로, 문법 변화의 세계로, 그리고 언어에의 심취로 초대하고 있었다. 시몬은 특별해진 기분이었다.

딜란 로버츠는 생각 끝에 자신이 동성애자라는 사실을 다시 숨긴 채 생활하고 있었다. 내키지는 않았지만 어쩔 수 없었다. 딜란은 그 결정을 내린 날을 기억하고 있다.

해안 지방에 새로 개교한 중학교의 어학 주임 교사 자리에 면접을 보러 가는 길이었다. 파란 하늘에 새삼스럽게 떠 있는 구름을 비집고 비가 한바탕 쏟아졌다. 그리고 리버풀 만에 세워진 풍력발전기의 숲 위로 무지개가 떴다. 무지개를 보는 순간, 차 뒷 유리에 붙여 놓은 무지개 스티커가 떠올랐다. 카디프 게이 프라이드 축제(성적 소수자 권리 옹호를 위한 축제._역자) 때 붙인 것이었다. 그는 학교에 도착하기 전에 스티커를 떼야겠다는 생각으로 차를 세웠다. 아무리 생각해도 북아일랜드에 살면서 카디프에 살 때처럼 동성애자인 사실을 공개적으로 드러내기는 어려울 것 같았다. 딜란은 웨일스어 외에 프랑스어나 독일어 수업도 가능하다는 장점 덕에 학교에 채용되었다. 그는 카디프 외곽의 지저분한 동네에 있던 아파트를 팔고 로즈온 시의 해변 산책로에서 두 블록 떨어진 곳에 있는 작은 집을 샀다.

작은 나라, 그것도 강력한 이웃으로부터 자치권을 조금 인정받은 지 얼마 안 된 나라에서는 변화가 빠른 편이다. 2001년쯤 되자, 웨일스의회 정부는 웨일스 전역의 동성애자들에게 관심을 기울이기 시작했다. 정부는 동성애자들이 겪은 차별이나 불편에 대한 의견을 듣고, 그들이 바라는 것에 관심을 가졌다. 2005년에 교육부 장관이 학교에서의 동성애자 괴롭힘을 방지하기 위한 조치를 들고 나왔고, 교사들은 교내에서 동성애자 학생들을 잘 지원하기 위한 교육을 받았다. 엘튼 존과 데이비드 퍼니시의 결혼 소식은 웨일스어로 진행되는 공영방송인 S4C의 저녁 뉴스에도 보도되었다.

딜란의 동료 교사들 중에는 엘튼 존을 좋아하는 사람들이 많았다. TV와 신문에 소개된 결혼식 사진을 본 사람들은 교무실에서 대화 중 뜻밖의 사실을 털어놓고는 했다. 예를 들어, 은퇴를 3년 앞둔 수학 주임 교사인 토니 모리스는 아들 중 한 명도 아닌 무려 두 명이 게이라고 했다. 역사 교사인 앤 퍼우는 언니가 레즈비언이라고 했다. 유일한 신입 교사인 스물다섯 살의 제인 에드워즈는 사실 엄마가 둘인 레즈비언 가정에서 자랐다고 털어놓았다.

딜란 로버츠는 크리스마스 휴가 동안 동료들의 그런 얘기를 곰곰이 되짚어 보았다. 그리고 새해에는 학교에 자신이 동성애자라는 사실을 공개하기로 마음먹었다. 사실 딜란에게 관심을 보였다가 퇴짜를 맞은 적이 있는 여교사들은 대충 눈치를 채고 있었다. 딜란의 발표에 떨떠름한 반응을 보인 사람은 나이가 좀 더 많은 남자 교사 한 명 뿐이었다. 부임한 지 얼마 되지 않은 40대의 열정적인 교장 선생님은 딜란에게 용기를 내줘서 고맙다며, 10학년과 11학년(아일랜드를 포함한 영국은 11~12세에 중등학교에 진학하며, 중등학교는 7학년~11학년으로 구성됨._역자) 남학생 네 명에게 좋은 롤 모델이 될 것이라고 전하며 기뻐했다.

크리스마스 휴가가 끝난 후 몇 주간, 학교는 온통 로버츠 선생님의 동성애자 발표 소식으로 술렁거렸다. 제인 존스는 그렇게나 잘생기고 섹시한 웨일스어 선생님이 게이라니, 낭비도 그런 낭비가 어디 있냐고 떠들며 아쉬워했다.

신년 파티에서 술을 잔뜩 마신 남자 친구한테 바람을 맞은 샨 젠킨스는 자기가 선생님을 한 번 유혹해 보겠다고 했다. 럭비를 하는 남자애들은 자기들끼리 모여 낄낄거리며 웃어 댔다. 하지만, 그중 상당수는 아마 자기도 모르게 드는 불안감을 숨기기 위해 웃었을 것이다. 로버츠 선생님의 수업을 듣는 학생들 대부분은 그 소식을 듣고 "진짜 멋있다." 라는 반응을 보였다.

시몬은 누구보다 깜짝 놀랐다. 적어도 처음에는 말이다. 물론 시몬도 게이나 레즈비언에 대해서는 잘 알고 있었다. 부모님과 함께 동성 결혼의 초기 형태인 '시민 결합식'에 가 본 적도 있었다. 아빠의 대학 시절 친구인 미리암과 그녀의 파트너인 케이트가 주인공이었다. 미리암은 괜찮았지만 케이트는 꼭 레슬링 선수같이 우락부락한 몸매에 청바지와 체크무늬 셔츠를 입었고, 팔다리에는 털이 무성해서 꼭 남자 같았다. 사실 시몬은 학교에서 동성애자임을 밝힌 애들 몇 명을 제외하고는 다른 남자 동성애자를 직접 만나 본 적이 없었다. TV에 나오는 그레이엄 노턴이나 줄리안 클레리(그레이엄 노턴은 아일랜드의 배우이자 TV쇼 진행자이며, 줄리안 클레리는 영국의 작가이자 코미디언으로 두 명 모두 동성애자임._역자)는 여성스러운 느낌이었다. 그래서 아무리 봐도 평범한 남자인 로버츠 선생님이 동성애자라는 소식이 더욱 충격적이었다.

시몬은 또래에 비해 몸의 특정 부분('그 부분')을 만지면 기분이 좋아진다는 것을 늦게 깨달은 편이었다. 하지만 그런 발견 뒤에도 자위를 자주 하지는 않았다. 럭비를 하는 남자애들끼리 하는 얘기를 듣다가 너무 자주 하면 기형이 되거나 시력을 잃을 수도 있다는 말을 얼핏 들었기 때문이다. 로버츠 선생님이 게이라는 얘기를 듣고 나니 혹시 선생님도 자위를 하는지 궁금했다. 그리고 혹시……. 다른 남자와도 서로 만질까 궁금했다. 그런 생각을 하자 시몬은 흥분해 버렸다.
시몬은 일주일 정도 그런 생각을 하지 않으려고 애썼다. 하지만 어느 날 밤, 들킬 염려가 없는 방 안에서 이불을 덮고 누워 있자니 견딜 수가 없었다. 시몬은 자기 몸을 만지고 쓰다듬으며, 로버츠 선생님도 자신과 똑같이 하는 모습을 상상했다. 왜인지 설명할 수는 없지만, 이상하게도 로버츠 선생님도 자위를 할지 모른다는 생각을 하니 기형이 된다거나 눈이 먼다는 얘기가 설득력 없게 느껴졌다. 얼마 지나지 않아 시몬은 로버츠 선생님과 서로 만지는 상상을 했고, 교실에서도 어느새 성적 판타지를 담은 몽상을 하게 되었다.

제인 존스는 남자애들에게 '약속의 땅'을 탐험하게 해 주는 사람으로 유명했다. 돈만 있으면 말이다. 1파운드를 주면 교복 스웨터 위로, 2.5파운드를 주면 땀이 흥건한 손을 넣어 속옷 위로 만질 수 있었다. 딱 한 번, 제인이 좋아하는 남자애에게 속옷 안으로 만지게 해준 적이 있는데, 그때는 5파운드를 받았다. 제인에게는 언제나 담배나 블

랙커런트 보드카 같은 것을 살 돈이 있었다. 에스플래너드 거리에 있는 주류 판매점은 제인에게 나이도 묻지 않고 술을 팔고는 했다.

제인은 어느 날 시몬이 불쌍하게 느껴졌는지, "내가 한 번 공짜로 만지게 해줄게." 하고 말했다. 그런데 너무 크게 말하는 바람에 럭비 팀 아이들이 듣고 말았다. 사실 그리프 토마스의 질투심을 유발하려고 한 말이었다.

"옷 위로 만져야 해."

제인이 유혹적인 윙크로 놀려 대며 말하자, 시몬의 얼굴이 시뻘게졌다. 그 모습에 그리프 토마스가 스크럼을 짜고 있던 애들을 제치고 다가와 정신 차리라는 듯 제인의 코앞에서 손가락을 딱딱 튕겨 가며 시몬을 비웃었다.

"아마 우리 시몬은 여자 가슴을 봐도 뭘 어째야 할지 모를 걸? 너 얘가 샤워할 때 우릴 얼마나 뚫어져라 쳐다보는지 모르지?"

"시몬, 너 게이야? 로버츠 선생님처럼?"

제인이 놀리듯 웃으며 물었다. 이번에도 목소리가 너무 컸기에 그리프와 그 무리가 그녀의 말을 듣고 야유를 보내는 것도 무리는 아니었다.

"내 가슴을 한번 만져 보면 확실히 알 수 있지 않을까?"

그러면서 스웨터를 올린 제인의 배꼽에는 핑크색 구슬이 박힌 피어싱이 있었다.

시몬은 무슨 말을 해야 할지도, 어떻게 해야 할지도 몰랐다. 사실 제인이 놀려 대는 일은 아무래도 상관없었다. 하지만 남자애들에게는 무슨 말이라도 해야 할 것 같았다. 적어도 샤워할 때 훔쳐본다는 말에 대해서는 아니라고 말해야 했다. 샤워실에서 다른 애들을 본다는 것은 사실이었지만 말이다.

샨 젠킨스는 학교 위원회에서 9학년 대표를 맡고 있었다. 사실 그녀가 학년 대표로 뽑혔을 때 선생님들 대부분과 학생들 일부는 깜짝 놀랐다. 하지만 샨은 자기의 능력을 의심했던 사람들에게 복수라도 하듯 학년 대표로서의 역할을 아주 진지하게 받아들였다. 샨은 매주 목요일 점심시간이면 학교를 거닐며 9학년 학생들을 만나 학교생활이 어떤지 묻고는 했다.

"시몬, 요즘 자주 혼자 있네?"

운동장 구석에 혼자 앉아 있던 시몬에게 샨이 말을 걸었다.

"혹시 점심시간 모임에 안 갈래?"

"왕따들 모이는 데 갈 생각 없어. 그냥 여기서 혼자 생각이나 하는 게 좋아."

상대가 아무리 샨이어도 시몬은 자기가 외톨이라는 것을 인정하고 싶지 않았다.

"무슨 생각을 하는데?"

샨은 외톨이에게 친절을 베푼다는 심정으로 달래듯 물었다. 시몬은 잠시 망설였다. 하지만 샨에 대한 소문을 떠올리니 용기가 났다.

"그냥 뭐……. 키스하는 생각이랑, 포옹하는 생각이랑……. 그러니까 나랑 내……."

여기까지 말한 시몬은 당황했다. '남자 친구랑'이라고 말할 수는 없었다. 샨에게도 그것만은 발설해서는 안 되는 것이었다. 그래서 시몬은 더듬거리며, "내 연인이랑 말이야." 하고 말했다. '연인'이라는 단어가 참 낯설게 느껴졌다.

"시몬 그윈! 얌전한 고양이가 부뚜막에 먼저 올라간다더니! 누군데? 이 샨 누나한테만 얘기해 봐."

"아냐, 더 얘기할 거 없어."

시몬은 다시 용기가 사라지는 것을 느꼈다.

"에이, 그러지 말고……. 어떤 남잔데?"

샨은 너무나도 당연하다는 듯 자연스럽게 물었다. 시몬은 다시 용기를 얻어 조심스레 말했다.

"딜란이야."

사실 그는 상상 속에서도 늘 '로버츠 선생님'이라는 호칭을 썼다.

"11학년에 있는 딜란 윌리엄스 말이야?"

샨이 의아하다는 듯 물었다.

"그 선배는 게이 아닌데? 가끔 조회할 때 하프 치는 안웰이랑 사귀잖아."

"아니, 딜란 로버츠. 우리 웨일스어 겸 프랑스어, 독일어 선생님."

의도했던 것보다 목소리가 더 대담하게 나왔다.

"지금 농담하는 거지?"

샨은 이렇게 말하며 학교 위원회에서 연수받은 학내 성범죄에 대한 내용을 떠올렸다. 그리고 알디에 다니던 남자 친구에게 차인 후 잠시 관심을 가졌던 로버츠 선생님의 모습을 떠올려 보았다.

"농담이지?"

시몬은 다시 번복하기에는 늦었다는 생각이 들어, 로버츠 선생님과의 연애담을 꾸며 내기 시작했다.

9학년 학생들은 목요일 오후에 역사 수업을 들었다. 역사 과목을 맡은 퍼우 선생님은 학교 위원에서 학생들과의 소통을 담당하고 있었다. 샨은 역사 수업이 점점 좋아지고 있었다.

퍼우 선생님의 수업에서는 학생들에게 자체적인 프로젝트를 하게 했는데, 샨은 친구 두 명과 함께 여성의 사회적 역할 변화와 패션을 주제로 20세기 여성 패션에 대한 프로젝트를 진행했다. 현재 수업에서 샨과 친구들은 70년대 부분을 다루고 있었다. 여성해방에 대한 조사는 정말 재미있었지만, 샨은 도무지 집중을 할 수가 없었다. 그녀는 교실 저쪽에 앉아 있는 시몬을 바라보며 갈등에 빠졌다.

시몬이 로버츠 선생님과 그런 사이였다는 것에 질투가 나면서도 학교 위원으로서 학내 성범죄를 퍼우 선생님께 신고해야 하는 의무도 저버릴 수 없었다.

샨은 학교 위원회에 참석했던 아동권리위원회 담당자의 말을 떠올렸다. 담당자는 모든 아동과 청소년에게는 권리가 있지만, 권리에는 책임도 따른다고 강조했다. 결국 샨은 수업이 끝난 후 퍼우 선생님께 시몬과 로버츠 선생님에 대한 얘기를 했다. 그리고 책임을 완수했다는 생각을 하니 뿌듯해졌다.

엘레리 클루이드 교장은 딜란을 불러 불편한 속내를 드러내지 않으며 침착하고 분명하게 상황을 설명했다. 딜란은 교장실의 답답한 공기와 자신에게 씌워진 혐오스런 혐의 탓에 갑자기 숨이 막혔다. 회의에 참석한 교사 노조 담당자는 50대쯤 되어 보이는 여성이었는데, 진한 화장과 뿌리 부분의 색이 짙은 은발 때문에 왠지 모르게 헤픈 인상이었다. 그녀는 손을 뻗어 딜란의 어깨에 손을 얹으며 안심하라는 듯 미소를 지었다.

"정직 처분이 내려질 테지만 교사 신분에 영향을 주거나 추가 조사가 있지는 않을 거예요."

딜란의 안색이 싸구려 가정용 양초 같은 색으로 변했다. 입안에 마르고 껄끄러운 모래가 채워진 것 같았다. 뭔가 질문이라도 하고 싶었지만 평소에 그렇게 유창하던 말솜씨도, 그렇게 명료하던 생각도 모두 어디론가 사라져 버린 것 같았다. 마음속에는 오직 시몬 그윈이 웃고 있는 모습만 떠올랐다.

캐슬 모튼의 안개(The Castle Morton Jerry)
_니콜라스 셰익스피어

자세한 유래는 알 수 없지만, 우리는 그 안개를 '캐슬 모튼의 안개'라고 불렀다. 내가 어렸을 때부터 살던 만 건너편의 강을 자욱하게 뒤덮었던 그 차가운 안개는, 해가 떠서 사라질 때까지 그 자리에 머물렀다. 그런 안개가 끼는 날이면 앞이 전혀 보이지 않았다. 집으로 가는 길에도 손을 뻗어 허우적거리며 손에 닿은 이 딱딱한 물체가 유칼립투스 나무인지, 울타리 기둥인지, 아니면 거칠고 둥근 스탠 할아버지의 얼굴인지를 파악해야 했다.

그날 내 손에 닿은 것은 스탠 할아버지의 얼굴이었다. 내 손이 닿자, 할아버지는 화들짝 놀라 잠에서 깨며 소리를 질렀다.

"뭐야!"

"아, 죄송해요."

걷다 보니 나도 모르게 스탠 할아버지의 집 앞 데크로 들어간 것 같았다. 할아버지는 얼굴을 친 사람이 나인 것을 알고 일단 안심하는 것 같더니 잠시 후, 멀쩡히 자는 사람을 깨우고 난리냐며 호통을 쳤다. 나는 할아버지가 진정하기를 기다렸다가, "근데 할아버지, 이 안개 너무 지긋지긋하지 않아요?" 하고 말했다.

할아버지는 다시 깜빡 잠이 들었었는지, 나를 멍하니 바라보았다. 아마 나를 보며 할아버지가 내 나이, 그러니까 열네 살쯤이던 시절을 떠올리는 것 같았다.

"그게 무슨 말이냐. 싫어하면 못 써. 이 안개 덕에 네가 있는 건데 지겨워하면 쓰나?"

"제가 이 지독한 안개에서 나왔다고요? 그게 무슨 말씀이세요?"

할아버지는 잠시 생각에 잠긴 채 나를 바라보더니 물었다.

"고든 할머니가 안개에 대해 얘기해 주신 적 없니?"

"할머니가 제게 하신 얘기라곤 코 파지 말라는 얘기밖에 없는데
요."

"혹시 이 노래도 불러 주신 적 없고?"

스탠 할아버지는 안개 속에서 갈라진 목소리로 노래를 흥얼거렸다.
할아버지가 내쉬는 숨에 코앞의 안개가 조금 흩어졌다.

"나는 그녀를 침대로 불러들이고 머리를 덮어 주었지. 안개 이슬
을 맞지 말라고⋯⋯."

"할머닌 딱히 노래를 즐겨 부르시진 않았어요. 그리고 안개 얘기
도 금시초문인데요."

"너 키우느라고 너무 바쁘셨나 보지. 하지만 이 안개가 아니었다
면 네겐 아마 팔 코딱지도 없을 거야. 우리 모두 그랬겠지."

스탠 할아버지는 이렇게 말한 후 랄프 할아버지, 그러니까 할아버
지의 할아버지가 투마일크릭에서 페리선을 몰던 시절에 있었던 캐슬
모튼에 얽힌 이야기를 들려주었다.

"지금이야 이 동네가 후온빌이라는 이름을 갖게 되었지만, 예전
에는 빅토리아라고 불렸단다. 그보다 더 옛날엔 마땅한 이름도
없었지. 목재 수출이 활발해지기 전까지 이곳 태즈메이니아는 그
야말로 오지였어. 어디에서도 정말 먼 곳이었지. 그땐 태즈메이
니아라는 이름도 없었고, 그냥 '반 디멘의 땅(네덜란드의 항해가
인 아벨 태즈먼이 처음 발견한 후 당시 네덜란드령 동인도 제도
총독이었던 앤소니 반 디멘의 이름을 따 붙인 이름._역자)'이라

고 불렸단다. 그리고 이 동네는 반 디멘의 땅에서도 한참 더 들어간 계곡에 있는 축에 속했지. 250제곱킬로미터는 족히 될 무성한 관목 숲에 오두막 세 채랑 사람 열한 명만 있었다면 어떤 곳이었는지 상상이 되지?

그 열한 명은 바로 네 증조부인 고든 씨와 그 밑에 있던 죄수 출신 일꾼 네 명, 해킹 씨와 일꾼 네 명, 그리고 우리 조부인 랄프 할아버지였단다. 호바트(태즈메이니아의 주도._역자)에 사는 총독은 이들을 가리켜 흉악하고 비도덕적인 남성들(태즈메이니아는 영국 식민지 시절 죄수 유배지로 처음 개발됨._역자)이라고 불렀지.

그 지역에 독신 여성이라곤 한쪽 다리를 절고, 턱 옆에 커다란 사마귀가 난 로렌스 할머니 딱 한 명뿐이었어. 코끝은 삐뚤어진 데다 오른쪽 눈썹에는 흉터가 있었고, 가끔씩 웃으면 군데군데 빠진 이가 드러났지. 게다가 성격은 또 얼마나 요란하고 고약했는지……. 근데 정말 너희 할머니가 이런 얘길 한 번도 안 해줬다고?"

"그렇다니까요."

"사실 나도 뭐 들은 얘기를 다 믿지는 않는단다. 어쨌든 한 가지 확실한 건 여자가 너무 없어서 한창 때의 신체 건강한 남자들이 견디기엔 어려운 상황이었다는 거야. 호바트도 상황이 안 좋긴 마찬가지였어. 고든 씨가 (아바 벨뷰호텔에서 열렸을) 무도회에 가고 싶어서 사흘이나 관목 숲 사이로 말을 달려 호바트까지 간 얘기는 유명하지.

그런데 무도회에 딱 갔더니 온통 남자 천지더라는 거야. 결국 정착민들과 군인들이 모여 남자들끼리 왈츠를 췄다고 하더구나. 호바트에서도 여자 한 명당 남자가 서른 명이었어. 캐슬 모튼의 안

개가 아니었으면 여자를 절박하게 만나고 싶어 한 고든 씨와 동료들이 무슨 일을 저질렀을지는 아무도 모른단다.

어쨌든 당시 이곳 태즈메이니아의 상황은 정말 절박했어. 그래서 결국 총독은 런던의 엘리자베스 프라이 여사(교도소 개선 운동과 병원 제도 개선에 앞장선 영국의 박애주의자._역자)에게 도움을 청했지. 곧 '매력적인 미혼의 자유민 숙녀들'을 태운 배를 호바트로 보내기 위한 위원회가 꾸려졌어. 그 배가 바로 노바스코샤에서 건조한 '캐슬 모튼' 호란다.

캐슬 모튼호는 떡갈나무와 물박달나무로 만들고 구리를 씌운 472톤급 선박이었지. 배에는 젊은 여성 200명이 타고 있었어. 그중에는 반 디멘의 땅에서는 찾아보기 어려운 미모와 우아함을 갖춘 여성들도 있었지. 거기에 사제 한 명, 군의관 한 명, 사감 한 명이 배에 동승해 '더웬트 강변의 호바트'에 이르는 4개월의 여정 동안 여성들의 건강과 질서를 책임졌어. 호바트에 도착한 후에는 공짜 숙소를 비롯한 많은 것을 모두 제공받을 예정이었지.

그런데 문제가 생기고 말았어. 4개월이나 항해한 캐슬 모튼호가 해협으로 들어서면서 편남풍에 밀려 방향을 잃고 만 거야. 결국 배는 더웬트 강이 아닌 근처의 후온 강으로 들어서 버렸지. 듣고 있는 게냐?"

"네, 잘 듣고 있어요."

"그래, 캐슬 모튼호가 도착한 날은 잊지 못할 날이었어. 우리 할아버지가 들려주신 얘기를 들으면 너도 귀가 번쩍 뜨일 거야. 처음 배를 발견한 건 랄프였어. 오후쯤 강 쪽 모래 사구에 있는데, 난데없이 거센 폭풍이 몰아치기 시작했어. 그런데 저 멀리 위험에 빠진 배가 한 척 보이는 거야. 물론 랄프는 그 배에 미혼 여성 200명이 타고 있다는 건 꿈에도 몰랐지. 그중 일부는 런던 여자

교도소에 있던 죄수들이었어.

배는 브루니 섬 근처에서 닻을 끌며 이동 중이었는데, 그대로 가다간 금방이라도 난파할 것 같았지. 배는 바람에 밀려 강 입구를 지나쳐 버렸어. 랄프가 보기에도 아주 위험한 상황이었지. 조류가 빨라서 그대로 뒀다가는 배가 사구에 부딪칠 것 같았어. 랄프는 막대기에 천을 묶어 흔들며 신호를 보내려고 했지만 바람이 너무 강해서 그럴 수가 없었어. 결국 그는 고든 씨의 농장으로 달려가 일꾼 두 명을 데리고 와서는 블러프 포인트와 노르만 코브에 불을 피워 배를 인도하려는 시도를 했지.

다행히 배에서도 연기를 보았어. 신호를 본 배는 삼각돛을 흔들어 보이고는 방향을 바꿨지. 랄프와 일꾼들이 불을 피워 방향을 알려 준 덕에 사구를 피할 수 있었던 거야. 랄프는 소리를 질러 선원들에게 사구가 더 있다는 걸 알려 주고 배를 잔잔한 물로 이끌었어. 랄프가 '우현!' 이라고 외치면 그에 따라 배를 몰고, '좌현!' 이라고 외치면 또 그대로 했지. 마침내 '닻을 내려요!' 하고 외쳤고, 선원들은 랄프의 말에 따랐어. 그 순간, 강풍은 몰려왔던 때와 마찬가지로 거짓말같이 잦아들었지.

랄프가 일꾼 두 명의 도움을 받아 포경선을 끌고 캐슨 모튼호에 도착했을 때는 이미 해가 지고 있었어. 랄프가 배 근처까지 가자 선장인 헤니커 씨가 배로 끌어올려 줬지.

비록 랄프가 배를 구해 주긴 했지만 선장은 그들을 경계했어. 배가 닻을 내릴 안전한 장소를 확인하고, 랄프와 일행의 신원을 확인할 때까지 배에 탄 승객들에 대한 얘기는 일절 하지 않을 작정이었지. 헤니커 씨 옆에는 돌풍이 불 때 승강구에 끼여 어깨가 빠진 목사가 서 있었고, 그 옆에는 군의관과 사감이 나란히 서 있었지.

헤니커 선장은 랄프와 두 일꾼의 얼굴에 손전등을 비춰 가며 모습을 살폈어. 두 일꾼은 사실 딱 봐도 불량배 같은 모습이었지. 사실, 둘 다 절도범에 사기꾼 전과가 있었어. 게다가 배에 신호를 보내느라 피운 모닥불 연기에 얼굴과 옷이 다 그을려서 차림새가 그야말로 가관이었지. 고약한 냄새를 풍기는 캥거루 가죽으로 만든 바지와 재킷을 입고 있었거든.

랄프는 원래 내성적인 성격이었지만 어쩔 수 없이 자기가 앞에 나서기로 했어. 우선 선장에게 동쪽 해안 개펄 쪽으로 가면 어떤 돌풍이 와도 안전할 거라고 알려 줬지.

그 말을 들은 선장은 고맙다며 이렇게 얘기했어.

'사실 지금 이 배에는 호바트로 가는 젊은 여성 198명이 타고 있습니다. 모두 뱃멀미로 고생을 했죠.'

선장은 다들 몇 개월에 걸친 긴 항해와 폭풍우, 더위에 지쳐 뭍에 닿을 날만을 기다리고 있다고 설명했지.

'여기가 호바트 맞지요?'

그는 랄프와 일행을 미심쩍게 바라보며 물었어.

'그럼요, 그렇고말고요. 여기가 호바트예요.'

눈치 빠른 랄프가 대답을 했지. 그러자 선장이 다시 물었어.

'도시가 기대했던 것보단 작은 것 같은데요?'

근처엔 공터 두 개와 오두막집 한 채뿐이었거든. 하지만 선원들 중에도 반 디멘의 땅에 와 본 사람이 없어서 확인할 길이 없었지.

선장은 굽이굽이 굽어진 깔끔한 강가에 건물이 늘어선 모습을 상상했던 거야.

'어쨌든 호바트 맞습니다. 지금 여기는 좀 변두리라서 그래요.'

'변두리요?'

사감이 시무룩하게 물었어. 그때 목사가 끼어들며 '도착하면 여

성위원회가 나올 거라고 들었는데요.' 하고 말했지. 그러자 랄프
는 '제가 지금 바로 가서 알리도록 하죠.' 하고 말하고는 날이 밝
는 대로 위원회를 이끌고 다시 돌아오겠다고 약속했어.

랄프는 다시 노를 저어 해안가에 당도하자마자 고든 씨의 집으로
헐레벌떡 달려갔지. 마침 고든 씨도 그 '여자가 가득한 배'에 대
한 소문을 들어서 알고 있었어. 랄프의 얘기를 들은 고든 씨는 말
에 안장을 얹고 관목 숲을 지나 호바트로 갈 채비를 했어. 하지만
준비를 하면서도 호바트에 있는 3천 명의 남자들과 경쟁할 생각
을 하니 힘이 쭉 빠졌지. 게다가 그 3천 명이 다가 아니었어. 호
바트에선 기대에 찬 여성위원회가 대기하고 있었지.

식민지의 모든 덕망 있는 인물이란 인물은 죄다 모인 이 위원회
는 캐슬 모튼호에 타고 있는 198명의 여성 하나하나에게 일자리
와 편의를 제공하기로 되어 있었어. 어디 그뿐인가? 매콰리가를
따라 부둣가에서 정부 호텔인 벨뷰호텔까지 여자들을 안전하게
경호할 소규모 경찰 부대도 대기 중이었지. 당시에는 정부가 새
로 오는 사람들의 숙소로 벨뷰호텔을 지정했었거든.

어쨌든 캐슬 모튼호의 도착은 엄청난 사건이었단다. 누가 캐슬
모튼호를 더웬트 강 입구에서 봤다는 소문만 돌아도 아마 매튜
브래디('신사 강도'라는 별명으로 유명했던 영국 출신의 범죄자
로, 태즈메이니아로 보내져 호바트에서 처형됨._역자)의 처형 때
보다 더 많은 사람이 모여들 게 뻔했어.

고든 씨에게는 도저히 승산이 없었지. 그건 해킹 씨도, 랄프도,
계곡에서 일하는 일꾼 여덟 명도 모두 마찬가지였어. 그리고 그
순간, 때마침 하늘이 돕기라도 한 듯 강에 안개가 내려왔단다.
강하게 불던 편남풍은 밤이 되며 가벼운 해안풍으로 바뀌었지.
다음 날 이른 아침, 산의 차가운 공기가 계곡과 습지를 타고 강으

로 내려왔어. 찬 공기는 따뜻한 물을 만나며 짙은 안개를 형성했지. 강에서 만들어진 안개는 물길로 흘러넘쳤고, 결국 캐슬 모튼호는 차갑고 습한 안개에 갇히고 말았어.

캐슬 모튼호에 탄 사람들이 아침에 일어나 나와 보니, 그야말로 눈앞이 온통 하얬어. 안개 바깥은 맑고 아름다웠지만, 안개 속에선 아무것도 볼 수가 없었지. 선장은 선미 갑판에서 덜덜 떨고 있는 사감도, 그녀의 떨떠름한 표정도 볼 수 없었어. 그런 안개가 꼈으니, 배가 정박한 곳이 진짜 호바트인지 확인할 방법은 더더욱 없었지.

아침 8시, 랄프는 말쑥하게 차려입은 고든 씨와 해킹 씨를 태우고 다시 배로 갔어. 갑판 밑에서 여자들의 기침 소리가 들렸어. 다들 사감이 새로 지급한 유니폼으로 갈아입는 중이었지. 유니폼에는 얼굴을 가리는 베일도 포함되어 있었어.

배에 오른 고든 씨가 선장에게 자신을 소개했지. 고든 씨는 화폐 위조범이기는 했지만, 나름 해로우 스쿨 출신이었고, 언변도 유창한 편이었지. 선장을 안심시키기에는 충분했어.

'안개 탓에 여성위원회가 직접 올 수 없었던 점 유감스럽게 생각합니다. 대신 저를 대표로 보냈으니 필요한 게 있으면 안심하시고 제게 다 말씀해 주십시오.'

'그럼 그렇게 하겠습니다, 고든 씨. 위원회 덕분에 저희 승객들 모두 큰 불편함 없이 여행을 마쳤습니다. 배에 탄 여성들 모두 안전하게 보호하기 위해 저희 모두 최선을 다했으니 안심하셔도 됩니다. 승선하는 순간부터 품위와 질서의 중요성을 재차 강조했고, 목사님과 사감님께서 정한 규칙에 엄격히 따르도록 했습니다. 항해 중에도 여러 차례 교육을 했고, 오늘 아침에도 숙녀분들을 모아 두고 다시 설명을 했습니다. 호바트에 도착하는 즉시

총독께서 마치 친아버지처럼 반겨 주실 거라고도 얘기했죠.'

'그럼요. 걱정하실 것 하나 없습니다. 총독께서 아주 잘 보살펴 주실 거예요.'

고든 씨가 학교에서 배운 점잖은 태도로 말했어. 배에 타고 있던 다른 관리들도 선장을 따라 앞다투어 자기 자랑에 나섰지. 군의관은 완고한 인상에 코가 긴 거스러라는 인물이었어.

'고드리치 경이 숙녀분들이 배에 타실 때와 마찬가지로 내릴 때에도 순백의 상태를 유지할 수 있도록 하라고 제게 특별히 당부하셨습니다. 물론 저는 이 의무를 다했고요. 선내에서는 술을 엄격히 금했고, 방문객 또한 허가하지 않았습니다.'

매일 아침 조회에서 여성들의 건강과 위생 상태를 점검했던 사감도 말했어.

'모두 부유한 정착민과 가정을 꾸릴 생각에 들떠 있습니다. 대부분 벌써 하녀로 일자리도 구했고요. 물론 한두 명 예외도 있긴 하지만, 대부분 훌륭하고 점잖은 규수들입니다.'

그리고 이제는 목사의 차례였지.

'이곳에 계신 숙녀분들이 고국을 떠나 이곳으로 온 것은 다 하나님의 축복입니다. 하지만 그에 걸맞게 행동해야만 그 복을 받을 것이고, 아니라면 그에 합당한 벌을 받게 되겠지요. 모두 자신의 행동으로 만들어 가는 것입니다.'

'자, 그럼 이제 시작해 볼까요?'

상륙 절차를 빨리 시작하고 싶었던 고든 씨가 말했지. 그는 우선 고생한 승객들은 자기가 먼저 육지로 실어 나르겠다며, 선장에게는 선원들과 함께 배에 남아 있으라고 강력한 어조로 설득했어.

숙녀분들의 안전을 최우선으로 하겠으니 안심하라며, 곧 안개가 걷힐 테니 캐슬 모튼호에도 깨끗한 식수와 양고기, 굴 등을 보내겠다고 약속했지.

드디어 무거운 책임을 덜었다는 생각에 한시름 놓은 선장은 여성들에게 갑판에 올라오라고 한 후 랄프가 몰고 온 포경선에 열 명씩 태워서 뭍으로 보냈지.

배에 옮겨 탄 여성들은 베일로 얼굴을 가리고 가방에 손을 얹은 채 앉아 있었어. 고든 씨와 해킹 씨 그리고 랄프는 첫 번째 열 명을 뭍으로 나르며 입을 열지 않도록 주의했어. 해변에는 여성들을 호바트로 모셔 갈 남자 세 명과 수레 하나가 있었지. 하지만 수레의 목적지는 사실 호바트가 아닌 고든 씨의 집이었어. 컴브리아가 고향인 고든 씨는 지은 지 얼마 되지 않은 방 세 칸짜리 집을 '네틀팟'이라고 불렀지.

배가 뭍에 닿자 기다리고 있던 남자 세 명 중 두 명이 자기들이 대신 캐슬 모튼호로 가서 여자들을 데리고 오겠다고 나섰어. 고든 씨는 그들에게 숙녀분들을 모두 뭍으로 옮길 때까지는 절대로 입도 뻥긋하지 말라고 신신당부를 했지. 하지만 그들은 마지막 열 명을 태우고 돌아오는 배 위에서 자제력을 잃고 말았어. 캐슬 모튼호가 안개 속으로 자취를 감추자마자 배에 옮겨 탄 여자들을 만져 대기 시작한 거야. 안개 때문에 얼굴도 보이지 않는 배 위에서 남자들의 손이 여기저기를 더듬었지!

늦은 아침이 되어 햇살이 강해지자 안개가 드디어 걷혔어. 그제야 망원경으로 주변을 제대로 둘러본 헤니커 선장은 배가 허허벌판에 있다는 걸 알게 되었지.

고든 씨 집에서 일어난 불미스러운 일들은 굳이 자세히 말할 필요는 없겠지. 그냥 그날 뭍으로 온 여성들이 이곳 풍습에 아주 빨리 적응하게 됐다는 정도로만 말해 두자. 하지만 이곳을 아주 마음에 들어 한 여성들도 있었어. 특히 네 증조모가 그랬지.

네 증조모의 이름은 헤리엇 페이였어. 리치몬드의 침례교 목사의
딸로 태어나 하녀로 일했지. 헤리엇이 모시던 아가씨는 유능했던
그녀를 잃는 걸 아쉬워했지만, 헤리엇은 어느 신사의 조카들을
가르치는 가정교사로 일하게 되어 호바트행 배에 올랐던 거야.
여자들이 도착한 후 며칠 혹은 몇 주 동안 고든 씨의 집인 네틀팟
이나 해킹 씨의 집인 마일스 코티지, 아니면 랄프가 메리 말번을
데려간 투마일크릭에서 정확히 무슨 일이 있었는지는 알 수 없어.
메리 말번은 얼굴이 동그랗고 손재주가 많은 당돌한 연필 제작자
였는데, 모피와 능직 14야드를 훔쳤다는 혐의를 받고 감옥에 갇
혔다가 태즈메이니아로 보내진 여자였지. 어쨌든 놀라운 건, 사
실이 드러난 후에도 많은 여자가 호바트로 가지 않고 이곳 후온
빌에 남았다는 거야. 헤리엇 페이와 메리 말번도 남았지.
런던에서 헤리엇 페이를 알았던 사람들은 그녀가 웬 시골에서 남
정네들과 부적절하게 살고 있다는 소문을 듣고 많이 놀랐고, 그
녀를 다시 호바트로 데려가기 위한 구조단을 보내기도 했어. 하
지만 헤리엇 페이는 호바트로 돌아오라는 위원회의 말을 단호하
게 거절하며, '여길 떠나느니 차라리 교수형을 당하겠어요.' 하
고 말했어. 나도 이 동네에 82년이나 살고 보니, 헤리엇 페이가
이곳을 왜 그렇게 좋아했는지 조금은 이해할 것 같기는 하구나.
어쨌든……. 그러니 안개를 너무 미워하지 마. 이 안개가 없었
으면 너도 이 세상에 없었을 테니 말이다. 자, 이제 나 좀 일으켜
다오. 그리고 뒤를 한 번 보렴. 얘기를 나누는 사이에 날이 맑게
개었구나."

벙커스 레인(도망자의 길) (Bunker's Lane)

_멜빈 버지스

(「벙커스 레인」은 멜빈 버지스의 장편소설 「니콜라스 데인(Nicholas Dane)」의 일부분을 발췌한 것임. 니콜라스 데인은 엄마가 약물중독으로 죽고 고아원에 보내진 열네 살 소년의 이야기다. 아래 발췌한 「벙커스 레인」은 고아원에서 갖은 괴롭힘과 부원장의 성적 학대를 겪은 니콜라스가 친구들과 함께 탈출을 시도하는 부분임._역자)

호루라기 소리가 울리고 문이 쾅 열리며, 톰스 사감이 못생긴 얼굴을 문으로 들이밀었다. 호루라기 소리가 한 번 더 울렸다.

"어서 일어나, 이 버러지 같은 놈들. 일어나, 일어나라고! 이 얼간이 새끼들아!"

매일 아침이 꼭 군대처럼 시작되었다. 톰스 사감이 태어나서 받은 훈련이라고는 군대식 훈련뿐이었고, 그렇다 보니 그가 아는 유일한 방식도 군대식이었다. 기숙사 방 끝에서 한 아이가 울음을 터뜨리자, 그는 이해할 수 없다는 표정으로 경멸을 담은 눈빛을 쏘았다. 울다니……. 군대에서는 상상도 할 수 없는 일이었다.

"이 형편없는 울보자식! 찔찔 짜지 말고 일어나지 못해?"

그가 호통을 쳤다. 톰스는 자꾸 훌쩍거리는 놈들을 보면 한 대 패주고 싶었다. 약한 모습은 아무런 도움이 되지 않기 때문이다. 그가 군대에 있을 때 약한 모습은 죄악이었다. 약한 군인은 자기뿐 아니라 다른 사람의 목숨까지 위험에 처하게 한다. 물론 여기서 약한 모습을 보인다고 목숨을 잃지는 않는다. 다만 톰스에게 얻어터질 뿐……. 전쟁은 끝난 지 오래였지만, 톰스의 머릿속에서는 여전히 자기만의 전쟁이 진행 중이었다.

니콜라스와 데이비 그리고 올리버는 고아원 기숙사 건물 두 동을 연결하는 복도에서 만났다. 니콜라스는 올리버의 창백한 얼굴을 보았다. 아마 밤새 한숨도 못잔 것 같았다. 니콜라스는 화장실에 가려고 늘어선 줄에서 올리버에게 가까이 붙어 물었다.

"구했어?"

올리버는 말없이 고개를 끄덕였다. 그리고 니콜라스에게 자기 기숙사로 가자고 고갯짓을 했다. 올리버는 모두 나갈 때까지 기다리더니 매트리스 밑으로 손을 넣어 벤슨 담배 세 갑을 꺼냈다.

니콜라스는 너무 깜짝 놀라 소리를 지를 뻔했다. 그는 담배를 받아 수건에 둘둘 말았다.

"와, 올리버! 대체 어떻게 구한 거야?"

"어디에 놓는지 알거든."

"대단해, 진짜!"

니콜라스는 웃으며 고개를 설레설레 저었다. 올리버가 진짜로 담배를 구해 오리라고는 생각하지 못했던 것이다. 그런데 올리버를 다시 본 니콜라스의 얼굴에서 미소가 사라졌다. 올리버는 겁에 질린 얼굴을 하고 있었다.

"올리버, 갑자기 왜 그래? 괜찮아. 해냈잖아."

니콜라스는 주변에 누가 없는지 둘러보며 조용히 말했다.

"네가 해낸 거야, 넌 영웅이라고!"

"빨리 여길 떠야 해."

"지금?"

"내 짓인 줄 알 거야. 크릴 부원장이 알아챌 거라고!"

니콜라스는 어느새 바짝 마른 입술을 축였다. 미처 그 생각은 못했던 것이다.

"사실 이것도 가져왔어."

올리버는 그렇게 말하며 봉투 하나를 니콜라스에게 건넸다.

"이게 뭔데?"

올리버는 대답이 없었다. 니콜라스도 겁에 잔뜩 질린 올리버의 표정을 보고 다시 묻지는 않았다. 그저 자기보다 어린 올리버의 머리를 쓰다듬으며 고개를 끄덕여 보이고는 양손 엄지를 치켜세웠다.

니콜라스는 봉투를 잠옷 바지춤에 쑤셔 넣고는 화장실로 들어가 문을 닫았다. 화장실은 그들이 사는 메도우힐 고아원에서 잠시나마 혼자 있을 수 있는 유일한 공간이었다. 니콜라스는 봉투를 열었다.

니콜라스는 봉투 안에 든 것을 보고도 두 눈을 믿을 수가 없었다. 안에 든 것은 크릴 부원장이 벌거벗은 소년들과 함께 누워 있는 사진이었던 것이다.

"이럴 수가⋯⋯. 안 돼, 안 돼, 안 돼, 안 돼! 이런 젠장! 올리버! 이걸 가져오다니⋯⋯. 대체 어쩔 생각인 거야?"

끔찍했다. 입이 바짝 마르며 손이 덜덜 떨렸다. 니콜라스는 지난번 크릴 부원장에게 당한 일을 폭로하려다 끌려가서 집단 강간을 당했다. 폭로하겠다고 말만 했는데도 그런 일을 당했는데, 이 사진이 니콜라스의 손에 있다는 것을 알면 저들이 어떻게 나올지 생각만 해도 끔찍했다.

갑자기 분노가 끓어올랐다. 이건 계획에 없는 일이었다. 떠올리고 싶지도 않은 일이었다. 그런데 이런 사진을 가져오다니⋯⋯. 잊고 싶은 그 더러운 기억이 마치 저주처럼 머릿속에 다시 각인되는 것 같았다. 이런 더러운 사진을 가져오다니⋯⋯. 전부 올리버의 잘못이었다. 아마 사진을 갖고 있다는 사실을 알면 그들은 니콜라스를 죽일 것이다. 평생을 감옥에서 썩느니 니콜라스를 죽이려고 할 게 틀림없었다.

니콜라스는 덜덜 떨며 사진을 찢어 변기에 버렸다. 전부 다 찢어 버리려고 했지만 너무 많았다. 네다섯 장까지 찢던 니콜라스는 가까스로 정신을 차리고 변기 위에 앉았다. 숨이 가빴다.

올리버가 대체 왜 이런 사진을 가져왔는지 도저히 이해할 수가 없었다. 아니, 사실 그 이유는 니콜라스도 알고 있었다. 크릴 부원장에게 복수를 하고 싶었던 것이다. 용감하게 일어나 다시 자신의 삶을 되찾고 싶었던 것이다.

니콜라스는 잠시 올리버가 보여 준 용기에 대해 생각해 보았다. 이런 일을 하다니! 이 사진을 가지고 온다는 것은 그 경험을 다시 떠올리고 받아들인다는 것을 의미했다. 그 경험을 인정하고 자기 일부로 받아들이는 것……. 니콜라스로서는 도저히 할 수 없는 일이었다.

올리버는 니콜라스가 아는 사람 중 제일 용감한 사람이었다.

니콜라스는 고개를 저었다. 그가 알기로, 크릴 부원장은 사진들을 베개 밑에 깔고 잤다. 그런데 바로 코앞에서 그걸 훔쳐 내다니……. 얼마나 힘들었을까! 올리버가 사진을 손에 넣자마자 니콜라스에게 넘긴 것도 이해가 됐다.

니콜라스는 다시 사진을 훑어보았다. 사진에 찍힌 것은 크릴 부원장뿐이 아니었다. 다른 남자도 세 명 있었다. 그중 한 명이 눈에 익었다. 독방에서 니콜라스를 강간한 남자들 중 하나였다. 잡았다, 이 개자식! 어디 감옥에 가서 똑같이 당해 보라지! 니콜라스는 강간범들이 감옥에 가면 어떤 꼴을 당하게 되는지 들어 본 적이 있었다. 가증스러운 토니 크릴 부원장이 똑같은 일을 당하게 될 날이 기대되어 견딜 수가 없었다.

니콜라스는 사진을 다시 바지춤에 쑤셔 넣고 심호흡을 한 후 화장실에서 나왔다. 데이비에게는 사진에 대해 말하지 않을 작정이었다. 그 편이 데이비는 물론 니콜라스 자신에게도 좋을 것 같았다. 이런 사진이 존재한다는 것을 안다는 것만으로도 너무나 큰 짐이었다. 하지만 그건 니콜라스가 견뎌야 할 짐이었다.

탈출 경로는 이미 벙커스 레인('bunk'에는 '탈출하다, 도망가다'라는 뜻이 있다. 원작을 확인해 보니, 고아원 아이들이 탈출할 때 자주 이용하는 경로 중 하나이기에 bunker's lane(도망자의 길)이라는 이름이 붙음._역자)으로 정해 놓았다. 하루라도 빨리 탈출해야 했다. 실패하면 셋에게 어떤 일이 닥칠지는 신만이 아시겠지.

니콜라스가 밖으로 나오자 세수를 하는 척하며 기다리고 있던 데이비가 따라붙었다. 둘은 함께 기숙사 쪽으로 걸었다.

"결행이야."

니콜라스가 말했다.

"구해 온 거야?"

"응, 세 갑."

니콜라스는 못 믿겠다는 듯 바라보는 데이비에게 수건에 말린 담배를 톡톡 치며 고개를 끄덕여 보였다.

"세 갑이라고? 꼬맹이 놈이 대단한데?"

"탈출은 오늘 아침이야."

"오늘 한다고?"

"올리버가 담배 훔친 걸 크릴 부원장이 곧 알아챌 거야."

데이비는 얼굴을 찌푸리며 고개를 저었다.

"갑자기 왜 그래?"

"함정이 있을 것 같아."

"아니야!"

둘은 기숙사에 도착했다. 니콜라스는 담배를 매트리스 밑에 숨기고는 침대를 정리하며 작은 목소리로 데이비와 대화를 이어갔다.

"그 꼬맹이 올리버가 부원장한테 안 들키고 훔쳐온 게 말이 돼?

일부러 가져가게 둔 걸 거야. 핑계거리를 만들어서 우릴 때려잡
으려는 거라고……."

"우릴 잡는 데 언제부터 핑계가 필요했어?"

"어쨌든 함정이야. 오늘은 준비도 제대로 안 됐잖아. 왜 그렇게
서두르는 건데? 원래 계획대로 금요일에 하면 되잖아."

"말했잖아. 크릴이 올리버가 훔친 걸 눈치챌 거라고!"

니콜라스가 절박하게 말했지만 데이비는 요지부동이었다.

"너무 일러. 올리버 말을 어떻게 믿고 갑자기 서두르는 건데?"

니콜라스는 잠시 가만히 있었다. 담배 때문이 아니었다. 니콜라스
가 서두르는 이유는 사진 때문이었다. 하지만 지금 다시 데이비를 화
장실로 데려가 사진을 보여 주기에는 무리였다. 곧 사감이 침대 정리
상태를 점검하러 올 텐데, 괜히 눈에 띄는 짓을 하는 것은 너무 위험
했다.

"날 믿어, 데이비."

니콜라스는 데이비의 눈을 똑바로 바라보며 말했다.

"널 못 믿어서 이러는 게 아니야, 니콜라스."

데이비가 고개를 저으며 말했다.

니콜라스는 갑자기 화가 치밀어 오르는 것을 느꼈다. 안 그래도 복
잡한데, 데이비까지 이러면 정말 곤란했다.

"그래서, 같이 갈 거야 말 거야?"

"안 가. 내가 미쳤어?"

"그럼 우리끼리 간다."

데이비는 증오심을 담아 니콜라스를 노려보고는 다시 눈을 돌렸다.

"여기 처박혀서 그 늙은이한테 계속 당하고 싶으면 그렇게 하라
고. 어쨌든 난 나갈 거야."

데이비는 대답하지 않았다.

"곧 앤드류스한테 부탁하러 갈 거야. 네 얘기도 해, 말아?"

그때 점호 호루라기 소리가 울렸다. 데이비는 고개를 돌렸다.

"네 맘대로 해. 난 상관 안 할 테니……."

데이비는 그렇게 말하며, 톰스 사감이 점호를 할 때마다 늘 정렬하는 당구대 쪽으로 걸어가 줄을 섰다. 니콜라스도 화난 얼굴로 데이비의 뒤를 따랐다.

아침 일과는 늘 같았다. 화장실에 갔다 와서 침대를 정리하고 점호 준비를 했다. 대부분의 아이들은 씻을 생각도 하지 않았다. 점호를 마치면 아래층 식당으로 내려가 식탁을 차리고, 아침 식사를 한 뒤 뒷정리를 하고 바로 학교로 향했다. 고아원 선도 반장들에게 뇌물을 줄 수 있는 기회는 식사 후 정리 시간뿐이었다.

담배 60개비……. 나쁘지 않았다. 그 정도면 뇌물로 먹힐 가능성이 충분했다. 니콜라스는 선도 반장 세 명에게 각각 따로 접근해 담배 한 갑씩을 찔러 주었다.

반장인 앤드류스가 담배를 받더니 날카롭게 바라보았다. 니콜라스는 고개를 끄덕이며 "20개비야. 나랑 올리버, 데이비만 잠깐 눈감아 주면 돼." 하고 말했다.

"세 명씩이나? 게다가 올리버까지? 그럼 이걸론 부족하지. 우리가 올리버를 놓쳤다면 톰스 사감이 믿겠어?"

니콜라스는 고개를 저으며 말했다.

"그게 다야."

"위에다 찔러 버린다. 더 내놔."

앤드류스가 낮게 으르렁거리며 말했다.

"그게 다라고. 어디 찌를 테면 찔러 봐. 나라고 가만히 있을 것 같아? 나도 네가 담배 어디서 구했는지 다 불어 버릴 거야."

니콜라스는 어깨를 으쓱했다. 그 모습을 본 앤드류스도 어깨를 으쓱했다. 앤드류스도 니콜라스가 이렇게 나오리라는 것은 알고 있었지만, 그래도 시도해 볼 가치는 있었다.

"된 거지?"

"알았어."

앤드류스가 처음으로 니콜라스와 눈을 맞추며 말하고는 고개를 끄덕였다.

"올리버도 놔 줘야 해."

앤드류스는 잠시 아무 말도 하지 않고 있다가 이내 고개를 끄덕였다.

"알았어."

니콜라스는 다른 선도 반장들인 줄리안과 타일러에게도 차례로 접근했다. 타일러는 올리버의 기숙사 반장이었다. 잠시 후, 세 명이 모여 뭔가를 상의하는 것 같았다. 무슨 얘기를 하는지 알 수만 있다면 이 세상 모든 것을 다 갖다 바치고 싶은 심정이었다.

벙커스 레인을 통한 탈출이 쉽지 않은 이유는 추격 때문이었다. 고아원에서는 도망치는 원생을 그야말로 늑대가 사슴을 사냥하듯 뒤쫓았다. 그리고 사냥과 마찬가지로 추격하는 쪽은 늘 더 강하고, 잔인하며, 무서웠다.

하지만 늘 그렇듯 방법은 있었다. 그중 하나는 사슴들처럼 무리로 움직이는 것이었다. 그렇게 하면 적어도 일부는 빠져나갈 수 있었다. 운이 따라 준다면 니콜라스와 올리버, 데이비가 벙커스 레인 쪽으로 달리는 것을 보고 다른 원생들이 합류할지도 모른다. 그렇게만 된다면 셋이 탈출할 확률은 더 높아질 수 있다.

올리버처럼 몸집이 작고 달리기도 잘 못하는 경우에는 뇌물을 써야 한다. 뇌물을 준 후에는 그저 운에 맡기는 수밖에…….

바깥, 즉 자유까지의 거리는 대략 800미터였다. 진흙에 굴러 가며 폐가 터질 것처럼 숨 가쁘게 달려야 할 800미터……. 잡기 어려울 정도로 빠르게 달리면 선도 반장들이 중간에 추격을 그냥 포기할지도 모른다. 도망가는 원생들이 추격자들보다 한 가지 앞서는 게 있다면, 그건 바로 절박함이었다. 모두 탈출해야 할 절박한 이유가 있어서 달리는 것이었다. 반장들은 사실 도망가는 원생을 놓쳐 봤자 체면이나 좀 구기거나, 사감들에게 좀 얻어맞는 정도였다. 그 절박함은 달랐다.

어느새 옆에 나타난 데이비가 니콜라스를 노려보았다.

니콜라스는 데이비에게 "쟤들한테 너도 나간다고 얘기해 놨어." 하고 말했지만, 데이비는 고개를 돌렸다. 니콜라스는 화가 났다. 데이비가 없이는 힘들기 때문이다. 사진을 누가 들고 나갈지도 문제였다. 그 사진을 소지한 채 잡혔다가는 무슨 일을 당할지 모르기 때문이다.

원생들이 모두 기숙사 밖으로 나와 등교를 위해 정렬했다. 올리버는 겁에 질려 죽을 것 같은 모습이었다. 니콜라스는 올리버에게 용기를 주려고 미소를 지어 보였지만, 표정이 꼭 비웃음처럼 되어 버렸다.

마침내 행렬이 움직이기 시작했다. 데이비는 니콜라스를 바라보았고, 니콜라스는 눈을 돌렸다. 이미 멈추기에는 너무 늦었다.

'침착하자. 정신을 똑바로 차려야 해.'

니콜라스가 생각했다. 건너편 줄을 보니 올리버가 하얗게 질린 채 서 있었다. 아무도 이상하게 보지 않는 게 오히려 놀라웠다. 니콜라스는 올리버를 보며 몰래 윙크를 했지만, 올리버는 그저 입을 벌리고 바보처럼 멍하니 쳐다보았다.

다른 기숙사에서 나오는 원생들이 합류하느라 행렬이 잠시 이동을 멈췄다가 다시 움직이기 시작했다. 벙커스 레인이 점점 다가오고 있었다. 20미터, 10미터······.

마침내 입구에 다다랐다.

"뛰어! 어서! 지금이야!"

니콜라스가 외쳤다. 세 명이 열을 벗어나 경주장의 개처럼 달려 나
가자 행렬 전체가 술렁거렸다. 셋은 젖은 풀밭에 미끄러져 가며 벙커
스 레인으로 가는 입구가 숨어 있는 관목 숲으로 미친 듯이 달려갔다.

"뒤쳐질 순 없지!"

데이비가 쏜살같이 앞서 나가며 니콜라스에게 말했다. 데이비가 합
류한 것을 보니 용기가 났다. 그때 뒤쪽에서 "이봐! 거기!" 하고 외치
는 고함이 들렸다. 추격이 시작된 것이다.

니콜라스는 계속해서 달리며 곁눈으로 뒤쪽을 살펴보았다. 선도 반
장들이 셋을 향해 돌진하는 모습이 보였다. 하지만 니콜라스는 크게
동요하지 않았다. 어차피 사감들이 보는 앞에서는 반장들도 쫓는 척
을 해야 해서 뛰는 것일 가능성이 높았다. 사감들의 눈에 띄지 않는
관목 숲으로 들어가면 뇌물이 통했는지 알 수 있겠지. 슬쩍 뒤를 보
니, 지금은 전력을 다해 쫓아오고 있는 것 같았다. 그런데 올리버는
벌써 뒤처지고 있었다.

'제발······. 관목 숲에 닿을 때까지만 버틸 수 있게 해 주세요!'

니콜라스는 마음속으로 외쳤다.

숲 앞에 다다른 니콜라스는 나뭇잎과 가지를 뚫고 길이 있을 것 같
은 쪽으로 몸을 던졌다. 눈과 얼굴을 긁혀 가며 조금 더 달려가자, 드
디어 벙커스 레인이 나왔다. 여기저기 움푹 파인 미끄러운 자갈길에
다다른 니콜라스는 속도를 늦췄다. 몇 미터 뒤 숲에서 데이비가 뛰어
나오며 엉덩방아를 찧는 모습이 보였다. 데이비는 아파하면서도 벌
떡 일어나서 다시 달리기 시작했다. 그런데 올리버가 보이지 않았다.

'이럴 수가!'

그 순간, 숲 한쪽이 갈라지며 올리버가 모습을 드러냈다.

"올리버, 길은 안 돼! 다시 숲으로 들어가!"

니콜라스는 헉헉거리며 올리버에게 말했다. 달리기가 느린 올리버가 길 위로 달리면 추격에 나선 반장들에게 금방 따라잡힐 게 뻔했다. 잡혔는데도 그냥 보내 주길 바라는 것은 무리가 있었다. 니콜라스는 올리버에게 다시 숲으로 들어가라며 손짓을 했고, 올리버는 다시 숲으로 미끄러져 들어갔다.

뒤에서는 반장들이 따라오는 소리가 들렸다. 앤드류스와 줄리안이 고함을 지르며 욕을 하고 있었다. 평소보다 크게 수선을 피우는 것으로 보아 사감들에게 들리라고 일부러 그러는 것 같았다. 니콜라스는 반장들이 이쪽으로 넘어오면 좀 살살 뛰거나 잠깐 멈춰 주지 않을까 하고 기대했지만, 그들은 여전히 전속력으로 추격하고 있었다.

니콜라스는 뒤를 돌아보며 가다가 균형을 잃고 미끄러져 물웅덩이에 빠져 버렸다. 하지만 그는 바로 일어나 전속력으로 다시 달렸다.

반장들이 가까이 다가오고 있었다. 올리버에게 신경 쓰느라 귀중한 몇 초를 허비한 탓이었다. 니콜라스는 반장들이 적어도 한 명은 잡아가려 할 거라고 생각했다. 올리버는 절대 안 된다. 올리버는 절대로 잡히면 안 된다. 하지만 니콜라스도 잡힐 수는 없었다. 특히 뒷주머니에 들어 있는 사진을 생각하면 절대로 잡힐 수는 없었다.

데이비……. 니콜라스의 친구인 데이비도 잡히면 안 된다. 다행히 데이비는 이미 저 멀리 앞서가고 있었다. 마침 데이비가 하얀 얼굴로 뒤돌아보고 있는 모습이 보였다.

"빨리 와!"

데이비가 소리쳤다. 니콜라스도 다시 속력을 냈다. 그런데 뒤에서 바짝 들려오리라 생각했던 발자국 소리가 더 이상 들리지 않았다. 니콜라스는 위험을 무릅쓰고 다시 뒤돌아보았다. 반장들이 뒤처지고 있었다. 뇌물이 통했던 것이다. 이제 자유의 몸이나 마찬가지였다.

그 순간, 아까 들린 반장들의 고함에서 앤드류스의 목소리가 빠져 있었다는 생각이 니콜라스의 뇌리를 스쳤다.

"거기 서!"

앤드류스의 목소리가 길 옆 숲 쪽에서 들려왔다. 앤드류스는 올리버를 쫓고 있었던 것이다. 니콜라스는 방향을 틀어 쓰러진 나무를 뛰어넘어 숲을 헤치고 안쪽으로 들어갔다. 그리고 잠시 멈춰 서서 숨을 고르며 주위에서 들리는 소리에 귀를 기울였다. 후다닥 뛰는 소리가 들렸다.

"올리버, 넌 이제 독 안에 든 쥐야."

앤드류스의 목소리를 들은 니콜라스는 가만히 두라고 악을 썼다.

"니콜라스! 무슨 짓이야!"

앞서가던 데이비가 소리쳤다. 하지만 달리던 발길을 멈추지는 않았다.

그 무엇도 데이비를 멈출 수 없었다. 다시 달리려던 니콜라스는 멈칫했다. 다른 반장들도 숲 쪽으로 들어와 올리버를 쫓고 있는 것 같았다. 두 명이 농담을 주고받는 소리가 들렸다.

니콜라스는 결국 올리버를 찾기 위해 되돌아갔다. 앤드류스가 따라잡은 것 같았다. 쿵, 하는 소리와 함께 올리버가 숨을 헉헉거리는 듯했다. 니콜라스는 나무를 뚫고 나간 자리에서 둘을 덮쳤다. 앤드류스가 올리버의 머리채를 잡고 바닥에서 일으켜 세우고 있었다.

"제발 살려 줘."

올리버는 어쩔 줄을 몰라 하며 소리를 질렀다. 니콜라스는 그들에게 다가섰다.

그 모습을 본 앤드류스는 "이봐! 여기야!" 하고 소리치며 다른 반장들을 불렀다. 곧 대답이 들려왔다. 다른 반장들이 오는 것이었다.

니콜라스는 멈춰 섰다. 무엇을 해야 할지, 무엇을 할 수 있을지 도저히 알 수가 없었다. 줄리안과 타일러가 다가오는 소리가 들려왔다.

"넌 이제 죽었어."

앤드류스가 조용히 말했다. 그리고 니콜라스에게만 고개를 살짝 끄덕였다. 눈감아 줄 테니, 빨리 도망가라는 신호였다.

"올리버도 놔 줘."

니콜라스가 말했다. 앤드류스는 고개를 저었다. 니콜라스는 자유로 가는 길을 애타게 바라보았다.

"가지 마. 제발, 날 두고 가지 마."

올리버가 공포에 찬 목소리로 애원했다. 그러자 앤드류스가 올리버의 뺨을 세게 때리며, "닥쳐!" 하고 말했다.

다른 반장들이 가까이 다가오는 발소리가 들렸다. 도망가야 할지, 마음을 정하지 못하고 있는데 본능적으로 다리가 먼저 움직였다.

"그건 내가 잘 챙겼어, 올리버. 꼭 돌아올게. 내일 올게!"

니콜라스는 다시 한 번 뒤돌아보며 올리버의 창백한 얼굴을 향해 외치고는 다시 달렸다.

이제 자유를 얻기 위해서는 줄리안과 타일러를 통과해야 했다. 그들은 도망갈 기회를 스스로 버린 니콜라스를 이제 진심으로 쫓고 있었다. 두 명이 빠르게 다가오는 소리가 들렸다. 도망갈 곳이 없었다. 어디로 가야 할지 알 수가 없었다. 줄리안과 타일러는 니콜라스보다 크고 빠르며 또 강했다. 두 반장은 이미 니콜라스의 바로 뒤에 있었다.

니콜라스는 다시 전속력으로 달리다가 갑자기 멈춰 서며 진흙과 낙엽이 덮인 바닥에 몸을 웅크리고 엎드렸다. 미처 속도를 줄이지 못한 줄리안은 니콜라스의 몸에 걸려 한 바퀴 구르며 머리부터 바닥에 처박혔다. 줄리안은 고통으로 비명을 지르며 나무딸기 덤불에 처박혔다.

다른 반장들도 추격에 나선 것 같았다. 니콜라스는 자기도 모르게 굵은 나뭇가지를 손에 쥐고 일어났다. 몇 미터는 되어 보이는 튼튼하고 긴 나뭇가지였다. 니콜라스는 타일러가 달려드는 순간, 가지를 세차게 휘둘렀다. 반장은 나뭇가지가 붕, 하며 얼굴로 날아들자 예상치 못한 공격에 깜짝 놀란 표정을 지었다. 마지막 순간 가까스로 얼굴을 돌려 정면을 맞지는 않았지만, 나무는 옆얼굴을 강타했다. 뭔가 깨지는 것 같은 끔찍한 소리가 난 후 반장은 마네킹처럼 바닥에 쿵, 하고 쓰러졌다.

정신을 차린 줄리안이 다가왔다. 줄리안은 니콜라스보다 덩치가 컸지만, 니콜라스가 나무를 휘두르자 멈칫했다. 바닥에서는 타일러가 얼굴을 감싸고 좌우로 구르며 신음하고 있었다. 얼굴이고 손이고 피투성이였다.

"대체 무슨 짓이야!"

줄리안이 고함을 질렀다.

"가까이 오면 너도 얻어터진다."

니콜라스가 으르렁거리며 말했다. 줄리안은 바닥에 앉아 타일러의 상태를 살폈다. 타일러의 귀와 머리에서는 피가 철철 흐르고 있었다.

"너 미쳤어?"

니콜라스는 한 발짝 뒤로 물러나 줄리안에게 나뭇가지를 흔들어 보였다.

"너도 좀 맞을래, 이 개자식아? 너도 손 좀 봐줘? 목을 확 부러뜨려 줄까?"

줄리안은 눈을 휘둥그레 뜨고 니콜라스를 바라보았다. 니콜라스는 줄리안이 아는 모든 규칙을 깨고 있었다. 원래 세상이란 어른이 좀 큰 애들을 때리고, 좀 큰 애들이 작은 애들을 때리는 곳 아니던가. 그런데 작은 애가 나뭇가지로 큰 애를 때리다니……. 뭔가 잘못되어 있었다.

"너 미쳤구나."

줄리안이 다시 외쳤다. 하지만, 그는 움직이지 않고 제자리에 있었다. 줄리안의 뒤로 올리버를 붙잡은 앤드류스가 나타났다. 앤드류스는 진달래꽃 사이에서 무표정한 얼굴로 서 있었다. 니콜라스는 나뭇가지를 옆구리에 끼고 반쯤은 걷고 반쯤은 달려 벙커스 레인으로 달려갔다.

잠시 후 뒤를 돌아보니 줄리안이 타일러를 부축해 일으키고 있는 모습이 보였다. 니콜라스는 자유였다.

니콜라스는 빠른 걸음으로 걸었다. 잠시 후 니콜라스의 머리보다 조금 높은 담이 눈앞에 나타났다. 니콜라스는 자리에서 폴짝폴짝 뛰며 담 너머를 살폈다. 눈에 들어온 것은 길과 울타리 그리고 집 몇 채뿐이었다. 니콜라스는 담장에 기어올라 잠시 주위를 둘러보았다. 늘어진 덩굴을 뚫고 나오는 데이비의 모습이 보였다. 니콜라스는 데이비에게 달려갔다. 둘은 잠시 길에 선 채 흥분에 떨며 서로 마주하고 미소를 지었다.

"해냈어! 해냈다고!"

"우리가 해냈어!"

"정말 폭풍처럼 달렸지."

"완전 제트기 같았어!"

그 순간, 데이비가 갑자기 얼굴을 찡그리며 "근데 올리버는?" 하고 물었다.

"놈들한테 잡혔어. 그래도 이건 나한테……."

니콜라스는 뒷주머니를 탁탁 쳤다. 그 순간, 정신없이 도망치던 중 뒷주머니에 넣어 놓은 사진이 다 사라져 버린 것을 깨달았다. 마지막 한 장까지 모두 사라진 것이다. 그 말은 벙커스 레인과 근처 관목 숲에 그 사진들이 널려 있다는 얘기였다. 누구나 볼 수 있게…….

"사진……."

"사진? 무슨 사진?"

니콜라스는 고개를 저었다. 앞으로 어떻게 될지는 생각조차 하기 싫었다. 이미 모든 게 늦은 것이다. 그리고 그 모든 것을 올리버 혼자 감당해야 했다.

공기놀이 (Jacks)

_제인 들린

햇살이 드는 조용한 방, 엄마와 아빠는 낮잠을 자고 있다. 아이는 화장실에 가고 싶지만 안방에 들어갈 수가 없다. 엄마 아빠가 노크 없이는 절대 들어오지 말라고 했기 때문이다.

한 번은 무서운 꿈을 꾸고 안방 문을 두드렸는데, 엄마 아빠는 한참 지나서야 대답을 했다. 그런데 어딘가 모르게 짜증이 난 것 같았다. 이제 아이는 잠을 깨도 절대 안방 문을 두드리지 않는다. 그냥 엄마 아빠가 깰 때까지 다시 자려고 애쓴다.

아이는 지금도 반질반질한 마룻바닥 위에서 자려고 애쓰고 있다. 해가 아이의 몸을 따뜻하게 데운다. 햇빛이 비쳐 공기 중에 작은 먼지 입자가 떠다니는 게 보인다. 먼지는 늘 햇빛을 받아 빛을 발하고 있을 텐데, 왜 지금까지는 잘 보이지 않았을까.

다시 눈을 떴을 때 해는 더 이상 아이를 비추지 않았다. 아이는 추웠다. 아이의 부모는 여전히 안방에 있다. 아이는 일부러 혼자 노는 소리를 내서 엄마 아빠를 깨우려고 한다. 그리고 아주 크게 그들을 부른다. 하지만, 진짜 이름을 부르지는 않는다. 아이만 쓰는 이름, '엄마' 라는 이름과 '아빠' 라는 이름을 부른다. 하지만, 엄마 아빠는 아직도 자는 것인지 대답이 없다. 아니면 아이의 목소리를 듣고도 일어나고 싶지 않은 것일 수도 있다.

사실 부모님을 탓할 일도 아니다. 어른들에게 아이들이란 크게 관심을 끄는 존재가 아니다. 친척들만 해도 이런저런 질문을 해놓고 대답을 할라치면 딴청을 피우는 경우가 있지 않던가.

아이는 사실 혼자서 화장실에 갈 수도 있다. 부모님은 아이에게 바지를 내리고 변기에 앉는 법과 엉덩이를 닦는 법을 알려 주었다. 하지만, 아이는 혼자 가기보다는 부모님을 찾는다. 그러면 부모님은 화장실에 같이 가서 제대로 하는지 지켜봐 준다.

아이는 지금 대변을 보고 싶다. 대변은 갈색이고 지저분하다. 혼자서는 못할 것 같다. 엉덩이를 닦다가 손에 묻으면 어떡하지? 화장실에 가다가 바지에 실수를 하면 어떡하지? 아이는 참을 수 있을 때까지 참다가 자기 방에서 바지를 내리고 앉아 바닥에 빛나는 갈색 똥을 눈다. 마치 가정부 밀리가 블라우스를 다릴 때 올라오는 김처럼 똥에서도 김이 조금씩 올라온다.

어느 날, 아빠가 아주 행복한 모습으로 집에 온다. 짠! 새 차가 생겼다고 한다. 가족이 처음으로 갖게 된 차다. 가족 모두 차를 구경하러 내려간다. 아직 차가 있는 집이 많지 않아서 주차는 아무 데나 하면 된다. 거리 청소 때문에 차를 이리저리 옮길 일도 없다. 아빠를 따라 내려가 보니 차가 한 대 있기는 한데, '새' 차는 아니다. 새로 나온 차들처럼 트렁크 쪽이 평편하지 않고 지붕부터 뒷 범퍼까지 둥글게 이어져 있는 스타일이다. 유행하는 것처럼 밝은 색도 아닌 어두운 녹색이다. 도어맨인 지미가 분명 건물 앞에서 잘 지켜보고 있었을 텐데, 혹시 아빠가 사 왔다는 새 차를 누가 훔쳐가 버린 걸까? 아니다.

그 순간 아빠가 녹색 차의 문을 열고 엄마에게 앞좌석과 뒷좌석 그리고 내부 보관함을 보여 준다. 엄마가 미소를 지으며 운전을 배우겠다고 말한다. 지미도 차를 칭찬한다. 화가 난 사람은 아이뿐이다. 아빠가 거짓말을 했기 때문이다. 이건 새 차가 아니다.

"그렇긴 하지만……. 우리에겐 새로 생겼으니 새 차지."

아빠가 말한다.

아이는 시리얼을 좋아하지 않는다. 달걀도 싫다. 우유는 더 싫다. 특히 학교에서 주는 종이팩에 든 냄새 나는 미지근한 우유는 최악이다. 아이는 간도 싫고 얼린 완두콩을 제외하고는 채소도 싫다. 햄 종류는 괜찮지만, 저녁으로 먹을 수는 없다. 아이는 감자나 애플 소스처럼 물컹거리는 음식이 좋다. 아이스크림도 물컹거리기는 하지만 너무 차가워서 싫다. 고기는 양고기만 좋아한다. 특히 작게 잘라서 위에 케첩을 뿌리면 꿀맛이다.

식사 시간에는 접시 위의 음식을 잘게 잘라 깨작거리다가 한쪽으로 밀어 놓는다. 아니면 포크에 올려 입에 넣는 척하다가 부모님이 안 볼 때 다시 내려놓는다. 아이는 우유를 크게 한 모금 마시는 척하고 싱크대로 달려가 다 뱉어 낸다. 음식을 너무 천천히 씹기 때문에 아이가 식사를 마칠 때까지 기다리면 부모님은 이내 포기하고 후식을 위해 식탁을 정리한다. 아이는 그 틈에 남은 음식을 잠옷 주머니에 넣어 뒀다가 나중에 쓰레기통에 버린다.

그러던 어느 날, 엄마에게 들켜 버렸다. 다음부터는 냅킨을 덮어서 버리지만, 미심쩍게 여긴 엄마는 저녁 식사가 끝난 후 쓰레기통을 뒤진다. 그 후에는 주방으로 연결된 통풍구에 버린다. 아무도 모를 거라 생각하지만, 어느 날 관리인이 아이의 집으로 찾아온다. 아이의 집 주방 통풍구로부터 열두 층 아래 바닥에서 음식이 썩어 가고 있다는 것이다. 음식이 그렇게 있으면 쥐가 생길 수 있어서 위험하다. 쥐에 물리면 전염병에 걸린다.

"넌 우리 관리인이 전염병에 걸리면 좋겠니?"

엄마가 묻는다.

다음은 화장실이다. 어차피 모든 음식의 종착역은 화장실 아니던가. 화장실에 가기 전 배 속에서 시간을 보내는지는 중요하지 않다.

가끔 물을 내려도 음식이 잘 내려가지 않아서 문제다. 햄버거 조각 같은 것은 너무 가벼워서 물에 뜨고, 비트같이 무거운 채소는 바닥에 가라앉아서 쓸려 내려가지 않는다. 가끔은 물을 여러 번 내려야 한다. 소화가 된 음식이 더 잘 내려가기는 한다.

물 내리는 소리를 들은 부모님이 또다시 아이를 의심하기 시작한다. 그래서 아이는 자기가 주로 사용하는 손님용 화장실이 아닌 가정부 밀리의 방에 있는 화장실에 음식을 버리기 시작한다. 그 화장실은 밀리만 사용한다. 밀리는 집 안을 청소하고 아이를 돌보기 위해 일주일에 두 번만 오기 때문에 부모님이 TV를 보거나 신문을 읽을 때까지 기다렸다가 음식을 처리할 수 있다. 가끔은 다음 날 아침까지 기다리기도 한다.

그러던 어느 날, 화장실에 옷을 갈아입으러 들어간 밀리가, 아이가 깜빡하고 그냥 둔 음식을 발견한다. 밀리는 엄마에게 절대 말하지 않겠다고 맹세하지만, 그날 밤 엄마는 중국에서 굶고 있는 아이들에 대한 설교를 늘어놓는다.

화장실 벽에는 '빨래통'이라고 불리는 송풍구 같은 비밀 통로가 있다. 아이의 부모는 그 통로로 더러운 옷가지나 이불을 던져 넣는다. 아이는 예전에 삼촌으로부터 들은 파리의 우편배달 시스템을 떠올린다. 파리에서는 편지가 우체국 사이의 진공관을 타고 배달된다고 했다.

하지만 세탁물은 편지보다 크니까 진공관에 비해 세탁관이 더 크다. 그런데 세탁관으로 빨랫감을 던져 넣긴 하지만, 그 안에서 깨끗한 옷이 튀어나오지는 않는다. 세탁물은 연한 파란색 종이에 깔끔하게 포장되어 중국인 세탁소에서 일하는 남자애의 손에 들려 집으로 배달된다. 아무래도 뉴욕의 세탁 시스템은 진공 방식이 아닌 것 같다. 그것보다는 놀이터의 미끄럼틀에 가까워 보인다. 미끄럼을 타고 내려가다가 끼면, 다음 사람이 타고 내려와서 밑으로 밀어 주는 것처럼 위층에서 내려보낸 세탁물이 아래층 세탁물을 밀어서 브로드웨이에 위치한 중국인 세탁소로 보내지는 것이다.

각종 지저분한 속옷이나 셔츠 그리고 베갯잇 같은 것들이 세탁관을 타고 내려갈 텐데, 음식이 어느 층에서 내려왔는지 누가 알겠는가. 게다가 혹시 세탁소에서 눈치를 챘다고 하더라도, 중국인 세탁소 사람은 영어를 거의 못 하니까 엄마한테 이를 수도 없을 것이다.

그리고 얼마 후, 세탁관에서 지독한 냄새가 나기 시작한다.

문밖에는 번들거리는 검은 콧수염을 기르고 베레모를 쓴 프랑스 남자 세 명이 있다. 그들은 그녀를 납치하려고 도어맨 지미를 협박해 아파트 열쇠를 빼앗았다. 밖에서 자물쇠를 열려고 달각거리는 소리가 들려온다.

이건 그냥 꿈이다. 그날 학교에서 선생님이 프랑스라는 나라에 대한 얘기를 들려주었다. 선원에 대한 얘기였다. 전혀 무서운 얘기는 아니었지만 선생님이 말해 준 콧수염과 줄무늬 셔츠 그리고 통 넓은 바지가 왠지 무섭게 느껴졌다. 그녀는 그런 차림을 한 사람을 한 번도 본 적이 없다. 게다가 그 사람들은 집이 아닌 배에 산다고 했다.

어쩌면 꿈이 아닐 수도 있다. 그날 학교에서 프랑스 선원에 대한 얘기를 들었다고 해서 지금 문밖에 있는 프랑스 선원이 진짜로 없으라는 법은 없지 않은가. 그들은 사람들이 깰까 봐 아주 조용히 움직인다. 그녀는 밖에서 나는 소리를 들으려고 귀를 쫑긋 세우지만, 쿵쾅거리는 큰 심장 소리가 방해한다. 자꾸 잠이 들려고 하지만, 그녀는 깨어 있으려고 애쓴다.

아빠를 불러 도움을 청할까 하는 생각도 들지만, 괜히 아빠한테 얘기하면 밖에 있긴 누가 있냐며 문을 활짝 열어 버릴 것 같다. 그러면 그 틈을 타 프랑스 선원들이 쳐들어 와서 가족을 다 죽여 버리겠지. 아니면 모두 안심할 때까지 비상구에 숨어 있다가 사람들이 잠들면 돌아올지도 모른다.

아빠가 지미에게 전화를 걸어 잘못된 게 없는지 확인하고, 지미도 모든 게 괜찮다고 말한다고 해도 그 말을 다 믿을 수는 없다. 그 사람들이 지미를 협박했을지도 모르는 일이니 말이다. 지금 할 수 있는 일이라고는 잠들지 않고 버티는 것, 그리고 선원들이 쳐들어 왔을 때 아빠가 엄마와 안방에만 숨어 있지 말고 도와주기를 바라는 것뿐이다. 선원들이 아빠를 죽일지도 모르지만, 아빠는 그녀를 세상 누구보다 사랑한다고 했다.

그녀는 TV에서 「하우디두디(Howdy Doody)」(40~50년대에 미국에서 방영된 아동용 TV 프로그램으로, 꼭두각시 인형과 광대 클라라벨 진행자인 버팔로밥이 등장함._역자)를 보고 있다. 산 지 몇 개월 되지 않은 새 TV다. 처음에 집에 들여놨을 때는 그냥 앞에 회색 유리가 달린 가구일 뿐이었고, 그녀도 별다른 흥미를 보이지 않았다. 하지만 이제는 하우디두디와 클라라벨, 그리고 버팔로밥이 좋았다.

부모님은 그녀를 위해 방청권에 응모하지만 당첨된 적이 없다. TV를 보면 뉴욕뿐 아니라 전국의 아이들이 다 초대받는 것 같은데, 참으로 이상하다. 그리 크지 않은 TV 화면을 더 크게 보려고 그녀는 TV 앞에 바짝 다가선다. 전자파 따위는 아랑곳하지 않는다. 엄마도 같이 보기는 하지만, 저 뒤쪽 쿠션이 있는 큰 의자에 앉아서 본다. 하우디두디가 무슨 말을 하자, 방청석 저 뒤쪽에 앉은 아이들이 요절복통을 하지만 그녀는 잘 알아듣지 못한다. 무슨 말인지 물어보려고 뒤를 돌아보지만, 엄마는 고개를 뒤로 젖히고 입을 벌린 채 자고 있다. 세상에서 제일 재미있는 TV 프로그램을 앞에 두고 대체 어떻게 잠이

들 수 있지? 그녀는 이해할 수가 없다.

엄마는 「하우디두디」가 어른들에게는 별로 재미가 없다고 설명한다. 그뿐 아니라 그녀도 조금만 더 자라면 흥미를 잃게 될 거라고 말한다. 어른이 되기도 훨씬 전에 말이다. 그녀는 말도 안 된다고, 자기는 평생 「하우디두디」를 볼 거라고 말한다.

하지만 다음 해가 되자 엄마의 말이 옳았다는 것을 알게 된다. 정말 「하우디두디」가 별로 재미없어진 것이다. 하지만 그녀는 엄마의 말이 옳았음을 인정하고 싶지 않아서, 그리고 하우디두디와 친구들에게 질린 게 괜스레 미안해서 고집스레 TV를 본다. 그녀는 하우디두디와 클라라벨, 버팔로밥뿐 아니라 언젠가 애정과 관심을 잃게 될 모든 사물과 사람에게 죄책감을 느낀다.

그녀는 실수로 부모님께 속이 이상하다고 말해 버린다. 지난번에 속이 이상하다고 얘기했을 때, 아빠는 그녀를 자기 무릎에 엎드리게 하더니 먹은 것을 다 토할 때까지 등을 두드렸다. 그때 토하고 나니 좀 괜찮아졌다는 얘기를 했던 것을 기억하고, 아빠는 그녀를 또 토하게 하려고 한다. 하지만 기분이 좀 나아졌다는 얘기는 사실이 아니었다. 그녀는 속이 메스꺼운 것보다 토하는 게 더 싫다. 토하는 게 뭐가 그렇게 끔찍하냐고? 우선 냄새가 고약하다. 냄새만 맡아도 또 토할 것 같다. 게다가 그 역겨운 모양이라니……

오트밀같이 이상하게 뭉글거리지만 역겨운 갈색과 분홍색이 더 섞여 있다. 게다가 입에 남는 뒷맛도 끔찍하다. 아무리 양치질을 하고 입안을 헹궈 내도 사라지지 않는다. 거기에 누군가 목구멍에 담뱃불을 끄기라도 한 것처럼 화끈거리며 타는 느낌이 난다. 게다가 위는 자기 것이 아닌 양 통제가 되지 않는다. 마치 다루기 힘든 작은 동물처럼 그녀의 말을 듣지 않는다. 언제 토할지 결정하는 것은 그 동물이지 그녀가 아니다. 토할 것 같은 기분이 들 때도 정확한 시점은 알 수가 없다. 숨이라도 한 번 잘못 쉬었다가는 토사물에 숨이 막혀 죽을 것 같다. 괜한 걱정이 아니다. 학교에서 어떤 남자애가 자기가 아는 사람 중 분명 그렇게 죽은 사람이 있다고 했다.

아빠는 토하게 하지 않겠다고 약속하며, 그냥 무릎 위로 엎드려 보라고만 얘기한다. 그녀는 그게 무슨 도움이 될까, 하고 생각했지만 아빠의 약속을 믿고 엎드린다. 하지만 아빠는 그녀가 엎드리자마자 등을 두드려 토하게 만들고는, 이제 속이 좀 괜찮아지지 않았냐고 묻는다. 그녀는 약속을 어긴 아빠에게 화가 난다.

그녀의 할머니는 뉴로셸에 살았다. 커다란 하얀 집에 사는 조한나라는 소녀는 그녀가 뉴로셸에서 아는 유일한 친구였다. 그녀가 바깥에서 놀고 있는 조한나와 그 남동생의 모습을 물끄러미 바라보고 있을 때면, 그녀의 아빠는 나가서 인사라도 하고 같이 놀지 그러냐고 했다. 하지만 그녀는 부끄럼이 많은 데다 조한나의 개가 무섭기도 했다.

그러던 어느 날, 아빠가 손을 잡고 조한나의 가족에게 데려가 인사를 시켰고, 그 이후 그녀는 가끔 조한나와 만나 같이 놀게 되었다. 하지만 조한나가 진짜 자기가 좋아서 같이 노는지, 아니면 엄마가 시켜서 놀아 주는지는 알 수 없다. 한 번은 그녀가 조한나의 집으로 찾아가 초인종을 눌렀는데, 조한나의 엄마가 나와서 지금은 바빠서 같이 놀 수가 없다고 했다. 하지만 잠시 후 위층 창문으로 다른 친구들과 놀고 있는 조한나의 모습이 보였다. 그 후로 그녀는 조한나의 집에 절대 찾아가지 않는다. 그저 밖에서 놀거나 자전거를 타고 돌아다니며 조한나와 우연히 마주치기를 기다린다.

어느 날, 조한나와 그녀는 실험을 한다. 조한나는 지렁이는 반으로 잘라도 죽지 않고 두 마리가 된다고 말한다. 하지만 그건 말도 안 된다. 한 마리가 두 마리가 된다면, 대체 둘 중 어떤 게 진짜 지렁이란 말인가. 게다가 한쪽은 뇌를 어디서 구하지? 한때 자기들이 한 몸이었다는 것을 기억하고 혼란에 빠지지는 않을까?

어쨌든 조한나와 그녀는 땅속에서 지렁이를 몇 마리 찾아 막대기를 이용해 반으로 자른다. 어떤 것들은 그냥 가만히 누워 있고, 어떤 것들은 서로 반대 방향으로 기어가기도 한다. 갑자기 조한나가 "나 사실은 너 별로 안 좋아해." 하고 말하며, 원래 놀던 친구들이 없을 때만 그녀와 노는 거라고 말한다. 마음이 상한 그녀도 "나도 너 싫어." 하고 말하며, 흙을 한 줌 집어 조한나의 눈에 던진다. 조한나는 앞이 안 보인다고 소리를 지르며 도망간다. 그녀는 조한나를 찾아서 집에 데려다 줘야 한다고 생각은 했지만, 조한나의 부모님이 무서워서 그만둔다. 그녀는 집으로 돌아가 하루 종일 덜덜 떨며 창문가에 앉아 경찰이 자기를 잡으러 오기를 기다린다.

그녀는 아기용 침대에 누워 있다. 요람은 아니지만 어쨌든 옆으로 떨어지지 않게 난간이 달려 있다. 아빠는 매일 밤 들어와 이불을 덮어 주고는 차가운 밤공기가 건강에 좋다며 창문을 활짝 연다. 그녀는 매일 밤 아빠에게 창문을 다시 닫아 달라고 하지만, 아침에 덜덜 떨며 일어나 보면 창문은 늘 열려 있다.

아빠는 변함없이 매일 밤 찬 공기가 건강에 좋다고 말하고, 그녀는 계속해서 추운 게 싫다며 창문을 닫아 달라고 한다. 가까스로 아빠를 설득해 창문을 닫은 후에는 자기가 잠든 후 와서 창문을 다시 열지 않겠다고 약속하게 한다. 아빠는 매번 그렇게, 하고 약속한다. 하지만, 다음 날 아침 덜덜 떨며 일어나 보면 창문은 어김없이 활짝 열려 있다.

크리스마스다. 그녀의 가족이 가정부 밀리를 데리러 가고 있다. 원래 밀리와 크리스마스를 함께 보내는 일은 거의 없었지만, 올해는 할머니가 큰 파티를 열기로 해서 초대했다. 그녀는 밀리가 좋다. 밀리와는 같이 집안일을 해도 재미있다.

엄마랑은 다르다. 밀리가 침대를 정리하는 모습은 언제 봐도 신기하다. 언젠가 호텔에서 본 침대처럼 시트를 깔끔하고 탄탄하게 잘도 집어넣는다. 밀리가 마룻바닥용 왁스를 바닥에 부으면 왁스 웅덩이에 얼굴이 비친다. 하지만 역시 제일 좋은 것은 다림질이다.

밀리가 다림질을 하면 옷에 뿌린 물이 하얀 구름 같은 수증기로 변하며 깨끗한 빨래 냄새가 났다. 밀리는 자기 자매나 조카들, 심지어 만나는 남자들에 대한 얘기도 해주었다. 그녀의 집에서는 이런 얘기를 들려주는 사람이 없었다. 아무도 진짜 삶에 대한 얘기는 해주지 않았다. 그녀는 엄마에게는 하지 못하는 얘기를 밀리에게는 꺼내고는 했다.

밀리는 할렘에 산다. 사람들은 할렘이 형편없는 곳이라고 하지만, 사실 그녀가 사는 동네와 별다를 것 없어 보인다. 한 가지 다른 것이라면, 그녀의 동네에서는 큰 건물에는 백인들이 살고 작은 벽돌 건물에는 푸에르토리코인들이 산다. 그런데 할렘에서는 모든 건물에 흑인이 산다는 점 정도다. 그녀의 아빠는 푸에르토리코인들이 현관 입구에 앉아 종이봉투로 가린 맥주를 마시며 시끄럽게 라디오나 틀어댄다고 싫어한다. 일을 할 생각은 안 하고 연금이나 받아먹는다고 한심하다고 한다. 하지만 그녀는 푸에르토리코인들이 좋다. 비록 무슨 말인지 알아들을 수는 없지만, 라디오에서 흘러나오는 노래는 흥겹고 또 사람들은 친절하다.

유니폼 차림이 아닌 밀리는 낯설다. 밀리는 한껏 차려입은 모습이다. 예쁜 드레스에 하이힐을 신고 얼굴을 반쯤 가린 망사가 드리운 모자를 쓴 채 어깨에는 작은 모피를 걸쳤다. 밀리의 가족이 그녀의 가족에게 인사를 해야겠다며 모두 내려와 악수를 한다. 밀리의 가족은 올라와서 케이크에 차라도 한잔하고 가라고 권하지만, 그녀의 부모는 파티에 늦었다며 사양한다.

차에 자리가 없어서 그녀는 밀리의 무릎에 앉는다. 밀리는 계속 그녀에게 뽀뽀를 하며 사랑한다고 말한다. 평소라면 좋았겠지만, 그날따라 밀리에게서 이상한 냄새가 난다. 그녀의 어머니는 알아듣지 못할 말을 자꾸 큰 소리로 외치는 밀리가 마음에 들지 않는다. 밀리가 갑자기 라디오 볼륨을 확 높인다. 그녀의 아빠가 소리를 줄이라고 하자, 조금 줄이는가 싶더니 잠시 후 다시 볼륨을 최대로 높인다. 결국, 싸움이 시작된다.

밀리는 계기판 쪽으로 머리를 들이밀며 코를 킁킁거리는 소리를 낸다. 아빠는 화가 머리끝까지 나서 밀리를 다시 집에 데려다 주겠다며 차를 돌린다. 밀리는 크리스마스에 좀 즐기는 게 뭐가 어째서 그러냐며, 할머니 댁에 도착할 때쯤이면 괜찮아질 거라고 한다. 밀리는 화를 냈다가, 삐쳤다가, 사과를 하고는 결국 울어 버린다. 얼굴 위로 검은 눈물이 흘러내리고 머리는 이미 엉망이다. 그녀의 엄마가 밀리에게 코를 풀라고 손수건을 건넨다.

밀리의 집 앞에 도착했지만 열쇠가 없어서 집에 사람이 있는지 전화를 해봐야 한다고 말한다. 밀리의 말을 들은 그녀의 엄마는 더 화가 난다. 밀리는 늘 집에 전화가 없다고 말했기 때문이다.

전화를 걸고 다시 밀리의 집 앞으로 가니, 아까 만났던 밀리의 가족이 나와 있다. 하지만 아까처럼 친절하게 굴지는 않는다. 밀리는 돈이 필요하다며 엄마에게 제발 해고하지 말아 달라고 애원한다. 엄마는 다음 주에 전화하겠다고 말하지만, 그녀는 엄마가 그러지 않을 거라는 사실을 알고 있다. 그녀는 밀리의 이상한 냄새와 행동에 대해서도 화가 났지만, 별것도 아닌 일에 난리를 치는 엄마 아빠에게 더 화가 났다.

토요일 아침, 아빠가 영화를 보러 가자고 한다. 그녀는 "지난번에 한 번 보러 갔다 왔잖아요." 하고 말한다.

그녀는 '해피'라는 이름의 파란 잉꼬를 키운다. 그녀는 해피와 놀아 주지도, 새장을 청소해 주지도 않았다. 그러니 이름과는 달리 아마 해피는 별로 행복하지 않을 것이다. 어쨌든 해피는 다른 작은 새들과는 달리 몇 년을 살았다.

그러던 어느 여름, 캠프에서 돌아와 보니 해피가 사라지고 없었다. 그녀의 아빠는 아이에게 새장을 청소하던 중 해피가 날아가 버렸다며, 그녀가 속상해 할까 봐 캠프에 편지를 보내 알리지 않았다고 말한다. 그녀는 엄마 아빠의 말을 믿지 않는다. 아마 해피를 키우기가 귀찮아져서 동물애호협회에 갖다 줘 버렸거나, 날아가 버리라고 일부러 새장을 열어 둔 것일 거라고 생각한다. 부모님은 진짜라고 맹세하며 믿어 달라고 한다.

"어디서 잘 지내고 있을 거야."

엄마가 말한다.

"더 좋은 가족을 만나서 행복하게 지내고 있을지도 몰라. 너도 해피를 그렇게 잘 돌봤던 건 아니잖니?"

물론 맞는 말이다. 그래서 그녀는 더 서럽게 운다.

5~6학년쯤이 되자, 그녀는 동네 영화관 입구에서 친구들을 만난다. 영화관에서는 늘 동시 상영 영화는 물론 짤막한 뉴스와 만화를 함께 틀어 준다. 어떤 영화가 상영 중인지, 최신작 시작 시간이 언제인지는 굳이 미리 알아보지 않는다. 그녀와 친구들은 그냥 되는 대로 만나 아무 시간에나 들어가서 상영 중인 첫 번째 영화를 보고, 두 번

째 영화를 처음부터 끝까지 본 뒤 다시 첫 번째 영화의 못 본 부분까지만 보고 나온다.

어느 날 「뜨거운 것이 좋아(Some Like It Hot)」를 보고 있다가 문득 그녀는 자기가 친구들보다 한 박자씩 늦게 웃는다는 것을 깨닫는다. 많이는 아니고 아주 잠깐이지만, 그녀는 신경이 쓰인다. 늦게 웃는다는 것은 유머 감각이 없어서 다른 사람이 웃는 것을 보고 웃는 것이거나, 아니면 유머 감각은 있어도 다른 사람보다 이해가 늦는다는 말이기 때문이다.

그녀는 언제나 반에서 성적이 제일 좋았다. 하지만 제일 똑똑해서가 아니라 제일 열심히 해서일지도 모른다는 생각이 든다. 아마 사실은 똑똑하지 않은데, 지금까지 다른 사람들을 운 좋게 속여 온 것일지도 모른다는 생각이 든다.

무엇보다도 들키지 않는 게 제일 중요하다. 지금까지는 영화를 볼 때 대사를 머릿속으로 따라 하면 그 대사가 책에 인쇄된 것처럼 눈앞에 보였고, 그녀는 그 대사를 읽고 내용을 이해했다. 하지만 그렇게 하면 시간이 걸린다. 그녀는 앞으로는 영화 속 대화를 귀로만 듣고 이해해 보기로 한다. 그러자 뒤처짐이 사라지고, 오히려 친구들보다 먼저 웃게 된다. 새로운 방식으로 영화를 보자니 신경이 쓰여 피로하기도 하고 또 예전보다 재미도 없지만, 그래도 다행스럽다.

그런데 또 다른 시간차가 생겨 버린다. 이번에는 조금씩 먼저 웃어 버린다. 마치 마음이 웃기 전에 몸이 먼저 웃어 버리는 것 같다. 게다가 여전히 웃으면서도 자기가 재미있어서 웃는지, 다른 사람들이 재미있어 할 만한 것이라서 웃는지 잘 알 수가 없다. 대부분의 경우 잘 맞춰서 웃지만, 가끔은 추측을 잘못해서 큰 극장에서 혼자서만 웃어 버린다. 그런 날이면 하루 종일 그 기억이 따라다니며 괴롭힌다.

그녀는 자기 방의 반들반들한 마룻바닥에 다리를 45도 정도로 벌리고 앉아 있다. 그녀는 작은 고무공을 허공에 던져 바닥에 한 번 튕긴 후 6각 별 모양의 공깃돌을 재빨리 집은 후 공을 잡는다. 공깃돌은 모두 열 개다. 그녀는 처음에는 공 한 번에 공깃돌 한 개씩, 그 다음에는 두 개, 그리고 세 개로 늘려 가며 혼자서 잭스놀이(고무공을 던지거나 바닥에 튕기고 공깃돌을 정해진 숫자만큼 줍는 일종의 공기놀이._역자)를 한다. 공깃돌을 한 번이라도 떨어뜨리면 처음부터 다시 한다. 오른손 대신 왼손으로 해보기도 한다. 가끔은 공을 두 번 튕기기도, 한 번도 안 튀기기도 하고, 허공이 아닌 벽에 던지기도 한다. 잠시 후, 그녀는 공깃돌을 치우고 공만 벽에 튕기고 논다. 벽에 공이 튕기는 소리가 맘에 든다. 그녀는 공이 같은 모양으로 튕기도록 벽의 같은 지점을 맞히려고 노력한다.

엄마가 방으로 들어오며 "날씨도 좋은데 내려가서 친구들이랑 좀 놀지 그러니?" 하고 말한다. 길거리에서 아이들끼리 놀아도 안전한 시절이었다. 아파트 입구의 도어맨들은 아이들이 길을 건너가거나 낯선 아저씨의 차에 타지는 않는지 지켜봐 주었다. 그녀는 엄마에게 혼자 놀아도 재미있다고 말한다. 엄마는 그녀에게 친구들과 싸웠냐고 묻는다. 그녀는 그런 건 아니고, 그냥 혼자 있고 싶다고 말한다. 그녀의 엄마는 어릴 때는 어린 시절이 귀한지 몰라서 그렇게 낭비한다고 말한다. 언젠가 그 시절이 제일 행복한 시절이었다고 깨달을 때쯤에는 이미 늦었을 거라면서 말이다.

엄마가 나간 후 그녀는 계속 잭스를 하지만 이제 조금 전만큼 재미있지가 않다. 그녀는 늘 자기가 어딘가 잘못됐다는 것을 알고 있었지만, 이제 엄마도 알게 되었다. 엄마는 지금이 인생에서 제일 행복한 시절이라지만, 그녀는 행복하지 않다. 그 말은, 그녀는 평생 행복하지 못할 거라는 얘기다. 행복에 대한 그녀의 생각이 잘못됐을 수도 있다. 생각보다 행복은 별것 아닐 수도 있다. 아마 지금 행복한데도 행복을 모르는 것일 수도 있다. 하지만 그렇다고 나아지는 것은 없다.

그녀는 자신에게, 엄마 아빠에게, 그리고 혹시 보고 있을지도 모르는 누군가에게 자신이 어린 시절을 낭비하고 있지 않다는 것을 보여줘야 한다는 생각에 친구들과 놀기 위해 내려간다.

머릿속의 오페라(Opera In My Head)

_멕 로소프

내 머릿속에는 늘 음악이 들린다. 밤이고 낮이고 끊임없이 오페라가 울린다. 지금은 악당(惡黨)이 낮은 내림 마장조의 거칠고 떨리는 음색으로, 마치 적그리스도처럼 노래하고 있다. 바깥에서 들리는 차 소리가 웅웅거리며 위협적인 화음을 이루고, 잠시 후 날카로운 도난 경보음이 이어진다.

나는 왼손을 들어 손가락을 조금씩 움직이며 지휘를 한다. 호른, 지금 들어오고! 옆을 지나는 사람의 발걸음과 통통거리는 팀파니 소리는 멀리서 왱왱거리는 구급차의 라장조 사이렌 소리와 화음을 이룬다.

이게 정상일까? 세상을 이런 식으로 경험하는 게 정상일까? 사실 내가(혹은 당신이) 알 길은 없다. 다른 사람들의 뇌에 내 경험을 이식하면 그들도 이런 소리를 듣게 될까? 그것도 모를 일이다. 게다가 세상 모든 일과 마찬가지로 내게는 즐거운 이 경험이 남에게는 괴로운 경험이 될 수도 있다.

정상인지 아닌지는 중요하지 않다. 어쨌든 중요한 것은, 다른 사람들에게는 소음인 것들이 내게는 음악으로 들린다는 점이다.

우리 부모님은 아무것도 듣지 못한다. 나는 입양됐다. 그래서 나를 낳아 준 엄마 아빠는 본 적도 없다. 생각해 보면 정말 이상한 일이다. 엄마 배 속에서 함께 먹고 자며 아홉 달을 이리저리 흔들리다가 어느 날 갑자기 날카로운 하얀색으로 빛나는 이 세상으로 나왔는데, 나오

머릿속의 오페라(Opera In My Head)

321

자마자 낯선 사람들 손에 넘겨지다니……. 물론 태어났을 때 내 감정이 어땠는지는 당연히 생각나지 않는다. 눈도 제대로 뜨지 못한 채 머릿속은 공포로 하얗게 질렸을 테고, 무슨 일이 벌어지는지 파악하기에는 내 심장이 너무 작고 약했겠지.

머릿속에는 엄마의 사진이 있다. 하지만 물론 진짜 사진은 아니다. 상상 속의 내 생물학적 엄마는 나처럼 키가 크다. 하지만 나와는 다르게 머리칼과 눈동자가 짙은 색이다. 상상 속에서조차 엄마와 나 사이에는 이유를 알 수 없는, 설명할 수 없는 많은 차이가 존재한다.

나는 길을 건너며 도시의 흥얼거림에 귀를 기울인다. 나는 지하철 표를 끊고 비를 피해 에스컬레이터를 타고 지하철역으로 내려간다. 개미처럼, 아니 어쩌면 오르페우스처럼……. 멜로디가 내 핏줄을 채운다.

지하에 내려오면 투바의 가장 낮은 음같이 깊고 사랑스러운 떨림이 들려온다. 나는 이 소리를 들을 때마다 혹시 지구의 중심에서 흘러나오는 노랫소리가 노던 라인(런던의 지하철 노선._역자)의 터널을 타고 들려오는 게 아닐까 하고 생각한다.

몇 년간, 나는 인터넷에서 세계적인 바이올리니스트나 호른 연주자, 아니면 오페라 가수를 검색해 볼까 하고 생각을 했다. 분명 그렇게 하면 생각보다 쉽게 내 부모를 찾아낼 수 있을 거라는 생각에서였다. 거의 백발에 가까운 내 하얀 머리카락과 창백한 피부, 옅은 파란 눈과 꼭 닮은 누군가를 분명히 찾을 수 있을 것 같았다. 지금의 부모님과 나를 본 사람들은 십중팔구 내가 입양되었는지 묻는다. 예의를 철저히 지키는 사람들만 빼고 말이다.

지하철이 터널을 지나자 높은 '미'의 날카로운 소리가 울린다. 예쁜 소리는 아니지만 나름 만족스러운 소리다. 기차가 역에 진입하며 문이 열리기 전 4도 하행음을 낸다. 나는 발랄하고 춤추기 좋은 2분의 2박자로 지휘한다. 세상이 내는 강렬한 박자에 휩쓸리지 않고, 세상을 내 마음대로 내 박자에 따라 연주하게 할 수 있으면 좋겠다고 생각했다. 가끔은 세상의 소리를 듣고 있으면 머리가 아팠다.

사람들은 내게 별 생각 없이 첼리스트가 되라고 말하고는 했다. 나보다 내 과거에 대해 잘 모르고 있는 사람들도 그렇게 말하고는 했다. 이유는 내가 첼리스트처럼 생겼다는 것, 단 하나였다. 그 묘한, 인어 같은, 다른 세상에서 온 것 같은 외모……. 첼리스트나 하프 연주자 같은 이런 외모로 악기 연주를 하지 않는다는 것은 애석한 일이라고들 했다.

하지만 우리 아빠는 음치고, 엄마는 음악에 관심이 없다. 나는 부모님께 바이올린이나 하프, 호른을 사 달라고 하지 않았다. 물론 여느 중산층 가정과 마찬가지로 우리 집에도 피아노는 한 대 있었다. 조율은 엉망이었지만 난 아무 문제없이 잘 연주할 수 있었다. 건반에 손가락을 얹기만 하면 나머지는 손이 알아서 했다. 생각을 멈추고 손을 자유롭게 움직이게 두면 한 번 들었던 곡은 모두 연주할 수 있었다. 사람들은 내 이런 능력이 부자연스럽다며 불편해 한다. 하지만 물론 내게는 자연스러운 일이다.

예전에는 누구나 나와 같고, 누구나 할 수 있는 일이라고 생각했다. 내가 어릴 적, 사람들은 내게 단순한 멜로디를 연주하는 태엽식 오르골이나 장난감 소리를 들려주고는 했다. 하지만 그 무렵 나는 이미 이 세상이 연주하는 서른 개의, 마흔 개의 멜로디를 듣고 있었다. 사람들이 '정적'이라고 부르는 것에서도 큰 소리가 들렸다. 결국 나는 소리를 줄이려고 몇 년 동안이나 두꺼운 펠트 모자를 써야 했다. 여름에도 늘 그 모자를 벗지 않았다. 하지만 학교에 가자, 선생님들이 모자를 벗으라고 했고 난 그 말에 따랐다. 말썽을 부리는 것이 싫었으니까.

나는 집에서 거의 나가지 않는다. 가족들은 이런 나를 걱정하지만, 나는 한층 조용해진 세상의 소리를 들으며 책을 읽거나 가만히 누워 있는 게 좋다. 가끔은 진짜 음악을 틀기도 하지만, 그보다는 벽에서 울리는 음악을 듣는 경우가 더 많다.

지하철 옆자리에 앉은 남자의 헤드폰에서 소리가 새어 나온다. 베이스 소리 같지만, 자세히 들어 보면 기계음이다. 이렇게까지 일정하고 금속성을 띠는 소리는 기계가 연주한 것일 수밖에 없다. 사람이 한 연주를 들으면 소리에서 연주자의 표정을 읽을 수 있다. 눈썹의 꿈틀거림, 턱의 긴장감……. 멜로디는 마치 심장박동처럼 쿵쾅거린다. 음악에 내재된 생명이 느껴진다. 그런 의미에서 옆자리의 헤드폰에서 새어 나온 소리는 죽은 소리다. 내게 스위치만 있다면 꺼 버리고 싶다. 이제 여덟 정거장 남았다.

내가 아는 모든 사람은 자신만의 조성(調聲)을 지녔다. 예를 들어 내 여동생인 앨리스는 바장조다. 무슨 옷을 입어도, 어떤 행동을 해도, 학교에서 공부를 해도, 나나 친구들과 발레 연습을 해도 언제나 바장조다. 플랫이 하나 붙은 조성 말이다. 앨리스와 잘 어울린다. 너무 복잡하지도 그렇다고 아주 흥미롭지도 않지만, 그렇다고 다장조처럼 아주 흔하지도 않다.

앨리스는 엄마 아빠의 친딸이다. 자식을 간절히 바라던 부부가 오랜 기다림 끝에 입양을 택했는데, 입양을 하자마자 임신에 성공했다는 아주 흔한 얘기다. 앨리스와 나는 8개월 차이다. 둘 다 아일랜드계이기는 하지만, 그 외에는 전혀 공통점이 없다. 앨리스는 제일 친한 친구, 아니면 두 번째로 친한 친구, 아니면 세 번째로 친한 친구와 마찬가지로 영화배우나 가수를 꿈꾼다. 나는 뭐가 되고 싶은지 결정하기에는 아직 나 자신에 대해서 너무 모른다.

아빠는 가장조다. 어둠이나 비밀, 의심 따위는 전혀 느껴지지 않는

밝고 강한 음이다, 아무도 모르게 숨겨진 음 따위도 없다. 어렸을 때, 아빠는 토요일이면 (앨리스가 아닌) 나를 데리고 풋볼 경기장 근처의 카페에 가고는 했다. 카페에 가면 아빠는 내게 영국식 아침 식사 세트를 시켜 주고는 옆에 앉아 커피를 마시며 신문을 읽었다. 소시지가 아닌 베이컨이 나오는 진짜 영국식 아침 식사였다. 나는 아직도 영국식 아침 식사를 제일 좋아한다. 달걀이 조금 기름지고 또 빵이 튀겨져서 나오기는 하지만, 그래도 좋다. 이 메뉴를 먹으면 다음 날 아침까지도 든든하다. 그리고 마침내 다음 날 아침이 되어 배가 꺼지면 또 먹고 싶어진다.

나는 아빠에게 내 뇌가 어떻게 작동하는지 설명하려고 여러 번 시도해 봤지만, 아빠는 이해하지 못한다. 하지만 나는 여전히 아빠를 사랑한다.

아빠는 자동차를 좋아한다. 아빠가 새 차를 볼 때 무슨 생각을 하는지 알 수는 없지만, 내 귀에는 음악이 울린다. 아직 한 번도 달려보지 않은 엔진의 부드럽지만 조금은 거친 소리……. 아빠는 새 차 냄새가 좋다고 얘기하지만, 난 청각 외의 감각은 별로 뛰어나지 않다. 그러나 손을 타지 않은 빛나는 새 차의 모습에서 글리산도(스케이트를 타듯 음 사이를 미끄러지며 연주하는 주법._역자)와 스타카토로 반짝거리며 상승하는 바이올린 소리가 들려온다. 검은색이나 짙은 회색 차를 보면 단조음이 들린다. 왜 그런지, 그 이유는 나도 알 수 없다. 새 차에서는 슈만의 음악이, 오래된 차에서는 찰리 밍거스(미국의 재즈 연주자._역자)의 음악이 들린다.

우리 가족과 학교 선생님들은 몇 년 동안이나 나를 걱정했다. 한 의사는 나에 대해 이런 소견을 써 주기도 했다.

'평범한 일에 과도한 중요성을 부여하고 잘못된 관념에서 벗어나지 못하는 경향이 있음. 출처를 특정할 수 없는 소리를 듣는 경향이

있음.'

나는 그 의사가 엄마에게 보낸 소견서에서 이 내용을 읽게 됐다. 출처를 특정할 수 없다니……. 그게 대체 무슨 말인가. 소리가 들려오는 곳은 늘 명확했다. 내가 잘못된 게 아니라, 그 의사 혹은 다른 사람들이 이상한 거다. 세상과 단절된 건 그 사람들이다. 사람들은 모두 비슷하지만 완전히 똑같지 않은 노래를 합창하고 있다. 모두 목소리를 높이지만, 다들 음정이 맞지 않는다. 자기들이 듣지 못한다고 나를 별종으로 취급 하다니…….

나는 손에 들린 귀중한 서류를 꼭 움켜쥔다. 이런 서류에는 구석에 종이 클립으로 고정한 작은 사진이 한 장 붙어 있을 거라고 늘 생각했는데, 상상과는 달랐다. 종이에는 그냥 이름, 주소, 날짜, 시간만 간결하게 적혀 있었다. 그게 다였다. 하지만 종이에 적힌 단어 몇 개에서도 소리는 어김없이 들려왔다. 달콤하지만 어둡고, 어딘가 거리감이 느껴지는 소리였다. 음정은 샤프가 일곱 개 붙은 올림 다장조다.

멜로디가 단조롭게 울린다. 파(F)…도(C)…레(D)…솔(G)…라(A)…미(E)…시(B)……. 그것은 마치 태어나서 친부모로부터 일찍 버림받은 내게, 지금까지 나를 지극정성으로 보살펴 준 그분들을 잊으라는 소리(Forget the Couple who Delivered the Girl from Awful Early Betrayal)처럼 들린다. 나는 다시 한 번 내 손에 들린 서류를 바라본다. 그곳에는 지금까지 내가 그토록 그리워하던 친엄마의 이름과 주소가 적혀 있다.

이제 세 정거장 남았다.

나는 우리 가족을 사랑한다. 부모님은 꼭 그래야 할 필요도 없었으면서 나를 선택해 주었고, 남들과는 다른 나를 버리지 않고 잘 키워 주었다. 부모님은 늘 내 옆에 있었고, 내게 묻고 싶은 게 많았을 텐데도 아무런 질문 없이 한결같이 사랑해 주었다. 17년 동안이나 온갖 정성을 기울였는데도 이해할 수 없는 딸을, 그래도 이해하려고 애써 주는 게 참으로 감사하다.

마지막 정거장이다. 지하철 문이 열리며 나를 비롯한 승객들이 내린다. 귀에는 "내리실 때 틈을 조심하십시오."라는 안내 방송이 들린다. 미, 라, 올림 도. 미, 라, 올림 도……. 미, 라, 올림 도……. 저 멜로디가 안 들리다니……. 다들 귀가 먹었나? 내용을 알아듣지 못할 스피커의 안내 방송에서, 그 안에 숨은 멜로디를 흥얼거리며 엘리베이터에 오른다.

찬 공기가 기분 좋게 느껴진다. 나는 코트를 풀어 젖히고 찬바람을 맞으며 혼란스러운 도시의 교향곡 속으로 빠져든다. 마치 연주자들이 사방에서 무리지어 내게 다가오며, 찰스 아이브스(조성을 파괴하고 불협화음과 복잡한 리듬을 활용해 작곡하던 미국의 급진적인 작곡가._역자)의 곡을 연주하는 것 같다. 남학생들, 주부들, 양복을 입은 남자들, 자전거를 탄 배달부들, 아기들, 그리고 나이 든 여성들까지……. 소리는 풍부하고, 장엄하며, 생명으로 가득하다. 소리를 듣자 어느새 손가락이 씰룩거리고 발이 박자를 따라 움직인다. 내 입김은 차가운 1월의 공기를 타고 소용돌이치며 올라간다. 나는 (복잡한 변박으로) 나만의 박자를 잡고, 상상 속의 지휘봉을 결단력 있게 휘두르며 세상의 춤을 만들어 보려 애쓴다.

나는 주소를 다시 한 번 확인한다. 건물도 번지도 여기가 맞다. 몇 년 동안이나 미루던 일을 갑자기 실행하게 된 이유가 궁금하다. 친엄마가 나를 포기한 이유도 궁금하다. 친엄마는 나를 그리워했을까? 아이가 있어야 했을 빈자리를 보며 후회했을까? 아마 친엄마도 나와 떨어진 곳에서 슬픈 마음과 외로운 시간을 음악과 춤으로 달래지 않았을까? 우아하고 느리게 왈츠를 추며 혹은 데르비시(이슬람 승려가 예배 때 빙빙 돌며 추는 춤._역자)처럼 격렬하게 회전을 하며…….

나는 초인종을 누른다. 내림 라음이 들린다. 딸깍하며 현관문이 열리는 소리가 나고, 나는 발을 메트로놈 삼아 계단을 오른다. 1-2-3-4, 1-2-3-4……. 정확히 말해 친엄마를 만나는 게 두렵지는 않다. 하지만 온몸의 털이란 털은 모두 곤두선 느낌이다.

나는 걸음을 멈춘다. 내가 늘 듣고 싶었던 소리가 들려온다. 거세게 몰아치는 폭풍 소리……. 방을 가득 채운 노랫소리……. 내게 들려오는 목소리들은 마치 백조의 노래처럼 야성적이면서도 절박하고 아름답다.

이 모든 소리는 넓고 우아한 모양의 계단 위쪽에서 들려온다. 나는 천천히 계단을 오른다.

도착해 보니, 문이 조금 열려 있다. 나는 들어가도 되는지 몰라 잠시 문에 살짝 기대어 기다린다. 폭풍은 잦아들고, 열린 문틈으로 한 여자가 보인다. 얼굴은 보이지 않는다. 바로 문 너머에 있는데도 멀리 있는 것처럼 느껴진다. 갑자기 나타난 반짝이는 거대한 검은 벽이 그녀를 가려 두 발밖에 보이지 않는다. 발은 누구의 것이라 해도 이상하지 않을 만큼 평범하다.

그녀는 거대한 무생물을 가볍게 다루며, 내게는 마치 숨소리처럼 익숙한 노래를 하게 만든다. 음악은 천둥과 속삭임을 오간다. 열정과 강인함 그리고 두려움이 느껴진다. 그녀는 내가 온 걸 알지만, 아직 나를 만날 준비가 되어 있지 않다. 그래서 그녀는 우리만의 언어로 내게 인사를 건넨다. 물론 그녀는 내가 그 언어를 이해한다는 사실을 아직은 모른다.

옆쪽으로 돌아가자 그녀의 손이 보인다. 그녀의 손에서 그녀의 목소리가 들린다. 내 마음은 사랑과 분노로 가득 찬다. 태어나서 처음으로 머릿속의 음악이 멈춘다. 대신, 음악이 온 방을 채운다. 모든 악기가 함께 연주하며, 나를 감싸며 속삭였다가 다시 나를 쓰다듬으며 소리를 지른다. 그 소리에 담긴 설명과 변명……. 잃어버린 과거와 차마 하지 못한 말들은 그 어떤 접촉이나 시선보다, 심지어 같이 나누었을 오랜 기억보다 내게 많은 것을 말해 준다.

태어나서 두 번째로 마주하는 그녀는 나만큼이나 창백하다. 그녀의 진한 피가 내 핏줄 속에서 힘차게 울리고 있다. 그녀는 베토벤을 연주하고 있다. 방을 가로질러 그녀에게 다가가자, 내 몸의 모든 세포가 노래를 시작한다.

타자기, Q(The TW, part Q)

_마커스 주석

1

그는 열세 살이었고, 거의 건포도 토스트와 틱택(작은 플라스틱 통에 든 민트 사탕._역자)만 먹고 사는 것 같았다. 아침 등굣길에는 늘 입에서 토스트와 틱택 맛이 동시에 났고, 오른쪽 주머니에서는 틱택이 통 안에서 달그락거리는 소리가 났다.

외모 : 부스스한 금발
눈동자 : 의심으로 가득함
이름 : 로리 윈터

로리의 꿈은 작가였다. 하지만 문제는 지금까지 쓴 이야기들 중 제대로 된 것이 없다는 점이다. 로리의 아버지인 테디 윈터는 늘 로리의 상상력이 바람 빠진 축구공 같다고 말했다. 테디 윈터는 모든 것을 축구에 빗대어 얘기하고는 했다.

테디의 주식은 고기 파이와 맥주였다. 어쨌든 나쁜 아빠는 아니었다. 사실 '바람 빠진 축구공'이라는 비판도 칭찬을 하던 중에 어쩌다 나온 표현이기는 하다.

"남자는 손으로 하는 일을 해야 해."

테리가 말했다.

"손에 검댕 한 번 안 묻히고는 제대로 일했다고 할 수 없지."

테리의 손바닥과 손가락, 손목과 팔은 실제로 마치 2B연필처럼 새까 맸다. 어두운 갱도에서 석탄을 만지며 검은색이 물들어 버린 것이다.

하지만, 어쨌든 이 이야기는 테리가 아닌 로리와 그의 형에 관한 이야기다. 이제부터 열세 살 로리에게 일어난 신기한 사건을 뒤따라 가 보자.

2

로리는 태어난 지 13년 10개월 6일째 되던 날, 56번째 이야기를 쓰 고 있었다. 썩 재미있는 이야기는 아니었다. 솔직히 말하면 형편없 었다.

언제 어디서 터질지 모르는 혹을 늘 머릿속에 안고 사는 한 소년에 대한 얘기였다. 로리는 이 얘기를 장편소설로 기획했다. 디터 제리코 라는 이름을 가진 주인공 소년의 사랑, 바다로의 모험, (혹이 준 신비 한 판타지 소설 스타일의 힘으로 떠난) 시간 여행, 그리고 죽음에 이 르기까지 모든 이야기를 그려 낼 생각이었다.

하지만 세 장을 넘기지 못하고 막혀 버렸다. 그 이야기는 그것으로 끝났다.

3

로리는 56번째 이야기를 쓴 종이를 두 번 접어 나머지 55개의 이야 기들과 함께 침대 밑에 넣어 두었다. 침대 밑에는 그 외에도 녹슬어 가는 성냥갑 자동차 하나, 레고 조각 여덟 개, 그리고 엄마의 싸구려 타블로이드 잡지에서 몰래 오려 낸 예쁜 여자 사진이 하나 있었다.

"됐다."

종이를 밀어 넣은 로리는 풀 죽은 목소리로 중얼거렸다. 로리의 작 품 목록을 살펴보자면 이렇다. 네 장짜리 스릴러 소설, 두 장짜리 로

맨스 소설, 그리고 가장 큰 실패작으로 남을 여섯 단어짜리 공포 소설도 있었다. '살인자는 그곳에 여섯 시 정각에 도착했다.'라는 첫 문장 이후로 아무것도 쓸 수 없었다.

그런데 로리가 모르는 게 하나 있었다. 바로 로리에게는 이미 숨은 독자가 있었다는 사실이다. 그리고 이 독자는 세상에서 가장 지독한 나쁜 놈이었다.

4

여기에서 로리의 열여섯 살 난 형인 조니 윈터가 등장한다.

조니 윈터는 말이 별로 없었다. 그는 대화를 할 때도 말을 거의 하지 않고 "흥!" 하는 소리로 거의 모든 말을 대신했다. 인사를 할 때도, "이 멍청아!"라고 할 때도, "나쁘지 않네."라고 할 때도 모두 "흥!"이라는 소리로 대신했다. 심지어는 "꽤 재밌네."라고 할 때도 "흥!"이었다.

하지만 놀랍게도 그 모든 "흥" 소리는 미묘하게 달랐다. 마치 에스키모족 언어에 눈을 가리키는 단어가 여러 개 있는 것과 마찬가지였다. 로리의 형은, 일반적으로 다른 사람이라면 말로 할 것들을 모두 나타낼 수 있는 "흥" 소리를 천 개는 지니고 있는 것 같았다. 말은 도무지 귀찮아서 할 수가 없는 모양이었다. 천 가지 중 980개는 상대를 비난할 때 사용했고, 15개는 대화에, 그리고 소중한 나머지 몇 개는 칭찬에 사용했다.

조니는 학교를 졸업한 뒤 수습 배관공으로 일하고 있었다. 어렸을 때부터 워낙 말수가 적기는 했지만, 소년과 어른의 중간쯤이 된 후에는 거의 입을 열지 않았다. 조니는 꼭 필요한 상황에서만 말을 했다. 테디와 아델 윈터 부부는 아들이 말을 하지 않아서 답답하게 여겼다.

조니의 형제 둘은 조니가 악당이라고 생각했다. 특히 로리는 몸소 경험으로 잘 알고 있었다. 로리는 집 뒤뜰에서 툭 하면 얻어터지고는 했다. 축구를 해도, 럭비를 해도, 권투나 크리켓을 해도, 뭘 같이 해도 결국은 얻어터지고 말았다. 경기 중에 속이는 건 기본이었다.

하지만 로리가 모르는 것이 하나 있었다. 바로 조니가 로리가 쓴 작품의 열렬한 팬이라는 사실이다.

둘은 방을 함께 썼는데, 조니는 가끔 로리의 침대 밑에 팔을 넣어 뒤지고는 했다. 조니는 새로운 이야기를 찾다가 레고 조각이 나오면 욕을 하기도 했고, 예쁜 여자 사진이 나오면 미소를 짓기도 했다.

조니가 제일 좋아하는 작품은 「해병대」라는 소설이었다. 물론 조니가 보기에는 전체적으로 형편없는 얘기였지만, 그만큼이라도 쓴 노력이 가상하기는 했다. 특히 주인공인 헨리 드보가 던진 수류탄이 벽에 튕겨 다시 부하의 손으로 떨어지는 장면은 정말 어이없이 웃겼다. 조니는 수류탄이 터질까 봐 등장인물 두 명이 서로 계속 패스하는 장면에서 배꼽을 잡고 웃었다.

벌써 배관공이 다 된 조니의 손이 떨렸고, 탁한 눈이 조금은 반짝였다. 조니는 노란 침실 스탠드 아래에서 빌어먹을 부 래들리(「앵무새 죽이기」에 나오는 사회와 단절된 채 살아가는 등장인물._역자)처럼 웃었다.

5

사실 조니 윈터는 배관 일을 싫어했다. 아니, 싫다는 말로는 부족하다. 그는 배관 일을 증오했다. 그는 손을 사용하는 일을 해야 한다는 아버지의 생각을 따른 것을 후회했다. 적어도 동생을 보면 뭔가 훌륭한 생각을 하는 것 같았다.

조니는 어쩌면, 정말 어쩌면 로리가 자기 꿈대로 작가가 될 수 있을지도 모른다고 생각했다. 하지만, 그러기 위해서는 실력을 더 키워야 할 것 같았다. 그것도 아주 많이······.

6

조니 윈터에 대해 또 한 가지 알아 둘 게 있다면, 그가 멍청하지는 않다는 점이다. 악당인 것은 맞지만 멍청이는 아니었다.

조니가 가끔 뒤뜰에서 로리를 종종 때렸다는 것에 대해서는 앞서 이미 언급한 바 있다. 하지만 로리를 괴롭히는 방법은 구타가 다가 아니었다. 조니는 심리적 압박에도 능했다.

어느 오후, 조니는 학교에서 돌아온 로리와 함께 토스트를 먹으며 여느 때와 마찬가지로 「겟 스마트」(TV 드라마 / 첩보 코미디물._역자)를 보고 있었다. 그런데 로리가 치명적인 실수를 저질렀다. 자기 접시 위에 토스트를 두 개나 남겨둔 채, 마실 것을 가지러 주방에 간 것이다. 음식을 그냥 두고 가다니······. 형이 있는 사람이라면 이게 얼마나 큰 실수인지 알 것이다.

과연, 조니 윈터는 로리가 두고 간 토스트를 어떻게 했을까? 어딘가에 숨겼을까? 입에 쑤셔 넣은 후 로리가 돌아와서 토스트를 찾으면 "그걸 왜 나한테 물어?" 라는 의미로 "흥" 소리를 냈을까?

모두 틀렸다.

조니는 정사각형의 토스트를 집어 들고 반으로 접은 후 가운데를 크게 베어 물었다. 그러고는 다시 반듯하게 펴서 로리의 접시 위에 올려 두었다.

주방에서 돌아온 로리는 접시 위에 덩그러니 놓인 토스트 두 조각을 바라보았다. 두 쪽 모두 가운데 커다란 구멍이 나 있었다. 물론 그 토스트를 먹을 수도 있었겠지만, 로리는 바보가 된 기분으로 패배를 인정했다. 가장 중요한 것은 구멍 난 토스트가 상징하는 바였다. 토스트는 조니의 통제력과 상상력을 보여 주었다.

우리는 이 부분을 눈여겨볼 필요가 있다.

통제력이 있다는 것은 자기가 원하는 결과가 나올 때까지 차분히 기다렸다가 뭐든 해낼 수 있다는 말이고, 상상력이 있다는 것은 로리 작품의 팬으로서 그 단점을 파악하고 고칠 방법까지 고안할 수 있다는 것을 뜻했다.

그 두 가지 능력을 바탕으로 조니는 한 가지 계획을 세웠다.

7

계획은 생일, 해변, 어두운 침실, 그리고 잘 익은 복숭아색 타자기와 관련되어 있었다.

6월 27일, 로리 윈터는 열네 살이 되었다. 아침에 일어나 보니, 침대 옆에는 조촐한 선물들이 놓여 있었다. 20달러 지폐가 꽂혀 있는 캐드베리 과일 땅콩 초콜릿 하나, 동그란 하키 퍽 모양의 서핑보드 왁스 한 통, 「록키3」 포스터, 그리고 타자기……

다른 선물은 다 이해가 됐다. 생일 축하 카드가 같이 있어서 누가 준 것인지도 알 수 있었다. 초콜릿과 돈은 엄마 아빠가, 포스터와 보드 왁스는 조니를 제외한 형제 두 명이 준 거였다.

로리에게
생일 축하해.

_네이선이

카드는 대충 다 이런 내용이었다. 하지만 타자기는 뭔지 알 수 없었다. 우선 카드가 없었다. 그러나 이미 가족 모두 선물을 한 가지씩 줬다. 남은 사람은 조니뿐이었다.

로리는 차가운 바닥에 발을 딛고 서서 뻗친 머리를 긁적이고는 자다 깨서 껄끄러운 침을 한 번 꿀꺽 삼켰다. 로리는 타자기의 검은 뚜껑을 발끝으로 툭 건드려 보더니 집어 들어 무릎에 올려놓았다.

타자기의 뚜껑을 열자 두 가지 중요한 일이 일어났다.

1. 로리는 타자기에 키가 한 개도 없다는 것을 깨달았다.
2. 방 저쪽 자기 침대에서 일부러 등을 돌린 채 벽을 보고 자는 척하던 조니가 "생일 축하한다, 새끼야!" 하고 말했다.

그 말을 들은 로리는 조니가 침대 밑에 있던 자기 작품을 읽었다는 것을 깨달았다. 그 말은 함께 놓아 둔 여자 사진도 들켰다는 얘기였다. 하지만 로리는 그런 생각을 무시하려 애쓰며 타자기에 집중했다.

타자기는 70년대식으로, 전원을 꽂아 쓰는 전동식도 아니었다. 색깔은 앞서 언급한 대로 잘 익은 복숭아색이었고, 키가 있어야 할 자리에는 이상한 금속 조각이 끼워져 있었다. 로리는 어찌해야 할지 몰라 일단 금속 조각을 건드려 보았다.

그 순간, 조니의 침대에서 웃음소리가 터져 나왔다.

8

도대체 키가 없는 타자기가 무슨 소용일까? 윈터 가족은 그날 오후 내내 그 얘기를 했다.

"정신 나간 놈이라니까."

아빠인 테리가 새까만 손으로 조니에게 삿대질까지 하며 말했다.

"이건 마치……. 그러니까……."

테리는 말문이 막혀 더듬거렸다.

"그래, 운전대 없는 자동차나 마찬가지야!"

잠시 생각하던 테리는 더 익숙한 비유를 찾아냈다.

"신발 끈 없는 축구화를 주는 것과 마찬가지라고!"

한결 나았다.

"뭐……."

조니가 입을 열었다. 놀랍게도 "흥!" 소리가 아닌 제대로 된 문장이었다.

"초콜릿에 20달러짜리 꽂아서 주는 것보다야 훨씬 낫죠, 안 그래요?"

식사를 하던 식구들이 모두 숟가락을 떨어뜨렸다.

테리는 조니의 귀를 잡아당겼다. 그리고 곧 "네놈이 내 지붕 아래 살면서 그딴 말을 지껄여?"라는 식의 레퍼토리가 이어졌다. 이처럼 한바탕 난리가 벌어지는 탓에, 로리가 건포도 토스트를 허겁지겁 먹어 치우는 모습을 아무도 보지 못했다.

토스트를 다 먹은 로리는 무릎에 올려놓은 키 없는 타자기를 보며 씩 웃었다. 키가 없으면 구하면 되는 거였다. 그것은 식은 죽 먹기였다.

9

하지만, 키를 구하는 것은 로리의 생각만큼 쉽지 않았다.

학교가 끝난 후, 로리는 틱택을 먹으며 온 동네를 뒤지고 다녔다. 신문 대리점에서 중고품 가게로, 중고품 가게에서 인쇄소로, 인쇄소에서 다시 싸구려 생활용품점으로……. 로리는 점점 절박해지고 있었다. 하지만 결국 허탕만 친 채 집으로 돌아왔다. 타자기 키를 파는 곳은 아무 데도 없었다.

주방에서 전화번호부를 본 로리는 혹시나 하는 마음에 이웃 마을에도 전화를 걸어 물어보았다. 역시 없었다. 이제 로리에게 남은 건 다시 건포도 토스트와 「겟스마트」뿐이었다. 거실에서는 조니가, 맥스웰 스마트(「겟스마트」의 등장인물._역자)가 비밀 무기를 잘못 다뤄

국장에게 물총을 쏘는 장면을 보며 킁킁거리고 웃었다.

10

일주일이 지나도록 진전이 없자, 조니는 직접 나서야겠다고 느꼈다.

자정이 넘은 시간, 조니와 로리는 둘 다 침대에 누워 있었다.

"아직 안 자?"

조니는 고개를 돌리지 않고 천장을 바라본 채 물었다.

"응."

방은 어두웠다.

"네 작품 진짜 허접해."

로리는 충격을 받았다. 하지만, 사실 그도 알고 있는 일이었다. 로리는 재빨리 침을 삼킨 후 대답했다.

"나도 알아."

"어떻게 하면 되는지 알려 줄까?"

"대체 무슨 소리야?"

조니는 여전히 움직이지 않았지만, 조금 전과는 다른 목소리였다. 그러다 갑자기 삐걱거리며 침대에서 뒤척이는 소리가 들렸다.

"젠장, 로리! 너 진짜 문제가 뭔지 모르는 거야?"

"몰라."

구름에 가렸던 달이 나오며 창문이 노란색으로 빛났다.

"그러니까……. 아, 제길!"

조니는 팔꿈치를 짚고 몸을 일으켰다.

"아무거나 말해 봐. 살면서 있었던 제일 좋은 일도 좋고, 아니면 최악의 사건도 좋고……. 제일 무서웠던 거나 제일 지루했던 일이라도 괜찮아. 그런 얘길 한 번 해봐. 대신 세세한 거 하나라도 빼먹으면 죽는다."

"뭐라고?"

조니는 대답하지 않았다. 대신 로리의 침대로 뛰어들어 손으로 목을 잡았다. 로리는 너무 깜짝 놀란 나머지 한동안 대체 무슨 일이 일어나고 있는지도 몰랐다. 다음 순간 조지의 체중과 힘이 실린 팔이 느껴졌다. 형이 자기를 죽이려 한다는 생각이 들었다. 하지만, 물론 그건 사실이 아니었다. 조니는 목을 조르는 게 아니라 로리를 잡고 흔들고 있었다.

11

조니는 로리를 서서히 풀어 주고는 다시 아무 일도 없었다는 듯 조용히 자기 침대로 돌아가 이불을 덮고 누웠다. 조니는 등을 돌리고 누웠다.

"자, 이제 다시 해보자."

"형 미쳤어?"

로리가 숨을 헐떡이며 따졌다.

"자, 얘기해 봐. 제일 좋았던 날이나 안 좋았던 날……. 아니면……."

"알았어!"

로리는 어둠 속에서 뺨에 눈물이 흐르는 것을 느끼며 노란 창문을 보고 이야기를 시작했다. 그날 로리가 조니에게 들려준 이야기는 다음과 같다.

12

"3년 전 크로눌라 해변에 갔을 때 일이야. 왜, 그……. 세 번째가 네 번째로 물려받은 거지 같은 서핑 보드 가지고 갔던 때 있잖아? 아직 축구 시즌이 시작되기 전이라 아빠는 우리가 해변에 가는 걸 보고도 훈련이 어쩌네 하는 잔소리를 늘어놓지 않았어.

내 서핑 보드는 트윈핀(물고기 지느러미처럼 생긴 핀이 두 개 달린 서핑 보드의 한 종류._역자)이었어. 기억하지? 요즘엔 트윈핀은 타는 사람도 없는데……. 어쨌든, 우리 보드는 왁스칠 하나는 기가 막히게 잘되어 있었어. 보드 왁스가 꼭 딱딱한 단추 모양이었는데……. 어쨌든 왁스칠이 잘된 보드에 올라서면 절대 미끄러지지 않잖아. 물론 처음에 중심을 잡고 일어서는 게 제일 힘들긴 하지만 말이야. 하지만 내게도 드디어 그날이 왔어.

그날은 한 시간 정도만 물에 있었어. 원래 학교 끝나고 간 날은 평소보다 짧게 타곤 하잖아. 형은 벌써 물에서 나가서 어깨를 덜덜 떨며 수건을 두르고 있었어. 보드 바지는 다리에 찰싹 달라붙은 채 말이야.

잔잔한 너울에 흔들리며 보드 위에 앉아 쉬고 있는데, 정말 완벽한 파도가 접근하는 게 보이는 거야. 나는 어찌어찌해서 보드 위에서 몸을 돌리고, 팔로 노를 저어 파도 가까이 다가갔어. 그 순간, 어떻게 했는지는 모르지만 말야. 난 태어나서 처음으로 제대로 된 파도를 타고 있었어. 어리둥절하면서도 놀랍고, 반쯤은 정신이 나간 것 같았지. 하지만 그 와중에도 어설프게 움직이다 첫 파도를 놓치지 않으려고 애를 썼어.

파도가 얼마나 시끄러웠는지, 아직도 기억이 생생해. 보드는 내 발밑에서 날고 있었어. 파도는 옆으로 손을 뻗으면 닿을 만큼 가까이 있었지. 근데, 그날 제일 놀라웠던 게 뭔지 얘기해 줄까?

파도를 타면서 해변 쪽을 흘깃 보니, 뭔가가 눈에 보였어. 뭔지 잘 보이지도 않고, 뭐라고 하는지 잘 들리지도 않았지만, 자세히 보니 형이었어. 형은 두르고 있던 수건도 발밑에 떨어뜨린 채 해변에서 날 응원하고 있었어. 팔을 높이 든 채로 방금 날 잡고 흔들 때처럼 격하게 흔들면서 말이야. 그리고 입을 헤 벌린 채, 이를 드러내고 환하게 웃고 있었어.

20분 쯤 지난 후 내가 물에서 나왔고, 우린 해변을 지나 차까지 걸어갔어. 형이 앞에서 걷고, 내가 뒤에서 걸었지. 그게 암묵적인 규칙이었잖아. 늘 형이 앞이고, 내가 뒤고······.

차에 타기 전에 형은 '흥' 소리를 한 번 냈어. 486번 '흥'이었지. '내가 앞에 걷고, 넌 뒤에 걷는다, 이 꼬맹아.' 하는 의미였어.

집에 가는 차 안에서 엄마는 '로리, 아까 정말 잘 타던데?' 하고 말했어. 나는 얼굴에 튀었던 바닷물이 서서히 마르고 있다는 걸 느끼며 씩 웃었어. 앞자리에서 또 형의 '흥' 소리가 들렸어. 하지만 보지 않아도 얼굴은 웃고 있다는 걸 느낄 수가 있었어. 끝."

13

로리가 이야기를 마쳤지만 조니는 아무런 반응이 없었다. 한마디도, "흥" 소리도, 아니 숨소리조차 들리지 않았다. 로리는 달이 뜬 노란 창문을 바라보았다. 잠시 후 구름이 달을 다시 가리자, 방에는 완벽한 어둠이 찾아왔다. 로리는 손으로 눈물을 훔쳐 베개에 닦았다. 목이 메어 왔다.

그날 밤 로리의 꿈에는 물과 파도, 비치볼 모양의 달이 나왔다. 발밑에는 모래가 느껴졌다. 누군가 옆에 서 있는 것 같은 느낌에 화들짝 놀라 일어났지만, 옆에는 아무도 없었다.

14

다음 날 아침, 로리는 자리에서 일어나 화장실로 걸어갔다. 그런데 뭔가에 눌린 것 같이 이상하게 뺨이 아팠다. '이상한 자세로 잤나? 암에 걸렸나?' 하는 생각이 들었다. 로리답게 아침부터 극적인 생각을 한 것이다.

로리는 뺨의 이상한 자국을 손으로 만지며 화장실로 갔다. 그리고는 세면대로 가서 거울을 보았다. 잘못 본 건가 싶어서 다시 한 번 거울을 본 것이다.

"이게 뭐야!"

하지만, 얼굴의 자국은 진짜였다.

로리는 다시 자기 방으로 돌아가 침대를 뒤졌다. 곧 베개 옆에 뭔가 떨어져 있는 것을 발견할 수 있었다. 조니는 벽에 등을 대고 곤히 자고 있었다. 로리는 베개 옆에 있던 것을 손에 들었다. 뺨에 눌린 자국과 같은 글자의 타자기 키였다. 조니에게 거의 목을 졸릴 뻔하고, 서핑 얘기를 한 후 알람 시계가 울릴 때까지 로리는 키를 얼굴에 깔고 잔 것이다.

15

잠시 침대에 앉아 있던 로리는 침대 밑에서 타자기를 꺼내 'Q' 키를 제자리에 꽂았다. 제일 첫 자리였다. 앞으로 TM물 다섯 개만 더 모으면 되는 것이다.

물론 아니라는 사람도 있겠지만, 나는 로리 윈터가 행운아라고 생각한다. 목 졸려 죽을 뻔하면서 글쓰기에 필요한 교훈을 깨닫게 되는 작가는 이 세상에 흔치 않을 것이다. 만약, 로리가 나중에 유명한 작가가 되어서 "글쓰기의 전환점이 된 사건이 있었나요?"라는 질문을 받게 된다면, 이렇게 답하지 않을까?

"전환점요?"

이 부분에서 원한다면 어깨를 한 번 으쓱해도 좋을 것 같다. 그런 후에는 창밖으로 보이던 달 얘기부터 시작하면 되겠지.

가끔 형제들 사이에서는 목을 조르는 것도 사랑의 표현일 수 있다.

메이 말론(May Malone)

_데이비드 알몬드

메이 말론의 집에는 괴물이 산다는 소문이 있었다. 쇠사슬로 묶은 채 집 안에 가두었다고 말이다. 집 뒤쪽으로 몰래 들어가 벽에 귀를 대면, 괴물이 낮게 으르렁거리는 소리가 들린다는 얘기도 있었다. 또 밤에 가만히 귀를 기울이면, 괴물의 울음소리가 들린다는 말도 있었다. 뿐만 아니라 메이 말론이 블리스에서 온 한 신부와 정을 통해서 아이를 낳았다는 소문도 있었다. 죄를 지어서 나은 아이여서 끔찍한 모습을 하고 있다고도 했다.

더 이상한 소문은 메이 말론이 사탄과 정을 통해 아들을 낳았고, 집에 있는 괴물이 바로 그 아들이라는 소문이었다. 심지어 말, 개 그리고 염소와 잠을 잤다는 소문도 있었다. 어쨌든 다들 그 집에 너무 가까이 가면 몸도, 마음도, 영혼까지도 무사하지 못할 거라고 했다.

노먼 트렌치는 당시 열 살이나 열한 살쯤이었고, 펠링 광장에 있는 새로 지은 아파트에 살고 있었다. 메이 말론의 집은 크리미아 테라스 (테라스는 비슷한 모양의 주택들이 줄지어 붙어 있는 거리를 뜻함._역자) 끝, 그러니까 남자아이들이 모여 축구를 하는 진흙투성이 풀밭 근처에 있었다.

어느 날 노먼이 메이 말론에 대해 묻자, 엄마는 엄한 표정으로 말했다.

"몹쓸 소문이니 넌 신경 쓰지 마. 이미 일어난 일을 어쩌겠니. 괜히 그 집 가까이 가지 말고, 그 집 사람들 괴롭히지 마."

사실 메이 말론은 집에 괴물을 키울 사람처럼 보이지는 않았다. 그녀는 딱 붙는 스커트를 입고 머리를 깔끔하게 염색했다. 하이힐을 신은 메이 말론이 보도를 빠르게 걸어가면 또각또각 소리가 울렸다. 그녀는 성당에 나가지 않았다. 미사 중에 자리에서 벌떡 일어나 신부에게 욕을 퍼붓고 뛰쳐나간 후 다시는 돌아오지 않았다는 얘기가 동네에서 유명했다.

그녀가 거리를 지나면 사람들은 시선을 돌리고 못 본 척했다. 메이는 다른 사람들에게 거의 말을 걸지 않았는데, 그건 동네 사람들도 마찬가지였다. 가끔 남자들이 수작을 걸기는 했지만, 메이가 쌩, 하고 지나가면 곧 한숨을 쉬며 물러나고는 했다.

노먼은 우울한 아이였다. 물론 이유가 있기는 했다. 형이 죽은 데다 아빠는 알코올 중독이었으니 말이다. 하지만 세상 누구나 어려움을 겪으며 살아가기 마련인데……. 노먼은 모든 것을 너무 심각하게 받아들였다. 사람들은 늘 우울해 하고 걱정이 심한 노먼에게 "힘내, 꼭 그런 일이 생기란 법은 없잖아." 하고 말하고는 했다. 그러면 노먼은 "이미 생겼다고! 그러니까 좀 내버려 둬!" 하고 외쳤다. 노먼은 늘 죽음과 악마 그리고 지옥에 대해 생각했다. 한 번은 고해성사를 할 때 그런 얘기를 털어놓았더니, 신부가 이렇게 말했다.

"사람에게는 누구나 자신이 짊어져야 할 십자가가 있단다. 하지만 마음의 적막감은 하나님이 부르는 신호일 수도 있지. 아이야, 혹시 하나님의 종이 되겠다는 생각을 해본 적은 없니?"

신부는 노먼을 더 자세히 보고 싶은지, 고해소 칸막이로 더 가까이 다가오며 물었다.

노먼의 엄마는 노먼이 겪은 모든 일과 더불어 더 많은 어려움을 겪었지만 늘 쾌활했다. 엄마가 웃어 보라고 하면 노먼은 입 꼬리를 끌어올리며 미소 비슷한 표정을 지었지만, 그 모습을 본 엄마는 더 심난한 마음뿐이었다.

"노먼, 너무 우울해 하지 마. 하나님께선 참 좋은 분이시고, 세상
은 아름다운 곳이란다. 그리고 우리 앞에는 천국이 기다리고 있
잖니?"

노먼은 믿지 않았다. 어차피 달라질 것도 없었다. 노먼의 마음은
점점 닫히고 있었고, 그건 노먼 자신도 어떻게 할 수가 없었다. 노먼
의 이런 모습에 친구들도 불평을 늘어놓기 시작했다.

"그냥 좀 재밌게 놀면 안 돼? 너만 보면 꼭 비오는 월요일 아침
처럼 우울하다고!"

동네 사람들이 메이 말론을 외면하듯, 친구들도 결국 하나둘 노먼
으로부터 등을 돌리기 시작했다. 그리고 노먼이 마치 메이 말론의 괴
물이라도 되는 양 그에게서 도망갔다.

노먼이 메이 말론의 집에 처음 찾아간 것은 10월이었다. 날이 점점
추워지며, 해가 점점 짧아지고 있었다. 노먼은 어두워질 때까지 기다
렸다가 크리미아 테라스 끝까지 걸어가서 뒷골목으로 갔다. 그리고
재빨리 담을 넘어 메이 말론의 뒷마당으로 들어갔다.

노먼은 그녀의 집으로 다가가 벽에 귀를 대보았다. 어디선가 먼 라
디오 소리 비슷한 게 들릴 뿐, 괴물 소리는 들리지 않았다. 축구장에
서 남자애들의 목소리가 들렸다. 노먼은 더 집중해 귀를 쫑긋 세웠
다. 하지만, 귀에 들리는 거라고는 노먼 자신의 심장 소리와 머릿속
에서 상상의 괴물이 내는 소리뿐이었다.

노먼은 주방 쪽으로 살금살금 걸어가 손을 오므려 창문에 대고 안
을 들여다보았다. 순간 뭔가를 본 듯한 느낌에 노먼은 깜짝 놀라 소
리를 질렀다. 하지만 노먼이 본 것은 창문에 비친 자기 눈이었다.

얼마 후, 다시 찾아갔을 때는 신음과 끽끽거리는 소리가 작게 들리는 것 같았다. 메이 말론이 주방에 들어오더니 홍차를 우리고 접시에 비스킷을 담았다. 그녀가 창밖을 내다보는 모습에 노먼은 뒷마당 벽에 바짝 붙어 몸을 숨겼다. 메이는 손을 뻗어 커튼을 쳤다. 노먼은 다시 담을 넘은 뒤 밖으로 나와 테라스 끝의 골목에 서 있었다.

그는 위펜의 가게에서 엄마 심부름이라고 거짓말을 해서 산 담배에 불을 붙였다. 강에서 종소리가 울렸다. 크리미아 테라스에서 어느 집 문이 딸깍하고 열리는 소리가 났다. 그리고 마을로 향하는 바쁜 발걸음 소리가 울렸다. 담배를 한 모금 깊이 빨아들인 노먼은 기침을 했다. 그는 밤거리 너머의 강을 바라보며 '아마 이런 짓을 하면 지옥에 더 가까워지는 거겠지.' 하고 생각했다.

"어디 갔다 와?"

엄마가 집에 들어서는 노먼에게 물었다.

"친구들이랑 축구하고 왔어요."

"잘했네. 축구를 하다 보면 기분도 좋아질 거야."

그 후로도 노먼은 메이 말론의 집에 계속 찾아갔다. 언젠가 친구들에게 가서 "진짜였어. 정말 괴물이 있더라고. 빨리 같이 가서 보자." 하고 말할 날을 기대했던 것일 수도 있다. 그렇게만 된다면 친구들과의 꼬여 버린 관계도 쉽게 풀 수 있을 것 같았다. 하지만 메이 말론의 집에는 괴물이 없었고, 친구들은 이미 노먼에게 관심을 잃은 듯했다. 친구들의 눈에는 노먼이 보이지도 않는 것 같았다. 게다가 괴물 얘기도 벌써 잊어버린 것 같았다.

그러던 어느 날 오후, 노먼은 위펜의 가게에서 나오는 길에 메이 말론과 정면으로 마주쳤다. 그녀는 녹색 코트를 입고, 밝은 빨간색 매니큐어를 바르고 있었다. 그녀의 눈 색깔 또한 녹색이었다.

"너."

메이가 말했다.

"괴물이 보고 싶은 거니?"

노먼은 침을 꿀꺽 삼키며 눈만 껌뻑거렸다.

"보고 싶냐고?"

그녀는 웃지 않았지만, 그렇다고 화난 표정도 아니었다. 그녀의 목소리는 딱딱하면서도 명료했다.

"네, 보여 주세요."

"나랑 같이 걷는 걸 누가 보면 곤란하니까, 5분만 있다가 우리 집 앞으로 와."

메이는 그렇게 말하고는 구두를 또각거리며 걸어갔다.

노먼은 태연한 듯 보이려고 애쓰며 담배를 한 대 물고 크리미아 테라스를 걸어 내려갔다.

메이 말론의 집 앞에 도착해서 보니 문이 살짝 열려 있었다.

"계속 거기 서 있기만 할 거니?"

안에서 메이의 목소리가 들려왔다.

노먼은 쭈뼛거리며 안으로 들어갔다. 좁은 복도에서 그녀가 기다리고 있었다. 메이 말론은 손을 입에 대고 눈을 동그랗게 뜬 채, "이럴 수가! 메이 말론의 집에 들어오다니! 넌 이제 아마 천벌을 받을 거야!" 하고 놀리듯 말했다.

모든 것이 그녀처럼 깔끔하게 정돈되어 있었다. 열린 문틈으로 거실을 들여다보니 안락의자 몇 개와 재떨이 몇 개가 보였다. 위스키 같은 술이 들어 있는 디캔터와 술잔도 몇 개 눈에 띄었다. 벽에는 중국 여자 그림이 붙어 있었다. 위층에서는 불그스름한 불빛이 새어 나오고 있었다.

"자, 이리 와서 보렴."

그녀는 웃으며 말하고는 노먼을 집 뒤쪽으로 데려갔다.

"아무한테도 말하면 안 돼. 비밀을 누구에게 말할지는 내가 결정하거든."

메이 말론은 그렇게 말하며 문을 열었다.

"내 아들인 알렉산더란다."

방은 작았다. 천장에 있는 채광창에서 햇빛이 들어왔다. 벽 쪽으로는 좁은 침대가 있었다. 그리고 작은 파란색 소파에 소년 한 명이 앉아 있었다. 머리를 한쪽 어깨 위로 푹 숙인 채였다.

메이는 아이 옆으로 다가가 무릎을 꿇고 앉아서 안아 주었다.

"알렉산더, 손님이 찾아왔어."

그녀는 알렉산더의 얼굴을 노먼 쪽으로 돌렸다. 자세히 보니 눈 한쪽은 없었고, 다른 한쪽마저도 작은 주름에 지나지 않았다. 알렉산더의 눈은 꼭 멀리서 보는 것처럼 희미하게 빛났다.

"새 친구의 이름은……."

노먼은 메이의 말을 듣고 얼른 "노먼이에요." 하고 말했다.

"친구의 이름은 노먼이래. 노먼, 이리 가까이 와 볼래?"

메이는 노먼을 바라보았다.

"설마 지금 내뺴려는 거야?"

노먼은 가까이 다가가 알렉산더 옆에 무릎을 꿇고 앉았다. 메이는 알렉산더가 노먼의 얼굴을 잘 볼 수 있게 고개를 다시 돌려 주었다. 그러더니 그녀는 알렉산더의 손을 들어 노먼의 얼굴을 만지게 해 주었다. 알렉산더는 끙끙거리다가 깩, 하는 소리를 냈다.

그 소리를 들은 메이는 마치 무슨 말인지 다 알아들었다는 듯, "그래, 그렇구나. 알겠어." 하고 말했다.

"알렉산더가, 네가 참 잘생겼다고 하는 걸?"

그녀가 미소를 지으며 말했다.

"네가 꼭 천사 같대. 알렉산더도 참 예쁘지 않니? 그렇지?"

"네, 예뻐요."

노먼이 가까스로 대답했다.

"어서 인사하렴. 꼭 귀가 안 들릴 것 같지만, 알렉산더도 다 알아듣는단다."

"안녕, 알렉산더."

노먼이 속삭이자 알렉산더가 다시 깩깩, 하는 소리를 냈다.

"들었지? 거 봐, 다 알아듣는다니까. 알렉산더도 너 같은 남자아이란다. 네가 자라듯 알렉산더도 계속 자라고 있지. 알렉산더에게는 같이 놀 친구가 필요해."

그녀는 침대 가장자리에 걸터앉아 손으로 치마 주름을 폈다. 그러더니 노먼과 알렉산더를 보며 미소를 지었다.

알렉산더가 갑자기 고개를 들어 천장을 바라보았다. 채광창에 비둘기 한 마리가 앉아 있었다. 알렉산더가 입술을 오므리며 구구, 하는 소리를 냈다.

"그래, 새가 찾아왔네. 저 구름 좀 봐."

메이가 그렇게 말하자 알렉산더는 머리 위로 손을 들어 활짝 벌렸다.

"이거 봐. 우리 알렉산더도 세상은 아름다운 곳이란 걸 잘 안단다, 노먼."

알렉산더가 몸을 부르르 떨었다. 채광창 위에서 파닥거리는 새를 보고 신이 난 모습이었다.

"자, 그럼 이제 알렉산더랑 밖에 한번 나가 볼까?"

메이의 말에 노먼은 도망갈 준비를 하며 문 쪽을 바라보았다. 메이가 미소를 지으며 말을 이었다.

"아니, 뒷마당 말이야. 그건 할 수 있겠지?"

노먼은 대답할 수가 없었다. 알렉산더가 노먼의 손을 부드럽게 잡았다.

"근데, 알렉산더의 아빠는 누구예요?"

노먼이 용기를 내 물었다.

"어머. 너도 참견깨나 하기 좋아하는구나? 혹시 성당에 다니니?"

"네."

"그럴 줄 알았어. 그 사제복만 걸친 위선자들 같으니……. 날 얼마나 비난했는지 아니? 노먼, 너도 괜히 '이러지 말지어다, 저러지 말지어다.' 하는 말에 휘둘리지 마, 알겠지?"

메이는 알렉산더의 머리를 쓰다듬으며 말을 이었다.

"세상에, 우리 천사 같은 알렉산더를 보고 악마라고 했어. 아빠가 누군지 무슨 상관이겠니? 자, 이제 밖으로 나가게 좀 도와주겠니?"

메이와 노먼은 알렉산더가 소파에서 일어나는 것을 도왔다. 메이가 문을 열자, 노먼은 알렉산더의 팔을 잡고 부축해 뒷마당으로 나갔다. 예전에 몰래 찾아왔을 때 어둠 속에서 숨어 있었던 바로 그 장소였다.

늦은 오후, 해가 서쪽으로 지고 있었다. 붉은빛과 금빛의 노을이 하늘을 덮고 있었다. 찌르레기 떼가 북에서 남으로 날아갔다. 도시의 웅성거림, 강에서 울리는 종소리, 축구장에서 들리는 남자애들의 목소리……. 노먼은 자기가 메이 말론의 '괴물'을 데리고 축구장의 아이들에게 가는 모습을 상상해 보았다. 상상 속에서 메이는 근처 벤치에 앉아 그 모습을 바라보고 있었다.

뒷마당으로 나온 알렉산더는 고개를 점점 더 위로 들며 기쁨의 소리를 냈다. 그는 노먼의 손을 잡고 귀에 구구, 하는 소리를 냈다. 메이 말론은 문가에 서서 그 모습을 바라보았다.

"그것 봐, 어려울 것 없지?"

메이가 말했다.

그들은 잠시 후, 다시 집 안으로 들어갔다. 메이와 노먼은 알렉산더를 다시 방으로 데려다 주었고, 알렉산더는 침대에 누웠다.

"피곤한가 봐."

메이는 그렇게 말하고는 알렉산더의 침대 곁에 잠시 앉아 있었다.

"알렉산더는 그냥 이렇게 태어난 것뿐이야. 사람들이 이러쿵저러쿵 떠들어 대지만, 다른 이유는 없어. 이 아이도 우리와 똑같이 삶의 기쁨을 느낄 수 있단다. 아니, 사실 우리보다 더 많은 기쁨을 알 수도 있어. 너 말이야……."

메이는 노먼 쪽으로 몸을 기울이며 말했다.

"계속 그렇게 우울하게만 지내면 안 돼. 너도 알지?"

"네, 아주머니."

"눈을 뜨고 주위를 둘러봐. 이 세상은 이상하면서도 아름답고 또 놀라운 곳이란다."

메이는 그렇게 말하고는 시계를 봤다.

"시간이 이렇게 됐네. 또 놀러올 거지, 노먼?"

"네."

"비밀도 지켜 줄 거지? 우리가 사람들 앞에 설 준비가 될 때까지 말이야."

"네."

"그래, 착하구나."

그녀는 노먼의 뺨에 입을 맞추었다. 노먼은 알렉산더에게 인사를 했고, 메이는 노먼을 현관까지 배웅했다.

노먼은 멋진 하늘을 보며 크리미아 테라스를 따라 걸었다. 그는 자신의 뺨에 손을 대 보았다. 메이 말론이 입을 맞춘 뺨에는 립스틱 자국과 함께 오늘의 기억이 남아 있었다. 알렉산더가 몸을 떨며 내던 기쁨의 소리가 자꾸만 떠올랐다. 거리에는 살짝 삐뚤어진 중절모를 쓴 남자가 걸음을 재촉하고 있었다.

"안녕하세요."

노먼이 인사를 건넸다.

남자는 노먼을 보고 깜짝 놀란 듯 주춤하더니, 이내 활짝 웃었다.

"그래, 노먼이구나. 안녕?"

남자가 윙크를 했다.

노먼은 계속 걸었다. 언덕길을 걸어 올라가며 슬픔이 날아가는 것을 느꼈다. 마음이 열리고 모든 것이 깨끗해지는 것 같았다. 마치 이 세상을 처음으로 본 것 같았다.

아버지와 아들(Father and Son)

_알베르토 망겔

성자 어거스틴 : 주교이자 의사. 서기 354년 누미디아에서 출생. 서기 430년 히포에서 사망. 어거스틴의 아버지는 이교도였으나, 기독교도였던 어머니 성 모니카는 어거스틴을 신실하게 키웠다. 다만 태어날 당시에 세례는 받지 않았다. 부모는 어거스틴이 열여섯 살이 되던 해 교육을 위해 그를 카르타고로 보냈는데, 그는 카르타고에서 한 여인을 만나 14년 동안 함께 살았다. 둘은 아데오다투스라는 이름의 아들을 두었으며, 어거스틴은 그 아들을 무척 애지중지했다. 한동안 마니교에 심취했던 어거스틴은 어머니의 유언을 받들어 아내와 아들을 버리고 로마로 돌아가 교사가 되었다. 아데오다투스는 어거스틴이 떠난 후 곧 죽었다.

_도널드 애트워터 성자 사전(A Dictionary of Saints)

소년의 꿈에 또다시 아빠가 나왔다. 지하 2층에 위치한 소년의 방은 늘 아침나절까지 선선했지만, 가끔 그런 꿈을 꾸는 날이면 아이는 땀에 흠뻑 젖어 아빠를 부르며 눈을 떴다. 비명을 들은 하인이 평소처럼 물과 수건을 들고 달려왔다.

유모는 밤에 아무 소리도 못 듣는 것 같았다. 하인은 소년이 습지 사람들이 걸리는 열병에 걸린 것 같다고 소년의 어머니에게 말했고, 그녀는 의사를 불렀다. 의사는 소년의 배와 다리를 구석구석 더듬으며 살펴더니 약초즙을 처방했다. 하지만, 소년은 아무도 보지 않는 틈을 타 약을 바닥에 몰래 버렸다.

"죽는 건가요? 제 아들이 죽는 건가요, 선생님?"

소년의 엄마는 계속 그렇게만 물었다.

하지만, 소년의 생각에 이 집안에서 죽음이란 여자들과만 관련된 일이었다. 물론 친구들로부터 남자들의 죽음에 대한 얘기를 자주 들었다. 녹슨 칼을 남기고 죽은 군인 삼촌, 사냥을 하다 구석에 몰린 멧돼지에 받혀 죽은 형제들, 죽은 후 부모님이 돈을 들여 불멸의 노래로 남게 한 운동선수 사촌까지⋯⋯. 하지만, 이 집에서 남자는 죽지 않았다. 다만, 존재가 사라질 뿐이었다. 죽으려면 일단 존재해야 한다는 게 소년의 생각이었다.

소년의 눈에 집안의 여자들은 모두 늘 정체 모를 고통에 대비하는 것처럼 보였다. 여자들은 발을 질질 끌며 걷고, 말을 하다가 한숨을 쉬기도 했으며, 아침 공기에 자기 몸을 감싸 안거나 늦은 밤 침대에 걸터앉아 중얼거리며 기도를 했다. 그들은 기침을 하거나 몸을 떨기도 했고, 눈에 보이지 않는 무언가로부터 도망치려는 듯 부산하게 움직이기도 했다. 소년의 엄마, 숙모, 하녀들까지 여자들은 모두 집 안 어딘가에서 말없이 괴로워했다.

물론 할머니도 있었다. 소년의 무서운 할머니⋯⋯. 서서히 죽어 가고 있는 소년의 할머니는 아무런 불평도 또 요구도 하지 않았다. 방에 어두운 그림자가 드리워도 무섭다고 내색하지 않았고, 창문의 덧문이 제대로 닫히지 않아 밤바람이 들어와도 또 난로의 불씨가 다 꺼져 가도 춥다고 말하지 않았다. 소년의 아버지는 늘 못마땅하게 여겼지만, 할머니는 카르타고에서 파는 것 같은 작은 청동 십자가를 손에 쥐고 가만히 누워 죽음을 기다렸다. 소년은 그 모습을 보고 궁지에 몰린 토끼 같다는 생각을 했다. 가끔 무언가 할머니의 노구 위를 기어 다니기라도 하는 것처럼 이불이 물결 모양으로 미세하게 흔들리기도 했다.

아버지의 부재는 소년의 머릿속에 남아 있는 아버지에 대한 몇 안되는 이미지를 더욱 강하고 선명하게 만들었다. 마치 불로 새긴 것 같은 그 이미지는 예상치 못한 순간에 기억 속에서 불쑥불쑥 튀어나오고는 했다. 예를 들어, 할머니를 떠올리면 아버지가 할머니의 침대 옆에서 손을 잡고 꼼짝도 않고 서 있는 모습이 떠올랐다. 아버지의 이목구비 하나하나에서부터 공작새의 깃털 같은 색깔의 홍채까지 모든 것이 선명하게 떠올랐다. 아버지가 집을 비웠던 시간이 길었던 만큼, 집에 있었던 순간에 대한 기억은 강렬했다. 소년은 아버지가 집에 있었던 순간을 하나하나 떠올릴 수 있었다. 정원을 거닐던 모습, 탁자 앞에 앉아 생각에 잠겨 있던 모습, 그리고 열린 서재 문 사이로 보이던 모습까지…….

소년이 특히 자주 떠올리는 순간이 있다. 그날, 소년과 아버지는 함께 식탁에 앉아 있었다. 점심은 평소와 다름없었다. 생선 요리, 치즈, 빵, 과일, 물을 탄 와인……. 하지만 아버지의 그림자가 음식 위로 드리워지자 모든 것이 달라졌다. 일상의 평범한 음식들은 특별한 의식을 위해 차린 음식이 되었다. 변화의 장본인인 소년의 아버지는 수척하지만 우아한 모습으로 손을 움직이며 말 한마디 없이 점심 식사를 했다. 소년은 생선 요리 조금과 치즈 한 조각을 접시에 담고, 빵을 한 조각 잘라 기름과 소금을 곁들여 입에 넣는 아버지의 모습을 바라보았다. 얇은 입술이 닫히며 거무스름한 턱이 움직였다. 아버지는 세상을 밀어내듯 어딘가를 골똘히 응시하며 집중했다.

정원에 놓인 식탁 옆에는 무화과나무가 있었다. 나무 아래 풀밭에는 다 터진 무화과 여남은 개가 떨어져 썩어 가고 있었다. 썩은 과일에 모여들었던 커다란 파리들 중 한 마리가 식탁 위를 맴돌았다. 소년의 아버지는 무거운 눈길로 파리의 비행을 좇았다. 파리는 생선과 치즈 사이를 빠르게 오가더니, 빵 바구니 테두리를 마치 줄타기 곡예사처럼 빠른 걸음으로 한 바퀴 돌고는 공중으로 다시 한 번 날아올랐다가 식탁 위에 착지했다.

소년은 아버지가 마치 축복기도를 하듯 느릿느릿하게 오른손을 들어 올리는 모습을 바라보았다. 아버지의 오른손은 닥쳐올 운명을 속수무책으로 기다리며 떨고 있는 파리 위를 맴돌다 그대로 내리쳤다. 아버지가 손을 치운 자리에는 뒤집어진 파리가 털이 숭숭 난 다리를 파르르 떨고 있었다. 아버지는 다시 한 번 손을 들어 내리쳤다. 죽은 파리의 눈이 무지갯빛으로 빛났다. 아버지는 파리를 치우고 냅킨으로 손바닥을 닦았다. 그리고 다시 조금 전처럼 어딘가를 응시했다. 의식은 끝났다.

소년은 아버지도 어린 시절이 있었을지 궁금했다. 소년의 기억 속에 아버지는 중년의 모습으로 남아 있었다. 아버지의 피부는 팽팽했지만, 공허한 두 눈은 더 나이 든 얼굴에 붙어 있어야 어울릴 것 같았다.

소년은 남쪽에서 온 상인들 무리에 끼어 있던 굶주린 아이들을 본 적이 있었다. 아이들에게서 긴 고통의 시간이 새겨 놓은 공허함이 느껴졌다. 아버지에게서 본 것과 같은 공허함이었다. 하지만, 아버지도 젊은 시절이 있었으리라.

"네 아버지가 딱 지금 네 나이였을 때쯤 처음 만났지."

늙은 로마인 학자가 소년에게 말했다.

"앙상한 골격이 너랑 똑같았단다. 눈이랑 손밖에 보이지 않았지."

학자는 늘 소년에게 미신에 물들지 않은 지성을 갖춘 젊은이를 찾아내는 것이 얼마나 즐거운 일인지 말해 주고는 했다. 학자는 소년의 아버지가 던지는 질문은 늘 새로운 가능성을 열었으며, 상대에 대한 반박은 늘 과거보다 미래를 향해 있었다고 말했다. 또한, 세상 모든 것을 다 안다는 듯, 어설프게 우쭐거리는 일도 없었다고 했다.

"Egregium forma iuvenem et fulgentibus armis(빼어난 아름다움과 찬란한 무기를 갖춘 젊은이)."(베르길리우스가 쓴 로마 건국

서사 「아이네이스」에서 주인공을 묘사한 부분을 인용._역자)

학자가 소년의 아버지인 어거스틴의 젊은 시절을 떠올리며 말했다. 학자의 귀에는 어거스틴이 "Sed frons laeta parum et deiecto lumina voltu(하지만 그 얼굴은 슬프고 눈빛은 음울했네)." 라고 뒷구절을 이어 읊는 목소리가 들려오는 것 같았다.

어거스틴은 나중에 이 유령 같은 이미지를 자신에 대한 교훈, 아니면 경고로 받아들였다고 말했다.

로마인 학자가 어거스틴을 처음 만난 것은 일종의 견학을 통해서였다. 어거스틴이 가정교사를 비롯한 다른 학생 몇 명과 함께 로마인 학자의 집을 찾아갔을 때다. 늙은 학자는 영주의 도리를 다하기 위해 주기적으로 학생들의 견학을 허용했다. 그래 봤자 어린 학생들에게 빤한 보물이나 몇 개 보여 주고, 우유와 꿀빵을 대접한 후 다시 집에 보내는 게 다였다. 하지만 학생들도 교실을 벗어났다는 생각에 만족스러워했다.

가정교사는 학생 무리를 이끌고 학자의 정원으로 들어갔다. 그리고 별 감흥 없는 태도로 평소와 다름없이 설명을 시작했다. 그는 학생들에게 이른 1월에 핀 시클라멘 꽃을 보여 주었다. 왼쪽에는 흰색 꽃이 또 오른쪽에는 분홍색과 연보라색 꽃이 피어 있다고 말하며, 이들이 빛과 어둠을 상징한다고 설명했다. 가정교사는 학생들에게 페니키아 장미나무가 세 그루씩 얽혀 심겨 있는 모습도 눈여겨보라고 했고, 수련이 핀 연못의 모양이 특이하게도 칠각형이라는 것도 알려 주었다. 정원 바닥의 커다란 모자이크는 사슴으로 변한 사냥꾼인 악타이온의 죽음의 순간을 묘사하고 있었다.

가정교사는 학생들에게 정원 뒤에 있는 과수원에는 들어가면 안 된다고 주의를 준 후, 집에 들어갈 때는 신발을 벗어야 한다고 알려 주었다. 로마인 학자는 집 앞에서 학생들을 맞이했다.

학자는 집 안 곳곳을 돌며 정해진 작품들을 보여 주었다. 학생들은 조각상들을 구경하기도 하고, 전쟁과 약탈을 묘사한 그림을 바라보며 감탄하기도 했다. 소년들은 성숙한 몸매의 다나에와 레다의 그림을 보고 킥킥거리며, 사춘기 소녀의 모습을 한 이피게니아와 페르세포네를 보고 씩 웃기도 했다. 학자는 소년들에게 정교하고 복잡한 모자이크화를 보여 주며 예언자 마니(페르시아의 예언자이자 마니교의 창시자._역자)의 삶에 대해서도 알려 주었다. 학생들은 수염을 기르고 수갑과 족쇄를 찬 노인이 천국을 상징하는 황금 구름을 타고 올라가는 그림을 보고 입을 다물지 못했다.

"사람들은 예언자 마니의 생사 여부를 확인하기 위해 그의 시체를 불태웠지. 그리고 마치 디오니소스에게 했듯 시체를 조각냈어. 잘라 낸 머리는 베트라파트 성문에 매달아 놓았단다."

학생들 중 한 명이 하늘로 승천한 마니는 어떻게 되었는지 물었다. 그러자 학자는 이렇게 말했다.

"아버지와 아들과 함께 영혼이 하나 되어 천국에 앉아 있지."

몇 년이 지난 후, 학자는 죽어 가는 소년에게 그 이야기를 들려주었지만, 그때는 그것이 비밀이었다.

어거스틴은 그 후에도 늙은 학자의 집을 계속 찾았다.

어느 날 오후, 학자는 두툼한 검은 양피지 두루마리를 꺼내 왔다. 양피지에는 학자가 수집한 예언자 마니의 글과 함께 그에 대한 모든 정보가 담겨 있었다. 어디서 구했는지, 얼마에 샀는지, 다른 사람에게 보여 줘도 되는지 등의 정보가 꼼꼼하게 기록되어 있었다.

"다 네게 주마."

학자는 어거스틴에게 말했다.

"내가 모은 예언자 마니의 글은 여기에 다 들어 있어. 나는 이제 늙고 지쳐서 이런 걸 연구할 수가 없단다. 이제 다른 걸 하면서 여생을 보내고 싶구나."

학자는 그렇게 말하며 양피지 더미를 어거스틴에게 주었다.

어거스틴은 학자에게서 받은 예언자 마니의 글을 열심히 연구했다. 하지만, 나중에 아내와 아들을 버리고 로마행을 결심하면서 그는 마니의 글을 모두 태워 버렸다. 그는 아내와 아들을 버리면서도 그 행동이 결코 배신이라고 생각하지 않았다. 늙은 학자는 이미 죽은 후였다. 선물의 신성함을 믿는 아내가 두려움에 떨며 그의 행동을 바라보자, 그는 마치 아내의 질문에 답하듯 "나중에 그분과 다시 만나서 내가 설명하면 되지 않겠소?" 하고 말했다.

소년은 죽은 자들의 왕국에 대한 얘기를 많이 들었다. 하인들과 그의 어머니, 할머니, 가정교사는 인간이 육신을 떠나서 가게 된다는 그 왕국을 제각각 다르게 묘사했다. 하지만, 모두 끔찍한 곳이기는 매한가지였다. 소년은 죽은 자들의 거대한 왕국 안에 그 모든 것이 지역별로 존재하고, 그 안에는 온갖 외국인들이 있을 거라고 상상했다.

해안으로 수많은 자들이 밀려들어 오지만, 아무도 돌아갈 수 없는 곳이었다. 그가 아는 사람들 중, 그곳에 가기를 기대하는 사람은 오직 할머니뿐이었다. 늘 완고한 표정을 지은 채 절대 웃는 법이 없는 할머니는 어서 그곳에 가서 '일어나신 분(기독교에서 예수님을 묘사할 때 쓰는 표현 중 하나._역자)'을 만나고 싶다고 했다. 할머니는 그곳에 가겠다는 희망을 안은 채 조용히 눈을 감고 긴 밤을 지새운 끝에 결국, 아침이 되어 마지막 눈을 감았다.

소년이 울자, 아버지는 그를 잡고 세게 흔들었다. 그러면서 드디어 평온한 안식을 찾은 할머니의 영혼을 방해하지 말라며 혼냈다. 그래서 그는 울음을 그치고 어두운 방에 멀뚱히 서서 아버지의 친구들과 집안 하인들이 송가를 부르는 모습과, 사제들이 찾아와 할머니의 시신 위로 손을 흔들며 그릇의 물을 뿌리는 모습을 지켜보았다.

소년이 바라는 죽은 자들의 왕국은 달랐다. 소년은 그곳이 지금 자신이 사는 세상과 비슷한 곳이기를 바랐다. 만약 그 세계가 여기보다 더 좋고 고귀한 곳이라면, 여기에서 소년이 좋아하는 것들을 소중히 여기지 못할 것 같았다. 정원에서 보내는 오후, 산으로 가는 소풍, 먼지가 자욱한 여름과 안개가 자욱한 겨울, 친구들과의 놀이, 전나무 아래에서의 대화, 선반에 놓아 둔 특이한 돌들, 처음 「아이네이스」를 읽었을 때의 흥분, 물의 맛, 대추 야자의 맛, 엄마의 목소리…….

소년은 자신이 어두운 구름 아래 탁한 강물 위를 떠내려가고 있는 모습을 상상해 보았다. 소년이 향하고 있는 그 차갑고 공허한 공간에는 자신들이 사랑했던 이들의 이름조차 잊은 초췌한 얼굴을 한 사람들이 아무런 목적도 없이 헤매고 있다. 형제를 미워한 자들, 아버지를 때린 자들, 하인을 부정하게 거래한 자들, 그 나이 든 로마 학자가 자주 언급했듯 재물을 나누지 않고 인색하게 굴었던 자들, 책에서 읽은 적 있는 여러 부정한 정부들, 그리고 반역자들……. 그들 모두 처벌을 기다리고 있다.

가끔은 처벌을 기다리며 느끼는 공포가 처벌 자체보다 무서울 때도 있다. 어쨌든, 그런 왕국이라면 상상(베르길리우스가 「아이네이스」에서 묘사한 저승의 모습과 거의 유사함._역자)할 수 있었다. 그런 곳을 떠올리면 무더운 밤에도 이불이 시원하게 느껴졌다. 문틈으로 새어 나오는 음식 냄새를 맡으면 식욕이 돌았다. 또 벽 너머에 있는 커다란 들판이나 바람에 떨리는 길가의 작은 나무들, 구름에 대한 생각에 기꺼이 빠져들 수 있었다.

언젠가 할머니가 소년의 아버지에게, "네게 종교는 베르길리우스의 작품뿐이겠지." 하고 말한 적이 있다. 이 말을 들은 소년은 그건 자기도 마찬가지라고 생각했다. 소년은 사제들이 할머니의 장례식을 진행하는 동안, 할머니를 바라보며 마음속으로 「아이네이스」의 한

구절을 읊조렸다.

Inclusi poenam exspectant.
그들은 자신의 처벌을 기다린다.

그리스인이었던 가정교사는 수업 시간에 거만한 목소리로 학생들에게 작시법과 문법 그리고 역사를 가르쳤다. 하지만 교사의 단조로운 음성과 학생들의 반복적인 복창으로는 시를 음미할 수가 없었다. 음절은 텅 비고 억양은 인위적이었다. 소년은 시를 제대로 즐기기 위해서는 혼자 읽어야 한다는 것을 알았다. 그는 긴 산책에서 시구를 읊조렸고, 사막 고양이의 공격을 막기 위해 둘러놓은 울타리 안의 당나귀들에게 큰 소리로 읽어 주기도 했다.

소년은 가끔 나간 산책에서 두 번째 죽음을 목격했다. 그는 수업을 들으러 가지 않은 것을 들키면 집에서 뭐라고 할까, 하고 생각하며 길을 걷고 있었다. 사실 처음부터 수업에 가지 않을 생각은 아니었다. 그저 그날 일어난 여러 가지 일과 주변의 풍경에 몸을 맡기고 걷다 보니 길을 벗어나 멀리까지 가 버린 것이다.

그는 바닥의 돌과 날카로운 풀을 피하려고 바닥을 보며 잘 걸으려고 애썼지만 가끔은 발이 걸려 넘어져 손바닥과 무릎이 까졌다. 그렇게 숨차게 걷다 보니, 소년은 길을 잃었다. 그는 바닥에 둥지를 튼 멧비둘기를 보고 그냥 지나가려다 놀라게 했다. 땅과 비슷한 색깔을 띤 비둘기는 그의 바로 앞에서 날개를 퍼덕이며 날아올라 동굴이 있는 언덕으로 날아가 버렸다.

처음 보았을 때는 사막 여기저기에 솟아 있는 작은 모래언덕 같은 흙더미인 줄 알았다. 하지만 반대편으로 돌아가서 보니, 흙더미 한쪽에 입구가 뚫려 있었다. 여우굴이라고 보기에는 너무 컸다. 소년은 안을 들여다보았다. 누미디아인 여자 한 명과 남자 두 명이 어두운 굴 안에서 작은 모닥불을 둘러싼 채 고개를 숙이고 서 있었다.

키는 아이처럼 작지만, 얼굴은 쭈글쭈글한 작은 남자가 불길 위로 나뭇가지를 흔들어 대고 있었다. 키가 큰 남자는 축 처진 꾸러미 같은 것을 안고 있었는데, 여자는 아무런 움직임 없이 두 남자의 뒤에 서 있었다. 남자가 들고 있던 꾸러미를 바닥에 내려놓자, 꾸러미 한쪽이 풀리며 십대쯤 되어 보이는 남자아이의 얼굴이 드러났다. 어두운 뺨에는 하얀색으로 줄무늬가 그려져 있었다.

사제는 계속해서 나뭇가지를 흔들며 새소리 같은 날카로운 소리를 냈고, 여자는 사제의 목소리에 맞춰 한 단어를 계속 읊조리고 있었다. 키 큰 남자는 몸을 숙여 바닥에 놓인 남자아이의 얼굴을 잡고는 감은 눈을 지그시 바라보았다.

소년은 하인들에게서 누미디아인의 장례 풍습에 대해 들은 적이 있었다. 그 얘기를 떠올려 보니, 죽은 남자아이의 아버지인 것 같은 키 큰 남자가 허리에 두른 애도의 끈이 눈에 들어왔다. 누미디아인들은 죽은 자의 나이와 같은 숫자의 끈을 두른다고 들었다. 아마 죽은 소년의 얼굴에 그려진 하얀 줄무늬는 그의 엄마가 그린 것이리라. 그 광경을 보자, 소년은 혹시 아버지도 자신의 잠든 모습을 저렇게 본 적이 있을지 궁금했다. 지금 저곳에 누운 저 소년처럼 어린 나이에 죽게 된다면, 아버지는 저 키 큰 남자와 같은 눈빛으로 죽은 아들을 바라봐 줄까?

사제가 긴 나무 막대를 키 큰 남자에게 건넸다. 남자는 말없이 막대를 치켜들더니, 시신의 무릎과 팔꿈치 그리고 목을 세게 내리쳤다. 시신을 덮은 천 아래로 뼈 부러지는 소리가 났고, 소년의 어머니는 비명을 질렀다. 사제는 시신을 부드럽게 안아 올려 모닥불 위에 올려놓았다. 시신을 덮은 천이 불타 시신이 드러나자, 사제는 소년을 옆으로 눕게 해 아기 같은 자세로 만들어 주었다. 마치 태어난 때와 같은 자세로 저승으로 돌아가게 하려는 것 같았다.

거울의 세계……. 소년은 팔다리의 모양, 풀들의 파도, 돌의 마디를 떠올리며 말없이 생각했다. 그 세계에서는 자연의 세계가 그의 몸을 흉내 내며 늘어나고, 펴지며, 증가한다. 죽은 후에 그의 몸은 그 세계로 들어가 굳은 땅처럼 단단해지고, 작은 가지처럼 연약해지며, 촘촘한 모래처럼 바람에 날린다.

물론 죽은 후에는 변할 수도 있다. 내면의 소리를 내는 데 다른 음색이나 음정을 쓸 수도 있다. 하지만, 그 소리를 내는 악기 자체는 변하지 않을 것이다. 도망갈 수도 없다. 모든 떠남은 이와 같고, 모든 변화는 지금까지 견뎌 온 변화와 같다. 고통 속에서도 그는 결코 혼자일 수 없다. 그의 울음소리는 모두 이미 누군가의 울음소리이며, 그가 떨어지는 곳은 모두 놀랄 만큼 익숙한 곳이다.

소년은 아무것도 보지도 못하고, 만지지도 못하고, 냄새를 맡을 수도 없는 어둡고 부드러운 공간을 오갔다. 빛과 어둠을 오가다 보니, 그 둘을 구분할 수 없었다. 그의 정신은 그의 방, 침대 위의 그의 육신으로 돌아왔다가도 다시 아무것도 존재하지 않는 세상으로 가기를 반복했다. 그리고 아주 잠시 다시 정신이 든 순간, 소년은 자신을 굽어보는 아버지의 모습을 보고 싶었다. 소년은 아버지의 간절한 눈빛과 길고도 억센 차가운 손이 자신을 잡아 주기를 바랐다. 다시 저쪽 세상으로 넘어가 버리기 전에, 그 해안으로 쓸려가 버리기 전에…….

아침으로 죽음을 먹은 소녀
(The Girl Who Ate Death for Breakfast)
_에바 호프만

소녀는 딱딱하고 불편한 식탁 의자에 앉아 있었다. 앉아 있고 싶어서 앉아 있는 게 아니라, 그래야만 했던 것이다. 그녀는 금속 숟가락으로 식탁을 두드렸다. 숟가락이 얇아서 그런지, 두드리는 소리가 성에 차지 않았다.

"그만해."

주방 조리대에서 채소를 썰고 있던 엄마가 뒤돌아보며 말했다.

"그만하고 빨리 아침 먹어."

소녀는 두드리기를 멈추고, 자기 앞에 놓인 오트밀 죽을 바라보았다. 하지만 그녀는 뭉그적거리며 숟가락으로 죽을 이리저리 휘젓기만 할 뿐 입에 넣지는 않았다. 소녀는 죽을 먹지 않겠다고 단호히 결심했다. 먹으면 토할 것만 같았다.

그 모습을 노려보던 소녀의 엄마가 식탁에 와서 앉았다.

"죽이 별로야, 아니면 그냥 심통 부리는 거야? 왜, 맛이 없어?"

소녀는 고개를 끄덕였다.

"어떤 질문에 끄덕인 거야? 맛이 없다고?"

아이는 다시 고개를 끄덕였다.

"제발 좀……."

엄마는 숟가락으로 죽을 한 스푼 떠서 아이의 입으로 가져갔다.

"제발, 엄마 말 좀 들어. 안 그래도 힘드니까, 제발 고집부리지 말고 먹으라니까. 한 번 먹어 보기만 해, 응? 먹어도 안 죽어."

아이는 입을 더 굳게 다물었다. 하지만 애원하는 것 같기도 하고, 화가 난 것 같기도 한 엄마의 눈빛은 오트밀 죽보다도 더 견딜 수가 없었다. 결국, 그녀는 입을 벌려 죽을 받아먹었다.

"잘 먹네."

엄마는 다시 한 스푼을 뜨며 말했다.

"그것 봐. 괜찮잖아."

소녀는 엄마가 그런 말을 할 것이라고 이미 짐작했다. 엄마가 늘 하는 말이었다. 하지만 죽은 별로였다. 별로인 정도가 아니라, 사실 끔찍했다. 엄마가 또 방금 전과 같은 눈빛으로 바라볼까 봐 억지로 먹을 뿐이었다. 꼭 뭔가 안 좋은 게 들어 있는 것 같이, 목구멍을 타고 넘어가는 죽이 메스껍게 느껴졌다.

먹고 토하지 말아야 할 텐데……. 갑자기 어제 본 비둘기 시체가 생각났다. 그거였다. 끈적거리는 밍밍한 죽에서는 어제 죽은 비둘기를 봤을 때 입에서 느껴졌던 씁쓸한 맛이 났다. 회색의 비둘기는 땅바닥에 피를 흘리며 너부러져 있었다. 아무도 신경 쓰지 않았다. 비둘기를 밟아 미끄러질 뻔한 어떤 소년은 땅바닥에 신발을 문질러 닦았다.

소녀는 토할 것 같은 느낌이 밀려와 침을 한 번 크게 삼키고는 그만 먹겠다고 고개를 저었다.

"알았어. 잠깐 쉬었다가 다 먹어야 해. 거의 다 먹었잖아."

소녀는 질문을 해도 될지, 엄마의 표정을 살폈다.

"뭔데?"

그녀의 표정을 본 엄마가 물었다.

"푸키 오빠는 언제 와?"

아이는 작은 목소리로 묻고는 곧바로 후회했다. 엄마의 얼굴에는

아침으로 죽음을 먹은 소녀(The Girl Who Ate Death for Breakfast) **365**

조금 전의 그 눈빛이 다시 돌아와 있었다. 아니, 이번에는 더 견디기 힘든 표정이었다. 소녀는 더 이상 아무것도 묻지 말아야 한다는 것을 알았지만, 말을 꺼낸 김에 엄마를 졸라서라도 오빠가 언제 돌아오는지 알고 싶었다. 그래서 그녀는 힘든 것을 꾹 참고 엄마의 눈을 계속해서 바라보았다. 엄마의 어둡고 슬픈 눈은 꼭 그녀를 삼켜 버릴 것 같았다.

오빠는 분명 어딘가에서 잘 지내고 있을 것이다. 소녀는 엄마가, 오빠가 어디 있는지 또 언제 오는지 알고 있다고 생각했다. 소녀는 오빠의 모습을 거의 기억하지 못했지만, 오빠가 돌아오면 모든 게 달라질 거라는 것을 알고 있었다. 어른이 된 오빠가 집에 있으면 정말 좋을 것 같았다. 매일 놀아 주기도 하고, 재미있는 곳에도 데려가 줄 테니 말이다. 어쩌면 아빠보다도 오빠가 더 나을지도 모른다. 소녀는 아빠가 돌아올 수 없다는 것을 알고 있었다. '아빠'라는 단어조차 낯설게 느껴지기 시작했다.

"전에도 얘기했잖아."

소녀의 엄마가 화가 난 듯한, 절망적인 목소리로 말했다.

"푸키는 집에 못 와. 이해가 안 되니?"

"지난번에는 올지도 모른다고 했잖아. 언젠가 돌아올지 모른다며……."

소녀가 기어들어 가는 목소리로 말했다.

"나도 처음엔 그렇게 생각했어."

엄마의 목소리에 절망이 묻어났다.

"제발……. 다시 말할 힘도 없어. 엄마도 지금 충분히 힘들다고! 이해를 좀 해주면 안 되겠니? 그냥 아침이나 얼른 다 먹어."

소녀는 엄마의 그 표정이 사라지게 만들고 싶어서 억지로 죽을 먹었다. 하지만, 죽을 삼키자마자 엄마의 표정처럼 역겨운 맛이 났다.

소녀는 구역질을 했다.

"왜 또 그래? 대체 엄마 보고 어쩌라는 거니?"

소녀의 엄마가 절망에 찬 목소리로 말했다. 그 순간, 문을 두드리는 소리가 났다. 엄마는 재빨리 표정을 숨겼다. 표정을 너무 순식간에 바꿔서 그런지, 꼭 가면을 쓴 것처럼 부자연스러웠다.

엄마는 자리에서 일어나 현관문을 열었다. 며칠에 한 번씩 찾아오는 L부인이었다. L부인은 탱글탱글한 곱슬머리를 하고 느릿느릿 무겁게 움직였다.

L부인은 가구가 드문드문 놓인 집을 심각한 표정으로 둘러보았다. 벽은 벽지도 없는 맨 벽이었고, 식탁은 금방이라도 부서질 것 같은 모습이었다. 소녀는 L부인의 표정에서 그녀가 불이 나기 전에 집의 모습이 어땠는지 떠올리고 있다는 것을 알 수 있었다. 불이 나기 전에는 집 안에 멋진 가구가 가득했고, 오래 보고 있으면 무늬가 바뀌는 것처럼 느껴지는 화려한 카펫이 깔려 있었다. L부인은 집 안의 모습이 너무 슬프고 또 적막하다는 것을 느꼈다.

"좀 괜찮아요?"

L부인이 묻자 소녀의 엄마는 한숨을 쉬며 어깨를 으쓱했다. 그 모습을 본 L부인은 다 안다는 듯 고개를 천천히 끄덕였다.

"혹시 그 얘기 들었어요? 마을에서……."

소녀의 엄마가 말을 이었다.

"거기를 파 보기로 결정했다고요?"

L부인이 다시 고개를 끄덕였다. 둘은 한동안 말없이 앉아 있었다. 그러다 갑자기 소녀의 엄마가 소리쳤다.

"이제 정말 못 견디겠어요! 별로 찾고 싶지도 않아요. 전 안 갈 거예요. 이제 와서 찾아 뭣해요. 다 필요 없어요!"

그녀의 표정이 무너져 내렸다.

"너무 늦었어요. 하려면 진작 했어야죠. 이젠 그냥 좀 내버려 뒀으면 좋겠어요. 남은 사람끼리 어떻게든 살아 볼 테니……."

그녀는 이렇게 말하며 소녀를 바라보았다. L부인이 소녀의 엄마와 눈을 맞추며 뭔가 눈치를 줬다. 그러자 소녀의 엄마가 말했다.

"잠깐 밖에 나가서 놀래? 정원 밖으로는 나가지 말고, 알겠지?"

소녀는 고개를 끄덕이고는 의자에서 내려와 집 밖으로 달려 나갔다. 그녀는 밖으로 나오게 된 게 그리 기쁘지만은 않았다. 소녀는 외로웠다. L부인과 엄마는 그녀를 내보내고 얘기를 이어가고 있을 것이다. 둘은 직접적인 언급을 피했지만, 소녀는 엄마가 말한 '거기'가 어딘지 알고 있었다. 무덤이었다. 무덤을 파낸 뒤 뭘 찾으려고 하는 것이다.

소녀는 무덤을 파헤쳐서 나오는 사람들이 멀쩡히 살아 있을지, 아니면 반쯤만 살아 있을지 궁금했다. 반쯤만 살아 있는 거라면 건강을 회복할 수 있게 수프 같은 음식을 먹게 해야 할까? 혹시 죽어 있다면 살려야 할 텐데, 그게 가능할까? 소녀는 무덤 속의 사람들이 무서운 이야기에 나오는 유령 같은 존재가 됐을 수도 있다고 생각했다. 동네에서 들리는 소문처럼 유령이 되어 살아 있는 가족들에게 나타나는 것일지도 모를 일이었다. 소녀는 '엄마는 근데 왜 가기 싫다는 걸까?' 하고 생각했다. 혹시 누굴 찾을 수 있을지도 모르는데……. 순간 소녀의 머릿속에 '아빠'라는 단어가 떠올랐지만, 그녀는 황급히 그 생각을 지웠다.

소녀는 자기가 가서 어른들을 놀라게 해 줄 뭔가를 찾아낼 수 있을지도 모르겠다는 생각을 했다. 그녀는 정원 끝으로 달려갔다. 울타리의 나무판 하나가 빠져 있었다. 그 사이로 밖을 보니, 집 뒤쪽 빽빽한 숲 속에서 뭔가 움직이는 게 보였다. 가만히 보니, 그림자들이 움직이고 있었다. 사람이었다. 남자인 것 같았다. 하지만, 아빠는 아니었다. 아빠일 수는 없었다. 아주 어렸을 때의 일이지만, 소녀는 기억하고 있었다. 집으로 들이닥친 덩치 큰 남자들, 총성, 벽에 기대어 서 있던 아빠의 모습……. 아, 안 돼!

'푸키 오빠.'

숲 속에서 움직이던 남자는 오빠였다. 오빠가 틀림없었다. 소녀는 오빠를 쫓아가야 했다. 그녀는 울타리 틈으로 빠져나가 자리에 선 채 잠시 어찌해야 할지 망설였다. 아름다운 새소리가 들려왔다. 나뭇가지를 밟는 듯한 소리가 들리고, 숲 속에서 누군가 움직이는 게 느껴진다. 남자다. 숲 속에서 아주 빠르게 움직이고 있다.

소녀는 엄마가, 오빠는 죽었다고 생각한다는 것을 알았다. 하지만, 엄마는 한 번도 그렇게 말을 한 적은 없었다. 소녀는 오빠가 죽지 않았다고 믿고 있었다. 오빠는 나쁜 놈들을 피해 숲 속에서 지내며 집으로 돌아올 기회를 기다리고 있는 것이었다. 오빠를 알아볼 수 있을까? 그건 당연한 일이었다.

'다시 만나면 오빠가 나를 번쩍 안아 들고는 우리 예쁜 동생이라고 불러 줄 거야!'

소녀는 심장이 빠르게 뛰는 것을 느끼며 숲으로 발걸음을 옮겼다. 용기를 내야 했다.

'오빠를 만나면 이제 집에 와도 괜찮다고 말해 줘야지. 다들 잘했다고 칭찬해 주겠지? 엄마도 다시 행복해질 수 있을 거야. 내가 모든 문제를 해결하는 거야.'

소녀는 빽빽한 숲 속으로 걸어 들어갔다. 갑자기 주변이 어두워지며 어디가 어딘지 알 수가 없었다.

'안 돼!'

막상 어두운 숲으로 들어가자 모든 게 달라졌다. 숲 속에 있는 존재는 오빠가 아니었다. 집으로 들이닥쳤던 그 덩치 큰 남자들이었다.

그 사람들, 그 나쁜 놈들이었다. 소녀는 그자들이 아빠에게 무슨 짓을 했는지 똑똑히 보았다. 그놈들이 아빠를 죽였고, 아빠는 죽은 비둘기처럼 바닥에 쓰러졌다. 물론 아빠의 몸은 비둘기보다 컸다. 쓰러진 아빠의 머리에서는 검붉은 피가 쏟아져 나왔고, 몸은 경련하듯 이상하게 움직였다. 소녀는 똑똑히 기억하고 있었다. 엄마가 그녀를 꼭 끌어안으며 눈을 가리기 직전에 모든 광경을 보았다. 화가 난 듯 꼭 끌어안은 엄마의 품에서 그녀는 숨을 제대로 쉴 수 없었다.

심장이 미친 듯이 뛰고 있었다. 형체들이 점점 가까이 다가왔다. 숨을 쉴 수가 없었다. 그때 마을에서 본 남자들이었다. 바로 그 사람들이었다. 소녀는 너무 무서운 나머지 바닥으로 몸을 던졌다. 죽고 싶지 않았다. 그녀는 그 남자들이 자기를 순식간에 죽일 수 있다는 것을 알고 있었다. 바로 그 비둘기처럼……. 소녀는 비둘기만큼이나 작고 연약했다.

그 순간, 갑자기 소녀의 엄마가 소녀의 이름을 부르는 소리가 들렸다. 겁에 질린 듯하면서도 겁이 나는 절박한 목소리였다. 엄마의 목소리를 듣자, 마치 가슴에 날카로운 무언가를 찔러 넣는 것 같은 고통이 느껴졌다. 그 목소리를 듣자, 정신이 번쩍 들면서도 두려웠다. 그 순간, 소녀의 어머니가 나타나 소녀를 번쩍 안아 올렸다. 화가 난 듯 꼭 끌어안는 엄마의 가슴에서 심장 소리가 크게 울렸다.

"대체 어떻게 된 거야?"

소녀의 엄마는 벌겋게 된 얼굴로 땀을 흘리며 물었다.

"정원 밖으로 나가지 말라고 했잖아!"

"푸키 오빠 찾으러 온 거야. 분명 숲 속에서 오빠가……."

소녀는 기어들어 가는 목소리로 대답했다. 그러자 소녀의 엄마는 화가 머리끝까지 났다. 그녀는 아이를 바닥에 내려놓고, 더 빨개진 얼굴로 내려다보며 말했다.

"마지막으로 말할 테니, 엄마 말 똑똑히 들어. 푸키는 죽었어. 돌아오지 않아. 너희 오빠는 죽었다고, 알겠어? 왜 이런 얘길 자꾸만 하게 만들어. 엄마도 이제 너무 힘들어."

소녀의 엄마는 울기 시작했다. 소녀는 가슴 한편이 뒤틀리는 것 같은 통증을 느꼈다. 예전에도 느껴 본 적이 있는 고통이었다. 무릎에 드는 멍과는 달랐다. 소녀는 그 고통을 없애는 방법을 몰랐다. 그러니 그 고통은 평생 동안 소녀의 가슴에서 사라지지 않을지도 몰랐다.

"우리 딸……."

소녀의 엄마가 울음을 그치고 훌쩍이며 말했다.

"아직은 엄마가 다 얘기해 줄 수가 없어. 넌 아직 너무 어려. 하지만 다시는 이런 짓 하지 마. 너까지 잘못되면 엄마는……."

소녀의 엄마는 말을 잇지 못했지만, 소녀는 고개를 끄덕이며 엄마의 손을 잡았다. 집으로 돌아가자 엄마는 소녀에게 낮잠을 자라고 했다. 소녀는 졸리지 않았지만 엄마의 말을 순순히 따랐다. 자라는 말에 눈을 감았지만, 사실은 잠이 들까 봐 두려웠다. 잠이 들면 나쁜 일이 일어날 것 같았다. 실눈으로 보니, 엄마가 두 손으로 머리를 감싸고 앉아 있는 모습이 보였다. 그 모습을 보니 다시 한 번 가슴이 아팠다. 소녀는 엄마의 모습을 보지 않으려고 눈을 완전히 감았다.

'누가 우릴 보호해 줄까? 누가 엄마를 지켜 줄 수 있을까?'

소녀는 자기가 엄마를 지켜야 한다고 생각했지만, 방법을 알 수가 없었다. 게다가 소녀는 너무나도 약했다. 잠이 찾아오고, 소녀는 비몽사몽간에 숲 속에서 뭔가 움직이는 것을 보았다. 정체를 알 수 없는 사악한 형체들…….

밍밍하고 구역질 나는 죽이 식도를 타고 올라오는 게 느껴졌다. 그때 소녀의 머릿속에 '죽음'이라는 단어가 떠올랐다. 소녀가 아침에 오트밀 죽과 함께 삼킨 것은 바로 '죽음'이었다. 죽음이 소녀 안에 있었다. 그녀는 느낄 수 있었다. 순간, 두려움과 죽음의 맛 그리고 가슴이 뒤틀리는 듯한 고통이 한데 섞였다. 소녀는 참지 못하고 울음을 터뜨렸다. 눈물이 끝도 없이 쏟아져 나왔다. 소녀의 엄마가 달려와 소녀를 일으켜 끌어안고 물었다.

"왜 그래? 무슨 일이야?"

"그 남자들⋯⋯."

소녀가 훌쩍이며 말했다.

"괜찮아, 헛것을 본 거야. 그 남자들은 이제 없어. 총도 없고, 우릴 해치지도 못해. 무슨 말인지 알겠지?"

소녀는 머뭇거리며 고개를 끄덕였다. 하지만 눈물은 멈추지 않았다.

"왜 계속 울어?"

엄마가 물었다.

"오트밀 죽⋯⋯."

소녀가 힘없이 말했다.

"죽?"

엄마가 그게 무슨 말이냐는 듯 되물었다.

"죽에 나쁜 게 들었어."

"뭐라고? 아니야, 엄마가 먹어 봤는데 괜찮아."

소녀는 엄마의 품에 얼굴을 묻으며 "나 죽기 싫어." 하고 말했다.

"우리 딸⋯⋯. 괜찮아, 그런 일은 없을 거야. 이제 다 끝났어. 몇 주 있으면 학교에도 갈 수 있을 거야. 신나지 않니?"

소녀의 엄마는 소녀의 얼굴을 두 손으로 감싸고 입을 맞추며 말했다.

"엄마, 나 학교 갔다 와도 집에 있을 거지?"

"당연하지."

소녀의 엄마가 강한 어조로 말했다.

"오트밀이 싫으면 아침에 다른 거 먹어도 돼."

"정말? 안 먹어도 돼?"

소녀는 갑자기 밝아진 표정으로 말했다.

"응. L부인 댁 닭이 낳은 달걀로 아침 만들어 줄게. 맛있겠지? 자, 그럼 이제 좀 자렴."

소녀는 고개를 끄덕여 보이고는 엄마의 손을 잡았다.

잠들기 직전, 엄마가 부드럽게 미소 짓는 모습이 보였다. 그 모습을 본 소녀는 '이제 모든 게 달라질 거야.' 하고 생각했다. 가슴이 뒤틀리는 것 같은 통증은 여전히 사라지지 않겠지만, 그래도 이제 괜찮았다.

소녀는 곧 학교로 돌아가 좋은 냄새가 나는 새 공책으로 공부를 할 것이다. 그녀는 언젠가 오빠를 꼭 찾겠다고 다짐했다. 소녀의 오빠가 죽는 것을 본 사람은 아무도 없었다. 그러니 언젠가 사랑하는 오빠를 찾을 수 있겠지. 오빠를 찾아오면 엄마는 정말 행복할 것이다. 그러면 정말 모든 게 괜찮아지리라.

참여 작가 소개(Biographical Notes)

데이비드 알몬드(David Almond)는 「스켈리그(Skellig)」, 「푸른 황무지(Kit's Wilderness」, 「클레이(Clay)」를 비롯한 다수의 소설과 희곡을 썼다. 데이비드 알몬드의 작품은 30개국의 언어로 번역돼 출간되었다. 그는 카네기상 한 번, 휘트브래드상 두 번, 스마티즈상 두 번, 마이클 L. 프린츠상(미국) 한 번 등 주요 아동문학상과 청소년문학상을 여러 차례 수상했다. 최신작으로는 「우리 아빠는 버드맨(My Dad's a Birdman)」과 「손도끼를 든 아이(The Savage)」가 있다. 특히 「스켈리그」는 오페라로도 제작되어, 2008년 11월 세이지 게이츠헤드 홀에서 상연되었다. 데이비드 알몬드는 현재 가족과 함께 잉글랜드의 노섬벌랜드 주에 살고 있다.

마거릿 애트우드(Margaret Atwood)는 소설, 시집, 비평서 등 40권이 넘는 저서를 펴냈다. 최근 저서로는 서로 연결된 짧은 이야기들을 담은 단편집 「도덕적 장애(Moral Disorder)」와 시집 「문(The Door)」이 있으며, 두 책 모두 2007년에 출간되었다. 소설 「인간 종말 리포트(Oryx and Crake)」는 맨 부커상과 길러상 최종 후보에 오른 바 있으며, 「눈먼 암살자(The Blind Assassin)」로 2000년 맨 부커상을 수상했고, 「그레이스(Alias Grace)」로 캐나다와 이태리에서 길러 상과 프레미오 몬델로상을 각각 수상했다. 그 외 작품으로는 「도둑 신부(The Robber Bride)」, 「고양이 눈(Cat's Eye)」, 「시녀 이야기(The Handmaid's Tale)」, 「페넬로피아드(The Penelopiad)」, 「텐트(The Tent)」 등이 있다. 애트우드는 현재 작가인 그레이엄 깁슨과 함께 토론토에 거주하고 있다.

안드레 브링크(André Brink)는 케이프타운대학에서 교수직 은퇴 후 전업 작가로서 집필에 전념했다. 그의 작품들은 33개국 언어로 번역 및 출간된 바 있다. 2007년에는 3부작의 일부인 「파란 문(The Blue Door)」을, 2009년 초에는 회고록 「갈림길(A Fork in the Road)」을 발표했다. 그는 2015년 사망했다.

도로시 브라이언트(Dorothy Bryant)는 12권의 소설을 집필했으며, 그중 1987년 작인 「심령술사의 고백(Confessions of Madame Psyche)」으로 미국 도서상을 수상했다. 브라이언트가 집필한 7편의 희곡 중 첫 번째 작품인 1991년 작 「친애하는 선생님께(Dear Master)」는 베이 에어리어 도서비평가상을 수상했다. 그는 북부 이태리 이민자 가정 출신으로, 샌프란시스코에서 나고 자랐다. 2007년에 발표한 「버클리 핏(The Berkeley Pit)」에는 그녀의 가족사와 샌프란시스코 생활을 생생하게 담았다.

멜빈 버지스(Melvin Burgess)는 1945년 런던에서 태어나 서섹스와 서리에서 자랐다. 20대에 처음 글을 쓰기 시작해 약 15년간 드문드문 글을 써 온 끝에, 1990년 앤더슨 프레스에서 첫 작품인 「추적(The Cry of the Wolf)」을 출간했다. 「정크(Junk)」로 가디언 아동소설상과 카네기상을 수상했다. 또 「안녕, 메이(An Angel for May)」, 「추적」, 「아기와 플라이 파이(The Baby and Fly Pie)」, 「벽 뒤의 유령(The Ghost Behind the Wall)」으로 카네기상 최종 후보에 올랐다. 현재는 맨체스터에 거주하며 전업 작가로 활동하고 있으며, 홈페이지는 'http://melvinburgess.net/news/' 이다.

제인 들린(Jane DeLynn)은 「목줄(Leash)」, 「도시의 돈 후안(Don Juan in the Village)」, 「부동산(Real Estate)」, 「사로잡히다(In Thrall)」, 「어떤 사람들(Some Do)」 등의 소설과 「나쁜 섹스는 좋다(Bad Sex is Good)」 등의 모음집을 출간했다. 들린의 에세이와 단편은 다수의 잡지와 선집에 소개되었으며, 최근 참여한 작품으로는 「바이탈 사인 : 에이즈에 대한 단편들(Vital Signs : Essential AIDS Fiction)」과 「바그다드 귀환 : 걸프전 최전방 종군기자들의 기록(Turn Back Before Baghdad : Original Frontline Dispatches of the Gulf War by British & American Correspondents)」이 있다. 제인 들린의 작품은 독일어, 프랑스어, 노르웨이어, 스페인어, 일본어로 번역 · 출간되었다.

주노 디아스(Junot Diaz)는 도미니카공화국의 산토도밍고 출신이다. 그의 작품은 「뉴요커(The New Yorker)」, 「파리 리뷰(The Paris Review)」, 「미국 최고 단편선집(The Best American Short Stories)」 등에 소개된 바 있으며, 처녀작인 「드라운(Drown)」과 최근 발표한 「오스카 와오의 짧고 놀라운 삶(The Brief Wondrous Life of Oscar Wao)」은 뉴욕타임스 베스트셀러에 올랐다. 「드라운」은 펜/말라무드상을 수상하기도 했다. 주노 디아스는 현재 뉴욕시에 거주하며, 매사추세츠 공과대학 교수로서 학생들에게 글쓰기를 가르치고 있다.

나딘 고디머(Nadine Godimer)는 1991년 노벨문학상을 수상한 작가로서, 14편의 소설과 여러 권의 단편집을 출간했다. 최신작으로는 2007년 11월에 발표한 모음집 「베토벤은 1/16 흑인이었다(Beethoven Was One-Sixteenth Black)」가 있다. 남아프리카공화국에서 교육받은 나딘 고디머는 하버드대학, 예일대학, 루벤대학 등 유수 대학의 명예 펠로우로 추대되었다. 또 1994년에는 옥스퍼드대학에서 명예 학위를 받았다. 고디머는 2014년 사망했다.

엘리자베스 헤이(Elizabeth Hay)는 단편 및 장편소설 작가로서, 최신작으로는 2007년 길러상을 수상한 「한밤의 방송(Late Nights on Air)」이 있다. 현재 캐나다 오타와에 거주 중이다.

에바 호프만(Eva Hoffman)은 폴란드 크라쿠프에서 태어나 자랐으며, 캐나다를 거쳐 미국으로 이주했다. 하버드대학에서 영미문학으로 박사 학위를 받은 후에는 뉴욕타임스의 선임 편집자를 역임했다. 「번역 속에 잃다(Lost in Translation)」, 「역사로의 탈출(Exit Into History)」, 「슈테틀(Shtetl)」, 「비밀(The Secret)」, 「그것을 알고 나서(After Such Knowledge)」 등의 책을 출간했다. 또한 망명, 기억, 폴란드 유대인사, 정치, 문화 등을 주제로 여러 국가에서 강연하기도 했다. 이스트앵글리아대학, 매사추세츠 공과대학, 컬럼비아대학 등 여러 대학에서 문학과 창조적 글쓰기 강의를 했다. 또한 뛰어난 문학 활동으로 구겐하임 펠로우십·와이팅상·미국문학예술아카데미상 등을 수상했으며, 2007년에는 영국왕립문학협회의 펠로우로 선정되었다. 현재 런던에 거주하며, 뉴욕시립대학

헌터 칼리지의 방문 교수로 재직 중이다.

존 샘 존스(John Sam Jones)는 영국 체스터에서 문예 창작을 공부했다. 존스의 단편소설집 「웨일스 소년들도(Welsh Boys Too)」는 2002년 미국도서관협회의 스톤월 도서상의 영예상을 수상했고, 「베르나차의 물고기 소년들(Fishboys of Vernazza)」은 웨일스 올해의 책 후보에 올랐다. 첫 소설인 「천사와 분노(With Angels and Furies)」는 2005년에 출간되었고, 두 번째 소설 「가시덤불 사이를 기어(Crawling Through Thorns)」는 2008년 파르시안 출판사에서 출간되었다. 존스는 또한 30여 년간 교육과 공중 보건 분야에 종사했으며, 현재는 웨일스 북부 리노그 산 근처의 300년 된 농가에서 동성의 배우자와 함께 거주하고 있다.

에트가르 케레트(Etgar Keret)는 텔아비브에서 태어났다. 단편소설집 4권, 중편소설 1권, 그래픽 소설 1권, 아동서 1권을 출간했다. 케레트의 작품은 20개국의 언어로 번역·출간되기도 했다. 그의 중편소설을 바탕으로 제작된 영화 「리스트커터스 : 러브스토리(Wristcutters : A Love Story)」에는 배우 톰 웨이츠가 출연했으며, 2006년 선댄스 영화제에서 상영되기도 했다. 또한 케레트의 영화 「스킨 딥(Skin Deep)」은 몇몇 국제영화제 대상과 이스라엘 오스카상을 수상했다. 아내인 쉬라 게펜과 함께 연출한 첫 영화 「젤리피쉬(Jellyfish)」는 칸영화제에서 황금카메라상을 수상했다.

데이비드 리스(David Liss)는 최근작 「위스키 반역자들(Whiskey Rebels)」을 포함해 5권의 소설을 출간했다. 리스의 작품 「종이의 음모(A Conspiracy of Paper)」는 한 해 최고의 데뷔작에게 주는 에드가 신인상을 수상했다. 그 외의 작품으로는 「암스테르담의 커피 상인(The Coffee Trader)」, 「부패의 풍경(A Spectacle of Corruption)」, 「도덕적 암살자(Ethical Assassin)」가 있다. 베스트셀러에 오르기도 한 리스의 소설들은 10여 개국의 언어로 번역·출간되었다. 현재는 아내와 두 아이와 함께 샌안토니오에 거주하고 있으며, 홈페이지는 www.davidliss.com이다.

알베르토 망겔(Alberto Manguel)은 1948년 부에노스아이레스에서 태어나 1985년 캐나다 시민이 되었다. 망겔은 이스라엘, 아르헨티나, 이탈리아, 영국을 거쳐 현재는 프랑스에 정착해 생활하고 있다. 소설들 중 대표작으로는 「외국에서 도착한 소식(News From a Foreign Country Came)」(영국 매키테릭상, 캐나다 작가연맹상 소설 부문 수상), 「야자나무 아래의 스티븐슨(Stevenson Under the Plam Tree)」이 있다. 또 비소설 중에는 자니 과달루피와 공저한 「인간이 상상한 거의 모든 곳에 관한 백과사전(The Dictionary of Imaginary Places)」, 「독서의 역사(A History of Reading)」(프랑스 메디치 에세이상 수상), 「거울 나무 속으로(Into the Looking-Glass Wood)」(프랑스 문화상 수상), 「나의 그림 읽기(Reading Pictures)」(사이먼 샤마 선정 한 해의 최고 예술서 및 캐나다 총독상 후보), 「보르헤스에게 가는 길(With Borges)」(프랑스 푸아투샤랑트상 수상), 「독서 일기(A Reading Diary)」, 「말의 도시 : 2007년 매시대학교 강의집(A City of Words : the 2007 Massey Lectures)」, 「일리아드와 오디세이 : 전기(The Iliad and the Odyssey : A Biography)」, 「밤의 도서관(The Library at Night)」 등이 있다.

우리 오를레브(Uri Orlev)는 1931년 폴란드 바르샤바에서 태어나 바르샤바 유태인 게토 지역에서 2차 대전 초기를 보냈다. 폴란드인 가족의 도움으로 게토를 벗어났지만, 얼마 후 오를레브와 그의 동생은 베르겐 벨젠 강제 수용소로 보내졌다. 2년 뒤에 풀려난 이들은 아직 건국 이전이었던 이스라엘로 이주했다. 오를레브는 어린이와 청소년을 위한 책을 29권 출간했으며, 성인을 위한 소설 또한 집필했다. 그의 작품은 38개국의 언어로 번역·출간됐으며, 이스라엘 국내외에서 40개 이상의 문학상을 수상했다. 가장 최근 수상한 상으로는 한스 크리스티안 안데르센 작가상(1996년), 야드 바셈 브루노 브란트상(1997년), 제브 공로상(2002년), 안데르센상(이탈리아, 2003년), 프레미오 센토 어린이 문학상(이탈리아, 2003년), 청소년을 위한 최고의 오디오북상(독일, 2006년), 비알릭 문학상(2006년) 등이 있다.

주디스 라벤스크로프트(Judith Ravenscroft)는 런던에 거주하고 있으며, 단편소설로 몇 개의 문학상을 수상한 바 있다.

멕 로소프(Meg Rosoff)는 보스턴에서 태어나 뉴욕에 거주했으며, 1989년 영국으로 건너갔다. 로소프는 출판, 정치, 광고, 홍보 등 다양한 분야에서 활동하던 중 2004년 첫 소설 「내가 사는 이유(How I Live Now)」를 출간했다. 이후 후속작인 「만약에 말이지(Just In Case)」와 바다거품 오두막(What I Was)」을 펴낸 그녀는 가디언 소설상, 마이클 프린츠상, 카네기상 등을 수상했다. 현재는 남편과 딸과 함께 런던에서 생활하고 있다.

라샤 세쿨로비치(Rasa Sekulovic)는 세계 현대 영어문학을 전문으로 하는 번역가이자 편집자다. 세쿨로비치는 살만 루슈디, I.B. 싱어, 하니프 쿠레이시, 마거릿 애트우드, 줄리언 반스, 이언 맥큐언을 포함한 저명한 작가들의 시와 소설을 번역한 바 있으며, 문학잡지 「셰익스피어 앤 컴퍼니(Shakespeare & Co.)」의 창간인 겸 편집자다. 아동에 대한 모든 형태의 폭력 근절 운동과 세계적인 비폭력 의사소통 장려 운동을 전개해 온 유명한 아동권리운동가이기도 한 그는 현재 방콕에 거주하고 있다.

니콜라스 셰익스피어(Nicolas Shakespeare)는 잉글랜드 지방의 우스터에서 1957년에 태어나 극동 아시아와 남미에서 자랐다. 대표작으로는 첫 작품인 「엘레나 실베스의 환영(The Vision of Elena Silves)」과 「야심가(The High Flyer)」(1993년 그랜타 선정 영국 최고 젊은 작가상 수상), 「위층의 댄서(The Dancer Upstairs)」(1997년 미국도서관협회 선정 최고의 소설) 등이 있다. 그중 「위층의 댄서」는 존 말코비치가 영화로 연출하기도 했다. 현재는 잉글랜드와 태즈메이니아를 오가며 생활하고 있다.

알리 스미스(Ali Smith)는 1962년 인버네스에서 태어나 케임브리지에서 자랐다. 대표작으로는 「자유로운 사랑(Free Love)」, 「좋아해(Like)」, 「호텔 월드

(Hotel World)」, 「다른 이야기(Other Stories and Other Stories)」, 「모든 이야기(The Whole Story and Other Stories)」, 「우연한 방문객(The Accidental)」, 「소녀 소년을 만나다(Girl Meets Boy)」, 그리고 2008년에 출간된 단편집 「첫 번째 사람(The First Person and Other Stories)」이 있다.

비카스 스와루프(Vikas Swarup)는 인도의 외교관으로서, 2015년 현재 인도 외무부 대변인으로 근무하고 있다. 스와루프의 첫 장편소설인 「슬럼독 밀리어네어(Q&A)」는 33개국의 언어로 번역·출간되었으며, 영화로 제작되기도 했다. 두 번째 소설인 「6인의 용의자(Six Suspects)」는 2008년 7월에 출간되었다.

카리나 막달레나 슈츄렉(Karina Magdalena Szczurek)은 1977년에 폴란드에서 태어나 오스트리아와 미국에서 자랐다. 남편인 안드레 브링크 생전에 둘은 함께 케이프타운에서 글린카, 모차르트, 살리에리라는 이름의 세 고양이를 키우며 생활했다. 나딘 고디머의 탈인종차별 문학 연구로 박사 학위를 받았으며, 그 후 서랍 속에 묻어 두었던 단편소설들을 발표하기로 결심했다.

아담 소프(Adam Thorpe)는 1956년 파리에서 태어났으며, 시집과 소설을 포함해 14권의 작품을 발표했다. 소설로는 「울버튼(Ulverton)」, 「말하면 안 돼(No Telling)」, 「관점의 법칙(The Rules of Perspectives)」 등이 있으며, 소프의 작품은 여러 언어로 번역·출간되었다. 2008년에는 조나단 케이프 출판사를 통해 소설 「수영장(The Standing Pool)」을 발표했다.

캐서린 바즈(Katherine Vaz)는 하버드대학 소설 부문 브릭스-코플랜드 펠로우 교수이자, 2006~2007 래드클리프 연구소 펠로우를 역임했다. 바즈는 두 편의 소설인 「향수(Saudad)」와 「마리아나(Mariana)」을 발표했다. 그중 「마리아나」는 6개국의 언어로 번역·출간되고, 1998년 의회도서관 선정 국제 도서 30선에 들기도 했다. 그녀의 작품집 「파두(Fado and Other Stories)」는 1997년에 드루 하인츠 문학상을 수상했고, 「아티쵸크 성녀(Our Lady of the Artichokes)」는 2007

년에 프레리 스쿠너 도서상을 수상했다.

패트리샤 볼크(Patricia Volk)는 단편소설집 2권을 비롯해 「하얀 빛(White Light)」, 「친애하는 친구들에게(To My Dearest Friends)」, 「필요한 건 뭐든(All It Takes)」, 「노란 바나나(The Yellow Banana)」와 회고록 「이제 그만(Stuffed)을 발표한 바 있다. 특히 그녀의 회고록은 영화로도 제작되었다. 볼크는 「뉴욕타임스(The New York Times)」, 「뉴욕(New York)」, 「뉴요커(The New Yorker)」, 「애틀란틱(The Atlantic)」, 「플레이보이(Playboy)」, 「GQ」, 「O」 등 다수의 잡지에 단편·서평·에세이 등을 기고하고 있다. 한편 「뉴욕 뉴스데이(New York Newsday)」의 주간 칼럼니스트로도 활동하고 있으며, 현재 뉴욕에 거주 중이다.

리처드 지믈러(Richard Zimler)는 「리스본의 마지막 신비주의자(The Last Kabbalist of Lisbon)」를 비롯한 7편의 소설을 발표했다. 「리스본의 마지막 신비주의자」는 「한밤의 사냥(Hunting Midnight)」, 「새벽의 수호자(Guardian of the Dawn)」, 「일곱 번째 문(The Seventh Gate)」과 연결된 역사소설로서 세파르디(스페인, 북아프리카계 유대인._역자) 시리즈를 이루며 베스트셀러 반열에 올랐다. 현재 포르투갈의 포르투에 거주하고 있으며, 홈페이지는 www.zimler.com이다.

마커스 주삭(Markus Zusak)은 1975년에 출생했으며, 세계적인 베스트셀러인 「책도둑(The Book Thief)」을 비롯한 5권의 책을 출간했다. 현재 아내와 딸과 함께 시드니에 거주 중이다.

메이 말론 © 데이비드 알몬드
독 만들기 © 마거릿 애트우드 1983년. 〈어둠 속의 살인(Murder in the Dark)〉 수록
분홍 신발 © 안드레 브링크
새 보도 © 도로시 브라이언트
공기놀이 © 제인 들린
겨울 © 주노 디아스, 〈글리머 트레인(Glimmer Train)〉 수록. 주노 디아스/아라기 Inc. 승인
호사스러운 광대들 © 나딘 고디머 1956년. 〈6피트의 시골 땅(Six Feet of the Country)〉 수
록 (런던 빅터 골란츠 출판사) 펠릭스 라이센싱 BV를 대신하여 A.P. 와트 Ltd. 승인
소년과 강아지 © 엘리자베스 헤이
아침으로 죽음을 먹은 소녀 © 에바 호프만
폭로 © 존 샘 존스
돼지 부수기. 에트가르 케레트 〈냉장고 위의 소녀(Girl on the Fridge)〉 수록 © 히브리어 문
학 번역 협회, 2008년
부적 © 데이비드 리스
아버지와 아들 © 알베르토 망겔
잠수함 © 우리 오를레브
부끄러움 © 주디스 라벤스크로프트
머릿속의 오페라 © 맥 로소프
위대한 사건 © 비카스 스와루프
루돌프의 비밀 © 카리나 막달레나 슈츄렉
디럭스 모델 © 아담 소프
백조 © 캐서린 바즈. 〈백조: 다시 쓰는 동화(Swan Sister: Fairy Tales Retold)〉 수록, 엘렌 다
틀로우/ 테리 윈들링 엮음 (사이먼 앤 슈스터 출판, 2003년, 알라딘/판타지 에디션. 2005년 4
월. 뉴욕)
마이애미 돌고래 © 패트리샤 볼크
개인의 지주 © 리처드 지믈러
타자기, Q © 마커스 주삭

세이브더칠드런은 이 모음집의 현 발행본에 대한 인세 기부에 동의해주신 작가 여러분께 감
사의 말씀을 전하고자 합니다. 세이브더칠드런은 잉글랜드, 웨일스(213890) 및 스코틀랜드
(SCO39570)에 등록된 영국 자선 단체입니다. 이 모음집은 세이브더칠드런의 공식 간행물이
아니며, 본 감사의 말이 이 모음집에 수록된 내용에 대한 공식적인 승인이나 지지를 의미하지
는 않습니다.

아이들의 시간
The Children's Hours

2016년 2월 1일 초판 1쇄
2017년 1월 17일 초판 2쇄

지은이   리처드 지믈러 외
옮긴이   정영은
펴낸이   오준석
교정교열   신동소
디자인   변영지
기획자문   변형규
인쇄   예림인쇄
펴낸곳   도서출판 생각과 사람들
              경기도 용인시 수지구 신봉2로 72
              전화 031-272-8015   팩스 031-601-8015   이메일 inforead@naver.com

· 잘못 만들어진 책은 구입처에서 교환하여 드립니다.
· ISBN 978-89-98739-35-5 03840